KB252937

달려라, SUNNY

달려라, SUNNY

초판 1쇄 찍은 날 § 2006년 3월 15일
초판 1쇄 펴낸 날 § 2006년 3월 25일

지은이 § 진양
펴낸이 § 서경석

편집장 § 문혜영
편집책임 § 이종민
편집 § 한지윤

펴낸곳 § 도서출판 청어람
등록번호 § 제1081-1-89호
등록일자 § 1999. 5. 31
어람번호 § 제5-0085호

주소 § 경기도 부천시 원미구 심곡1동 350-1 남성B/D 3F (우) 420-011
전화 § 032-656-4452 팩스 § 032-656-4453
http://www.chungeoram.com
E-mail § eoram99@chollian.net

ⓒ 진양, 2006

ISBN 89-251-0036-3 03810

SUNNY
달려라, 써니

• 진양 지음 •

도서 출판 청어람

Olsen
ated Hearts plu
mail order - Angle's Teddy
order online, fast delivery!

달려라, SUNNY

프롤로그

미국, 로드아일랜드 주. 뉴포트.

서쪽 항만의 완만한 구릉에서부터 고원으로 이어지는 작은 도시의 앞으로 고요한 파도가 해변을 밀고 들어왔다. 해변을 바라보고 있는 저택들 중 비교적 최근에 지어진 듯 보이는 곳을 향해 차를 운전하는 라이언의 얼굴은 잔뜩 일그러져 있었다. 이미 모두 저녁 식사를 끝내고도 남았을 시각이기 때문이다. 이목구비가 뚜렷하면서도, 검은 머리칼과 검은 눈동자 때문에 동양적 외모에 더욱 가까워 보이는 라이언의 잘생긴 얼굴은 피곤함이 잔뜩 어려 있었다.

"왔니?"

길게 늘어서 있는 값비싼 세단들 옆으로 차를 주차시키고 현관

의 벨을 누르자, 가정부 대신 라이언의 두 번째 누이인 산드라가
그를 맞아주었다. 오랜만에 만나는 막내 동생과 가볍게 포옹을 하
긴 했지만 형식적인 느낌이 드는 행동이었다.

"아버지는요?"

"거실에서 차 마시고 계셔. 좀 일찍 오지 그랬니?"

라이언은 늦을 수밖에 없었던 어쩔 수 없는 일이 있었다는 듯
가볍게 어깨를 으쓱거려 보이고 거실로 향했다. 1인용 벨벳 소파
에 앉아 있는 오닐 회장을 둥글게 감싼 모양으로 앉아 있는 대가
족의 시선이 이제 막 거실로 들어선 자신에게 쏟아지자, 라이언은
머쓱한지 쓴웃음을 지어 보였다.

"늦었구나."

못마땅한 표정의 오닐 회장을 대신해 그의 큰형이 나무라듯 먼
저 입을 열었다. 거실에는 결혼한 두 명의 누이와 형, 누이의 남편
들, 형의 와이프, 결혼하지 않은 또 다른 두 명의 형제가 같은 디
자인의 고급스러운 찻잔을 손에 쥐고 근엄한 표정으로 앉아 있었
다.

"죄송합니다."

"파리와 런던에서 날아온 누이와 형도 있는데, 뉴욕에 사는 녀
석이 늦다니!"

뉴욕도 충분히 멀다고요, 하고 입 안으로 중얼거렸지만 어차피
몇 마디 들을 각오쯤은 하고 현관을 들어서지 않았던가. 하지만
평소의 오닐 회장답지 않은 노기 띤 음성은 순간 라이언을 당황하
게 했다.

오닐 회장의 등 뒤로는 사용하는 일이 없는 인테리어용 벽난로가 버티고 있었고, 그 벽난로 위에는 가족들의 사진이 액자에 담긴 채 자리잡고 있었다. 그중 가장 눈에 띄는 것은 오닐 회장의 두 번째 부인이자 라이언의 어머니인 순자 리의 사진들이었다.

"죄송합니다, 아버지."

"그렇게 정신을 못 차리겠거든, 모두 때려치우고 이 집으로 들어와 살아."

"네?"

라이언은 이해하기 힘든 오닐 회장의 말에 눈을 동그랗게 뜨고 되물었다. 그런 라이언을 가만히 노려보던 오닐 회장이 자리에서 일어났다.

"따로 할 말이 있으니 따라오너라."

"네?"

거실과 통하는 서재 문을 열고 안으로 불쑥 들어가 버리는 오닐 회장을 멍하니 지켜보던 라이언은 동시에 터져 나오는 형제들의 신음 소리에 어안이 벙벙할 뿐이었다. 오닐 회장의 가장 가까이에 앉아 있던, 라이언의 바로 위로 형인 대니얼이 소파에서 몸을 일으키며 기지개를 켰다.

"이번에는 또 어떤 미니시리즈를 보셨는지, 오늘 식사 내내 이런 분위기였어."

"차라리 지난번의 병에 걸린 아버지 역할이 훨씬 나았어. 오늘처럼 강압적인 아버지는, 정말 우리 아버지에게는 어울리지 않아."

산드라가 거들었다. 그제야 상황을 눈치채고 라이언의 얼굴에서 긴장이 풀렸다. 그리고 한결 가벼워진 발걸음으로 서재를 향해 한 걸음 떼었다. 등 뒤에서는 술이나 한 잔 해야겠다며 사람들이 우르르 몰려 거실을 빠져나갔다. 대니얼이 라이언을 지나치며 그의 어깨를 가볍게 툭 쳤다.

"아마 너에게 일거리를 하나 던져 주기 위해서, 일부러 이런 콘셉트를 정한 것일지도 몰라."

"무슨 말이야, 그게?"

"들어가 보면 알 거야."

거실을 빠져나가는 대니얼의 뒷모습을 바라보던 라이언은 천천히 서재 문을 열고 안으로 들어섰다. 세월이 지날수록 더욱 진하고 독특해지는 나무 냄새가 밴 책장들이 일렬로 벽을 가득 채우고 있었고, 그 앞에는 짙은 갈색 가죽 소재의 소파가 덩그러니 놓여 있었다. 원래는 이탈리아 수제 테이블과 세트였던 그것은, 새로 서재에 들여온 홈시어터로 인해 짝을 잃어버렸다. 소파 위에는 보다 만 DVD의 겉비닐이 아무렇게나 널브러져 있었다.

"재벌의 첫사랑, 한국에서 유행한 미니시리즈인가 보죠?"

DVD 세트 상자를 집어 들어 제목을 읽어낸 라이언이 고개를 설레설레 흔들었다.

"라이언!"

"그런 목소리로 말하지 마세요. 어울리지도 않으니까."

무심하게 말하며 라이언이 오닐 회장의 옆에 털썩 주저앉았다.

"늦은 건 죄송해요. 하지만 급한 일이 있어서 어쩔 수 없었어요.

식음료 팀장과 레스토랑 테이블보 문제를 처리해야 했거든요."

"테이블보!"

이번에는 오닐 회장이 고개를 절레절레 흔들었다.

"경영진에 참여해서 일을 배우라고 했잖아."

"또 그 말씀 하시려고 서재까지 오라고 한 거예요? 차라리 나가서 형들과 술이나 한 잔 하는 게 낫겠어요."

"라이언."

본론으로 들어갈 참인지, 잠시 누그러뜨렸던 표정을 다시 굳히며 오닐 회장이 헛기침을 했다. 하지만 그런 목소리와 표정이 라이언에게 별다른 영향을 끼치지는 못했다. 오닐 회장은 손에 들고 있던 서류 묶음을 라이언에게 내밀었다.

"새경호텔 인수 사업안. 오닐 인 서울, 서울……. 한국?"

서류 맨 앞장을 차지하고 있는 글귀를 읽어 내려가던 라이언의 눈썹이 위로 치켜올라 갔다.

"뭐, 한국에 체인이 하나쯤 있는 것도 좋겠죠. 그런데 이걸 왜 저한테 보여주시는 거예요?"

"네가 경영해 나갈 호텔이 될 테니까."

라이언은 놀라지도 않았다. 잠자코 자신을 바라보는 막내아들의 모습에 순간 자신감을 잃어버린 오닐 회장이 황급히 덧붙였다.

"한국에 처음 세우는 체인이야. 당연히 반은 한국인인 네가……."

"농담이시죠?"

라이언은 더 들을 것도 없다는 듯 몸을 일으켰다.

“라이언, 내 말 아직 안 끝났다. 당장 제자리에 앉아.”

하지만 라이언은 이미 몸을 돌리고 문을 향해 섰다.

“라이언!”

더욱 강한 어조로 아들을 불렀지만 라이언은 멈추지 않고 걸음을 옮겨 문을 열었다. 멀리서 다른 가족들의 웃음과 말소리가 들려오고 있었다. 그들에게 가는 것도 크게 내키는 것은 아니었지만, 적어도 뉴욕을 떠나라는 오닐 회장의 압박을 견디는 것보다 나았다. 문틈으로 사라지던 라이언의 모습이 다시 오닐 회장 앞에 나타났다.

“참, 아버지. 생신 축하드려요.”

활짝 미소 짓는 막내아들의 얼굴에 조금 전까지의 화를 잠시 잊은 오닐 회장 역시 부드럽게 웃음을 지어 보였다.

“고맙구나. 아니, 이게 아니지! 라이언, 돌아와! 라이언 오닐! 네가 이 호텔에 가지 않겠다면 단 한 푼의 유산도 줄 수 없다! 정말이야, 농담이 아니라고!”

하지만 서재 문은 이미 굳게 닫혀 버렸다. 그 문을 한참을 응시하던 오닐 회장은 결국 어깨를 으쓱거리고 라이언이 주워 소파 위에 올려놓은 DVD 세트 상자를 들어보았다.

“허헛, 이상하네. 여기에서는 통했는데.”

1

언제 비가 쏟아졌냐는 듯, 하늘은 멀끔히 푸른 얼굴을 들이밀었다. 어깨에 멘 사각 책가방의 모서리에 어깨들을 부딪쳐 가며 올망졸망 교문을 빠져나가는 아이들 틈에는 선희도 끼어 있었다.

집에서 자른 듯, 하늘로 치솟은 짧은 쇼트컷트의 머리카락의 길이가 제멋대로였다. 턱 부분은 갸름한 편이었지만 젖살 때문에 볼은 오동통한 느낌이 들었고, 남자처럼 진한 눈썹과는 달리 아쉽게도 이목구비가 뚜렷한 편은 아니었다. 하지만 설렘으로 가득 찬 미소는 충분히 사랑스러웠다.

"난 있잖아, 엄마가 세상에서 제일 좋아. 하늘 땅만큼. 엄마가 보고 싶음 달릴 거야, 두 손 꼭 쥐고. 달려라~ 달려라~ 달려라~ 선희. 선희이이~ 이 세상 끝까지 까지~ 달려라, 선희~"

통학하기에 그리 먼 거리는 아니었지만, 소형 트럭 한 대가 겨우 지나다니는 비포장 길이 학교와 집을 이어주는 유일한 길이기 때문에 전날 예기치 않은 소나기라도 쏟아지는 날이면 평소보다 시간이 두 배는 더 걸리곤 했다. 빗물이 고인 얕은 웅덩이와 땅속에 박혀 있던 돌멩이가 빗줄기에 패여 곳곳에 널브러져, 그것들을 피해 가는 것만으로도 저학년 꼬맹이들은 진땀을 빼야 했다.

"난 있잖아, 엄마가 세상에서 제일 좋아. 하늘 땅만큼……."

다리 길이보다 훨씬 넓은 웅덩이 앞에서 노래가 끊어지나 싶더니, 폴짝 뛰어올라 어렵지 않게 웅덩이를 건넌 다음 노래는 첫 소절부터 이어졌다.

"엄마가 보고 싶음 달릴 거야, 두 손 꼭 쥐……."

막상 선희가 두 손에 꼭 쥐고 있는 것은 학교 육상부에서 받아온 새 유니폼이었다. 진흙탕 물이 조금이라도 튈세라 가슴팍에 꽉 끌어안은 것도 모자라 두 손으로 받쳐 들고 있었던 것이다.

하니가 경기 때마다 입는 것처럼 소매 없는 디자인은 아니었지만 밝은 노란색의 유니폼은 선희를 들뜨게 하고 있었다. 집으로 가자마자 가위로 소매 부분을 댕강 잘라내 버릴 계획을 그 작은 머리통 속에 그리며 선희의 발걸음은 더욱 빨라졌다.

"이 튀기 새끼야! 저리 꺼지란 말이야!"

"재수없어. 우리 엄마가 그러는데, 너희 엄마는 화냥년이라며?"

같은 시간에 일제히 하교하는 저학년들 틈에서 머리 하나는 더 큰 고학년의 남자 아이들 몇 명이 길 한쪽에서 둥근 원을 그리고

서 있었다. 사실, 학교에서 동네 어귀로 들어오는 길은 그것 하나 밖에 없었으니 조무래기들이 삼삼오오 모여 있는 것은 다반사였다. 간혹 터져 나오는 욕설이 아니었다면, 그리고 그 욕설 때문에 지나가는 아이들이 지레 겁을 집어먹고 피해 돌아가지 않았다면, 굳이 눈에 띄지 않았을 패거리였다.

미군 부대에서 그리 멀지 않은 소도시에 곁다리로 붙은 동네, 한 마을 아이들이 한 학교를 채울 정도였기에 규모가 작다고 할 수는 없었지만 재개발 붐으로 사람들이 물밀듯 밀려드는 소도시의 시내에 비하면 턱없이 초라한 동네였다.

그나마 형편이 좀 낫다고 하는 사람들은 시내로 이사를 가거나 아예 도심 쪽으로 생활 터를 옮기는 추세였고, 남아 있는 사람들은 몇 년 안으로 동네를 벗어날 계획을 세우며 빠듯한 맞벌이 생활을 했기 때문에 아이들은 자연스럽게 방임되고 있었다. 왁자지 껄 몰려다니며 하는 짓궂은 장난쯤이야 애교로 봐주고 넘어갈 수 있었지만, 고학년쯤 되면 남자 아이들은 기다렸다는 듯 힘의 원리에 의해 패거리 내의 서열이 뚜렷해지고 머릿수에 대한 강한 우월 감과 자신감에 도취되어 자신들보다 약한 아이들을 괴롭히는 것에서 희열감을 맛보기 시작했다. 또 약한 쪽에서도 본능적으로 강한 쪽의 눈치를 살피며 몸을 잔뜩 움츠린 채 도망 다니는 것이 상책이라는 사실을 터득해 나가고 있었다.

튀기, 새끼, 재수없어, 화냥년! 한 글자, 한 글자, 이제 겨우 아홉 해를 살아온 자그마한 여자 아이의 귀에 쇼크로 와 닿는 잔인한 말들은 선희를 얼어붙게 만들었다. 그리고 곧 다른 아이들과 마찬가지로 그 둥근 원을 피해 길 한쪽으로 비켜 서 걸음을 옮겼다.

눈이라도 마주칠까 봐, 저리도 잔인한 말들이 혹시라도 자신에게 쏟아질세라 선희를 비롯한 꼬마 주변인들은 흙탕물도 마다않고 열심히도 걸음을 재촉했다.

너무 서둘렀던 탓일까. 열 살 아이치고는 제법 근육이 붙은 단단한 다리가 순간 휘청하며 몸 전체가 흔들렸다. 겨우 몸의 중심을 잡았지만, 받쳐 들고 있던 유니폼이 잠시 허공에 떴다 이내 진흙 바닥으로 곤두박질쳤다.

"엄마야!"

노란색 유니폼이 흙탕물에 젖어 들어가기 시작하자 선희는 자신도 모르게 소리를 지르며 바닥에 쪼그려 앉았다. 금세 울상이, 어리다는 이점으로 귀염성있다는 말은 종종 듣곤 했지만 그다지 예쁘다고 할 수는 없는 선희의 얼굴 위로 떠올랐다. 집에 가자마자 날카로운 날 부분이 녹이 슨 커다란 아빠 가위를 찾을 생각이었다. 그리고 짧은 소매 부분을 잘라낸 후, 내일 연습 때 자랑스럽게 운동장을 달릴 상상을 하고 있었다. 하니처럼.

"이 새끼야, 벙어리야? 너 우리나라 말 못해?"

"그럼 미국말 해봐. 쌀라쌀라 해봐!"

세상이 끝난 얼굴로 유니폼을 주워 올리던 선희는 또다시 쏟아지는 폭언에 몸을 움찔거렸다. 그리고 어리기에 걷잡을 수 없이 잔인한 횡포를 향해 본능적으로 고개를 돌렸다.

알이 배긴 사내아이들의 종아리 사이로 자신과 같은 모습으로 쪼그려 앉은 남자 아이와 눈이 마주친 순간, 선희는 유니폼을 도로 바닥에 떨어뜨리고 말았다. 아이는 거센 발길질에 차이기라도 한 듯 왼쪽 뺨에 진흙과 피가 달라붙어 엉망이었다. 입술에도 피가 맺혀 있었고 퉁퉁 부었다. 하지만 그 상처들이 선희의 몸에서 온 기운을 빠지게 한 것은 아니었다.

"파랗다."

사실 남자 아이의 눈빛은 초록색이었다. 하지만 신호등 불을 무심결에 빨간색, 파란색이라고 읊조리곤 하는 것처럼 선희의 입에서는 파랗다는 말이 먼저 튀어나왔다. 파란색이든 초록색이든 중요한 것은 남자 아이의 눈동자가 자신처럼 검지 않다는 사실이었다.

그때 원을 그리고 서 있던 횡포자 중 한 소년이 아직 덜 마른 흙을 한 움큼 집어 들었다. 여전히 선희와 초록색 눈의 남자 아이는 서로를 바라보고 있었고 선희는 아이의 눈에 떠오르는 공포를 고스란히 전해 받고 있었다. 그 무엇도 아닌 뿌려 버리면 바람결에 날아가 버릴 한 움큼의 흙 때문에 느끼는 공포는 실제로 상상을 초월했다.

"하지……."

입이 얼어붙어 꼼짝달싹할 수가 없었다. 겨우 말이 터져 나오기는 했지만 지나가는 개미 새끼 한 마리 불러 세우지도 못할 목소리였다.

"하지…… 마."

아무에게도 들리지 않을 모기 날갯짓만한 목소리였지만 선희를 바라보고 있던 남자 아이는 그 입모양을 알아보고는 지그시 미소를 지었다. 눈에 눈물을 덩그러니 매단 채로. '이 튀기 자식 웃는다!' 하는 소년들의 성난 목소리와 함께 남자 아이의 머리 위로 흙이 쏟아지기 시작했다. 마르지 않은 진흙은 머리 위에 딱지처럼 얹어지거나 덩어리째 뺨으로 흘러내렸고, 마른 흙은 남자 아이의 눈과 코, 입 안을 천천히 장악해 나갔다.

선희는 몸을 벌떡 일으켰다. 하지만 감히, 무자비한 소년들 앞에 나설 용기가 없었다. 나약한 사람은 소년들에게 괴롭힘을 당하고 있는 초록색 눈의 남자 아이가 아니라 그들을 향해 단 한 걸음도, 단 한 마디도 내뱉지 못하는 자신이었다.

선희는 유니폼을 내팽개치고 달리기 시작했다. 집을 향해서, 탄탄한 두 다리를 힘차게 굴려 나갔다. 육상부 연습 때처럼 '달려라~ 달려라~ 달려라, 선희'라고 노래를 부르지도 못했다. 지금 자신은 자랑스럽게 하늘 끝까지 달리는 우상, 하니가 될 수 없었다. 그저 비겁한 선희였다. 눈물이 뺨으로 흘러내리다 바람결에 귓불까지 스치고 날아갔다.

"이 새끼야, 쌀라쌀라 해보라니까!"

"튀기 놈! 화냥년의 새끼!'"

"웃어? 바보새끼!"

"죽어!"

"헉!"

고개를 번쩍 든 순간, 침으로 흥건한 책장의 모서리 부분이 뺨에 달라붙어 달랑달랑 따라 올라왔다. '달려라, 하니'의 오프닝 주제가와 함께 험악하고 잔인했던 소년들의 외침이 생생하게 귓가에 맴돌아, 선희는 조금 전 영상이 실제가 아니라 그저 꿈속에서 재현된 아주 오래된 기억이라는 사실을 떠올리기까지 잠시의 시간이 필요했다.

"꿈…… 인가."

선희는 고개를 뒤로 젖혀, 성인 남자가 손을 뻗어도 닿을 수 없는 높은 위치에 매달린 벽걸이 시계를 바라보았다. 실제로 잠이 들었던 시간은 삼십 분도 채 되지 않다는 것을 확인하고 시계에서 먼지라도 떨어질세라 얼른 고개를 제자리로 돌려놓았다.

선희는 조금 전에 꾼 꿈을 다시금 떠올려 보려고 했지만, 금세 흐릿해져 조각난 퍼즐처럼 제자리를 찾지 못했다. 그 조각 중 하나를 간신히 붙잡은 선희는 의아한 표정으로 중얼거렸다.

"부지깽이?"

무엇에 쓰려고 했는지는 모르지만, 울다가 마당 한구석에 놓인 부지깽이를 한참 동안 바라본 기억도 났다. 그리고 또다시 암흑. 더 이상 떠올리지 못한 선희는 머리를 긁적거리다 자신의 침으로 범벅이 된 책장으로 시선을 던졌다. 물기에 붙어버린 몇 장을 하나씩 떼어내던 선희는 눈에 들어오는 글귀를 손가락으로 짚었다.

"인생을 살면서 허무감을 느껴본 적이 없다면 그 사람은 인생을 헛되이 보낸 것이다."

아무도 찾지 않는 도서관, 혹시라도 자신처럼 퀴퀴한 썩은 나무 냄새를 참으며 도서관에 발을 들여놓았더라도 구석진 자리에서 금방이라도 부서질 듯한 책장에 등을 기댄 채 누런 무심히 책장을 넘기고 있을 터였다. 분명하지만 숨죽인 자신의 목소리를 들을 사람이 없다는 것을 알면서도 선희는 잠시 말을 멈추었다. 하지만 이내 탁, 소리를 내며 묵은 때가 낀 붉은 양장본 표지를 덮었다. 그 바람에 미처 쓸어내리지 못한 겉표지의 먼지가 폭 하고 코끝까지 튀어 올랐다. 몇 번의 기침을 하고 나서야 선희는 겨우 가슴을 쓸어내렸다.

"뭐야. 그럼 나는…… 인생을 너무 알차게 보내고 있는 건가…….."

그 비포장 길 끄트머리를 차지하고 있던 이층짜리 학교는, 한때 몰아친 수도권 부동산 투기 바람에 몰려든 사람들로 사층까지 건물을 올리는 기염을 토해냈으나 결국 지금은 무늬만 사층, 학생 수는 그 반에도 못 미치는 적자 초등학교에서 벗어나지 못하고 있었다.

비포장 길은 포장길로, 2차선으로, 4차선으로 점차 넓혀 나갔지만 그 길을 지나치는 차는 지방에서 수도권으로, 수도권에서 서울로 들어가려는 길 나그네들이 대부분이었고 그마저도 고속도로에서 톨게이트로 바로 빠져나갈 수 있게 되는 바람에 대한민국에서 가장 스산한 4차선 아스팔트길이 되었다.

사람들은 빠져나가기도 했고, 남아 있기도 했으며, 아주 간혹 다시 돌아오기도 했다. 그곳은 고향치고는 가까운 데다 고즈넉한 시골 맛이 없었고, 도심이라고 하기에는 아쉬운 점이 너무나 많은 곳이었다.

선희는 남아 있는 사람이었다. 비포장 끝에 있던 그 국민학교를 졸업하고, 그 옆에 있는 중학교를 다녔고 버스를 타고 두 정거장 지나서 있는 여고를 졸업했다. 그리고 지방 대학 다녀봤자 헛수고요, 그저 집에서 다니는 게 돈을 아끼는 거라며 혀를 끌끌 차는 모친의 넋두리 같은 잔소리를 들으며 지역 내의 전문대학을 다녔다.

그리고 졸업 후 오 년. 그녀는 집 근처의 보습학원에서 지난 오 년 동안 단 한 번도 오르지 않은 팔십만 원의 월급을 받으며 초등학교 사회 과목을 가르치고 있었다. 매일 열두 시부터 여섯 시까지 고래고래 소리를 지르며 이제는 달달 외워 버린 삼국시대 왕들의 이름과 오대양육대주를 밤톨같이 작고 대리석보다 더 단단한 머릿속에 집어넣느라 씨름하는 것이 일상이다. 그리고 주말에는 할 일이 없어 집 근처의 낡은 도서관에 죽치고 앉아 졸고 있으니 어찌 허무함이 밀려오지 않을 수 있을까!

"제발 좀 하느님, 헛되게 보내도 되니까요."

선희는 손으로 턱을 괴고, 연방 삐걱대는 낡은 나무 책상에 기대어 앉아 한숨을 내쉬었다.

"심심하지만 않게 해달라고요. 네?"

2

라이언은 러시아워가 시작되기 전에 맨해튼에 위치한 오닐 호텔, 자신의 사무실을 나섰다. 랜디와 로비에서 만나기로 한 시각까지 십오 분 정도 여유가 있었지만, 설레는 마음 때문에 도저히 책상머리 앞에 앉아 있을 수가 없었던 것이다.

라이언은 자신에게 눈웃음을 치는 회색 메이드 복장의 금발머리 여자 직원에게 흰 이가 모두 드러나도록 환한 미소를 지어 보이면서도, 머릿속으로는 어제 구입해 놓은 다이아몬드 반지가 과연 줄리아에게 얼마나 잘 어울릴지 그려보고 있었다.

188cm의 늘씬한 키에 몸에 맞춘 듯 잘 어울리는 블랙 슈트, 자칫 촌스럽게 느껴질 수 있는 블랙에 포인트를 준 바이올렛 타이, 다듬은 듯하면서도 일부러 꾸민 모양새는 나지 않는 맵시있는 헤

어스타일과 짙은 눈썹 아래 장난기로 반짝이는 커다란 두 눈이 그린 듯 자리잡고 있었다. 호텔에 개인 사무실을 가지고 있는 중역이라기보다 맨해튼의 거리 좌판에서 팔려 나가는 패션 잡지 속 모델 같았다.

로비는 여느 때처럼 사람들로 북적거렸다. 얼마 전, 로비 리모델링을 하며 인테리어 디자이너와 함께 의논하여 구입한 붉은 벨벳 소재 소파는 중앙에 위치한 대형 트리와 함께 크리스마스 시즌에 썩 잘 어울렸다. 라이언은 만족스러운 시선으로 소파를 차지하고 앉아 있는 호텔 고객들을 바라보았다.

"오닐 이사님."

부드럽고 친숙한 목소리에 코트 주머니 속 반지 케이스를 만지작거리던 손가락이 멈추었다. 라이언은 몸을 돌려 자신의 등 뒤에서 빙그레 미소를 짓고 있는 랜디를 얼싸 안았다.

"랜디!"

랜디는 반가움의 표시로 가볍게 라이언의 등을 두드렸다. 일 년 전, 랜디가 런던에 있는 로펌으로 파견 근무를 나가기 전까지 두 사람은 적어도 이틀에 한 번은 만나야 직성이 풀리는 절친한 친구였다. 물론 줄리아도 함께였다.

"미안해. 네 사무실에 먼저 들르려고 했는데 총지배인이 오늘까지 IRS에 제출해야하는 서류 때문에 급히 와달라고 하는 바람에."

"도착하자마자 일이라니."

라이언은 짙은 눈썹을 찡그리며 고개를 흔들었다.

"사실, 지금 총지배인 사무실에서 나올 수 있었던 것도 기적이야. 줄리아의 생일 파티에 늦는다면 내년 생일 때까지 엄청난 잔소리에 시달려야 하니까."

도어맨은 일찌감치 라이언의 녹색 BMW를 호텔 앞에 세워두었다. 두 사람은 나란히 차에 올라탔고, 라이언은 운전대를 가볍게 잡고 혼잡한 맨해튼의 도로 위로 차를 몰았다. 서두른 덕분에 줄리아와의 약속 시간까지는 아직 여유가 있었다.

"총지배인이, 네가 오닐 인 서울을 맡을지도 모른다고 하던대?"

랜디의 말에 라이언은 얼굴을 찌푸렸다. 줄리아를 만나러 가는 즐거운 기분을 망치고 싶지는 않았지만 벌써 두 달째 계속되어 온 오닐 회장과의 신경전은, 떠올리면 떠올릴수록 라이언을 짜증과 스트레스 속으로 밀어 넣고 있었다.

"네가 보스를 만나서 이야기를 좀 해줘. 넌 보스가 전적으로 신뢰하는 얼마 몇 안 되는 사람 중의 하나니까. 이십대 중에서는 유일하기도 하고."

랜디는 나직하게 웃음을 터뜨렸다.

"회장님은 너를 좋아해."

"당연하지. 신뢰는 신뢰고, 난 미우나 고우나 아들이니까. 생각을 해봐, 랜디. 호칭만 이사지, 지금 내가 호텔에서 하고 있는 일이라고는 로비에 들일 소파를 고르거나 레스토랑에 새로 들이게 된 와인 맛을 평가하는 것 따위라고. 그리고 난 이 정도에 만족하고 있어."

아무리 생각해도 말도 안 되는 계획이었다. 오닐 회장은 먼저 세상을 뜬 자신의 두 번째 부인의 나라에 호텔을 인수하고 그 호텔의 스위트룸에 부인의 이름을 붙일 생각에 들떠 있었다. ‘순자 룸(room).’ 물론 그 ‘순자 룸’에 대한 계획이 터무니없다는 것은 아니었다. 오닐 회장은 그녀에게서 얻은 아들 라이언에게 순자 룸, 즉 오닐 인 서울을 통째로 맡기려고 하고 있었다. 크리스마스 트리를 로비 중앙에 놓을지 프런트 옆에 놓을지를 결정하는 데 하루를 쏟는 라이언 오닐 이사에게!

"어쩌면 네가 제격일지도 몰라. 어찌 되었든 넌 호텔경영학을 이수했고, 삼 년 동안 오닐호텔에서 중역으로 일하며 보고 배운 것도 많을 것이고 가장 중요한 건 한국어를 할 줄 안다는 거야."

"만약 오닐 회장이 매년 학교에 내는 엄청난 기부금이 없었다면 난 졸업하지도 못했을 거야. 그리고 뭘 보고 배워? 호텔의 중역진들은 하나같이 모두들 나를 한심하게 생각해, 랜디. 한국어? 엄마가 죽고 나서 한 마디도 입에 올린 적 없어."

자신이 한국에 갈 이유는 쥐꼬리만큼도 없다며 단호하게 말한 뒤, 라이언은 꼬리에 꼬리를 무는 맨해튼의 노란 택시들을 향해 이유없는 욕설을 내뱉었다. 늘 반복되는 끔찍한 교통정체는 오로지 그들의 탓이라는 듯. 그런 라이언을 바라보던 랜디는 천천히 입을 열었다. 그의 입에서 터져 나온 언어는 라이언의 귀를 민감하게 자극했다. 한국어였다.

"시간이 있으니 조금 더 생각해 봐. 아직 인수 절차가 끝나지 않았어. 생각보다 일이 복잡하게 돌아가나 봐."

"영어로 해."

하지만 아랑곳하지 않고 랜디는 계속 한국어로 말을 이었다. 랜디의 한국어 발음과 억양은 놀랍도록 정확했다.

"그래서 나도 한 달 후에 한국에 가야 해."

"왜?"

라이언은 말을 하고서 혀를 깨물었다. 자신도 모르게 한국어로 '왜'라는 말이 터져 나왔던 것이다. 랜디는 라이언을 힐끗 쳐다보며 피식 웃음을 터뜨렸다.

"오닐호텔의 고문 변호사 중 한 명이니까."

"런던에서 돌아온 지 얼마나 되었다고."

"법적인 문제들이 모두 처리되어야, 그 호텔에 '오닐'이라는 이름을 붙일 수 있고 또 그렇게 하는 게 내 일이니까. 그러라고 난 돈을 받거든."

"얼마나 한국에 있을 거야?"

가장 친한 친구가 런던에서 돌아온 지 한 달 만에 다시 해외로 출장을 가게 되었다는 말에 섭섭해진 라이언이 아쉬운 목소리로 물었다.

"글쎄."

무엇인가 곰곰이 생각에 빠진 랜디의 얼굴에서 고민을 읽어내기란 어렵지 않은 일이었다. 도로는 이미 주차장을 방불케 했다. 맨해튼 시내에서 차를 몰고 다니는 것은 세상에서 가장 어리석은 짓이라던 줄리아의 말을 떠올리며 라이언은 빙그레 미소를 지었다.

"라이언."

랜디는 결국 그 고민을 라이언에게 털어놓기로 마음먹은 모양이었다. 이미 예상하고 있던 라이언은 한쪽 눈썹을 치켜올리며 반응을 보였다.

"나 프러포즈를 받았어."

만약 빽빽하게 들어선 자동차 사이에 끼어 있지 않았다면 대형 사고가 날 뻔했다. 깜짝 놀란 라이언이 브레이크를 밟아버렸던 것이다.

"프러포즈를 했다고?"

랜디는 고개를 흔들었다.

"받았어."

라이언은 옆 차에 탄 사람이 창문을 내리고 바라볼 정도로 크게 웃음을 터뜨렸다.

"열심히 일만 하는 줄 알았지, 런던에서 영국 여자를 꼬시고 있을 줄은 몰랐어. 먼저 프러포즈를 할 정도면 그 여자가 랜디 브라운에게 푹 빠진 모양이야? 대단해, 먼저 프러포즈라니 매력있는 여자 같아."

랜디는 잠시 할 말을 찾는 듯했다. 하지만 마땅한 말이 없는 듯 한숨을 내쉬며 고개를 가볍게 끄덕였다.

"매력이 넘치는 여자지."

"그래서 대답은?"

"아직."

차는 또다시 움직이고 있었다. 줄리아가 좋아하는 레스토랑에 예약한 시간까지 도착할 수 있을 것 같아 라이언은 안도의 한숨을 내쉬며 다시 친구에게로 시선을 던졌다.

"영국 숙녀를 기다리게 하면 안 되지. 정확히 네 의사를 밝혀. 매력은 있지만 결혼할 상대는 아니야?"

"영국 여자가 아니야, 라이언."

영국인 와이프가 시간 맞춰 끓여온 홍차를 마시기 위해 법률적인 용어가 난무하는 골치 아픈 서류들을 집어 던지는 랜디의 모습을 상상하며 키득거리던 라이언은 사뭇 진지해진 친구의 목소리에 긴 손가락으로 뺨을 살짝 긁었다.

"그럼 로펌에서 같이 일하던 미국인 변호사? 아니면 런던에 여행 온 풋풋하고 상큼한 미국인 여대생……."

"줄리아."

순간 라이언은 숨이 턱 막혔다. 자신의 인생에 있어 가장 중요한 결정이 될지도 모르는 상황 앞에서 랜디는 라이언의 표정이 점점 굳어가는 것을 눈치채지 못하고 계속 말을 이어나갔다.

"너도 알겠지만, 내 주위에 줄리아처럼 괜찮은 여자는 없어. 예쁘고, 똑똑하고, 밝고……."

"언제, 언제 줄리아가."

"이 주 전 주말."

"이 주 전 주말에 줄리아는 맨해튼에 있었어."

나와 함께. 라이언은 떨리는 손으로 운전대를 꽉 쥐며 기를 쓰고 이 주 전에 있었던 일들을 떠올려 보았다. 줄리아는 마감 날짜를 힘겹게 넘기고 잡지사 사람들과 술을 마신 후 그것으로도 모자라 와인을 사들고 자신의 아파트로 찾아왔다. 단잠을 깨운 갑작스럽고도 늦은 방문이었지만 라이언은 그녀의 와인도, 그녀도 모두 열렬히 환영해 주었다. 줄리아는 맨해튼의 살인적인 집세에 분노를 터뜨리면서도 모든 시설이 완벽하게 갖추어진 라이언의 아파트를 좋아했다. 그리고 줄리아는 언제든지 라이언의 아파트를 이용할 수 있는 유일한 여자이기도 했다. 허드슨 강이 내려다보이는 창가에 앉은 줄리아는 취기로 가볍게 흥분해 있었고, 그녀가 사온 와인을 마시며 라이언은 홍조 띤 줄리아의 얼굴을 즐겁게 바라보고 있었다. 입 안에 맴돌고 있는 와인만큼이나 달콤한 밤이었다.

"이메일을 보내왔어."

라이언은 당장 차를 세우고 랜디의 멱살을 움켜잡은 채 묻고 싶은 심정이었다. 지금 너에게 프러포즈했다는 그 여자가 정말로 줄리아 레인이 맞느냐고! 라이언은 슈트 속의 반지 케이스가 돌덩이마냥 무거워지는 것 같았다.

"대답은 오늘 해주기로 했는데, 아직도 잘 모르겠어. 라이언, 많이 놀랐어?"

"아, 그럼. 놀라지, 노처녀로 늙어 죽을 거라던 줄리아가 다른 누구도 아닌 랜디 브라운에게 먼저 프러포즈를 했다는 엄청난 뉴스를 듣고서 어떻게 놀라지 않을 수가 있어?"

기절하고 싶은 심정이라고. 라이언은 줄리아와 만나기로 한 레스토랑에 가까워오자 다이아몬드가 촘촘히 박힌, 보석가게 매니저가 '약혼반지로 손색없는' 이라고 적극 추천해 준 반지를 창밖으로 내던지고 싶은 충동을 이겨내야 했다.

"하긴 나도 놀랐으니까."

"뭐라고 대답할 거야?"

랜디는 어깨를 으쓱거렸다.

"그걸 결정 내렸다면 내가 한숨이나 내쉬고 있지는 않겠지."

라이언은 안도하는 동시에 분노가 끓어올랐다. 어째서 줄리아에게 프러포즈를 받고서 고민을 하는지 이해할 수가 없었다. 랜디 말대로 줄리아같이 매력있는 여자는 지난 팔 년간 본 적 없었고, 앞으로도 없을 것이다.

"문제가 뭐야?"

"무슨 문제?"

랜디가 되물었다.

"고민을 하고 있는 문제. 줄리아와 결혼을 하고 싶으면 예스, 아니면 노우라고 대답하면 되는 거잖아. 설마, 노우라고 대답한다고 줄리아가 우리의 우정까지 외면하는 꽉 막힌 여자라고 생각하진 않겠지?"

"물론. 그래서 그런 게 아니야. 사실, 나도 줄리아를 좋아해. 줄리아 같은 여자와 결혼한다면 충분히 만족하고 행복할 거야."

레스토랑 앞에 차를 세우자 도어맨이 환한 미소를 지으며 다가오고 있었다.

"그런데?"

"무엇이 내 마음을 결정짓게 하지 못하는지 나도 잘 모르겠어. 한국에 다녀와야 알 수 있을 것 같아."

랜디가 먼저 차에서 내렸다. 라이언은 얼른 랜디를 따라 내리며 도어맨에게 자동차 열쇠를 넘겨주었다. 그리고 빠른 걸음으로 랜디를 붙잡았다.

"한국?"

레스토랑 안에서는 줄리아가 기다리고 있었다. 라이언이 특별히 주문한 그녀의 생일 케이크를 만족스럽게 바라보며 두 사람을 기다리고 있을 터였다. 아니, 어쩌면 그녀가 기다리고 있는 것은 자신이 아니라 랜디의 대답일지도 모른다는 생각이 스치자 갑자기 속이 쓰라리기 시작했다.

"가서 찾아볼 사람이 있어."

랜디는 열세 살에 한국을 떠나온 후, 한 번도 그곳에 다시 방문한 적 없었다. 그리고 한국에서 보냈던 어린 시절 이야기를 입 밖으로 꺼낸 적도 없었다. 라이언은 랜디의 짧은 대답이 마음에 들지 않는 듯 얼굴을 찌푸렸다.

"누구? 그 사람 때문에 줄리아의 프러포즈에 대답할 수 없다는 거야?"

랜디는 고개를 끄덕였다.

"일단 들어가자. 줄리아가 기다리고 있어. 자세한 이야기는 나중에 할게."

레스토랑에서의 생일 파티는 여느 해와 다르지 않았다. 생일 케이크 초에 불을 붙이고, 노래를 불러주고, 소원을 빌며 촛불을 껐다. 줄리아는 조금 긴장한 듯 보였지만 라이언이 함께 있기 때문인지 애써 태연한 척하려 했고 그런 그녀의 모습은 라이언을 절망스럽게 만들었다. 세 사람은 그렇게 서로를 의식하고 눈치를 보며 저녁 식사 시간을 견뎌냈다.

"아직도 오닐 씨의 '순자 룸 프로젝트'에서 네 이름을 빼버리는 것을 성공하지 못했어?"

팽팽한 긴장의 끈을 조금이라도 풀어보려는 듯, 빠른 속도로 라이언의 아파트로 향하는 BMW의 가죽 시트에 몸을 묻은 줄리아가 먼저 입을 열었다. 노력은 놀라울 만큼 가상했다. 사실 세 사람 중 가장 몸서리치게 긴장하고 있을 사람은, 어떤 대답을 해야 할지 고민을 하고 있는 랜디나 랜디가 당장이라도 그 프러포즈를 받아들이겠다고 말을 할까 봐 전전긍긍하고 있는 라이언보다, 팔 년간 가장 절친한 친구에게 프러포즈하고 그 대답을 기다리고 있을 줄리아였기 때문이다.

"아직."

라이언은 부드러운 말투로 대답을 하고 싶었지만 자신에게는 단 한 마디 말도 없이 랜디에게 프러포즈를 했다는 사실이 화가 나 견딜 수가 없었다. 도대체 줄리아는 언제부터 랜디를 사랑했던 것일까. 운전대를 잡고 있던 라이언은 룸미러로 뒷좌석에 앉아 있는 랜디를 힐끔 훔쳐보았다.

랜디는 한국인 어머니와 아일랜드계 미국인 아버지 사이에서 태어난 혼혈인이었다. 하지만 그 아버지가 현재의 아버지인 브라운 씨가 아니라는 것은, 라이언과 처음 만나고 얼마 후 털어놓았다. 같은 혼혈인임에도 라이언은 외탁으로 동양적인 외모를 풍기는 반면에 랜디의 겉모습은 서양인에 가까웠다.

라이언은 왜 줄리아가 자신이 아닌 랜디를 선택했는지 꼼꼼히

따져 보기 시작했다.

라이언 자신은 미국의 주요 도시와 런던, 파리에 체인을 가진 오닐호텔이라는 든든한 배경을 가지고 있었다. 얼마 후면 서울에도 오닐이라는 호텔이 서게 될 것이다. 물론, 위로 다섯 명이나 되는 누이와 형이 버티고 있으므로 라이언에게 돌아올 재산은 생각보다 많지는 않겠지만 평생 일하지 않고도 안락한 생활을 유지할 수 있는 수준은 되었다. 반면 랜디의 양아버지 브라운 씨는 하급 공무원으로 평생을 일하다 지금은 그마저도 퇴직하여 연금으로 생활을 하고 있었다. 물론 랜디가 대형 로펌의 전망있는 변호사가 되면서부터 보내기 시작한 생활비 덕분에 생활은 윤택해졌겠지만 그렇다고 오닐 집안에 비할 바는 못 되었다.

그렇다면 왜? 라이언의 입술이 실룩거렸다.

랜디가 자신보다 조금, 아니, 훨씬 똑똑하다는 것은 인정할 수밖에 없었다. 녀석은 로스쿨 내내 장학금을 받고 다닐 정도로 수재였던 반면에 자신은 졸업도 간신히 했다. 게다가 현재 랜디는 회사에서 능력을 인정받으며 한 단계씩 자신의 위치를 높여 나가고 있었고 자신은 아버지의 호텔에서 주요직을 맡을 능력도 없어 로비 인테리어에나 시간을 보내고 있었던 것이다.

랜디가 자신보다 조금, 아니, 훨씬 성격이 좋다는 것 역시 인정할 수밖에 없었다. 랜디는 자신의 지적인 매력을 뽐내거나 잘난 척하는 일에 서툴렀다. 대학에 다닐 때에는 공부만 하기에도 부족한 시간을 쪼개어 변호사 비용을 댈 수 없는 어려운 처지의 사람들에게 상담할 시간을 나누어주었고 그 봉사활동은 지금도 멈추지 않고 있었다. 반면에 자신은 아직도 아버지 품에서 벗어나지도 못하고 투정만 부리는 철부지에 불과했다.

'좋아, 좋다고. 나보다 랜디가 더 좋아질 수도 있다고 쳐. 하지만 어떻게 나한테는 한 마디도 하지 않을 수 있지?'

만약 알았다면, 라이언은 생일 선물 대신 그녀에게 줄 다이아몬드 반지를 사지는 않았을 터였다. 어제까지만 해도, 아니, 랜디를 만나기 전 로비에서 트리를 올려다볼 때까지만 해도 라이언은 가장 친한 친구 앞에서, 유일하게 자신의 마음을 팔 년 동안이나 빼앗아 가버린 여자에게 다이아몬드 반지를 내밀며 프러포즈를 할 계획이었다.

지금 줄리아는 랜디가 그녀에게 반지를 내밀며 먼저 프러포즈 하지 못해 미안하다는 말을 하길 기다리고 있겠지?

끼이익!

라이언이 갑자기 브레이크를 밟으며 아파트 지하 주차장 한쪽에 험악하게 차를 세우자 줄리아가 그를 노려보았다.

"뭐 하는 거야? 다칠 뻔했잖아."

"괜찮아, 줄리아?"

랜디가 뒷좌석 문을 열고 나와 줄리아가 차에서 내리는 것을 도와주었다. 라이언은 그 모습을 노려보다 거친 손길로 운전석 문을 열고 자신도 차에서 내렸다.

"괜찮아?"

라이언은 줄리아의 팔을 붙잡고 있는 랜디의 손등을 응시하며 이를 악물었다. 잇새 사이로 터진 목소리는 동물 울음소리처럼 가르랑거렸다.

"괜찮아. 올라가자."

생일인데다 어쩌면 약혼날이 될지도 모르는 밤을 망치고 싶지는 않은지 줄리아는 평소의 괄괄 대는 성격답지 않게 차분히 화를 삭였다. 라이언의 바보 같은 브레이크로 인해 서먹했던 랜디와 줄리아의 사이가 급속도로 부드러워졌다. 두 사람은 아파트에 들어서서 서로 눈짓을 주고 받더니, 라이언이 주방에서 와인과 가벼운 스낵을 준비하는 동안 테라스로 사라져 버렸다.

그들이 사라져 버렸다는 것을 안 순간, 라이언은 와인 병을 손에 꽉 쥐고 당장이라도 테라스에 달려나가려는 충동과 싸워야 했다. 아파트의 자랑이기도 한 그 테라스는 한 가족이 살아도 될 정도로 넓고 아늑했으며, 자동 개폐식인 유리 지붕이 덧달려 있기 때문에 추위없이 밤하늘을 만끽할 수 있는 로맨틱한 장소였다. 지금 그들에게 로맨틱한 장소는 위험했다!

"설마! 랜디, 떠올려. 만나야 한다는 그 사람을 생각해서 지금은 안 된다고 말을 해."

거실과 발코니는 통유리로 막혀 있어 그들의 대화를 들을 수는 없었다. 줄리아는 라이언에게 등을 보이고 서 있었고, 랜디는 당장이라도 두 사람 사이에 끼어들려는 듯 바라보고 있는 라이언에게 고개를 살짝 내저어 방해해서는 안 되는 중요한 이야기 중임을 표현했다.

랜디는 천천히 입을 열고 줄리아에게 무슨 말을 꺼내고 있었다. 그의 손은 부드럽게 줄리아의 어깨를 어루만지고 있었고, 반짝거리는 눈은 부드럽게 미소 짓고 있었다. 라이언은 불안한 마음에 거실을 왔다 갔다 돌아다니면서도 테라스에서 시선을 떼지 못했다. 한참 동안 이야기를 하던 랜디는 줄리아의 이야기를 듣는지 잠시 입을 다물었다. 줄리아의 어깨가 흥분으로 떨리는 것을 눈치 챈 라이언은 거실 한가운데 멈춰 섰다. 랜디는 줄리아의 흥분을 가라앉히기 위해 무던히 애를 쓰는 듯했지만 쉽지 않아 보였다. 결국 줄리아는 랜디와의 대화 도중에 테라스를 뛰쳐나와 버렸다.

"줄리아, 무슨 일이야? 줄리아!"

라이언의 다급한 물음에도 불구하고 줄리아는 입을 꾹 다문 채 아파트를 나가 버렸다. 라이언은 줄리아를 따라나서려다 말고 이제야 테라스에서 집 안으로 걸어 들어와 길게 한숨을 내쉬는 랜디를 바라보았다.

"무슨 이야기를 했기에 줄리아가 저런 반응을 보이는 거야?"

랜디는 목이 타는지 라이언이 가져다 준 와인을 잔에 가득 따라 단숨에 마셔 버렸다. 라이언은 그의 앞에 마주 앉아 자신의 잔에도 술을 가득 따랐다.

"시간을 좀 달라고 했어."

시간, 거절도 승낙도 아닌 시간. 라이언은 그것이 랜디에게만 주어지는 것이 아니라 자신에게도 주어지는 것임을 깨달았다. 시간, 아직 랜디는 줄리아와 결혼을 해야 하는 것인지에 대하여 결정을 내리지 못했다. 아직 줄리아는 랜디의 약혼녀가 되지 않았다!

"무슨 시간?"

라이언은 고동치는 심장을 와인으로 달래며 태연한 척 물었다.

"아까 이야기했었지? 찾을 사람이 있다고. 그 사람을 내 눈으로 봐야만 마음의 결정을 내릴 수 있을 것 같아."

"한국에 있다고 했잖아."

"한 달 후에 나도 한국에 가게 되니까."

한 달! 그것은 라이언에게 주어진 시간이었다.

"그 사람이 누구야?"

"대일학원에서는요. 한 달에 한 번씩 파티도 해주고, 선생님들 말 잘 들으면 떡볶이도 사주고 햄버거도 사주고 그런대요."

"그래서?"

빨간 색연필로 참고서 위에다 세찬 빗줄기를 그어내는 선희의 입에서는 무심한 대답이 흘러나왔다. 아이의 얼굴은 금방 심술보로 부풀어 올랐다.

"뭐, 그렇다고요."

요즘 아이들은 뻔뻔스럽고 영악하다. 물론 착하고 순수하며 쾌활한 아이들도 있었다. 뻔뻔스럽고 영악하다는 생각은 객관적이기보다 지난 오 년간 아이들에게 시달린 사회 선생의 눈에 보인 공부하기 싫어하고 자신의 마음을 솔직하게 드러내는 보통의 아이들에게도 가져다 붙일 수 있는 말이었다. 선희는 앞장에 동그라미가 겨우 네 개밖에 없는 참고서를 바라보다 아이에게로 내밀었다.

"왜요?"

왜요, 라니! 선희는 짜증이 치밀어 올랐지만 꾹 참아냈다. 자신은 녀석들에게 있어 언제든지 갈아치울 수 있는 학원의 일개, 선생일 뿐이었다.

"앞장을 보아하니 뒤 페이지도 마찬가지일 것 같은데? 앞에 틀린 것 다시 고쳐 오고 뒷장도 다시 풀어서 가져와."

"그냥 마저 매겨주세요. 한꺼번에 할래요."

"다시 풀어와."

매몰차게 다음 차례의 참고서를 집어 드는 선희의 귀에, 돌아서며 '아이 씨' 하고 나지막이 욕설을 중얼거리는 아이의 목소리가 들려왔다. 동그라미를 크게 그리려던 색연필이 선희의 손 안에서 부러질 듯 흔들리기 시작했다.

참자. 참아야 하느니…….

"야! 너 방금 뭐라고 했어?"

모른 척 눈감아 버리면 조용히 지나가 버리고 며칠 후면 기억도 못할 사소한 꼬맹이의 버릇없는 '말' 에 민감하게 반응하는 이놈의 버럭증. 인내에 관해서는 지난 오 년간 통달했다고 믿어왔지만 이럴 때면 앞으로 십 년은 더 이 학원에서 썩어도 통달하지 못할 것 같았다.

"네?"

아이는 딴청을 부렸다.

"아이 씨?"

"제가 언제요?"

능청스럽게 눈을 치켜뜨는 아이의 모습에 선희의 뱃속은 부글 부글 끓기 시작했다. 다섯 평 남짓한 작은 강의실 안은 순식간에 얼어붙었다. 점점 굳어지는 선희의 표정에 아이도 심상치 않은 기운을 감지했지만 그래 봤자 학원 선생이라는 생각은 여전했다.

"너 여기서 당장……."

목소리가 점점 높아지며 색연필을 쥔 주먹이 허공을 가르려는 찰나 강의실 문이 살짝 열리고 수학 선생, 석훈이 미소 띤 얼굴을 들이밀었다.

"김 선생님, 전화가 와 있다는데 교무실에 가보시겠어요?"

순식간에 제자리로 돌아온 손에서 색연필을 내려놓으며 선희는 석훈에게 쓴웃음을 지어 보였다. 그리고 눈앞의 뻔뻔스러운 머리통을 지그시 노려보다, 강의실 전체가 울릴 정도로 크게 말했다.

"다들, 찍소리도 내지 말고 풀고 있어."

싸늘한 분위기 때문이었는지, 아이들의 대답 소리는 들려오지 않았다.

강의실을 나온 선희는 한숨을 내쉬며 뻐근해진 목 뒤를 손으로 문질렀다. 문이 닫히자마자, 강의실 안에서는 아이들이 떠드는 소리로 소란스러워졌지만 이미 예상하고 있던 바였다.

"피곤해."

그다지 오랜 시간을 일하는 직장이 아님에도 불구하고 만성 피로로 인해 늦은 아침마다 힘겹게 자리에서 일어나야 하는 까닭은 상대하는 사람이 말이라도 제대로 통하는 어른이 아니라 잠시도 몸을 가만히 내버려 두지 못하고, 입을 다물지 못하는 아이들이기 때문이었다.

선희는 교무실에 들어섰다. 처음 이 학원에 채용되었을 때만 하더라도, 마주 보고 있는 철제 책상 여섯 개와 낡은 캐비닛 두 개가 들어차면 공기 통할 곳도 부족한 공간을 교무실이라는 거창한 단어로 부를 수 있다는 것이 신기했지만, 지금 선희가 알고 있는 '교무실'이라는 공간은 철제 책상 여섯 개와 낡은 캐비닛 두 개가 있는, 벽에 때가 낀 사무실이 유일했다. 가장 구석에 자리잡고 있는 자신의 책상을 버릇처럼 훑어보고 경리를 맡고 있는 직원의 책상으로 몸을 틀었다. 학원의 유일한 전화기는 수화기가 내려진 채 그곳에 얌전히 놓여 있었다.

"전화……."

혼잣말을 중얼거리며 선희는 혹시나 하는 마음에 수화기를 한 번 들어보았다.

"전화 안 왔어요."

선희는 커피 향기가 진하게 퍼져 나오는 종이컵을 손에 들고 교무실에 들어서는 석훈을 돌아보았다.

"네?"

"수업 끝내고 지나가는데, 김 선생님이 또 흥분한 것 같아서요. 이번에도 애들 퇴원하게 되면 원장 선생님께서 김 선생님 월급 감봉시켜 버린다고 협박했잖아요."

"아……."

빙긋 웃으며 자신의 자리에 앉는 석훈을 선희는 가만히 내려다보았다. 먼저 퇴근을 할 생각인지 가방을 챙기고 있던 석훈은 그 자리에 선 채로 자신을 바라보는 선희와 눈을 마주쳤다.

“흥분 가라앉히셨으면 이제 들어가 보셔야죠.”

“네? 아, 네.”

자신이 얼이 빠지도록 석훈을 바라보고 있었음을 깨달은 선희는 황급히 교무실을 빠져나왔다. 석훈의 작은 웃음소리가 채 닫히지 않은 문밖으로 들려왔다. 갑자기 주위가 더워지는 것을 느낀 선희는 손으로 부채질을 하며 강의실로 향했다. 강의실은 이미 전쟁터를 방불케 하는 아이들의 목소리로 매우 소란스러웠다. 당장 뛰어들어 ‘입 닥치지 않으면 오늘 집에 못 간다!’ 라고 소리치지 않으면 원장 선생님이 나타나 오 년간 변하지 않은 월급을 감봉시키려고 할 게 분명했다. 그것을 알면서도 선희는 강의실에 들어가지 않고 뜨거워진 얼굴을 식히느라 시간을 지체했다.

명석학원의 수학 선생이자 하나밖에 없는 남자 선생, 윤석훈. 지난 이 년간 자신의 옆 책상을 썼으며 주말과 공휴일을 제외하고서는 늘 어깨를 나란히 하고 아이들의 시험지를 만들고, 커피를 마시고, 채점을 했다. 자신보다 두 살이 많았지만 한 번도 말을 놓은 적 없었으며 ‘김 선생님’ 이라는 호칭을 빼먹은 적도 없었다. 가끔 교무실에서 함께 커피를 마시며 짧은 대화를 나누고는 했지만, 등을 돌리고 나면 무슨 말을 했었는지 기억할 수도 없는 쓸데없는 화제들이 대부분이다. 일 년에 두어 번 있을까 말까 한 회식 자리를 제외한다면 학원 밖에서 만난 적도 없었다. 굳이 친하게 지내야 할 이유가 없었지만, 원수처럼 지낼 이유도 없었기 때문에 그는 선희에게 있어 지난 이 년간 ‘윤석훈’ 이라는 이름보다도 ‘직장 동료’ 로 머릿속에 각인되어 있었다. 물론, 4년제 대학을 졸업했다는 이유 하나만으로 더 오랜 경력자인 자신보다 월급을 사십만 원이나 많이 받는 것을 떠올릴 때면 가끔 얄밉기는 했지만 그에 대한 생각에 '감정'이란 것을 섞을 이유도, 동기도, 기회도 없었던 것이다.

그런데 무슨 조화인지 오늘따라 '윤 선생님'의 이름이 윤석훈이었다는 사실을 새삼 떠올리고 있었다. 느슨하게 풀어놓은 밋밋한 단색 타이가 그다지 촌스럽게 느껴지지 않는다는 것도, 웃을 때는 테가 없는 사각 안경 속으로 보이는 두 눈 옆으로 부드러운 주름이 생긴다는 것도 이 년 만에 처음 알게 된 사실이었다.

"이게 다 엄마 때문이야."

고개를 설레설레 흔들며 선희는 강의실 문을 열고 안으로 들어섰다. 그리고 우당탕거리며 책상 사이를 뛰어다니던 아이들의 귓불을 잡아당기며 오리처럼 꽥꽥 소리를 질러댔다. 선희는 절대 엄마를 닮고 싶지 않았지만 아이들에게 고래고래 소리를 지르는 스스로의 모습을 볼 때면 꼭 자신과 오빠를 닦달하는 모친과 판박이였다.

"어차피 돈도 못 모을 거 차라리 시집이라도 가. 아, 남자가 왜 없어? 찾아보면 널린 게 남자다. 만화방 사장도 아직 서른둘인가 넷인가 그렇고, 저기 세탁소집 청년도 혼기 찼고…… 참, 학원에도 젊은 남자 선생이 하나 있다고 하지 않았어?"

3

벽지에 물결무늬로 새겨진 금빛 장식을 정확히 조준하며 야구공을 내던지자, 라이언의 손에서 벗어난 야구공이 벽에 맞고 튀어 도로 그의 손 안으로 돌아왔다. 그리고 또다시 금빛 장식을 향해 내던지고, 맞고, 튀기는 과정을 되풀이하면 할수록 초조함은 더해져 갔다. 야구공을 벽에 튀기며, 책상 위에 쭉 뻗은 다리를 올려놓은 채 라이언은 책상 한쪽에 얌전히 놓여 있는 여권과 항공권을 노려보았다. 아무리 생각해도 방법은 그것밖에 없었다.

"멍청이! 그런다고 줄리아가 나에게 올 것 같아?"

예스, 예스! 다른 방법이 없잖아. 만약 한 달 후, 서울에 다녀온 랜디가 줄리아에게 프러포즈를 받아들이겠다고 대답을 한다면! 어쩌면 또다시 몇 주가 지난 후에 줄리아는 브라운 부인이 되어 있을지도 몰랐다.

오래 생각하는 것을 싫어하는 라이언으로서는 두통을 일으킬 만큼 복잡한 고민이었다.

탁.

라이언이 벽에 부딪치고 돌아온 야구공을 제대로 받지 않아, 공은 의자 뒤쪽 창가로 날아갔다. 다행히 창가에 놓인 액자 덕분에 공이 유리창을 깨고 팔층 아래로 떨어지는 불상사는 일어나지 않았다. 하지만 액자가 카펫이 깔린 사무실 바닥으로 떨어지며 액자 유리가 산산조각이 나버렸다. 짧게 욕설을 내뱉은 라이언은 의자에서 몸을 일으켜 액자를 집어 들었다.

"내가 어떻게 했으면 좋겠어, 줄리아?"

액자 속에서 부드럽게 미소 짓고 있는 랜디와 아름다운 줄리아, 그리고 머저리처럼 우스꽝스럽게 웃고 있는 자신의 모습을 내려다보며 라이언은 한숨을 내쉬었다. 그리고 무슨 생각이 들었는지 전화 수화기를 집어 들었다.

"나야, 줄리아. 지금 어디야?"

[오닐호텔.]

라이언은 짙고 검은 눈썹을 찌푸렸다.

"농담하지 마. 지금 잠깐 좀 볼 수 있어? 지금 어디야? 내가 갈게."

[물론. 로비로 내려오면 나를 볼 수 있어.]

"줄리아, 나 장난하는 거 아니야."

[나도 장난할 기분 아니야.]

라이언은 잠시 고개를 갸웃거리다, 수화기를 내려놓고 사무실을 빠져나왔다. 여비서가 갑작스럽게 뛰어나오는 라이언의 모습에 화들짝 놀라 잠시 의자에서 엉덩이를 떼었지만, 그가 엘리베이터에 오르자마자 다시 인터넷 채팅 사이트로 돌아갔다.

로비로 내려온 라이언은 대형 트리의 사진을 찍고 있는 카메라 기자 뒤에 무심히 서서 담배를 피우고 있는 줄리아를 어렵지 않게 발견할 수 있었다. 간혹 마감을 앞두고 지독한 스트레스를 견뎌내기 위해 흡연이라는 처방을 내리기는 했지만, 보통 때는 건강을 위해 자제하던 그녀였다. 라이언은 짧은 한숨을 내쉬고 그녀에게 다가가 입에 물린 담배를 빼냈다.

"뭐 하는 짓이야?"

줄리아는 선이 곧은 콧날을 찡그리며 라이언을 올려다보았다.

"여긴 금연 구역이야."

어깨를 으쓱거리며 줄리아가 다시 담배를 찾기 위해 핸드백을 뒤적거렸다.

"오닐 이사님 가장 절친한 친구인데, 이 정도는 봐주지 않겠어?"

"잠깐 이야기 좀 해."

라이언은 줄리아가 대답을 하기도 전에 가방을 빼앗아 들고 나머지 한 손으로 그녀의 가늘고 흰 팔목을 잡아 호텔 일층의 카페로 이끌었다. 트리 사진을 찍고 돌아서던 카메라 기자가 줄리아의 이름을 불렀지만 라이언은 걸음을 멈추지 않았다.

마침 카페의 가장 안쪽, 조용한 자리가 비어 있었다.

“앉아.”

“나 일하는 중이야, 라이언.”

“여기는 무슨 일로 온 거야?”

“크리스마스 특집 기사. 아직 제목은 정하지 않았지만 뭐 호텔에서 보내는 로맨틱한 크리스마스 정도…… 되겠지.”

라이언은 그 제목이 줄리아가 일하는 잡지사에서 만들어내는 기사들 중 그나마 가장 정상적인 쪽에 속한다는 생각을 하면서도 눈살을 찌푸렸다. 그놈의 잡지에는 늘 ‘억만장자를 유혹하는 방법’ 이라든지 ‘미리 보는 스타들의 계절 패션 따라잡기’ 같은 기사들만 가득했다. 그러면서도 어마어마한 숫자의 부수가 팔려 나간다는 사실이 신기할 따름이었다.

“줄리아.”

라이언의 목소리에는 긴장이 섞여 있었다.

“생일 이후로 랜디를 만난 적 있어?”

줄리아의 안색이 어두워졌다. 만약 자신의 값비싼 핸드백이 라이언의 손에 들려 있지 않았다면 또다시 담배를 찾기 위해 뒤적거려야 했을 것이다. 핸드백을 움켜쥔 라이언의 긴 손가락을 지그시 노려보며 줄리아는 고개를 흔들었다. 라이언의 목소리는 더욱 조심스러워졌다.

“랜디가 했던 이야기, 어떻게 생각해?”

“무슨 이야기?”

“이러지 마, 줄리아. 랜디에게서 모두 들었어.”

줄리아의 예쁜 속눈썹이 살짝 떨렸지만 라이언은 못 본 척했다.

"어디까지?"

"거의…… 다. 그 부분에 대해서 랜디를 탓하지는 마. 우린 지난 팔 년 동안 비밀이라는 게 없었어. 물론, 난 너와 나 사이에도 그런 게 없었을 거라 굳게 믿고 있었지만."

랜디에게 프러포즈를 하기까지 자신에게 단 한 마디도 그녀의 속내를 털어놓지 않았다는 것에 대한 불만을 은근히 드러내며 라이언은 말을 이었다.

"도대체 내게 묻고 싶은 게 뭐야?"

"랜디가 한국에 다녀올 때까지만 기다려 달라고 했던 것에 대한 너의 대답."

"랜디가 물어보래?"

라이언은 잠시 뜨끔했지만 태연한 척 고개를 끄덕였다. 줄리아는 붉고 도톰한 입술을 잘근 씹더니, 한참 후에 입을 열었다.

"기다릴 거야."

도대체가, 그 예쁜 가슴속에 자존심이라는 게 존재하고나 있는 거야? 라이언은 소리를 질러 버리고 싶은 것을 간신히 참아냈다. 줄리아가 뛰어나간 바로 그날, 그녀가 보냈다는 프러포즈 이메일의 자세한 내용을 랜디에게서 전해 들으며 느꼈던 분노와 같은 것이었다.

이메일에서 그녀는, 함께 지내온 지난 팔 년간 랜디에게 친구 이상의 호감을 느끼고 있었으며 그 호감은 일 년의 짧은 이별 기간 동안 그리움까지 동반하여 자신을 쓸쓸하고 외롭게 만들었다고 했다. 그 외로움은 랜디로 인한 것이며 오로지 랜디만이 달래

줄 수 있는 것이라 했고, 그 사실이 결혼 결심을 굳힌 결정적인 이유라고 했다. 묵묵히 이야기하는 랜디의 목소리를 들으며 라이언은 지난 팔 년간 자신은 줄리아에게 외로움조차 달래줄 수 없는 바보 머저리였다는 사실을 뼈저리게 느끼며 거친 숨을 몰아쉬어야 했다.

"물론 화가 나. 세상에, 겨우 열두 살 때 좋아했던 꼬마 여자 아이 때문에 내 프러포즈를 받아들이지 못한다는 게 말이나 돼? 라이언! 생각해 봐. 그게 말이나 돼? 너희 집 발코니에서 그 이야기를 듣는 순간, 난 랜디가 정신이 나갔다는 생각까지 했었다고."

물론 말이 안 돼. 나도 그렇게 생각해. 어떻게, 줄리아의 프러포즈를 거절, 아니, 유보시키는 이유가 겨우 한국에 있는 십육 년 전 첫사랑 때문이라니. 랜디는 미쳤어.

"줄리아, 남자들에게 첫사랑이란…… 음, 굉장히 소중한 추억이야."

랜디는 미쳤지만, 첫사랑에 대한 그 광기가 자신에게는 오로지 하나밖에 남지 않은 기회였다. 줄리아를 브라운 부인이 아닌 오닐 부인으로 만들 수 있는 유일한 기회. 라이언은 자신이 지을 수 있는 가장 매력적인 미소를 지어 보였다.

"넌 랜디를 이해한다는 거야?"

"물론."

줄리아는 코웃음을 치며 고개를 내저었다.

"어쨌거나 랜디는 한국에 가서 그 첫사랑인지를 만나고 내게 돌아올 거야."

“그걸 어떻게 확신해?”

“라이언, 그건 십육 년 전 일이야. 그리고 지난 팔 년간 랜디의 옆에 있었던 여자는 줄리아 레인이고.”

그러면서도 줄리아는 약간의 불안한 눈빛을 감추지 못했다. 라이언은 어깨를 으쓱거리며 몸을 푹신한 의자 등받이에 기대었다.

“만약 그 여자가 줄리아 레인보다 예쁘고.”

줄리아의 눈썹이 꿈틀거리는 것을 보며 라이언은 그녀 가까이로 얼굴을 들이밀었다.

“줄리아 레인보다 몸매도 끝내주고.”

“그만 해.”

“줄리아 레인보다 똑똑하고.”

“라이언!”

“줄리아 레인보다 훨씬 성격도 좋은.”

줄리아는 더 이상 못 들어주겠다는 듯 의자에서 일어났다. 옆 테이블의 손님들이 바라보는 것도 아랑곳하지 않으며 줄리아는 소리쳤다.

“넌 내 친구도 아니야!”

“그런 여자인데도 랜디가 고이 돌아와 네 프러포즈를 받아들일까?”

줄리아는 이제 씩씩거리고 있었다. 자신을 노려보는 그녀의 날카로운 눈빛을 고스란히 받아들이며 라이언은 팔짱을 꼈다.

“친구니까 해주는 말이야.”

“내 핸드백이나 내놔.”

　줄리아가 라이언의 손에서 핸드백을 빼앗듯 낚아채어 갔다. 그녀를 찾으러 온 카메라 기자가 카페 안으로 들어서고 있었다. 줄리아는 그에게 손을 살짝 흔들어 보인 후, 다시 라이언을 노려보았다.

　"네가 뭐라고 말해도, 난 기다릴 거야."

　차갑게 돌아서는 줄리아의 뒷모습을 바라보며 라이언은 입술을 질끈 깨물었다. 줄리아는 한 번 입 밖으로 내뱉은 말은 칼같이 지키는 여자였다. 그녀가 랜디와 결혼을 해야겠다고 결심을 했다면, 해내고야 말 것이다. 웨딩드레스를 입은 채 랜디의 옆에 서 있는 줄리아의 모습을 머릿속에 떠올리자 라이언은 숨 쉬기가 힘들 정도로 화가 치밀어 올랐다.

　이러고 앉아 있을 시간이 없다. 마냥 뒷짐을 지고 있다가는, 줄리아와 랜디의 결혼에 들러리로 서야 하는 세상에서 가장 끔찍한 일이 벌어지고 말 것이다. 라이언은 지난 줄리아의 생일 이후, 머릿속에 그려온 그 한심하고도 무모한 계획을 실행에 옮길 생각이었다. 지금 당장 해야 할 일은 책상 위에 내던져 놓은 여권과 항공권을 집어 들고 공항으로 달려가는 일이었다. 아니, 그전에 오닐회장을 잠깐 만나야 할지도 몰랐다. 그의 '순자 룸 프로젝트'에 대해 진지하게 생각을 해보겠다고, 그러기 위해서는 자신이 머물게 될 서울이라는 도시와 오닐 인 서울을 미리 둘러보아야 한다며 장기 휴가를 낼 생각이었다.

　라이언은 사무실로 돌아가기 위해 카페를 빠져나왔다. 로비 한쪽에서 줄리아가 홍보팀 직원과 대화를 나누고 있는 것이 눈에 들어왔다. 빛나는 페리도트가 박힌 핀으로 고정시킨 짙은 갈색 고수머리, 적당히 그을린 피부와 세련된 옷차림. 자신감이 넘치는 눈빛과 호감형의 말투. 뚜렷한 이목구비의 빼어난 미모를 제외하고서도 줄리아는 어디에서나 눈에 띄는 여자였다.

"랜디의 그녀는 줄리아 레인보다 훨씬 아름답고, 몸매도 훌륭하고, 똑똑할 거야."

줄리아를 바라보며 혼잣말처럼 중얼거린 라이언은 빙그레 미소를 지었다. 그리고 여권을 가지러 가기 위해 엘리베이터를 향해 성큼성큼 걸음을 옮겼다.

4

"**김** 선생님, 오늘 퇴근하고 시간 괜찮으세요?"

여전히 지겨운 학원에서의 일과를 끝내고, 힘이 빠진 어깨를 잔뜩 늘어뜨린 채 책상에 앉아 가방을 챙기고 있던 선희는 석훈의 목소리에 고개를 번쩍 들었다. 자연스럽게 몸을 틀려고 한쪽 팔을 책상에 올리려다 헛디디는 바람에 오히려 더 우스꽝스러워졌지만 석훈은 크게 신경 쓰지 않는 듯했다.

"네?"

"퇴근하고 시간있으시냐고요."

요 며칠, 석훈이 신경이 쓰여 눈길을 던지다 여러 번 마주치긴 했었다. 선희는 가슴 언저리의 간지러움을 간신히 참아내며 태연한 목소리로 대답했다.

"글쎄요. 갑자기 그렇게 물어보시니…… 선약이 있긴 있는데."

곧 죽어도 한 번에 넘어가긴 싫다. 비록, 집에서는 은근히 시집이나 가라고 압박을 주고 밖에서는 제대로 된 남자 한번 만날 기회를 잡지 못하지만 누가 뭐라 해도 아직까지 스물여섯 꽃띠 처녀. 입에는 모터가, 다리에는 날개가, 목 위에는 큼지막한 바위가 달린 아이들을 상대하느라 성격 다 버리고 쌓인 건 인내심밖에 없는 데다 간이고 쓸개고 다 빼놓고 다닌다지만 아직 자존심까지 빼놓고 다니지는 않았다. 그래, 김선희. 아직 안 죽었어!

"그래요?"

석훈의 곤란한 표정을 마주하며 선희는 잠시 곰곰이 생각을 하는 척했다. 사실 지금 그녀의 머릿속은 온통 그가 다시 한 번 시도해 주길 미친 듯이 바라고 있었다. 하지만 석훈은 이내 고개를 돌려 아이들이 버리고 간 폐지를 주워 오는 원장 선생님에게 입을 열었다.

"원장 선생님, 오늘 회식, 김 선생님은 빠지시는 것 같은데요?"

회식? 선희는 눈을 동그랗게 뜬 채 원장 선생님을 올려다보았다. 오십 대 초반의 원장 선생님은 처음 선희가 면접을 보러 왔던 오 년 전에 입고 있었던 바로 그 갈색 투피스 정장을 입고 그녀를 못마땅한 눈빛으로 바라보았다.

"김 선생, 회식 빠지면 벌금 삼만 원인 거 알지?"

선희는 속으로 육두문자를 써가며 욕지거리를 내뱉었다. 일 년에 한두 번 있을까 말까 한 회식을 놓치게 된 마당에 벌금까지 물게 생겼다. 진작 회식이라고 말을 해야 할 것 아니야, 선희는 석훈을 흘낏 노려보다 다시 원장 선생님에게로 고개를 돌렸다.

"회식에 빠질 수 있나요? 선약이 있긴 있지만, 당연히 취소하고 우리 명석학원의 단합을 위한 자리에 꼭 참석해야죠."

선희는 은근히 자신이 가지 않고 벌금만 내길 원하는 원장 선생님 앞에서 척하니 휴대 전화기로 친구에게 전화를 걸어 '있지도 않았던' 약속을 취소했다. 자다 일어난 듯한 백수 친구는 '약속을 지킬 수 없어, 미안해'를 연발하는 선희의 귀에 나지막이 '지랄'을 웅얼거리며 전화를 끊어버렸다.

"급한 일이신 것 같은데 친구 분 만나셔야 하는 거 아니에요?"

"괜찮아요. 학원 일이 더 중요하죠 뭐."

석훈의 말에 쓴웃음을 지으며 선희는 먼저 자리에서 일어났다. 뒤돌아서 먼저 교무실을 나서는 선희의 얼굴은 벌레를 씹어 먹은 듯 일그러져 있었고 집에 돌아가지 않고 꿈지럭거리며 놀다 이제야 강의실을 빠져나오던 한 무리의 꼬마들은 복도에서 마주친 선희의 얼굴에 얼굴이 하얗게 질려 도망쳤다.

좀처럼 회식을 하지 않기 때문에 단골이라 하기에는 뭣하지만, 회식이라 하면 으레 찾기 때문에 학원의 맞은편 건물 일층에 자리 잡은 삼겹살집 주인은 학원 사람들을 반갑게 맞아주었다.

지글지글 익어가는 삼겹살에서 연방 기름이 뚝뚝 떨어져 내리고 소주잔이 이리저리 사람들 손을 타고 돌아다녔다. 누가 나서서 자리 정리를 한 것도, 미리 약속을 한 것도 아닌데 사람들은 교무실 자리를 그대로 옮겨온 듯 직사각형의 널찍한 테이블 앞에 자리를 잡았다. 그 덕에 선희는 소주 두어 잔에 얼굴이 살짝 발그스름하게 상기된 석훈의 옆얼굴을 훔쳐보기가 수월했다.

"김 선생님, 제 잔 한 잔 받으세요."

석훈이 고개를 돌리기 바로 직전에 자신의 눈길을 그에게서 거두어 타 들어가는 삼겹살에 내던지는 데 성공한 선희는 아무 일도 없었다는 듯 고개를 돌려 그와 마주 보았다.

"벌써 너무 많이 마셔서요. 얼굴이…… 엉망이죠?"

선희는 취기로 얼굴이 달아오르는 것이 부끄럽기라도 한 듯 두 손으로 뺨을 감싸 쥐었다. 만약 학원의 그 작은 악마들이 지금의 선희를 보았다면 기꺼이 토하는 시늉이라도 했을 터였다.

"아니요."

석훈은 고개를 흔들었다.

"괜찮으신데요? 술을 잘 못하시나 봐요. 요즘 젊은 사람들은 여자 남자 할 것 없이 다들 술을 잘하던데."

겨우 두 살 많으면서, 자신 앞에서 젊은 사람들 운운하는 석훈의 모습이 선희는 이상하게 싫지 않았다. 약간 구부러진 혀로 발음하는 목소리가 귀엽게 느껴지기까지 했다. 왜 좀 더 빨리 이 사람에게 관심을 가지지 못했는지 이해할 수가 없었다. 어쩌면 집에서 시집이나 가라고 볶아대는 통에 억지로 눈을 뜬 것인지도 모르지만 어쨌거나 석훈이 그녀 주위에 있는 모든 미혼 남자들 중 군계일학인 것은 분명했다.

겨우 스물여섯에, 시집 못 간 노처녀처럼 눈 크게 뜨고 괜찮은 남편감이 없는지 찾아봐야 하다니. 선희는 자신의 처지가 한심스러웠지만 모친의 말대로, 주중에는 목이 터져라 소리를 질러대고 신경과민과 스트레스로 아스피린을 손에 달고 살며 주말에는 할 일이 없어 다 무너져 가는 낡은 도서관에 처박혀 있는 것보다 두어 살 차이가 나는 직장 튼튼한 남자를 만나 결혼해서 알콩달콩 가계부 채워 나가며 반반씩 닮은 아기 낳아 기르는 재미를 맛보는 쪽이 훨씬 구미가 당기는 인생이긴 했다. 선희는 다시 한 번 자신에게 소주를 권하는 석훈을 지그시 바라보았다. 바로 이 남자였다. 만화방 집 사장보다, 세탁소집 청년보다 훨씬 더 알콩달콩 함께 살 수 있을 것 같은 사람.

"오늘 다 먹고 죽자고!"

나이 서른에 과부가 되어 지금껏 혼자 살아온 원장 선생님은 회식 직전까지 지불해야 하는 고기값에 대해 투덜대는 구두쇠였지만, 일단 알코올에 입을 담그고 나면 360도 달라졌다. 아마도 술에 취하면 자식 없이 지내야 하는 노후에 대한 경제적인 부담감보다도, 눈감는 그 순간까지도 자신의 곁에 아무도 없을 것이라는 지독한 외로움과 불안이 머릿속을 지배하는 듯했다.

선희는 주위에서 건네는 소주잔을 눈을 내리깔고 넙죽 받아 마시다, 더 이상 못 견디겠다는 듯 화장실로 달려갔다. 하지만 막상 화장실에 들어선 선희의 얼굴은 고기 기름으로 미끈해진 것을 제외하면 놀라울 정도로 멀쩡했다. 콤팩트를 꺼내어 얼굴에 꾹꾹 눌러 번들거림을 정리한 선희는 손을 씻고 회식 자리로 돌아왔다. 하지만 석훈의 자리는 텅 비어 있었다.

"윤 선생님은 어디 가셨어요?"

"담배 피우러 나가는 것 같던데?"

젠틀하기도 해라. 선희는 빙긋 웃으며 자리에 앉으려다 행동을 멈추었다. 석훈은 밖에서 혼자 담배를 피우고 있을 것이다. 약간 취기가 오른 채로. 머릿속에서 지금이 기회라고 붉은 등과 사이렌을 마구 울리기 시작했다.

"아, 화장실에 전화기를 두고 왔네."

혼잣말처럼 중얼거린 선희는 학원 선생들이 원장 선생님의 고독을 위로하며 술잔을 기우느라 자신에게 신경을 쓰지 않는다는 것을 확인하고서 화장실과 반대편인 입구 문 쪽으로 조심스럽게 걸음을 옮겼다. 문을 열고 밖으로 나가자 차가운 바람이 귓볼을 때리고 지나갔다. 선희는 손을 그러모아 '호' 하고 입김을 불어 자신에게서 술 냄새가 많이 나는지 확인을 한 후, 가게 앞 좁은 주차장 한편에서 등을 보인 채 담배를 피우고 있는 석훈에게로 천천히 다가갔다.

무슨 말부터 건네어볼까. 춥죠? 안에서 피워도 되는데, 여기서 뭐 하세요? 술 많이 드셨는데 괜찮으세요?

담배 연기를 토해내는 작은 숨소리까지 들릴 정도로 가까이 가서야 선희는 석훈이 담배만 피울 뿐 아니라 전화 통화를 하고 있다는 사실을 눈치챘다.

"짜식, 알았어. 꿔줄게. 내일 문자 메시지로 계좌번호 넣어줘. 지금? 학원 회식이라 술 한잔하고 있었지. 재미는 무슨, 남자는 나 하나밖에 없어서 은근히 눈치도 보이고 그래. 부럽다니, 다 결혼한 아줌마 선생님들인데 부럽긴 뭐가 부러워."

다, 결혼한, 아줌마라니. 선희의 한쪽 눈썹이 일그러졌다.

"한 명 있어, 미스."

잠시 잊고 있었다는 듯 황급히 석훈이 덧붙이자 선희의 표정은 원래대로 돌아왔다.

"인마, 잘해보긴 뭘 잘해봐. 내 스타일 아니야. 뭐랄까…… 좀 심심해."

좀 심심해. 차라리 못생겼다, 뚱뚱하다, 성격 더럽다, 멍청하다든지의 구체적인 이유였다면 몇 날 며칠이고 그를 욕했을지언정 지금처럼 석훈의 목소리에 그토록 온몸이 얼어붙진 않았을 것이다. 선희는 석훈이 눈치채기 전에 얼른 몸을 돌려 회식 자리로 돌아왔다. 뻣뻣해진 팔로 소주잔을 들어 연거푸 두어 잔을 비워낸 후에야 비로소 손가락 끝에 온기가 돌기 시작했다.

좀 심심해. 석훈의 무심하고 덤덤한 목소리가 자꾸만 귓가에 맴돌았다. 그건 정답이었다. 자신은 심심한 사람이었다. 아이들에게 고래고래 소리를 지르고 있는 순간에도 스스로 무기력함을 느껴야 했고, 퀴퀴한 냄새가 가득한 도서관에 앉아 졸고 있는 순간에도 미친 듯이 무료함을 느껴야 했다.

맞아, 난 심심한 사람이야. 하지만 타인의 입에서 들려오는 자신의 '심심함'은 그 어떤 모욕보다도 그녀의 가슴에 상처를 남겼다. 아마도 정말 뚱뚱한 사람이 '뚱뚱해!' 라는 말을 들으면 깊은 상처를 입는 것처럼, 정말 눈이 작은 사람이 '웃을 때 눈 좀 떠' 라고 농담처럼 던진 말을 듣고 뒤돌아서 눈물이 핑 도는 것을 참는 것처럼 선희는 정말 심심했기 때문에, '심심한 사람이야' 라는 말에 지독히도 상처를 받았던 것일지도 몰랐다.

친구와 통화를 끝냈는지 석훈이 시린 손을 부비며 고기집 안으로 들어섰다. 그의 얼굴을 마주하자 선희는 급하게 들이켰던 소주의 신물이 목까지 치밀어 오르는 것 같았다. 석훈이 자신의 옆에 다시 자리를 잡고 앉는 동시에 선희는 자리를 박차고 일어났다. 모든 선생님들의 의아한 시선이 선희에게 쏟아졌다.

"죄송하지만 저 먼저 일어나야 할 것 같아요."

"그러는 게 어디 있어? 왔으면 끝까지 있어야지!"

몇 시간 전만 하더라도, 은근히 그녀가 회식 자리에서 빠지고 벌금이나 내서 회식비에 충당하길 바랐던 원장 선생님이 먼저 자리를 뜨는 건 있을 수도 없는 일이라며 방방 뛰었다. 선희는 지갑에서 삼만 원을 꺼내어 테이블 위에 올려놓았다.

"죄송합니다."

"아니, 김 선생! 김 선생!"

자신을 부르는 소리에도 한 번도 돌아보지 않은 채 선희는 고기집을 빠져나왔다. 지금은 저렇게 애타게 부르지만, 내일이면 또 어떻게든 자신의 월급을 감봉시키려고 눈에 불을 켜고 자신의 실수를 찾아다닐 것이 분명했으므로 조금의 미안함도 없었다.

선희는 4차선으로 바뀌어 버린 학교 앞길을 걸어 오르기 시작했다. 건설 붐으로 예전에는 트럭이 오가며 내버린 흙만 잔뜩 쌓여 있던 길 양쪽에는 줄줄이 붙어선 가겟집들이 초저녁 불을 밝히고 있었다. 그 가겟집 행렬이 끝나고 나면, 고만고만한 집들이 얽히고설켜 한 동네를 이루고 있었다. 태어나서 한 번도 떠나본 적 없는 선희의 낡은 집도 그 동네를 채우고 있었다.

집에 그냥 들어갔다가는, 밤새 우울해서 잠도 이루지 못할 게 뻔했다. 석훈에게 내숭을 떠느라 입맛만 다셨던 소주가 그리워지자 선희는 조금의 망설임도 없이 동네 어귀의 포장마차로 들어섰다. 삼삼오오 모여 소주잔을 기울이던 사람들은, 그리 길지도 않은 머리를 질끈 묶고 갈색의 밋밋한 더플코트와 코트 색을 전혀 고려하지 않은 생뚱맞은 파란색 손가방을 든 젊은 여자가 혼자 자리를 차지하고 소주를 시키는 모습을 신기하게 바라보았다.

"그래. 봐라, 봐."

혼잣말을 중얼거린 선희는 사람들에게 보란 듯 소주를 잔에 넘치게 따른 후 꿀꺽 입 안에 털어 넣었다. 두어 잔 소주를 따라 마시고 안주 삼아 뜨끈한 어묵 국물을 두어 번 마셨을 때, 선희는 더 이상 사람들이 자신을 바라보고 있지 않다는 사실을 깨달았다. 그들에게 있어 선희는 '포장마차에 혼자 들어와 소주를 마시는 정말 할 일 없고 심심한 여자' 일 뿐이었다.

"정말…… 존재감 제로네."

입 안에서 쓰게 맴돌고 있는 소주의 여운이 채 가시기도 전에 선희는 다시 잔을 집어 들었다. 한 잔, 두 잔, 세 잔, 네 잔. 병이 비고 치워졌다. 그리고 새로운 병이 빈자리를 차지했고 또다시 한 잔, 두 잔…….

"옛날엔 안 그랬는데. 뇌가 이상해져 버리는 것 같아."

취기가 오를수록 가속도가 붙었다. 한 잔만 더 마시면, 집에 가서 잠을 잘 잘 수 있을 것 같아, 한 잔만 더 한 잔만 더. 알코올이 몸에 흡수되며 흠뻑 젖을수록, 이어지는 혼잣말은 목소리가 점점 커져 초라하고 우스꽝스러운 주사로 변하고 있었다.

"옛날에는 안 그랬거든. 안 그랬다고. 세상이 다 내 것이라고 생각한 적도 있거든? 저얼대, 절대! 심심하지 않았단 말이야."

눈을 뜨기가 힘들어졌다. 아가씨가 집에 어떻게 가려고, 하며 혀를 끌끌 차는 주인 아주머니의 걱정에도 아랑곳하지 않으며 또다시 새로운 소주병을 가슴 쪽으로 끌어안은 선희는 배시시 웃음을 터뜨렸다.

"아줌마, 제가 옛날에는 안 그랬거든요? 진짜로요."

"아, 알았어. 다른 손님들도 있는데 좀 조용히 마셔. 응?"

"다른 손님들?"

선희는 붉게 달아오른 뺨 위쪽에 주름이 생길 만큼 실눈을 뜨고 포장마차 안을 휘 둘러 보았다. 몇 명의 손님들이 눈에 띄었지만, 다들 자신들의 취기에 흥청거리느라 이 포장마차 안의 '취해 있는' 심심한 여자에게 관심도 없었다.

"에잇! 누가 신경이나 쓴다고 그래요. 아줌마도 차아암! 걱정 뚝! 괜찮아, 괜찮아. 근데요, 아줌마, 저 정말 옛날에는 안 심심했거든요?"

"하이고, 알았다니까. 아, 저기 저 손님. 아가씨가 시끄럽게 구니까 저 손님이 자꾸 쳐다보잖아."

누가? 화끈거리는 뺨을 부여잡고 선희는 대각선 맞은편 자리를 차지하고 앉은 남자를 지그시 노려보았다.

"아! 외국인이네. 큭큭. 그놈 참 자알~생겼네."

선희는 히죽 미소를 지어 보였다. 하지만 자신을 노려보고 있던 외국인 남자가 그 말을 알아듣기라도 한 듯 한쪽 눈썹을 치켜올리자 입을 다물었다. 그리고 다시 눈을 부릅뜨고 남자의 모습을 찬찬히 살피기 시작했다. 가장 먼저, 그리고 가장 인상적으로 선희의 시선을 끄는 것은 단연 짙고 검은 눈썹과 동그랗게 크면서도 눈매가 뚜렷한, 검은 보석을 박아놓은 듯한 눈동자였다. 굴곡없이 완벽한 선을 자랑하는 콧날은 사뭇 날카로워 보였지만 이어지는 부드러운 입술 선이 완만함을 보충해 주고 있었다. 이런 포장마차에는 절대 어울리지 않는, 짙은 검은색에 은빛 털이 달린 고급스러운 코트 속으로 타이가 없는 세미 슈트가 슬쩍 드러났다.

자신의 희미한 존재감에 서글퍼졌던 조금 전의 상황이 무색할 정도로, 선희는 뚫어질 듯한 남자의 날카로운 시선이 불편해졌다. 애써 남자의 시선을 피하며 선희는 주섬주섬 지갑을 꺼내 들었다.

"쳇, 내가 떠들면 얼마나 떠들었다고……. 노려보고…… 지랄이야."

술값을 포장마차의 간이 테이블 위에 올려놓은 선희는 조용히 중얼거리고 포장마차를 빠져나왔다. 고기집에서 올라올 때까지만 해도 으스스하게 추웠던 날씨는 알코올의 영향으로 몸속의 열기가 후끈 달아오른 선희에게는 전혀 영향력을 발휘하지 못했다.

"집에 가서…… 잠이나 자자."

가방을 고쳐 메고 집으로 향한 발걸음을 한 걸음 떼었을 때였다. 포장마차 문이 벌컥 열리는 소리와 함께 조금 전 자신을 죽일 듯 노려보던 남자가 걸어나오는 것이 눈 안에 들어왔다. 순간 선희는 심장이 뜨끔함과 동시에 남자와 눈이 마주쳤다.

“드, 들었나?”

남자는 저벅저벅 걸어 자신에게 다가오고 있었다. 앉아 있을 때는 그 자그마한 얼굴 때문에 느끼지 못했지만, 키가 어마어마하게 컸다. 160㎝가 겨우 넘는 선희는 살짝 뒷걸음질치기 시작했다. 그리고 그때, 얼마 전 뉴스에 크게 보도되었던 외국인 흉기 난동 사건이 머릿속에 떠오르자 걸음아 나 살려라, 속력을 내어 달리기 시작했다. 그 사건도 한국 사람이 지나가며 한마디 한 걸 가지고 외국인이 칼로 목을 찔러 버렸다!

“오늘 일진 왜 이래, 정말!”

다행히도 남자는 달리는 자신을 뒤를 쫓아오진 않았다. 다만 어이없다는 듯 고개를 설레설레 흔드는 것이, 잠시 뒤쪽으로 시선을 던진 선희의 눈에 들어왔다. 안도감이 몸 안으로 깊숙이 퍼지는 것을 느끼면서도 선희는 달리는 다리를 멈추지 않았다.

머리끝에서부터 맞닿은 차가운 바람이 불처럼 뜨거운 온몸의 열기를 시원하게 식혀주고 있었다. 언제부터였을까, 이 길을 달리지 않고 집으로 돌아오기 시작했던 것은. 울퉁불퉁한 비포장 길이었던 이 길은 하니를 꿈꾸던 어린 시절의 선희에게 늘 레일이 깔린 매끈한 운동장이 되어주곤 했다. 곧 암흑 속의 한기를 뚫고 동네 곳곳에 울려 퍼지는 선희의 목소리가 들려왔다.

“달려라~ 달려라~ 달려라, 선희. 선희이이~ 이 세상 끝까지까지! 달려라, 선희!”

5

완전히 얼이 빠져 버린 얼굴로 라이언이 올라타자 박 비서
는 곧장 시동을 걸고 차를 출발시켰다. 전체적으로 낙후된 동네에
어울리지 않는 대형 세단은 박 비서와 세트로 미리 서울에 와 있
던 오닐호텔 인수팀에서 제공한 것이었다. 비즈니스로 온 것이 아
니라서 원칙적으로는 어긋난 경우였지만, 라이언이 서울에서 절
대 불편함 없이 지낼 수 있도록 배려하라는 오닐 회장의 엄명이
떨어졌던 것이다. 라이언은 그것이 서울에 호감을 가지게 하여 오
닐 인 서울을 맡게 하려는 아버지의 의도라는 것을 알고 있었기
때문에 탐탁지는 않았지만, 박 비서는 여러모로 큰 도움이 되었
다.

"호텔로 갈까요?"

매끄러운 영어 발음, 라이언은 그녀가 영어를 자유자재로 구사한다는 사실이 가장 마음에 들었다. 라이언은 고개를 끄덕이며 창밖으로 시선을 던졌다. 단 이틀 만에, 서울에서 한 시간 정도 떨어진 이 작은 도시에서 랜디의 그녀를 찾아낸 능력은 박 비서가 마음에 든 두 번째 이유였다. 감탄의 눈길로 바라보는 라이언에게 박 비서는 무덤덤한 표정으로 '이름과 나이로 찾은 졸업 앨범에 나온 주소와 전화번호가 여태껏 변하지 않은 까닭'이라고 말했다.

"써니."

라이언은 그 이름을 머릿속에 떠올리며 입 안으로 욕설을 중얼거렸다. 랜디의 그녀는, 줄리아 레인보다 아름답고 똑똑하고 매력이 넘쳐야 했다. 물론 조금은…… 기대에 미치지 못할지도 모른다는 생각을 했지만 그럴 경우를 대비해 랜디보다 한발 앞서 자신이 한국까지 날아오지 않았던가. 하지만!

김선희를 찾았다는 소식에 라이언은 한달음에 달려왔다. 미리 그녀의 직장까지 찾아가서 확인을 하고 왔다는 박 비서가 차 속에서 손으로 가리킨 여자는, 라이언의 눈을 의심하게 했다. 키가 174㎝인 줄리아보다 더 큰 것도 문제가 되겠지만, 190㎝에 육박하는 라이언에게 선희는 작아도 너무 작아 보였다. 아담한 사이즈가 매력이 없다는 뜻은 아니었다. 가슴이 멋들어지게 크고 허리는 잘록하고 히프는 풍만한 몸매를 가졌다면 몸집은 작으면 작을수록 훨씬 더 육감적이다. 하지만 그녀의 가슴은 정말 멋없고 칙칙하고 두꺼운 코트에 가려져 있어 있는지 없는지조차 가늠하지 못했고, 허리도 마찬가지였다. 줄리아의 잘 다듬어진 윤기가 흐르는 갈색 고수머리를 떠올리자 두통이 찾아왔다. 그 두통 위로 흘러내린 검은 머리칼을 대충 틀어 올려 묶어버린 선희의 헤어스타일이 오버랩되어 지나갔다. 그녀의 얼굴은 완전히 일그러지고 우울로 가득 차 있어 도저히 봐줄 수가 없었다. 어두운 밤거리를 터벅거리며 올라가던 그 끔찍한 걸음걸이. 거기서 끝이 났다면 차라리 나았다. 포장마차 안에서 술을 마시던 모습은, 모든 것을 포기하고 뉴욕으로 돌아가고 싶은 충동이 들 정도였다. 쩍 갈라진 목소리로 소리를 지르고 술을 입가에 흘려가며 들이부어 댔다. 게다가 마지막은 아주 가관이었다. 그녀는 알아들을 수도 없는 이상한 노래를 부르며 밤거리를 질주했다.

"미친 건 아닐까?"

사뭇 진지한 라이언의 목소리에 박 비서가 힐끔 룸미러로 그를 바라보았다.

"김선희 씨 말씀이십니까? 그렇지 않습니다. 그녀는 오 년째 학원에서 아이들을 가르치고 있습니다."

라이언은 눈썹을 찡그렸다.

"어떻게 그런 여자가 아이들을 가르칠 수가 있지? 이해할 수가 없어. 선생님이라는 사람이 그렇게 술을 마시고, 동네가 떠나가라 노래를 부르고……. 참, 그 노래는 도대체 무슨 노래야? 그 여자 이름이 나왔던 것 같은데."

라이언은 두통을 잊어보기 위해 푹신한 시트 속으로 몸을 깊이 파묻었다. 박 비서는 잠시 고민을 하는 듯했지만 여전히 무뚝뚝한 음성으로 라이언에게 대답했다.

"'Run, honey' 라는 노래입니다."

달려, 내 사랑? 희한한 노래 제목이라는 생각을 하며 라이언은 묵묵히 박 비서의 이야기를 들었다.

"어머니에 대한 사랑과 그리움을 달리기로 달래며 승화한다는, 아주 아름다운 가사입니다. 한국에서는 모르는 사람이 거의 없는 유명한 노래이며 김선희 씨가 불렀던 부분은 그 노래의 후렴구이자 하이라이트인데 직접 자신의 이름으로 개사한 것 같습니다."

그녀의 꼴이 우스꽝스러워서 그랬는지는 몰라도, 그다지 아름다운 노래 같지는 않았는데. 고개를 갸웃거리던 라이언은 지금 자신이 그런 노래에 신경을 쓸 때가 아니라는 사실이 떠오르자 한숨을 길게 내쉬었다.

라이언을 태운 세단은 어느새 호텔 앞으로 미끄러지듯 멈추어 섰다. 이미 이전의 경영진과의 인수인계 및 인수 절차는 마무리 단계에 있었고 앞으로 약 한 달 후 최종 법무팀이 들어와 한국 국내 절차에 맞는 허가 서류를 꾸미면 오닐이라는 이름을 얻게 될 바로 그 호텔이었다. 경영진을 제외한 다른 인사이동 및 조치는 없을 것이라는 공고 때문인지 호텔에 종사하는 모든 직원들은 이미 라이언을 자신들의 새로운 사장, 혹은 호텔 그룹 총수의 아들로서 깍듯이 대했다. 라이언과 함께 호텔 로비까지 들어온 박 비서는 얼굴을 찡그린 채 아무 말이 없는 그에게 물었다.

"내일 스케줄에 대해 시키실 일이 있으십니까?"

"아직은 없어."

라이언은 박 비서를 가만히 내려보았다. 썩 대단한 미인은 아니었지만, 지적인 느낌을 주는 여자였다. 랜디의 그녀가 박 비서 정도만 되었어도 이렇게까지 암울하지는 않았을 것이란 생각이 들었다. 물론 무뚝뚝한 말투는 그다지 마음에 들지 않았지만.

"생각나면 전화할게."

"네. 그럼 편안히 쉬십시오."

호텔의 맨 꼭대기 층, 스위트룸에 들어선 라이언은 갑자기 엄청난 피로가 몰려오는 것을 느꼈다. 라이언은 코트도 벗지 않고, 얼마 후면 '순자'라는 이름이 붙게 될 그 화려한 방의 널찍한 침대에 몸을 파묻었다.

이대로라면, 랜디가 첫사랑의 그녀를 선택할 가망성은 단 1%도 없었다. 제정신이 아니고서야, 줄리아와 그 여자를 비교라도 할 수 있을까! 이대로 랜디와 줄리아의 결혼식에 들러리로 서야 하는 것일까? 라이언은 끙 하는 소리를 내며 몸을 일으켰다. 뜨끈한 물에 몸을 담그고 나면 머릿속이 정리될지도 모른다.

구겨진 코트를 벗어 던지고, 셔츠의 단추를 위에서부터 풀어 내리기 시작했다. 순간 무슨 생각이 들었는지, 단단한 가슴이 채 완전히 드러나기도 전에 손길을 멈춘 라이언은 나이트 테이블 위의 전화기를 집어 들었다. 뉴욕은 지금 아침이었고, 줄리아는 잠에서 깨어 있을 것이다.

[헬로.]

"나야, 줄리아."

[라이언! 한국으로 갔다는 말, 정말이야?]

반가움과 의아함이 가득한 줄리아의 목소리를 위안 삼아 라이언은 가만히 눈을 감았다.

"지금 서울이야."

[한마디 말도 없이 가는 게 어디 있어? '순자 룸 프로젝트'에 참여할 마음이라도 생긴 거야?]

굳이 프로젝트 이름을 붙여야 한다면 '랜디의 그녀, 사람 만들기'겠지. 생각만 해도 뒷목이 뻣뻣해지는 것 같아 라이언은 손으로 주물러 주어야 했다.

"그냥 휴가야."

[갑자기 무슨 휴가를, 그것도 한국으로 간 거야? 지난번에 호텔에서 조금 화를 냈다고, 네가 나한테 이럴 수 있어? 지금 나와 랜디가 얼마나 어색한 상황인지 알면서 너까지 자리를 비우면 어떻게 해?]

순간 라이언의 얼굴이 딱딱하게 굳어버렸다.

"너희 일은 너희가 알아서 해! 나중에 다시 전화할게."

[라이언!]

화가 나 거칠어진 손길로 셔츠를 완전히 벗어 아무렇게나 내던진 라이언은 욕실로 향했다. 뜨끈한 물속에 몸을 담그자 몸속에 가득 차 있던 긴장과 분노가 어느 정도 사그라지는 것 같았다. 하지만 라이언은 눈을 질끈 감은 채 입술을 깨물었다. 스스로에 대한 비난은 멈출 수가 없었던 것이다.

도대체 내가 여기서 뭘 하고 있는 거지? 여긴 서울이야, 이 머저리야. 한국! 7000마일을 열네 시간이나 걸려 날아와 어쩌면 짐처럼 떠맡아 영영 한국에 머물러야 할지도 모르는 망할 놈의 호텔 욕조에 누워 있다고. 뒤뚱거리며 괴상한 노래를 끔찍하게 불러대는 그 여자 한 명을 만나기 위해, 줄리아가 있는 뉴욕을 떠나 한국에 날아와 있다고.

만약 욕조의 물이 조금이라도 식어버렸다면, 라이언은 당장 욕조를 박차고 일어나 뉴욕으로 가는 비행기 표를 알아봐 달라고 박 비서에게 전화를 걸었을 것이다. 그 충동을 간신히 이겨내고 라이언은 가볍게 심호흡을 했다.

어차피 휴가는 냈고, 한국에 왔다. 랜디의 그녀를 찾았고, 두 눈으로 확인했다. 만약 이 절망적인 기분을 안고 뉴욕으로 돌아간다면 한 달 후, 한국에 온 랜디가 자신의 첫사랑을 만날 테고 지금의 자신처럼 실망과 절망을 금치 못하고 뉴욕으로 돌아갈 것이다. 그리고 줄리아에게 줄 반지를 맞추러 보석상에 달려가겠지. 라이언은 눈을 번쩍 떴다. 단호한 의지가 눈동자 속에서 빛을 발하고 있었다.

지금부터 하는 일은, 줄리아와 랜디가 결혼을 하는 모습을 가만히 앉아서 지켜보는 것보다 나으면 나았지 더 이상의 최악의 상황은 만들지 못했다. 마지막으로 남은 유일한 기회—사실 쥐꼬리만큼도 가능성은 보이지 않았지만—였다.

욕조에서 몸을 일으킨 라이언은 허리에 타월을 두른 후 침실로 돌아왔다. 그리고 젖은 머리칼에서 침대 시트로 물이 뚝뚝 떨어지는 것도 아랑곳하지 않고 박 비서에게 전화를 걸었다.

오전 열한 시 사십 분. 교무실에 들어선 선희는 자신을 향해 부드럽게 눈인사를 건네는 석훈의 모습을 발견하고 어젯밤 그렇게 게워낸 소주의 신물이 다시 올라오는 것을 느꼈다. 벌레 씹은 얼굴로 고개를 살짝 끄덕이며 그 인사를 받은 선희는 자신의 자리에 가 앉았다. 책상 위에는 가장 먼저 학원에 몰려오는 1학년 아이들이 오기 전에 복사를 해둬야 하는 프린트가 어마어마하게 쌓여 있었다.

"어제는 잘 들어가셨어요?"

가장 끄트머리 책상을 쓰는, 어제 회식의 여파로 지금은 꾸벅꾸벅 졸고 있는 국어 선생에게 자리를 바꿔달라는 말이 폭 끝까지 치밀어 오르는 것을 꿀꺽 삼켜 버리며 선희는 쓴웃음을 지었다. 그래 봤자 석훈의 자리에서 대각선으로 맞닿은 책상이었다. 겨우 책상 여섯 개 모여 있는 교무실에서 석훈을 피하기란 불가능해 보였다.

"네, 잘 들어갔어요."

"갑자기 그렇게 가버리셔서 걱정했어요."

무슨 걱정? 혼자 집에 가서 심심 떨까 봐? 선희는 자신도 모르게 뺨이 실룩거리는 것을 느끼고 황급히 고개를 제자리로 돌려놓았다. 자신을 대하는 선희의 태도가 딱딱한 것을 어렴풋이 느꼈는지, 석훈은 잠시 머뭇거리다 자리에서 일어나 교무실을 나가 버렸다.

"나도 됐거든? 나도 너 심심해서 싫거든?"

석훈의 뒷모습을 바라보며 혀를 쏙 내밀어 보인 선희는 프린트물을 차례로 정리하기 시작했다. 잠시 후, 머리 위에서 맴도는 달콤한 커피 향기에 선희는 고개를 번쩍 들었다. 석훈이 빙그레 웃으며 따듯한 커피 잔을 그녀의 손에 쥐어주었다.

"많이 피곤하신 것 같아서요. 커피 한 잔 하시면 컨디션이 좀 나아지실 거예요."

그리고 석훈은 선희의 옆 자신의 책상에 앉아 하던 일을 마저 하기 시작했다.

"고, 고맙습니다."

더 이상 이을 말을 잃고 그 종이컵을 지그시 내려보던 선희는 입술을 질끈 깨물고 석훈이 알아채지 못할 정도로 가볍게 고개를 흔들었다. 심심한 사람은 자신의 스타일이 아니라는 남자에게 더 이상 호감을 가져서 뭐 하려고. 바보같이! 아직도 부대끼는 속을 차근히 진정시켜 주길 바라며 선희는 달짝지근한 커피를 한 모금 마셨다.

"달다."

그 중얼거림을 들었는지 석훈이 고개를 돌려 무슨 말인가 하려는 찰나, 교무실 문이 열리며 커다란 꽃바구니가 등장했다. 모자를 깊게 눌러쓴 꽃 배달 서비스 직원은 오층에 위치한 학원 계단을 낑낑대며 힘겹게 올라온 듯 꽃바구니를 내려놓고 이마에 흐르는 땀을 대충 훔쳐 냈다.

"여기 김선희 씨 계십니까?"

순간 선희는 자신의 이름이 낯설게 느껴져 선뜻 나서지 못했다. 이 동네에서 김선희라는 이름을 가진 여자는 찾아보면 한 트럭은 나올 것이며, 이 세상 어디에도 자신에게 이런 꽃바구니를 보낼 사람은 없었다. 결론은 꽃 배달 서비스 직원의 입에서 흘러나온 그 김선희는 자신이 아닐 것이라는 것에 이르렀다. 선희가 대답을 하지 않자, 호기심 어린 눈빛으로 꽃바구니와 선희를 번갈아 바라보고 있던 석훈이 얼른 입을 열었다.

"이분이 김선희 씨예요."

"아, 그러세요? 여기 이 꽃바구니 받으시고요. 카드도 있거든요? 그리고 여기에 사인 하나만 부탁드립니다."

펜과 영수증을 건네는 꽃 배달 서비스 직원에게 선희는 당황스러운 목소리로 대답했다.

"저, 혹시 이거 잘못 온 거 아닌가요?"

"네? 아닌데요. 여기 명석학원 김선희 선생님이라고 분명히 적혀 있잖아요. 혹시 이 학원에 김선희 선생님이 두 분은 아니시죠? 얼른 사인해 주세요."

채근하는 직원의 말에 선희는 어쩔 수 없이 사인을 했지만 아무래도 잘못 온 것 같아 불안해졌다. 괜히 받았다가 나중에 손해배상 같은 것을 청구당할지 모른다는 생각이 들었다. 누가 보낸 것인지 물어보려는 찰나, 직원은 갈 길이 바쁘다는 듯 교무실을 나가 버렸다.

"아, 카드."

분명 자신은 잘못 온 것일지도 모른다는 이야기를 했고, 석훈이 증인이 되어줄 것이다. 이것이 잘못 온 것이라면 그건 순전히 꽃 배달 서비스 회사의 잘못인 것이다. 선희는 조금 안심한 얼굴로 꽃바구니 속의 카드를 조심스럽게 꺼내 들었다. 붉은색의 고급스러운 제지의 겉봉투를 뜯자 금빛 무늬가 새겨진 같은 색의 카드가 드러났다. 석훈은 싱싱한 꽃들이 만개한 꽃바구니를 감탄의 눈길로 바라보다, 카드를 쥐고 있는 선희에게로 시선을 던졌다. 선희는 침을 한번 꿀꺽 삼키고 카드를 펼쳐 들었다.

너무나도 그리운 당신을 저녁 식사에 초대합니다. 만나고 싶었습니다. 기다리고 있겠습니다.

—박순철.

그리고 서울 모처에 있는 호텔 레스토랑 이름과 시간이 적혀 있었다. 선희는 석훈을 올려다보며 가볍게 웃어 보인 후, 카드를 가지고 태연히 교무실을 빠져나왔다. 하지만 복도를 통해 학원을 나오자마자 미친 듯이 계단을 뛰어내려 갔다. 숨이 턱까지 차 오르도록 뛰었지만, 꽃 배달 서비스 직원은 어디에도 보이지 않았다.

이 꽃바구니는 잘못 온 것이 틀림없었다. 선희는 얼굴을 잔뜩 찌푸린 채 다시 카드를 내려다보았다.

"박순철……."

이제껏 선희가 들어본 이름 중 가장 촌스럽고, 낯선 이름이었다.

6

박. 순. 철.

아이들이 머리를 긁적거리며 참고서를 빼곡히 메운 문제들을 풀어 내려가는 동안, 강의실 벽에 기대어 선 선희는 그 이름을 어떻게든 머릿속에서 재생시켜 보려고 애를 썼다. 하지만 머릿속은 새하얀 백지, 카드에 적혀 있던 반듯한 글씨체 '박순철'이라는 이름 하나를 제외하면 점 하나 찍혀 있지 않았다.

"순철…… 순철…… 순철…… 생각나라, 생각나. 제발 좀."

명석학원의 김선희 선생님에게, 라고 배달원은 분명히 이야기했다. 선희는 원장 선생님에게 자신이 일하기 전에 혹시 같은 이름의 선생님이 있었냐고 물어보았지만, 그녀는 고개를 가로저었다.

“너무나도 그리운 당신…….”

그따위 멘트를 날리는 느끼한 센스라니. 선희는 눈살을 찌푸렸다. 영화나 소설 속에서는 남모르는 사람에게 꽃바구니를 받으면, 설레하면서 행복하게 미소를 짓곤 했다. 하지만 자신은 꽃바구니를 앞에 두고, 과연 누가 어떤 의도로 자신에게 꽃을 보냈는지 의심스럽게 추리나 하고 있었다. 스스로가 한심하게 느껴지긴 했지만, 이 꽃이 자신에게 전해진 것이 확실한 사실처럼 여겨질수록 박순철이 누구인가에 대한 궁금증과 의심도 커졌다.

“선생님, 다 풀었어요.”

선희는 벽에 걸린 시계를 흘낏 올려다보았다. 아직 수업 시간이 십오 분 정도 남아 있었다. 문제집을 가져오라고 손짓을 하려는 찰나, 선희는 다시 고개를 번쩍 들고 시계로 시선을 던졌다.

그래, 궁금해할 필요가 뭐 있어? 저녁 식사에 초대했고, 그 자리에 나가면 그렇게 알고 싶어했던 박순철에 대하여 알게 된다. 특급 호텔의 레스토랑 한가운데서 설마 무슨 일이라도 있을까.

“선생님, 안 매겨요?”

“다 푼 사람은 선생님 책상 위에 문제집 올려놓고 조용히 집으로 가.”

아이들의 눈에 금방 생기가 돌고 여기저기서 즐거운 비명 소리가 터져 나왔다. 하지만 선희가 손가락을 입에 가져다 대자 소란스러움은 한풀 꺾였다.

“선생님 교무실에 있을 거니까 다 푼 사람만 올려놓고 가. 떠드는 사람은 학원 문 달을 때까지 붙잡아둔다!”

아이들이 가장 무서워하는 엄포를 늘어놓으며 선희는 강의실을 빠져나와 교무실로 향했다. 다행히도 원장 선생님의 자리는 비어 있었다. 만약 수업을 십오 분이나 일찍 끝내 버렸다는 사실을 알게 되면 팔십만 원의 월급 경계선이 위태해질 것을 알면서도 선희는 과감히 가방을 챙겨들었다. 서울까지 가려면 시간이 부족했다. 선희는 외투를 걸쳐 입고 책상에 한자리 차지하고 있는 꽃바구니를 가만히 응시했다. 오늘 하루 종일, 이 박순철과 꽃바구니 때문에 아무 일도 손에 잡히지 않고 짜증스런 호기심에 시달려야 했다.

"기다려라, 그게 누구든."

거침없이 학원 계단을 뛰어내려 온 선희는 오후 내내 자신을 괴롭히고 있던 짜증이 순식간에 사그라지는 것을 느꼈다. 어쩌면 호기심 자체에 대하여 짜증을 느꼈던 것이 아니라 박순철이라는 존재에 대한 호기심이, 그 어디에도 자신에게 이런 꽃을 보낼 사람이 없다는 전제하에 있다는 사실에 대한, 스스로에 대한 분노였던 것은 아니었을까 하는 생각이 들었다.

버스를 타기 위해 정류장으로 향하며 선희는 이제야 무감각했던 심장이 고동치는 것을 느꼈다. 박순철, 그가 누구든 상관없었다. 모르는 사람이라도. 지금 선희에게 중요한 것은 십오 분이나 일찍 지긋지긋한 강의실에서 빠져나왔으며 그 틀에 박혀 있던 일상의 십오 분을, 오늘 자신에게 일어난 아주 색다른 상황에 쓰게 되었다는 사실이었다.

어쩌면 그 레스토랑에서 자신을 기다리고 있을 박순철은 우려

했던 대로 꽃바구니를 잘못 배달시켰을지도 몰랐다. 하지만 선희는 무료와 지루에서 벗어난 오늘의 작은 일탈, 혹은 탈출을 즐기기로 마음먹었다. 중요한 건 조금 짜증스럽다 하더라도 박순철이 누구인지 궁금해하는 것, 그리고 한 시간이 넘게 걸리는 거리를 버스를 타고 찾아가야 한다는 것이 전혀 지루하지 않는 일이라는 것이었다.

버스와 지하철을 번갈아 타고, 선희는 생각했던 것보다 일찍 호텔 앞에 도착했다. 호텔을 찾는 것은 그다지 어렵지 않았다. 서울 시민은 아니었지만, 근접 도시로 서울까지의 교통이 그다지 어렵지 않은 동네에서 스무 해 넘게 살아왔기 때문에 서울의 대중교통을 이용하는 것이 낯설지 않았던 것이다.

사실 선희는 레스토랑에 들어서기 전까지는 자신의 옷차림에 대해 크게 신경을 쓰고 있지 않았다. 그녀에게 레스토랑의 위치를 알려준 호텔의 직원도 그다지 개의치 않아하는 것 같았다. 하지만 레스토랑에서 식사를 하고 있던 손님들과 레스토랑의 직원은 그렇지 않았다. 검은색 슈트에 은빛 명찰을 달고, 레스토랑의 크리스털 조명에 반사되어 머리칼에 윤기가 흐르다 못해 기름칠을 해놓은 것 같은 남자가 황급히 선희에게 다가왔다.

"저는 이곳의 홀 지배인입니다. 무엇을 도와드릴까요?"

목소리는 친절하고 예의 바랐지만, 코끝을 찡그리며 선희를 바라보는 다른 손님들을 의식했는지 교묘히 그녀를 가로막고 서 있었다. 선희는 자신의 낡은 군청색 카디건을 내려다보며 쓴 입맛을 다셨다.

"박순철 씨를 만나러 왔는데요."

"네?"

선희는 다시 차근히, 또박또박 입에서도 낯선 이름을 뱉어냈다.

"박순철 씨요."

홀 지배인이라는 남자의 태도가 단번에 유연해졌다. 주위의 따가운 시선에도 아랑곳하지 않으며 지배인은 그녀를 정중히 자리로 안내했다. 서울 야경이 훤히 내려다보이는 탁 트인 창가, 다른 테이블과도 적정 수준 이상 떨어져 위치한 자리였다.

"돈이 많은가 부네."

그 큰 꽃바구니도 가격이 만만치 않을 것 같은데, 이런 호텔의 레스토랑까지. 이름만 들으면 어디 강원도 산골에서 감자나 캐고 있을 것 같은데, 확실히 사람은 겉모습만…… 아니, 이름만 보고…… 아니, 이름만 듣고 판단하면 안 돼. 그나저나 어쩌나, 내가 자신이 찾는 사람도 아닌데 이런 돈까지 쓰게 됐으니. 그래도 설마 나한테 화를 내지는 않겠지? 물어내라거나.

몸 안에 약간 긴장이 스며들자 선희는 일부러 시선을 창밖 야경으로 던졌다. 평일 저녁 일곱 시. 평소 때라면 그 한산한 동네 길을 터벅터벅 오르며 집으로 향했을 시간이었다. 그런데 지금 자신은 서울의 끝내주는 야경을 내려다볼 수 있는 특급 호텔의 레스토랑에 앉아 이유야 어찌 되었든 자신에게 꽃을 보낸 남자를 기다리고 있었다. 선희는 빙그레 미소를 지으며 웨이터가 가져다 놓은 물 잔을 집어 들기 위해 몸을 틀었다.

그때 선희가 앉아 있는 테이블 앞으로 멈추어 선 검은색 남자

재킷, 벨벳 소재의 옷깃이 그녀의 눈에 들어왔다. 드디어 박순철이 누구인지 알게 되겠구나 생각을 하며 숨을 들이마신 선희는 남자의 얼굴을 확인하기 위해 고개를 들었다. 넓은 가슴팍, 어깨, 목, 얼굴까지 시선이 훑고 가는 시간이 예상보다 길어졌다.

"하이."

그의 얼굴을 확인한 순간 발작 증세처럼 기침이 터져 나왔다.

"쿨럭, 쿨럭, 쿨럭."

그러면서도 남자의 얼굴에서 눈을 떼지 않았다. 외국인이다. 순철이가, 박순철이 외국인일 줄은 꿈에도 상상하지 못했다.

"괜찮아요?"

아 유 오케이? 리드미컬한 원조 혀 놀림으로 들으니 아는 말인데도 머릿속이 멍해지는 기분이었다.

"누구……."

겨우 기침을 멈춘 선희가 그에게 도대체 정체가 뭐냐고 물으려는 찰나였다. 언젠가 이 남자를 한 번은, 꼭 한 번은 본 적 있다는 생각이 순간 머릿속으로 스치고 지나갔다. 그리고 기억력도 그다지 좋다고 할 수는 없는 자신이 그의 얼굴을 기억할 수 있었던 것은, 그 언젠가가 바로 어제이기 때문이라는 사실도 덩달아 떠올랐다.

"당신!"

남자는 아무런 설명도 없이 선희의 맞은편 의자에 자리를 잡고 앉았다.

너무나도 그리운 당신을 저녁 식사에 초대합니다. 만나고 싶었습니다. 기다리고 있겠습니다.

—박순철.

그렇다면 어젯밤 이 사람은 나를 노려본 것이 아니라 혹시 첫눈에 반했던 걸까? 너무나도 그리운 당신을…… 너무 반해서 그 지난밤 동안 그리워했다는 이야기인가? 그럼 내가 명석학원에서 일을 한다는 사실은, 또 내 이름은 어떻게 알아냈다는 말이지?

선희는 자신을 바라보는 이 멋들어지게 잘생긴 외국인 남자에게 무슨 말부터 꺼내야 할지 몰라 애꿎은 물 잔만 매만졌다. 그 행동 하나하나를 놓치지 않고 있던 남자가 먼저 입을 열었다.

"영어 할 줄 알아요?"

캔 유 스픽 잉글리시? 젠장, 알아들었다. 차라리 알아듣지 못하는 쪽이 마음이 편했을 터였다. 이 말 한마디를 알아들었다고 대뜸 '예스'라고 대답한다면 앞으로 아주 곤란해질지도 몰랐다. 그렇다고 '노'라고 대답하기도 민망하기 그지없었다. 남자는 선희의 대답을 오래 기다리지 않았다.

"그런 큰 기대는 어차피 처음부터 하지 않았어."

잠시 입술을 질끈 깨문 라이언은 한동안 쓰지 않았던 한국어를 문법에 따라 머릿속에 그려놓기 시작했다. 머릿속에 완벽한 문장이 생겨난 후에야 다시 입을 열었다.

"많이…… 만나보고 싶었어."

라이언의 한국어 상대는 모친과 랜디밖에 없었다. 기억할 수 없을 정도로 어릴 때부터, 모친은 라이언과 단둘이 있을 때만은 한국어로 이야기를 했고 그 때문에 커서도 한국어를 능숙하게 사용할 수 있었다. 문제는 모친이 자신에게 하는 말을 그대로 답습했기 때문에 존댓말을 배우지 못했다는 것이었다. 모친 외에 한국어를 사용했던 사람은 랜디였다. 녀석은 의아할 정도로, 한국어를 잊지 않기 위해 노력했다. 지금 생각해 보면 만나고 싶다는 그녀를 찾아 한국에 올 생각을 아주 예전부터 하고 있었던 것 같았다.

"나를?"

라이언의 말에 호기심이 잔뜩 어리면서도, 그의 하대를 그대로 받아들이기에는 심기가 불편했던지 선희는 대뜸 자신도 말을 놓아버렸다. 고개를 끄덕이는 라이언에게 선희는 말을 이었다.

"왜?"

일단 워밍업으로 쉬운 단어부터 사용하기 위해 라이언은 자신의 이름부터 소개했다.

"내 이름은, 라이언."

라이언은 또박또박, 천천히 다시 이름을 말했다.

"라이언 오닐."

"라이언?"

선희는 고개를 갸웃거렸다.

"그럼 나한테 꽃을 보낸 박순철이 아니야?"

상황은 더욱 복잡해지고 있었다. 선희는 머릿속으로 지금 일어나고 있는 일에 대하여 정리하려고 애를 썼다. 아침에 난데없이 꽃바구니가 배달되었다. 그 꽃은 박순철이 김선희에게, 많이 그리워하고 있으며 보고 싶다는 카드와 함께 보내진 것이었다. 그리고 카드에 적힌 대로 김선희는 박순철을 만나러 왔다. 그럼 김선희를 만나러 온 이 남자가 박순철이어야 하잖아? 그런데 뭐, 라이언?

"내가 랜디, 아니, 순철이라고 한 이유는, 네가 약속 장소에 나온다면 음, 너도 조금은 순철이를 보고 싶어했다는 거니까."

라이언은 점점 능숙해지는 자신의 한국어에 만족감을 느끼고 있었다. 하지만 뒤이어 터진 선희의 말은 믿을 수가 없었다.

"도대체, 그 순철이가 누구야? 누군지 알아야 보고 싶어하든지 말든지 하지."

"왓?"

"아악, 머리 아파."

선희는 눈앞에 놓인 물 잔을 집어 들고 벌컥벌컥 마셔댔다. 라이언은 어젯밤과 별반 다르지 않은 그녀의 모습에 손가락으로 관자놀이 부근을 부드럽게 마사지하듯 매만졌다. 그리고 그녀에게 다시 입을 열었다.

"순철이가 누군지 몰라?"

"몰라. 나도 궁금해. 도대체 박순철이 누구야? 오늘 하루 종일, 그 박순철이 누군지에 대해 생각하느라 머리가 뽀개지는 줄 알았다고."

라이언은 입 안으로 욕설을 중얼거렸다. 내뱉는다 하더라도 선희가 알아듣지 못할 것이라는 사실을 잠시 잊어버렸다.

도대체 랜디가 십육 년 전의 그 첫 감정에 대해 왜 이리도 깊은 미련을 보이는지 한심하게만 느꼈었다. 하지만 첫사랑이라면, 한국을 떠나오기 전 마지막의 아릿한 추억이라면, 그럴 수 있다고 이해했다. 그런데 그 상대방은 랜디를 기억조차 하지 못하는 상황은 전혀 예상하지도 못했고 그로 인해 랜디의 첫사랑이 아릿하고 아름다운, 깊은 그리움 속의 추억이라고는 생각하기 힘들었다.

"십육 년 전."

"십육 년 전?"

선희가 되물었다.

"박순철이라는 열두 살 난 소년, 정말로…… 몰라?"

"모른다니까!"

랜디의 옛 이름으로 보낸 꽃바구니를 보낸 이유는, 그녀가 약속 장소에 나온다면 그녀도 랜디를 보고 싶어한다는 사실을 확인할 수 있을 것이라 생각했던 것이다. 그리고 약속 장소에 나온 그녀에게 랜디를 멋지게 소개한 뒤, 제안을 할 계획을 가지고 있었다. 당신은 그 멋진 남자로 자란 첫사랑의 연인, 혹은 와이프가 될 수도 있다고. 라이언은 목이 바싹 타올랐다.

"좋아. 처음부터 다시."

갑자기 실내가 더워지는 것 같아 라이언은 재킷을 벗어 테이블 위에 대충 올려놓고 새하얀 셔츠의 팔을 걷어붙였다.

"내 이름은 라이언."

"알아."

"순철은 내 친구, 랜디."

"뭐?"

선희의 머릿속은 '라이언', '내 이름은 순철', '랜디는 내 친구'

등등 혼란스럽게 얽힌 단어들이 복잡하게 둥둥 떠다녔다. 그녀의 표정을 읽어낸 라이언은 한숨을 푹 내쉬고는 홀 지배인을 불러 무엇인가 속삭였다. 곧 지배인은 A4 크기의 흰 종이와 펜을 라이언에게 가져다 주었다. 라이언은 종이 위에 무엇인가 열심히 그리고 쓰면서도 선희에게 가끔 시선을 던지는 것도 잊지 않았다.

선희는 라이언이 팔을 쭉 뻗어 넓은 테이블을 가로지르며 내민 종이를 받아 들었다. 종이 위에는 삐뚤삐뚤한 한글로, 혹은 영어 단어로 적힌 이름들과 삼각형 모양의 관계도가 그려져 있었다. 삼각형 세 꼭지점을 채우고 있는 이름들은 각각 선희, 순철(Randy), Ryan이었다.

"퍼스트 러브?"

순철과 자신을 잇는 선 가운데 휘갈겨진 영어 단어를 읽어낸 선희는 눈을 크게 떴다.

"퍼스트 러브."

라이언은 고개를 끄덕였다. 순철과 라이언을 잇는 선에는 프렌드라고 적혀 있었고, 라이언과 선희를 잇는 선에는 커다란 물음표가 그려져 있었다.

"십육 년 전, 순철은 너를 많이 아주 많이 좋아했어."

"십육 년 전이면 난 열 살 때야."

"랜디는 열두 살이었어."

선희는 고개를 설레설레 흔들었다. 지금 내가 뭐 하고 있는 거야? 이 숨 막히게 잘생긴 남자와 처음 만나는 자리에서, 반말이나 써가며 알지도 못하는 '순철'이에 대해서 싸울 듯이 굴고 있다니.

"좋아. 그건 그렇다 치고, 그래서?"

"지금 순철이는 너를 만나고 싶어해."

"지금 나도 그 순철이가 무지하게 보고 싶거든? 도대체 어디 있는 거야? 시원하게 얼굴이나 보여 달라고. 그럼 혹시 알아? 열 살때 내 남자 취향이 어땠는지 기억이 날지도 모르잖아."

라이언은 눈살을 찌푸렸다.

"보고 싶으면 나타나라고 해, 그 순철이 말이야."

"순철, 랜디는 지금 뉴욕에 있고 한 달, 아니, 삼 주쯤 후에 한국에 올 거야."

라이언은 손가락 세 개를 치켜올려 흔들었다.

"그럼 오늘 나를 여기에 부른 이유는 뭐고, 또 여기는 뭐야?"

선희는 자신과 라이언 사이의 물음표를 가리켰다. 라이언은 그 물음을 기다렸다는 듯 단호하게 대답했다.

"네가 원한다면 우리는 파트너가 될 수도 있어."

아, 일상의 일탈을 꿈꾸었다. 지긋지긋한 학원에서, 이제 겨울 스물여섯 된 딸을 치워 버리지 못해 안달하는 집에서, 찾는 사람도 청소하는 사람도 없어 먼지만 잔뜩 쌓여 있는 도서관에서 탈출하고 싶었다.

"파트너?"

하지만 이 모델 뺨치게 쭉 뻗은 미남의 등장은 가도 가도 끝이 없는 잔잔한 태평양처럼 지극히 단조로운 생활로 면역력이 없는 선희에게, 너무나 거센 폭풍우였다.

7

라이언은 얼굴을 잔뜩 찌푸리고서, 로비 소파에 앉아 있는 박 비서에게 다가갔다. 그리고 그녀의 맞은편에 털썩 앉자마자 입을 열고 물었다.

"박 비서, 또라이가 무슨 뜻이야?"

"네?"

비교적 정확한 한국어 발음으로 '또라이'에 대해 묻는 라이언의 표정은 진지했다. 화가 난 것인지, 아니면 어이가 없다는 것인지 알 수 없는 애매모호한 얼굴로 십 분 전 호텔을 빠져나간 김선희를 보았던 박 비서는 라이언이 새로 알게 된 그 단어를 그녀에게서 들은 것임을 눈치챘다.

"돌아이의 센 발음입니다."

"그럼 돌아이는 무슨 뜻이지?"

박 비서는 잠시 말을 멈추었다. 그녀의 표정에 라이언은 손을 내저었다.

"됐어. 별로 듣고 싶지 않아졌어. 변태, 라는 말도 그 비슷한 느낌을 주겠지?"

"사전적으로 변태는 모습이 변하는 일, 또는 그 변한 모습을 뜻합니다."

예상과는 다른 박 비서의 설명에 라이언의 눈썹이 치켜올라 갔다.

"하지만 다른 의미로 더 많이 쓰입니다. 물론, 그다지 알고 싶어 하지 않으실 만한 뜻입니다."

그럴 줄 알았다며 라이언은 입술을 실룩거리며 손안에 구겨 넣은 종잇조각을 테이블 위에 내던지듯 올려놓았다.

"설명이 필요해."

"어떤 설명을 말씀하십니까?"

라이언은 우선 보라는 듯 고갯짓으로 마구 구겨진 종이를 고갯짓으로 가리켰다. 박 비서는 손을 뻗어 종이를 잡은 후 꼬깃꼬깃한 주름을 폈다. 트라이앵글의 관계도, 세 남녀의 이름과 프렌드, 퍼스트 러브, 그리고 쓰다 만 스펠링 partn…….

"그림을 보면 알겠지만 랜디는 내 친구이고, 써니는……."

"선희입니다."

박 비서가 발음을 교정해 주었다.

"그래, 써니는 랜디의 첫사랑이야."

“알 것 같습니다.”

“난 두 사람이 잘되었으면 좋겠고, 그렇게 될 수 있도록 도움이 되고 싶어. 그런 의미에서 난 그녀에게 좋은 파트너가 될 수 있을 것이라고 이야기했는데…….”

본격적으로 설명을 하려고 물음표 위에 파트너라고 적어 내려가고 있는 찰나, 선희는 자리에서 천천히 일어났다. 라이언의 시선도 따라 올랐다. 그녀는 라이언을 내려다보며 ‘이거 또라이 아니야?’ 라고 중얼거렸다. 라이언은 눈살을 찌푸리며 왓, 이라고 되묻는 자신을 남겨두고 자리를 떠나려는 선희를 붙잡았다. 그러자 선희는 그 팔을 뿌리치며 한마디 더 했다. ‘놔, 이 변태 자식아’ 라고.

“내가 도대체 무엇을 잘못한 거지?”

“글쎄요.”

“그녀는 화가 나서 나만 남겨두고 레스토랑을 나가 버렸어. 사람들은 나를 이상한 눈으로 쳐다보고 말이야.”

라이언의 얼굴은 혼란스러움으로 가득 차 있었다. 박 비서는 그를 이해시키기 위해 천천히 입을 열었다.

“입장을 바꾸어 생각해 보세요. 오닐 씨는 지금 뉴욕에 있습니다. 평소와 다름없이 일을 하고 있죠. 그런데 사무실로 꽃바구니가 배달되었습니다. 꽃바구니는 로맨틱한 꽃들로 가득 차 있고, 카드가 동봉되어 있습니다.”

선희에게 꽃바구니를 보낸 사람은 라이언의 지시를 받은 박 비서였다. 물론 카드를 쓴 사람도 그녀였다. 라이언이 영어로 적은 것을 그대로 한국어로 옮긴 것이었다. 자신이 쓰면서도, 너무나도 그리운…… 부분에서는 얼굴을 찌푸려야 했다.

"카드를 보낸 사람을, 임의로 캔디라고 하죠. 캔디는 오닐 씨와 호텔에서 만나기를 원합니다."

호텔 부분을 강조하는 박 비서의 목소리에 라이언의 눈썹이 치켜올라 갔지만 별다른 말을 하지는 않았다.

"오닐 씨는 캔디가 누구인지 궁금한 마음에 호텔을 찾습니다. 물론 레스토랑입니다. 마치 오닐 씨를 잘 아는 사람인 듯 굴었지만 막상 눈앞에 나타난 사람은 처음 보는 낯선 동양 여자입니다. 그 동양 여자가 되지도 않는 영어로 지껄이기 시작합니다. 물론 그녀의 말이 온전히 오닐 씨에게 전해질 리 없습니다. 오닐 씨의 머릿속에는 온통 프렌드나 러브 같은 말들로 어지럽습니다."

박 비서는 종이 위에 적힌 관계 부분을 손가락으로 짚으며 이야기했다.

"그리고 그 동양 여자는 마지막으로 오닐 씨와 파트너가 되고 싶다는 말을 합니다. 자, 오닐 씨의 눈에는 처음 보는 동양 여자가 제정신으로 보일 것 같습니까?"

박 비서는 라이언의 일그러지는 표정에도 아랑곳하지 않고 마지막 일격을 가했다.

"사실 한국에서는, 특히 젊은 세대는 그런 말을 잘 쓰지 않습니다. 너무나도, 그리운, 만나고 싶습니다 등등. 이렇게 모르는 사람에게 과도한 애정표현을 하는 것을 변태스럽다고도 이야기하죠. 그리고 파트너라는 말 역시, 사업을 하는 사람이 아닌 이상 평범한 한국 사람들의 머릿속에는 파티 따위에 혹은 기타 등등의 사적인 장소에 함께 동행하는 사람을 지칭합니다. 미국 드라마의 영향 때문이죠."

박 비서의 의미심장한 마지막 말에 라이언은 뜨악한 표정으로 자리에서 일어났다. 그렇다면 그녀는, 자신이 사적인 장소—분명 박 비서의 말속에는 호텔방, 혹은 침실이라는 의미도 포함되어 있었다—에 그녀와 함께 가고 싶어한다고 오해한 채 나가 버렸단 말인가?

"말도 안 돼."

"김선희 씨 입장에서도 그렇게 생각될 것입니다. 방으로 돌아가시는 겁니까?"

라이언은 고개를 끄덕였다.

"내일은, 아무래도 박 비서 도움이 많이 필요할 것 같아."

"네."

박 비서와 헤어져 호텔방으로 올라온 라이언은 손에 쥐고 있던 재킷을 바닥에 던져 놓은 채 작은 개인 바에서 술병을 꺼내 들었다. 언더 락 잔에 얼음을 채우고 황금빛 알코올 액체를 들이부었다. 잔을 손에 든 채 침대로 걸어간 라이언은 뉴욕으로 전화를 걸었다.

[네, 랜디 브라운입니다.]

"깨어 있었네?"

[라이언!]

랜디의 목소리에 가득 찬 반가움에 라이언은 얼굴 가득 미소를 지었다. 비록 연적이 되어버리긴 했어도, 랜디는 자신이 가장 좋아하고 아끼는 친구라는 사실은 변함이 없었다. 라이언은 잔을 입에 가져다 대고 한 모금 머금었다.

[어때, 서울은?]

"글쎄, 음…… 생각했던 것보다 화려하고 세련된 느낌? 그리고 여자들이 예쁘다는 것 정도."

기분 좋은 랜디의 웃음소리가 수화기 건너편에서 들려왔다.

"넌 어때?"

[뭐가?]

"줄리아는 만났어?"

애써 아무렇지도 않게 물으려고 했지만, 쉽지는 않았다. 랜디는 잠시 침묵을 지키다 다시 입을 열었다.

[만났어. 그냥 저녁 먹고 헤어졌어. 두 사람 모두, 아무 일이 없었던 것처럼 애쓰느라 분위기가 더 어색해졌다는 것 빼고는 괜찮았어.]

"여전히 줄리아는 네가 한국에 다녀올 때까지 기다리겠대?"

[그런 것 같아. 그녀에게 미안하고, 또 고마워. 이해하기 쉽지 않을 텐데.]

라이언은 금세 비어버린 잔에 다시 술을 채웠다. 잠시 말을 잇지 못하는 라이언의 침묵이 의아한 랜디가 그를 몇 차례나 부른 후에야 라이언은 대답을 할 수 있었다.

"이만 끊어야겠어. 이 호텔 지하에 있는 클럽, 물이 좋더라고."

[쿡. 적당히 놀아.]

“잠깐만, 랜디.”

잠시 잊었다는 듯, 라이언은 전화를 끊으려는 랜디를 황급히 다시 불렀다.

[응?]

“갑자기 궁금해져서 그런데 말이야.”

[뭐가?]

“그 여자. 네 첫사랑이라는 써니 말이야. 혹시…… 짝사랑이었어?”

[뜬금없이 그게 무슨 말이야?]

뉴욕에 있을 때부터 ‘그녀’에 대해서 지대한 관심을 보이며, 이름이며 살던 동네와 학교 등을 물어대던 라이언이 한국에 휴가를 가서까지도 자신의 첫사랑에 대해 신경을 쓰자 랜디는 잔뜩 의심스러운 목소리로 되물었다.

“말했잖아, 그냥 갑자기 궁금해서라고. 얼마나 애틋한 첫사랑이었기에 줄리아 같은 여자의 프러포즈를 유보하는지, 랜디 네가 그런 만큼 그 여자도 너에게 애틋할까 하는…….”

[음. 사실 우린 그다지 친밀한 관계는 아니었어.]

라이언은 입술을 불쑥 내밀었다. 랜디, 사실대로 이야기하라고. 그녀는 네 이름조차 기억하지 못해.

“그뿐이야?”

[하지만 적어도 이름은 기억할 거야.]

랜디의 목소리가 가늘게 떨렸다. 라이언은 고개를 절레절레 흔들며, 대답없이 수화기를 내려놓았다.

"줄리아를 앞에 두고 첫사랑 이야기나 할 때부터 든 생각이지만, 넌 정말 멍청이야."

늦게까지, 텔레비전을 보거나 혹은 비디오테이프를 빌려다 보기 때문에 기상 시간은 언제나 열 시 전후였다. 하지만 어제는 서울에서 돌아오자마자 방에 처박혀 이불을 뒤집어썼음에도 불구하고 일어난 시간은 평소보다 훨씬 늦었다. 시계를 보지 않아 정확히는 모르지만, 꽤 오랜 시간을 어둠 속의 천장을 응시하고 있었기 때문일지도 몰랐다.

"파트너."

도대체 무슨 파트너인지 물어나 볼 걸 그랬나? 좁은 부엌 식탁에 앉아 힘없이 수저질을 하던 선희는 혼잣말로 중얼거렸다.

아침에 일어나 보면 건설 현장에서 감독 일을 하는 아버지, 보험 설계사 엄마, 근처 대형 물류 창고 관리자인 오빠는 일찌감치 각자의 일터로 떠나 집은 늘 텅 비어 있었다. 그 빈집에서 선희는 세수를 하고 밥 한술 뜨고, 아침에 쌓인 설거지를 한 후 학원으로 가곤 했다.

"아니야. 그놈, 의심스러워."

사실 돌이켜 생각해 보면, 처음 포장마차에서 뚫어져라 쳐다볼 때부터 이상했다. 마치 자신이 누구인지 알고 있다는 듯한 눈빛. '순철' 어쩌고 하는 이야기로 다가오는 수법도 수상했다.

"혼혈인가?"

단어나 억양에서 어색한 점이 없는 것은 아니었지만 외국인이

‘배워서’ 하는 한국어라는 인위적인 느낌은 들지 않았다. 선희는 수저를 내려놓고 물 대신 동치미 국물을 한 사발 들이켰다. 그리고 그릇을 식탁 위에 내려놓으며 짧게 입맛을 다셨다.

됐어. 다신 안 볼 사람 더 이상 생각해서 뭐 해?

선희는 설거지를 끝내고 학원으로 가기 위해 집을 나섰다. 물론, 라이언인가 뭔가 하는 남자의 등장은 ‘꽃바구니와 순철’에 대한 호기심만큼이나 매우 서프라이즈한 것이었다. 약간의 흥분, 약간의 두려움, 그리고 아주 약간의 설렘. 어느 여자가 그런 번듯한, 잡지책에서 걸어나온 듯한 남자 앞에서 태연할까 싶지만 선희는 ‘파트너 운운하는’ 그의 앞에서 느끼는 자신의 감정에 창피함을 느꼈다. 그래서였다. 현재 자신을 옭아매고 있는 이 무한한 무료에서 벗어날 수 있는 기회를 뺑 차버린 것은. 터벅터벅 걸어 학원 건물 앞에 다다른 선희는, 언제나처럼 언제 오층까지 올라가나 하는 생각을 하며 첫 번째 계단에 올라섰다.

“김선희 씨.”

선희는 걸음을 멈추었지만, 뒤돌아서지는 않았다. 이 근처에서 자신을 이름을 이렇게 부르는 사람은 없었다. ‘김 선생님’, ‘김 선생’, ‘사회 선생님’, 간혹 그녀가 누구인지 모르는 외지인이 길을 묻기 위해 부를 때는 ‘아가씨’였다. 김선희, 그것도 아주 예의 바르게 씨라는 존칭까지 붙인 자신의 이름이 어색하게 느껴졌다.

“김선희 씨?”

그제야 선희는 천천히 뒤돌아서 자신을 부르고 있는 젊은 여자를 바라보았다. 여자의 얼굴은 자신보다 서너 살쯤 많아 보였고,

하고 있는 차림새가 고급스럽긴 했으나 딱딱했다. 물론, 처음 보는 사람이었고 선희는 안면도 없는 사람이 자신을 아는 체하는 것이 어느새 익숙해져 가고 있는 듯한 착각이 일었다.

"네."

누구세요? 라는 말이 목 끝까지 치밀어 올랐지만 꾹 참았다. 순철이가 누구냐, 라이언은 누구냐! 이제 도대체 누구냐는 말을 쓰고 싶지도 않았다. 머릿속이 복잡해지는 원흉! 후.아.유.

"안녕하세요. 저는 오닐 이사님의 일을 돕고 있는 '박비서' 라고 합니다."

"오리 이사요?"

박 비서는 선희를 잠시 가만히 응시하다 다시 입을 열었다.

"어제 호텔 레스토랑에서 뵀었던 분이 라이언 오닐 씨, 오.닐. 이사님이십니다."

라이언이라는 이름에 선희의 눈이 커졌다.

"그런데요?"

"어제는 약간의 오해가 있으신 것 같아서 오닐 씨를 대신해 오해를 풀어드리러 왔습니다."

선희는 박 비서를 의심스러운 눈길로 마주했다.

"오해라는 건, 상대방이 아는 사람일 때 생기고 또 푸는 거 아닌가요? 전 오리 이사인지, 오닐 이사인지 누군지도 모르고 또 알고 싶지도 않거든요?"

"어제는 박순철 씨를 알지도 못하면서 레스토랑까지 찾아오셨지 않습니까?"

"그거야……."

심심하니까. 선희가 대답을 하지 않자 박 비서가 다시 말을 이어나갔다.

"물론 만나고 만나지 않고는 김선희 씨가 선택하실 문제입니다. 저는 그저 오닐 씨의 지시대로 움직일 뿐이고 김선희 씨가 오닐 씨의 파트너십에 대한 오해 및 나머지 설명을 듣고 싶지 않다고 하신다면 전 오닐 씨께 그대로 전하겠습니다. 제 역할은 거기까지입니다."

박 비서는 자신의 명함을 꺼내어 선희에게 내밀었다.

"수업이 끝나는 시간이 여섯 시라고 알고 있습니다. 저를 만나실 용의가 있으시다면 전화해 주세요. 차를 대기시켜 놓겠습니다."

선희는 자신의 말을 끝내고 뒤돌아서 걸어가는 박 비서를 물끄러미 바라보다 그녀가 검은색 세단에 올라타고 나서야 손에 쥔 명함을 응시했다. '오닐 인 서울 사업 지원부, 박비서'라는 글자와 전화번호 몇 개가 인쇄되어 있었다.

"이름이 진짜 박비서구나……."

전혀 생각하지도 못했던 부분에서, 선희는 피식 웃음을 터뜨렸다. 하지만 명함을 주머니에 구겨 넣고 오르다 만 계단으로 몸을 뒤튼 그녀는 눈살을 찌푸렸다. 그리고 고개를 돌려 저만치 모습이 사라지고 있는 박 비서의 차를 바라보았다.

"도대체 뭐 하는 사람이기에 남의 뒷조사까지 하고 다니는 거야?"

8

"**김** 선생님, 오늘 좀 달라 보여요."

저학년 수업을 모두 끝내고, 고학년 아이들이 몰려오기를 기다리며 교무실에서 커피를 한 잔 마시고 있던 선희는 등 뒤에서 들려오는 석훈의 목소리에 화들짝 놀랐다. 그가 수업을 끝내고 교무실로 돌아온 것도 눈치채지 못할 정도로 생각에 열중하고 있었던 것이다.

"네?"

선희는 미안한 표정과 미소를 지으며, 무슨 말인지 듣지 못했다는 듯 되물었다. 석훈은 자신이 그런 말을 한 것을, 그것도 이제는 한 번 더 반복해야 한다는 것이 어색한지 잠시 머뭇거렸지만 끝내는 다시 입을 열었다.

"왠지, 표정이 달라 보여요."

석훈의 말에 선희는 자신의 뺨을 한번 쓸어보았다. 마치 얼굴에 뭐 묻었어요, 라는 말을 들은 사람처럼.

"이런 말 어떻게 들릴지 모르겠지만 김 선생님 보면 늘…… 뭐랄까……."

적당한 말을 찾는 듯 열심히 머리를 굴리는 석훈의 모습이 왠지 안돼 보여 선희는 너그럽게 그를 도와주기로 마음먹었다.

"심심해 보였다고요?"

"네?"

"무료하고, 할 일 없고, 나른해 보이고 등등등등."

속마음을 들킨 사람처럼 석훈의 얼굴이 잠시 발그레해졌다. 그 모습에 선희는 나지막이 한숨을 내쉬었다. 물론 자신을 심심한 사람이라 여기며 취향이 아니라는 말에 상처를 받고 그가 미워 보이기까지 했지만 그렇다고 석훈이 나쁜 사람이라고 생각하지는 않았다. 만약 그날 고기집 앞에서 석훈이 친구와 통화하는 것을 듣지 못했다면, 자신이 얼마나 우스운 꼴이 되어 있을까 생각하니 눈앞이 아찔해져 왔다. 석훈이 자신을 어떻게 생각하는지도 모르고, 그를 천상배필이라 믿어 의심치 않으며 다가가려고 노력했을 것이다. 상처가 되긴 했지만, 일찌감치 알게 된 것을 오히려 다행으로 여겨야 했다.

"뭐, 꼭, 꼭 그렇다는 건 아니지만…… 비슷했어요."

"그런데 오늘은 그렇게 보이지 않는다는 말씀이세요?"

석훈은 빙그레 미소 지으며 고개를 끄덕였다.

“달라진 건 하나도 없는데 뭐랄까, 아주 미묘한 차이의, 분위기라고나 할까요?”

그때 수학 문제집을 들고 교무실에 들어서는 아이 때문에 두 사람의 대화는 멈추어졌다. 수업 시간보다 일찍 도착해 먼저 문제를 풀고 있다, 모르는 문제에 냉큼 교무실로 달려온 그 아이에게 석훈이 친절하게 수학 공식을 설명하는 동안 선희는 다시 창가에 기대어 섰다.

석훈의 말이 맞았다. 꽃바구니가 도착하기 전의 김선희와 꽃바구니를 받고 난 김선희가 달랐고, 기가 막히게 잘생긴 그 외국인을 만난 어젯밤과 박 비서가 다녀간 오늘 아침의 김선희가 또 달랐다. 어찌 같을 수 있을까! 이전, 선희의 머릿속은 새하얀 백지였다. 그러나 지금은 갑자기 벌어진 모든 상황들에 대한 고민과 생각들로 여백이 보이지 않을 정도였다. 인정하고 싶지 않았지만, 그것은 이전에 없던 ‘활기’였다.

“어떻게 하지?”

“수업이 끝나는 시간이 여섯 시라고 알고 있습니다. 저를 만나실 용의가 있으시다면 전화해 주세요. 차를 대기시켜 놓겠습니다.”

이제 마지막 타임이었다. 이 수업이 끝나면 여섯 시, 퇴근 시간. 박 비서에게 전화를 걸 수 있는 기회는 바로 지금밖에 없었다.

“나머지는 이따 수업 때 들어가서 설명해 줄게.”

“네, 선생님.”

아이가 교무실을 빠져나가자 석훈은 다시 선희에게 고개를 돌렸다. 어느새 선희는 창가에서 몸을 돌려 학원의 유일한 유선 전화기를 지그시 노려보고 있었다.

“저 꽃바구니는…… 누가 보낸 거예요?”

어제 놔두고 간 꽃바구니를 손가락으로 가리키며 석훈이 물었다. 그렇지 않아도 답답한 교무실이 커다란 꽃바구니 때문에 더 좁아 보였다.

“그게…… 그냥 아는 사람이 보낸 거예요.”

“아, 그냥 아는 사람.”

석훈이 선희의 말을 따라 하면서 꽃바구니를 바라보았다. 하지만 두 사람의 머릿속에는 ‘그냥 아는 사람이 저런 꽃바구니를 보낼 리 없잖아?’ 라는 똑같은 생각이 스쳐 지나가고 있었다.

“김 선생님, 저 오늘 저녁에…….”

선희는 주머니 속에 구겨놓았던 박 비서의 명함을 꺼내어, 전화 수화기를 집어 들고 명함 속에 인쇄된 전화번호를 꾹꾹 눌렀다. 그리고 신호를 가는 소리를 들으며 석훈을 돌아보았다.

“네? 오늘 저녁에…… 뭐라고 하셨어요?”

그냥 아는 사람이 저런 꽃바구니를 보낼 리 없다, 그 생각이 머릿속에 스치던 바로 그 순간 선희는 결정을 내렸다. 신호음이 지루할 정도로 길게 이어졌다.

“저녁에 혹시 시간…….”

[네, 박비서입니다.]

"여보세요?"

선희는 석훈을 향해 미안한 듯 손을 들어 보였다. 석훈은 쓴웃음을 지으며, 선희에게 들리지도 않을 목소리로 '괜찮아요, 별말 아니었어요' 라고 중얼거렸다.

[네, 말씀하세요.]

"김선희입니다."

[전화 주셨군요. 그럼 만나실 의향이 있으시다는 것으로 알고 여섯 시까지 학원 앞에 차를 보내겠습니다.]

까짓, 한 번 더 본다고 해서 무슨 일이라도 있겠어? 입을 꽉 다문 채로 전화를 끊고 난 선희는 석훈과 하다 만 이야기를 하려고 고개를 돌렸지만, 그가 앉아 있던 자리는 이미 텅 비어 있었다.

수업이 끝나자마자, 자신에게 쏟아지는 의아한 시선들을 무시하며 선희는 황급히 교무실을 나섰다. 어차피 집에 가봤자 할 일도 없었기 때문에, 평소의 그녀는 느릿하게 가방을 챙기고 빈 강의실을 어슬렁거리며 쓰레기를 줍기도 하며 늘 가장 늦게 학원을 나서곤 했다. 그랬던 그녀가 어제는 아예 수업을 잘라먹고 나가질 않나―다행히 원장 선생님은 눈치채지 못했다―오늘은 급한 약속이라도 있는 사람처럼 훌떡 나가 버리자 석훈을 제외한 다른 선생들은 서로 눈치만 보다 우르르 창가로 몰려갔다. 그리고 계단을 뛰어내려 간 선희가 학원 건물 앞에 세워진 검은 세단으로 향하는 것을 눈을 크게 뜨고 지켜보았다.

"김 선생!"

선희는 고개를 들어 오층, 좁은 창가에 몰려 있는 아줌마 선생님들을 올려다보았다. 멀어서 잘 보이지는 않았지만, 그들의 눈빛에는 차의 정체와 차의 주인에 대한 궁금증으로 가득 차 있을 터였다. 선희는 빙그레 웃으며 손을 흔들어주고, 운전석에서 내리는 남자를 바라보았다. 그제야 선희는 박비서가 '오겠다'고 한 것이 아니라 '차를 보내겠다'라고 말한 것을 떠올려 냈다.

"김선희 씨 되십니까?"

"네. 누구…… 세요?"

언제쯤 이 누구냐고 묻는 질문을 하지 않을 수 있을까.

"새경호텔 리무진 서비스팀 직원입니다. 호텔까지 안전하게 모시겠습니다."

라이언을 만났던 호텔 이름을 기억해 내며 선희는 쓴웃음을 지었다.

"박 비서님이 오실 거라 생각했는데……."

남자는 빙그레 웃으며 뒷좌석의 문을 열어주었다.

"박 비서님은 오늘 이사님과 함께 호텔에서 김선희 씨를 기다리고 계십니다."

선희는 차에 올라타기 전에 다시 한 번 옹기종기 얼굴을 들이밀고 있는 직장 동료들을 올려다보았다. 어찌나 웅성거림이 커졌는지, 그 먼 거리에도 불구하고 '저 차', '김 선생 애인', '연애' 등 몇 단어가 귀에 들어올 정도였다.

차에 올라타며 선희는 문득, 그렇게 돈이 많아 이런 서비스를 이용한다면 차라리 진짜 그 긴 리무진을 보내주어도 좋았을 텐데

하는 생각이 들어 피식 웃음을 터뜨렸다. 영화 'pretty woman'
의 한 장면이 머릿속을 스치고 지나갔던 것이다.

길에서 몸을 파는 여자와 백만장자의 러브스토리! 리처드 기어
의 얼굴 위로 라이언의 얼굴이 오버랩 되자 선희는 스스로가 한심
하게 느껴져 고개를 절레절레 흔들었다.

"줄리아 로버츠니까, 리처드 기어를 만난 거야."

처음 그 영화를 보았을 때만 하더라도, 김선희도 마음만 먹는다
면 얼마든지 리처드 기어를 만나서 로맨틱한 러브스토리를 만들
어 나갈 수 있다고 믿어 의심치 않았었다. 하지만 지금 눈앞에 그
영화를 틀어준다면 십 분도 못 보고 투덜댈 것이다. 저건, 살인충
동 및 자살 충동을 일으키는 범죄조장 영화라고.

"저기요, 새경호텔 리무진 서비스팀에서 나오신 직원 아저씨."

"네?"

룸미러를 통해 두 사람은 눈이 마주쳤다.

"오닐 이사라는 사람, 그 호텔 손님인가요?"

사람들은 대부분 누군가를 높여서 지칭할 때, 실제로 그런 호칭
을 붙이기에 자격 미달인 사람들에게도 '사장님' 이라고 꼬박꼬박
붙여준다. 학원 근처의 세탁소집 아저씨도 '윤 사장님', 슈퍼집 아
저씨도 '강 사장님' 이다. 만약 자신들의 서비스를 이용하고 있는
라이언에게 존칭을 붙여야 한다면 그 역시 오닐 사장이 되었어야
했다. 그런데 아침에 박 비서도 그랬고, 이 운전기사 직원도 그에
게 꼬박꼬박 '이사' 라는 호칭을 빼놓지 않았다. 그것은 그가 정말
로 '이사' 라는 직책을 가지고 있기 때문이라고 짐작하고 있었다.

"현재는 손님이십니다."

"미래에는요?"

"제가 알고 있기로는, 새경호텔이 오닐 인 서울로 간판을 바꾸어 달게 되면 그곳의 새 오너가 되실 분으로 알고 있습니다."

직원의 목소리에는, 오닐 이사가 직접 차를 보내어 호텔로 모시고 가는데도 불구하고 그에 대해 알지도 못하는 이 여자에 대한 호기심이 섞여 있었다.

"오너요? 사장?"

"뭐, 그렇게 되겠지요."

아, 진짜 부자였구나. 그럼, 그 사람은 진짜 리처드 기어? 아니, 리처드 기어처럼 나이가 많지도 않고 더 잘생기기까지 했으니, 줄리아 로버츠 열두 명은 더 합쳐 놓아야 하나? 선희는 손가락으로 머리를 살짝 긁었다.

"그렇게 대단한 사람이 도대체 나하고 무슨 파트너를 하겠다는 거야?"

혼잣말을 중얼거리며 선희는 복잡한 서울 시내로 진입하고 있는 차창 밖으로 시선을 던졌다. 사람 마음이라는 것이 참 간교했다. 어제 그를 마주했을 때는 뭐 이런 이상한 사람이 다 있나 싶었지만, 박 비서와 호텔에서 내어준 이 검은 자동차, 그리고 자동차를 몰고 있는 호텔 직원의 한마디 증언으로 라이언에 대한 생각이 점점 다른 방향으로 흘러가고 있었다. 굳이 차이를 따진다면 '사이코'에서 '리처드 기어'로 바뀌었다고나 할까.

"편안한 드라이브가 되셨습니까? 감사합니다. 팔층 레스토랑에서 기다리고 있다고 박 비서님께서 전해달라고 하셨습니다.”

선희는 자신에게 새로운 정보를 준 직원에게 꾸벅 고개를 숙여 보이고는 호텔 안으로 들어섰다. 호텔은 어제와 다름없이 화려하고, 고급스러우며 바쁘게 지나치는 사람들로 활기가 가득 차 있었다. 태어날 때부터 이런 호텔만 줄곧 찾은 듯한 사람들 틈바구니에서, 바로 어제 이십육 년 만에 처음으로 특급 호텔을 구경했던 자신이 스며들 수 있다는 사실이 믿기지 않았다. 전자의 사람들을 부러워하고 동경한 적은 없었지만 그들이 자신과는 다른 삶—돈과 지위를 막론하고서도—을 살고 있다고 생각하고 있었기 때문이다. 한 번도 지루하거나 무료해 본 적 없는 사람들, 물론 지금도 그 생각에 변함은 없었다.

“오셨습니까? 일행 분들께서 기다리고 계십니다.”

그녀를 알아본 레스토랑의 홀 지배인이 다가와 빙긋 미소를 지었다. 선희는 걸음을 옮기며 어제 앉았던 바로 그 테이블로 시선을 던졌다. 박 비서가 그녀를 알아보고 손을 살짝 들어 보였다. 그리고 선희에게 널찍한 등짝을 보이며 앉아 있는 남자의 뒷모습도 눈에 들어왔다.

“오셨어요?”

박 비서는 자리에서 일어나 선희를 맞아주었지만, 라이언은 테이블 건너 창밖 야경에만 묵묵히 시선을 던지고 있었다. 무엇인가 마음에 들지 않는다는 듯 부풀어 오른 뺨과 실룩거리는 입술, 그 표정을 보고 있자니 선희 역시 심기가 불편해졌다.

“앉으시죠.”

선희는 박 비서의 옆 자리, 라이언의 맞은편 의자에 자리를 잡고 앉았다.

"시장하시면 식사부터 하시겠어요?"

"아니요, 이야기부터 하죠."

"그러시겠어요?"

박 비서는 슬쩍 라이언을 향해 눈길을 던졌지만 이내 다시 선희에게 돌아왔다. 여전히 라이언은 선희를 그 자리에 없는 사람 취급하고 있었다. 박 비서는 미리 라이언에게 전해 들은 내용을 어디서부터 풀어놓아야 할지 잠시 망설였지만 이내 입을 열었다.

"박순철 씨는 십육 년 전 김선희 씨와 같은 동네, 같은 초등학교에 다녔던 적이 있습니다. 박순철 씨는 당시의 김선희 씨를 특별하게 기억하고 있으며 지금도 많이 보고 싶어하십니다."

그때 선희가 박 비서의 말을 잘라냈다.

"난 박순철이 누구인지 몰라요."

"모르는 것이 아니라, 기억하지 못하는 것일 수도 있습니다."

박 비서의 말에 선희는 반박하지 못했다. 사실, 어젯밤에도 열 살 때의 기억을 떠올려 보려고 했지만 겨우 떠올려 낸 것은 당시 담임선생님의 성함밖에 없었다. 어쩌면 떠오른 조각조각 난 기억이나 추억 중의 하나가 열 살 때 벌어진 일일지도 몰랐지만, 확신할 수 있는 것은 어떤 것도 없었다. 하지만 자신의 탓은 아니었다. 그 어느 누구도, 십육 년 전의 기억을 떠올려 보라고 한다고 해서 필요한 기억만 뽑아 그림처럼 머릿속에 그려내지는 못할 것이다.

"그래요, 그렇다 쳐요. 그런데요?"

"랜디 브라운 씨는, 아, 박순철 씨의 현재 이름은 랜디 브라운입니다. 랜디 브라운 씨는 삼 주 후 사업차 한국에 방문하게 되십니다. 그리고 그때 김선희 씨를 찾을 계획을 가지고 계십니다."

"왜요?"

"말씀드렸습니다만, 랜디 브라운 씨는 김선희 씨에 대한 추억을 소중하게 생각하고 계시며 아주 특별한 존재로 기억하십니다. 김선희 씨는 랜디 브라운 씨의 첫사랑이니까요."

선희는 살짝 코끝을 찡그렸다. 어제 라이언이 내밀었던 삼각 구도 중 하나가 설명되었다. 이제 두 번째 '프렌드' 차례였다.

"오닐 씨는."

박 비서와 선희는 동시에 라이언을 바라보았다.

"랜디 브라운 씨의 가장 절친한 친구 분이십니다. 두 분은 친형제 이상으로 각별한 사이이며……."

"그런데 저 사람은 왜 저러고 있어요?"

라이언의 표정을 똑같이 흉내 내느라 입술을 불쑥 내밀며 선희가 말했다. 그제야 비로소 라이언의 시선이 선희에게 처음으로 향했다. 물론, 인상은 더욱 찌푸려졌지만.

"오닐 씨는 그저, 두 분 사이의 오해를 못마땅해하시는 것뿐입니다."

"저런 뭐 씹은 얼굴로 앉아 있을 거면 사람을 왜 불렀대요?"

리처드 기어는 무슨, 개뿔! 돈이 많다는 사실을 알게 되어서 그랬을까, 아니면 정말로 그 표정이 거만하게 느껴졌기 때문일까. 선희는 라이언의 표정이 마음에 들지 않아 덩달아 인상을 찡그렸다.

“됐어요. 그 다음은 뭐예요?”

“오닐 씨가 어제 말했던 파트너 관계는 순수하게 김선희 씨를 돕고 싶다는 의도를 잘못 전하신 것입니다. 오닐 씨는 한국어에 능숙하지만, 한국에 살았던 적은 없었기 때문에 사회적인 분위기나 정서를 잘 모르십니다.”

이제 선희는 허기가 지기 시작했다. 학원에 출근하기 전 먹는 늦은 아침과 쉬는 시간에 주워 먹는 간식거리를 제외하고는 퇴근까지 배를 채울 만한 시간이 없기 때문이다.

“그것도 그렇다고 넘기죠. 박순철, 아니, 랜디 브라운이 한국에 와서 나를 찾으면 찾는 거지 오닐 씨가 도울 게 뭐가 있다는 거예요?”

“오닐 씨는…….”

박 비서는 잠시 머뭇거렸다. 그녀가 차마 입을 열지 못하자, 그제까지 한 번도 입을 열지 않고 있던 라이언이 느릿하게 말을 꺼냈다. 선희는 하루 사이에 그가 벙어리라도 되었나 싶었던 생각을 접었다.

“난 랜디가 실망하는 걸 보고 싶지 않아.”

“뭐?”

이게 끝까지 반말이네.

“삼 주 뒤에 한국에 오는 건 다른 사람에게 미루어도 되는 일이었어. 그런데도 랜디가 오겠다고 한 것은, 순전히 너를 만나기 위해서야.”

가만, 그러면 랜디가 지금의 나를 만나면 실망한다는 뜻인가?

선희는 불쑥 화가 치밀어 올라 눈을 부라렸다.

"실망하라고 해. 난 순철인지 랜디인지 실망하든 안 하든 상관 없어. 별 이상한 애 다 보겠네, 진짜."

라이언이 박 비서에게 고갯짓을 하자 그녀는 묵묵히 일어나 자리를 피해주었다. 그리고 박 비서가 홀 지배인에게 다가가 무엇인가 주문을 하자, 곧 웨이터가 테이블로 와인과 두 개의 잔을 가져다 주었다. 라이언은 와인을 확인하고 향을 맡는 일련의 과정을 모두 뿌리치고 자신의 잔에 술을 가득 따랐다.

"랜디에게 너의 존재는 아주, 아주, 아주 특별해."

라이언은 선희의 잔에도 와인을 따르고 그녀 앞으로 밀어놓았다.

"사실 나도 이해할 수 없어, 랜디가 왜 그러는지. 하지만 분명한 건 랜디는 자신의 인생에 있어서 가장 중요한 결정을, 너 때문에 미루고 있다는 거야."

와인은 비록 자신이 즐겨 마시는 술은 아니었지만, 이런 기회가 아니면 언제 특급 호텔에서 서울 야경을 내려다보며 와인을 마시겠냐 싶어 잔을 집어 들던 선희는 라이언의 말에 고개를 번쩍 들었다.

"나 때문에?"

라이언은 고개를 끄덕였다.

"너는 기억도 못하지만, 적어도 랜디에게는 네 존재가 그래. 그런데……."

라이언의 시선이 머리끝에서 발끝까지 훑고 지나가자 선희는 자신도 모르게 주눅이 드는 것은 어쩔 수 없었다.

"뭐 어쩌라는 거야? 생겨 먹은 게 이런 걸. 내 참, 이제 두 번 본 사람 앞에서 못생겼다고 사과하는 것도 아니고……."

"적어도 남은 시간 동안 노력이란 걸 할 수는 있지."

"내가 왜 그래야 하냐고!"

드디어 참지 못하고 버럭 소리를 내지르며 선희는 와인 잔을 단번에 비워 버렸다. 라이언은 빈 잔에 다시 술을 따랐다.

"이유는 많아."

라이언은 자신의 잔을 집어 들고 허공에서 작은 원을 그리며 한 바퀴 돌렸다. 가득 찬 와인이 튕길 듯하며 부드럽게 흔들리는 것을 지그시 노려보던 선희가 될 대로 되라는 말투로 말을 던졌다.

"그래, 그 이유 한번 말해봐. 어디 들어나 보자고."

라이언은 마치 주문을 걸듯 천천히 잔을 돌리다 그 반듯한 입술로 가져갔다. 붉은 와인과 빛나는 와인 잔, 기가 막히게 그것들과 잘 어울리는 도톰하고 부드러운 선의 입술을 보고 있자니 선희는 속이 바싹 타 들어가는 기분이 들었다.

여자구나, 김선희. 감성 같은 건 그 낡아빠진 도서관에 내던지고 사는 줄 알았는데, 너도 여자구나 김선희. 거만하든 뭐 씹은 얼굴로 있든 어떤 자세로 앉아 있든 어떤 방향에서 보든 간에 잘생긴 남자 앞에서 가슴이 떨리는 여자. 감성은 남겨두고 자존심만 내버려 두고 왔구나. 젠장, 술이 더 필요했다.

"첫째."

라이언이 입을 열었다. 몇 잔째 잔에 가득 따라놓은 와인을 꿀꺽꿀꺽 목 안으로 넘겨 버리는 선희의 모습에 한참이나 얼굴을 찌푸린 후였다.

"랜디는 똑똑해. 대학 때부터 한 번도 장학금을 놓치지 않았고, 현재는 뉴욕에서 제일 잘나가는 로펌의 촉망받는 변호사야."

자신의 잔을 비운 라이언은 와인 병을 집어 들다, 그것이 빈 병임을 깨닫고 손을 들어 웨이터를 불렀다.

"둘째, 랜디는 자상하고 부드러워. 터프해 보이려고 애쓰지도 않고, 여자들에게 잘 보이기 위해 멍청이 같은 짓도 하지 않아. 착하고, 섬세하고, 겸손해. 아 참, 이건 와인이지 맥주가 아니야."

웨이터가 가져다 준 같은 종류의 와인 병을 자신이 잡기도 전에 손을 대는 선희에게 라이언이 말을 덧붙였다.

"알고 있거든?"

라이언은 어깨를 한번 으쓱해 보일 뿐 더 이상 선희의 주도습관에 대해 이야기를 꺼내지 않았다.

"셋째, 랜디는 잘생겼어. 꽤 미남이야. 대학 때부터 인기도 많았고 지금도 로펌에서 함께 일하는 여직원들의 추파가 쏟아지지."

선희는 손을 들어 라이언의 말을 잘라냈다.

"지금 내가 왜 랜디를 실망시키지 않기 위해 노력해야 하는지에 대해 이야기를 하는 거야, 아니면 랜디 브라운이 이 세상에서 제일 잘난 남자라는 걸 설명하는 거야?"

"Good question!"

와인 한 병을 완전히 비워냈음에도 불구하고 아직도 냉기가 흐르는 두 사람 사이의 분위기를 바꾸어보려고 라이언은 한껏 미소를 지어 보였다. 비록 저 작은 머리통 안에서 쓸데없는 상상만 하지 않았어도 하루의 시간을 더 벌 수 있었을지도 모른다는 생각이 들긴 했지만.

"그 두 가지 모두 이야기하고 있는 거야. 랜디는 적어도 내가 아는 한 최고의 남자, 최고의 연인, 최고의 신랑감이야. 그를 놓치는 건 정말 엄청난 실수라고."

베스트의 의미로 라이언은 엄지를 치켜올렸다.

"잠깐, 오닐 씨."

"라이언."

"그래, 라이언. 랜디가 무지막지하게 멋진 남자고, 놓치면 안 되는 최고의 남자라고 하자. 그래서 지금 내가 랜디를 놓치면 안 되기 때문에 나한테 도움을 주겠다 이거야? 참 오지랖도 넓으셔."

선희는 자신의 눈앞에 놓인 와인 잔을 마저 비워내고는 테이블 위에 소리나게 올려놓았다. 라이언은 깨질 듯 크게 진동하는 와인 잔과 선희를 번갈아 바라보았다.

"그렇게 잘생기고 능력있는 남자가 비행기까지 타고 만나러 오는 것까지는 이해가 돼. 뭐, 추억이라니까. 그런데 그 사람이 바보 등신도 아니고, 십육 년 전 꼬맹이 때 감정을 가지고 지금 나랑 잘 해볼 생각이라도 있겠어? 내가 왜 네 앞에서 이런 이야기까지 들어주고 있는지 한심하다, 한심해."

선희가 덜커덕 요란한 소리를 내며 자리에서 일어났다. 라이언의 굳게 닫힌 입술과 누구를 향한지 모를 분노의 빛이 서린 눈을 내려다보던 선희는 힘겹게 뒤돌아 섰다. 이제, 끝이다. 흥미롭고,

궁금했고, 재미있고, 잠깐씩 설레기도 했다. 지난 오 년간 있었던 가장 즐거웠던 기억을 모두 합쳐도, 이번 이틀 사이에 벌어진 상황들보다 못할 것이란 생각을 하며 피식 헛웃음을 터뜨렸다.

곧 순철이가, 아니, 랜디 브라운이라는 사람이 찾아온다고 했다. 그럼 그때는 또 잠깐 설레겠지. 하지만 라이언의 말대로 랜디는 자신의 첫사랑의 모습에 실망하고 금방 돌아설 것이다. 그리고 자신은 또다시 일상으로.

끝.

"있어. 랜디는, 그런 생각 가지고 있어."

선희는 그 자리에 우뚝 멈추어 섰다.

"뭐?"

"가지고 있다고. 너 때문에 미루고 있다는 녀석의 결정……."

선희는 고개를 돌려 라이언을 바라보았다. 조금 풀어졌던 그의 얼굴이 다시 굳어져 있었다. 말을 잇지 못하고 테이블 모서리를 지그시 노려보던 라이언이 갑자기 의자에서 일어나 다가오자 선희는 자신도 모르게 뒷걸음질을 쳤다.

"십육 년 전의 그녀와 잘해볼 마음이 없고서는, 도저히 설명할 수 없는 행동이거든. 그리고 네 말이 맞아. 랜디는 바보야. 바보 같을 정도로 너와의 만남을 기대하고 있어."

선희는 침을 꿀꺽 삼켰다. 그녀가 꿀 먹은 벙어리마냥 입을 다물고 있자 라이언이 선희의 팔을 붙잡았다. 긴 손가락이 주는 가벼운 충격이 옷 위로 느껴지자 선희는 순간 움찔했다.

"잘 생각해 봐. 랜디는 뉴욕에서 가장 잘나가는 잘생긴 변호사야. 어느 것 하나 흠잡을 것 없는 남자. 그 남자를 붙잡을지, 놓쳐 버릴지는 네가 선택해. 내일 아침까지만 연락 기다리지."

라이언은 그녀의 눈을 지그시 내려다보았다.

"신중하게 고민해. 뉴욕 맨해튼의 고급 아파트에 살면서 낮에는 브로드웨이 공연을 보고 난 뒤 세계적으로 유명한 레스토랑의 런치 스페셜을 먹고, 밤에는 잘생긴 남자 친구의 에스코트를 받으며 로펌에서 주최하는 클럽 파티에 가서 즐기는 거야."

완전히 굳어버린 선희의 팔을 놓아준 라이언은 그녀보다 한 발 앞서 레스토랑을 걸어나가기 시작했다. 선희는 라이언의 뒤통수를 뚫어질 듯 노려보다 그를 불렀다.

"오닐…… 라이언!"

그가 걸음을 멈추었다.

"나를 도와주겠다는 이유가 뭐야?"

조금의 미동도 없이 레스토랑 한가운데 서 있던 라이언이 천천히 몸을 돌렸다. 마치 텔레비전 광고 속 모델처럼 자연스러우면서 멋스러운 동작에 선희는 괜히 심기가 불편해졌다.

"박 비서가 이야기했잖아. 랜디는 나의 가장 친한 친구고, 난 녀석이 실망하는 모습을 보고 싶지 않을 뿐이라고."

9

돌아올 때도, 선희는 호텔 리무진 서비스를 이용했다. 연 이틀째 늦게 귀가한 자신을 의아하게 바라보는 가족들을 뒤로하고 방에 처박힌 선희는 심장이 이토록 세차게 뛰는 것은, 의외로 알코올 도수가 센 와인의 영향 때문이라고 치부해 버렸다.

"절대로, 절대로 그놈의 자식 때문은 아니야."

그놈의 자식, 라이언을 뜻하는 것인지 아니면 랜디를 말하는 것인지 선희 스스로조차 헷갈릴 정도였다.

"내 눈앞에 나타날 때부터 심상치가 않더니만!"

결국 자신을 이런 혼란에 빠뜨리고 말았다. 이불을 뒤집어쓰고 누운 선희는 눈을 질끈 감고 머리를 흔들었지만 라이언의 마지막 말과 단호한 눈빛이 머릿속에 아른거렸다. 답답한 마음에 이불을 저만치 내던져 버린 선희는 천장의 벽지 속 꽃무늬를 마음속으로 세기 시작했다.

한 송이, 두 송이, 세 송이…… 로펌의 잘나가는 변호사…… 네 송이, 다섯 송이, 여섯 송이…… 부드럽고 지적이며 착한…… 일곱 송이, 여덟 송이, 아홉 송이…… 수많은 여자들이 흠모하는 미남…… 열 송이, 열한 송이, 열두 송이…… 첫사랑과 얼마든지 잘해볼 용의가 있는…… 열세 송이, 열네 송이, 열다섯 송이…… 뉴욕 맨해튼…… 열여섯 송이, 열일곱 송이, 열여덟 송이…… 브로드웨이!

"아아악!"

결국 침대에서 벌떡 일어난 선희는 머리칼을 쥐어 잡고 소리를 내질러 버렸다. 라이언의 목소리가 귓가에서 앵앵거리는 바람에 열여덟 송이를 세는 데 무려 오 분이 넘게 걸렸다. 눈살을 찌푸리던 선희는 콧속으로 스며드는 매콤한 냄새에 고개를 번쩍 들었다.

"라면이다!"

그러고 보니, 와인만 죽어라 들이부었지 저녁을 거르고 지나갔다는 사실이 떠올랐다. 무엇이든지 채워달라고 허기로 아우성치는 배를 부여잡고 방을 나선 선희는 곧장 부엌으로 향했다. 모친이 이제 막 끓여낸 라면을 식탁에 앉은 오빠 앞으로 옮기고 있는 중이었다.

"배고파."

"저녁 안 먹었어?"

"응."

선희는 젓가락을 챙겨 들고 오빠의 맞은편 자리에 털썩 주저앉았다.

"오라버니는 오늘 야근 근무조였어?"

"응. 이거 같이 먹어. 난 저녁 먹었는데 좀 출출해서 먹는 거야."

기꺼이 자신에게 라면을 나누어 주는 오빠에게 빙긋 미소를 지어 보인 선희는 젓가락이 집을 수 있는 가장 많은 양을 냄비에서 들어내 자신의 그릇에 담았다. 그 모습에 모친이 혀를 끌끌 찼다.

"넌 저녁도 못 얻어먹고 다니냐?"

"그냥 볼일있어 나간 건데 저녁 먹을 시간이 없었어."

후르륵 후르륵, 소리를 내며 면발을 빨아 당긴 선희가 입 안으로 열심히 라면을 씹으며 대답했다.

"누구 만났는데?"

"그냥 친구."

"네가 지금 그냥 친구 만나고 다닐 때야? 아니, 아직 창창한 애가 왜 그 흔한 연애 한 번 못하고 이러고 다녀?"

또 시작이다. 이래서 모친과는 부딪치지 않는 게 상책이었다. 선희는 남은 라면을 되도록 빨리 먹으려고 입 안으로 미어터져라 집어넣기 시작했다.

"어차피 연애질로 시집 못 갈 것 같으면 선 한번 볼래?"

"엄마!"

선희가 젓가락을 탁 소리나게 식탁 위에 올려놓았다.

"나 스물여섯이거든?"

"한 살이라도 어릴 때 가야지! 네가 아직 젊은 것 빼고 봐줄 게 뭐가 있어?"

"엄마 진짜 우리 엄마 맞아?"

"다 너 위해서 하는 말이야. 한 달에 팔십 받으면서 애들 상대하느라 스트레스받는 것보다 남편이 빠닥빠닥 가져다 주는 월급으로 알뜰살뜰 살림하는 게 훨씬 낫지!"

곧 화살이 자신에게 날아들 것이 뻔하기 때문인지, 오빠의 젓가락 속도도 빨라졌다.

"그렇다고 선을 보냐, 이 나이에?"

"네가 남자라도 있으면 이런 말을 안 하지!"

"아, 됐네요!"

"너 연애질도 못하고 올해 넘기기만 해! 당장 제일 먼저 들어온 선자리에 확 보내 버릴 테니까."

국물까지 다 마시는 데 십 분도 걸리지 않았다. 신기록이다. 흡족한 마음 반, 어서 자리를 떠야겠다는 다급한 마음 반으로 식탁에서 일어나 부엌을 걸어나가던 선희는 무슨 생각이 들었는지 그 자리에 멈추어 섰다.

"엄마."

"왜? 선볼텨?"

"아니. 있잖아, 우리 동네에 혹시 박순철이라는 애 살았었어? 한…… 십육 년쯤 전에."

선희가 남기고 간 빈 그릇을 개수대로 가져가던 모친은 한참을 생각하는가 싶더니 이내 고개를 흔들었다.

"글쎄다."

"누구?"

선희보다 약간 늦게 라면 국물을 처리한 오빠가 자리에서 일어나며 다시 물었다.

"박순철. 아 참, 나보다 두 살 많다니까 오라버니랑 동갑이겠네. 그럼 엄마보다 오빠가 더 잘 알겠다."

"박순철…… 순철…… 분명히 들어보긴 했는데 정확히 기억은 안 나네. 누구더라. 박순철…… 박순철. 나중에 생각나면 이야기해 줄게."

식탁 위를 행주로 닦아내던 모친이 벌컥 소리를 질렀다.

"쓰잘데기없는 데 신경 쓰지 말고 할 일 없으면 선이나 봐!"

"아아아아악!"

그녀가 전화를 할까? 샤워를 하고 나온 라이언은 소파에 앉아 리모컨을 집어 들었다. 텔레비전을 켜고, CNN 뉴스 채널을 맞추었다. 하지만 그 어떤 세계 토픽도 눈과 귀에 들어오지는 않았다. 라이언은 오직, 선희가 내일 아침 전화를 할 것인가에 관심이 쏠려 있었다. 만약 전화를 하지 않는다면, 이대로 아무것도 손써보지 못하고 뉴욕으로 돌아가야 했다.

두통 때문에 손가락 끝으로 관자놀이를 문지르는 것은 이제 버릇이 되어버렸다. 짧은 한숨을 내쉬던 라이언은 호텔방 안에 울리는 벨소리에 몸을 일으켰다. 찾아온 사람은 박 비서였다. 문을 열자, 그녀는 허리에 두른 샤워 타월 하나만 걸친 라이언의 모습에 눈썹을 치켜올렸다.

"말씀하셨던 전자 사전입니다."

"내일 아침에 써니에게서 전화가 갈 거야. 혹시라도 받지 못하는 불상사는 없도록 해."

다시 전화를 해야 한다면, 그녀는 또 한 번 생각할 기회를 가지게 되는 것이고 선희는 그 결정을 뒤엎을지도 몰랐다.

"김선희 씨가 전화를 할 거라 예상하십니까?"

"그렇게 생각하고 싶어."

라이언은 손 안에 쏙 들어오는 깜찍한 스타일의 전자 사전을 박 비서를 향해 흔들어 보였다.

"고마워."

문을 닫고 소파로 돌아온 라이언은 전자 사전을 손바닥 위에 올려놓았다. 그리고 조심스러운 손길로 '오지랍' 을 쳐보았다.

'오지랍' 에 대한 검색 결과가 없습니다.

잠시 고개를 갸웃거린 라이언은 다시 '오지랖' 이라는 단어를 찍어보았다.

오지랖[-랍] [명사] 웃옷의 앞자락. 오지랖이[-라피], 오지랖만
[-람-]

웃옷의 앞자락. 라이언은 오늘 자신이 입었던 코듀로이 재킷을

떠올렸다. 그리고 전사 사전의 나머지 부분을 읽어 보기 위해 다시 고개를 숙였다.

[관용구] 오지랖(이) 넓다. '주제넘게 남의 일에 참견하는 사람'을 빗대어 이르는 말.

순간 라이언의 뺨이 실룩거리더니, 전자 사전이 그의 손에서 날아가 소파의 푹신한 쿠션 사이로 콕 박혀들어 갔다.

10

선희는 자신이 직접 선정한 'pretty woman'의 뒤를 잇는 두 번째 범죄조장 영화 'Maid in manhattan'을 보느라 새벽이 되어서야 잠이 들었다.

고민은 필요없었다. 라이언이 했던 이야기들은 모두 머릿속에 지워 버리고 다시는 만나지 않으면 된다고 다짐했다. 복잡한 생각을 털어버리려고 여기저기서 폭탄이 터지고 총알이 난무하는 액션 영화 비디오테이프를 빌리기 위해 24시간 영업을 하는 비디오 대여점을 찾았던 것이다. 하지만 손에 집어 든 영화는 길거리 창녀 줄리아 로버츠 대신 호텔 메이드인 제니퍼 로페즈가, 남자 주인공은 백만장자 대신 승승장구하는 정치인으로 바뀐 'pretty woman 2'라고 제목을 붙여주고 싶은 영화 테이프였다. 물론 선희는 이미 두어 번 그 영화를 보았다. 그럼에도 불구하고 비디오 테이프를 집어 들었던 것은, 부끄럽지만 순전히 맨해튼이라는 제목 때문이었다.

여전히 늦은 오전의 집은 텅 비어 있었다. 대충 세수를 하고 밥을 먹기 위해 식탁에 앉았다.

'Maid in manhattan'의 파급은 생각했던 것보다 컸다. 영화를 보다 잠든 꿈속에서 선희는 라이언의 말대로 맨해튼의 생활을 100% 즐기는, 로맨틱한 사랑에 빠지는 여자가 되어 있었다.

"가슴이랑 엉덩이가 몸무게의 반을 차지할 것 같은 제니퍼 로페즈니까 가능한 거라고!"

순간 밥맛이 뚝 떨어져 선희는 수저를 내려놓았다. 그리고 이를 닦기 위해 좁은 욕실에 들어섰다. 구식 모델의 양변기와 세면대 하나, 물론 욕조를 놓을 자리도 없었다. 선희는 한 사람 들어서면 꽉 차는 그 욕실, 거울 앞에 서서 칫솔을 집어 들었다.

이를 닦으며 선희는 거울 속 자신의 모습을 물끄러미 바라보았다. 한 번도 스스로가 예쁘다는 생각을 해본 적은 없었지만, 그렇다고 못 봐줄 정도로 못난이라고 생각한 적도 없었다. 그래서일까, 자신을 훑어보던 못마땅한 라이언의 시선이 떠오르자 순간 화가 치밀어 올랐다. 콰르르, 입 안으로 물을 머금고 헹구어낸 선희는 세면대를 두 손으로 붙잡고, 마치 거울 속에 라이언이 있기라도 한 듯 노려보았다.

"내가 뭐 어때서, 쳇."

한참 동안 거울을 바라보던 선희는, 문득 자신의 얼굴이 이렇게 생겼었나 하는 생각이 들었다. 적어도 하루에 한 번은 거울을 보았을 텐데, 얼굴에 뭐가 묻지는 않았나 정도만 훑고 지나갈 뿐 눈썹이 어느 방향으로 휘었는지, 쌍꺼풀은 어느 쪽이 더 짙은지 코 위의 주근깨가 몇 개나 있는지, 왜 아래 입술이 윗입술보다 더 도톰한지 한 번도 주의 깊게 관찰해 본 적도 없었다. 아니, 어쩌면 매일 보고 느끼면서도 내일 또다시 봐야 하기 때문에 기꺼이 잊어주는 것일지도 몰랐다.

"이렇게 생겼네. 순철이가 기억하는 얼굴이…… 표정이…… 남아 있을까?"

십육 년 전, 열 살 꼬맹이 선희를 좋아했다는 열두 살 소년. 멋지게 자라 첫사랑을 찾겠다는 남자. 선희는 입술을 질끈 깨물었다.

"그래, 내가 그 남자 잡지 말라는 법은 없지."

만화방 사장이나 세탁소집 아들, 그리고 나에게는 전혀 관심도 없는 명석학원 수학 선생보다 훨씬 잘난 남자가 찾아온다. 라이언 말대로 지금 그를 놓치는 것은 정말 멍청한 짓이다. 앞으로 남은 인생에서, 어느 누구가 자신을 맨해튼으로 데려가 줄 것인가? 아마 순철이가, 아니, 랜디 브라운이 처음이자 마지막이 될 것이다.

선희는 박 비서의 명함을 찾기 위해 욕실을 뛰쳐나갔다.

[김선희 씨에게서 연락이 왔습니다. 일이 끝나는 시간에 맞춰 차를 보내 드리기로 했습니다.]

잠이 덜 깬 얼굴로 수화기를 들고 있던 라이언은 눈을 번쩍 떴다. 여전히 무뚝뚝한 박 비서의 목소리가 그토록 달콤하게 들리다니, 라이언은 빙그레 미소를 지으며 침대에서 몸을 일으켰다.

"할 일이 많아. 지금 방으로 올라와. 아참, 로비에서 여성 패션 잡지는 모두 챙겨서 올라와 줘."

[네.]

전화를 끊고 난 라이언은 재빨리 옷을 챙겨 입었다.

박 비서에게는 선희에게서 연락이 올 것이라고 이야기하긴 했었지만, 그도 반신반의하고 있었다. 그래서 새벽녘에야 잠이 들었던 것은, 시차 적응을 하지 못해서가 아니라 선희가 자신의 제안을 받아들이지 않을 경우에 대한 걱정 때문이었다. 물론 결론을 내리지 못하는 걱정이었다. 두 손 놓고 줄리아가 다른 남자와 결혼하는, 다른 누구도 아닌 랜디와 결혼함으로써 평생 그 부부를 봐야 할지도 모른다는 극도의 스트레스가 물러나자 머릿속에 떠오른 웃음기없이 우울로 가득 찬 선희의 얼굴이 예뻐 보일 지경이었다.

박 비서가 방에 들어서자마자 라이언은 잡지책들을 모두 받아들고 테이블 위에 쏟아 부었다. 그리고 의아한 얼굴로 서 있는 박 비서에게 손짓을 해 그녀를 소파에 앉게 했다.

"지금부터 써니에게 가장 잘 어울릴 스타일을 찾아줘."

"오닐 씨, 그건 제 분야가 아닌데요?"

"나보다는 낫겠지."

"글쎄요."

박 비서는 라이언 앞에서 처음으로 난감한 표정을 지어 보였다.

하지만 라이언은 그런 그녀의 표정을 읽어내지 못하고 말을 이었
다.

　"준비할 게 많아. 써니에게 가장 잘 어울릴 스타일을 찾으면 머
리끝에서 발끝까지, 필요한 것은 뭐든 준비해 줘. 그녀가 호텔에
도착하면 바로 갈아입을 수 있도록."

　박 비서는 탐탁지 않은 표정으로 잡지책을 집어 들었다. 라이언
은 룸서비스로 아침을 주문하기 위해 전화기로 향하다 걸음을 멈
추었다. 그리고 진지한 얼굴로 잡지를 넘기고 있는 박 비서에게
다시 입을 열었다.

　"써니에게도 선택권을 줘야 하니까 옷은 여러 벌 준비해 줘. 아
참, 박 비서는 아침 먹었나?"

　김선희는 세상 사람들이, 아니, 적어도 동네 사람들이 다 아는
'무료한 사람'이었다. 그런 그녀가 기사 딸린 고급 세단을 타고 사
라지는 모습은 모두의 호기심을 자극하기에 충분했다. 선희가 학
원에 들어서자마자, 기다리고 있었다는 듯 선생님들이 몰려들었
다.

　"김 선생! 어제 어떻게 된 거야?"

　"뭐가요?"

　"그 차 말이야. 누구 차야?"

　"아, 차⋯⋯."

　선희를 가운데 두고, 선생님들이 빙 둘러섰다. 그중에는 호기심
으로 눈이 빛나는 원장 선생님도 포함되어 있었다. 선희는 조금

난감한 듯 어깨를 으쓱거렸다.

"그냥 뭐……."

"김 선생 남자 생겼어?"

"아니, 뭐, 남자가 생겼다기보다……."

"어떤 남자야?"

물어봐 놓고, 끝까지 듣지도 않는 건 무슨 심보란 말인가. 선희는 그저 쓴웃음만 지어 보인 후, 자신을 둘러싼 원을 슬그머니 빠져나와 자리에 앉았다. 그리고 유일하게 원의 멤버에서 빠져 있던 석훈을 향해 인사차 가볍게 고개를 끄덕여 보였다.

"김 선생, 이야기는 끝내고 가야지!"

"언제 보여줄 거야, 그 남자?"

"차 보니까 굉장히 돈 많은 남자 만나나 봐, 김 선생?"

그때 선희가 뭐라 대답을 하기도 전에 옆 자리에 앉아 있던 석훈이 일찍 강의실로 갈 셈인지 자리에서 일어나 책상 위에 올려져 있는 수학 프린트들을 정리하기 시작했다.

"그 차, 그냥…… 그냥 호텔에서 보내온 차예요."

자신보다 더 흥분한 것 같은 여 선생님들을 진정시키려고 꺼낸 말이었지만 상황은 더욱 곤란해져 버렸다. 호텔이라는 말이 나오자마자, 선생님들은 얼굴이 발그레해지면서도 더 거센 질문 공세를 멈추지 않았고 석훈은 고개를 절레절레 흔들며 교무실을 나가 버렸다.

"어머, 윤 선생이 섭섭한가 보다. 그래도 학원 내에 유일한 미혼인 두 사람이었는데. 아참, 중요한 건 이게 아니지. 아니, 그럼 김 선생 호텔에 갔단 말이야?"

"저기요, 그게 아니라…….."

"어머어머!"

번듯한 호텔 하나 없는 이런 작은 동네에서 강산이 몇 번이나 변하도록 살고 있는 중년 여성들의 머릿속에 어떻게 하면, 호텔에는 카페가 있어 차를 마실 수도 있고 레스토랑이 있어 밥을 먹을 수 있으며 스포츠센터가 있어 운동도 할 수 있다는 사실을 효과적으로 알릴 수 있을까. 선희의 고민은 그다지 오래가지 않았다. 그녀는 강의실에 가서 수업 준비를 해야겠다며 도망치듯 교무실을 빠져나왔다.

"후우."

다행히 선생님들이 쫓아오지 않자, 짧게 한숨을 내쉬던 선희는 자판기 앞에서 커피를 뽑고 있던 석훈과 눈이 마주치자 어색하게 웃어 보였다. 하지만 늘 자신에게 속마음은 아닐지언정 먼저 웃어주고 부드럽게 말을 건네주던 석훈이 코끝을 살짝 찡그리자 선희는 눈을 동그랗게 떴다. 그리고 돌아서 자신의 수업이 있을 강의실로 걸음을 옮기는 석훈의 뒷모습을 바라보았다.

"쟤, 뭐야……."

혼잣말을 중얼거리며 손가락으로 뺨 부근을 살짝 긁은 선희는, 자신도 커피를 뽑기 위해 자판기를 향해 돌아섰다. 그때 자신을 부르는 석훈의 목소리가 뒤에서 들려왔다.

"김 선생님."

"네?"

뒤돌아서자, 여전히 찡그린 얼굴의 석훈이 선희를 바라보고 있
었다.

"김 선생님, 그렇게 안 봤는데……. 됐어요. 수업 들어가세요."

석훈이 말을 하다 말고, 강의실로 쏙 들어가 버리자 선희는 황
당함에 입을 살짝 벌렸다. 어이가 없어 강의실에 들어가지도 못하
고, 커피를 뽑기 위해 자판기로 몸을 돌리지도 못했다.

"아, 뭐야. 어이없게. 왜 저래……."

종일 일진이 좋지 않았다. 석훈의 어이없는 행동은 그렇다 치고
서라도, 아이들은 다른 날보다 더 사납고, 산만했다. 오 년간 똑같
이 되풀이한 수업 덕에 참고서를 보지 않고서라도 수업 내용을 줄
줄 외던 선희는 오늘따라 몇 번이나 버벅거렸고, 자신이 아는 것
이 맞다고 우겨대는 아이들에게 악을 써야 했다. 수업이 모두 끝
났을 때는 다른 날보다 훨씬 더 기진맥진해 있었다. 가방을 챙기
러 간 교무실에서는 여전히 선생님들의 수다와 질문공세가 계속
되었고, 석훈은 아는 체도 하지 않았다.

학원을 도망치듯 빠져나온 선희는 건물 앞에 세워진, 어제와 똑
같은 차를 발견하고 다가갔다. 어제 자신을 새경호텔 리무진 서비
스팀 직원이라 소개했던 그 남자였다.

"안녕하십니까. 호텔까지 편안하게 모시겠습니다."

"아, 네."

차는 빠르게 서울로 향했다. 선희는 피곤한 몸을 푹신한 시트
속에 묻으며 창밖을 바라보았다. 아침에 자신이 전화를 걸었을
때, 박 비서는 그녀에게 시간 맞춰 차를 보내겠다고 말했다. 앞으

로 삼 주 동안, 이렇게 저녁마다 서울에 가야 하는지에 대해서 물어보지 못한 것이 아쉬웠다.

하긴 라이언이란 녀석이 뭘 어떻게 할 계획인지도 모르는데.

한참 동안 밖에서 시선을 떼지 않던 선희가 운전에 열중하고 있는 호텔 직원에게 무심코 입을 열었다.

"아저씨는 호텔에서 일하는 거 즐거워요?"

"네?"

"이렇게 호텔 차로 다른 사람 운전해 주고 다니는 거 즐겁냐고요."

호텔 직원은 잠시 말없이 생각을 하더니, 신호에 걸려 차가 멈추었을 때 선희를 향해 살짝 눈길을 돌렸다. 생기가 가득한 그의 눈빛에 오히려 질문을 한 선희가 머쓱해질 정도였다.

"물론 즐겁습니다."

"왜요?"

"왜라니요?"

그가 되묻자 선희는 손가락으로 차창을 톡톡 치며 말을 이었다.

"늘 같은 차, 아무 상관도 없는 사람들, 늘 꽉 막힌 도로. 변하는 게 없잖아요."

"늘 같은 차지만 타는 손님은 늘 바뀌죠. 그분들은 우리 호텔을 이용하시는 손님들이기 때문에 저와 아무 상관없다고 생각해 본 적도 없어요. 그리고 중요한 건, 전 이렇게 운전하고 있을 때 제일 마음이 편하고 즐거워요."

직원의 목소리에는 만족이 묻어나고 있었다. 그가 스스로를 동정하고 싶지 않아 거짓말을 한다는 생각은 들지 않았다.

"부럽네요."

"뭐가요?"

"늘 하는 일이 지루하게 느껴지지 않고, 즐겁다는 거. 그거 정말 축복받은 일이거든요."

검은색 고급 세단은 어느새 호텔 앞에 정차하고 있었다. 도어맨이 다가오기도 전에, 그녀와 대화를 나누었던 직원이 운전석에서 걸어나와 차 문을 열어주었다.

"편안한 드라이브 되셨습니까?"

"네, 고마워요."

어깨에 멘 가방을 추겨 메며 호텔 정문으로 향하던 선희는 직원의 목소리에 다시 뒤돌아보았다.

"어느 일이든 즐겁지 않은 일은 없다고 생각합니다. 손님께서는 아주 작은 것에도 숨어 있을지 모르는 그 즐거움을 아직 찾지 못하신 것 같네요. 모든 것은 마음에서부터 변화한답니다. 그저 늘 같은 일터에서 계단 하나를 내려오는 일조차 즐거울 그날이 손님에게도 찾아오길 바랍니다."

선희는 피식 웃어 보였다.

"네, 저도 바라요."

많은 종류의 사람들을 상대하다 보면, 저 호텔 직원처럼 세상에 관해 뭔가를 아는 듯 이야기할 수 있을까? 나는 늘 꼬맹이들만 상대하기 때문에, 세상을 통달하지 못한 것일까.

박 비서는 일찌감치 나와 기다리고 있었다는 듯 로비로 들어선 선희에게 다가왔다.

"오늘도 레스토랑인가요?"

오늘은 뭘 하든 밥부터 시켜놓고 하자고 말해야겠다는 생각을 하며 선희가 박 비서에게 물었다. 하지만 박 비서는 가볍게 미소를 지으며 고개를 가로저었다.

"아닙니다. 방에서 오닐 씨가 기다리고 계십니다."

"네?"

눈을 동그랗게 뜨고 묻는 선희를 두고, 마치 당연히 그녀가 자신을 따라올 것이라 믿어 의심치 않는 듯 박 비서는 벌써 뒤돌아서 엘리베이터로 향하고 있었다. 선희는 가방을 움켜쥐고 박 비서의 뒷모습을 노려보았다.

라이언 오닐, 도대체 무슨 속셈이냐고!

박 비서의 뒤를 따라 널찍한 호텔방에 들어선 선희는 처음 보는 호텔 스위트룸의 모습에 침을 꿀꺽 삼켰다. 바닥은 딱딱하다, 는 명제를 잊게 만드는 두껍고 부드러운 카펫이 깔린 긴 복도를 지나자 세련되면서도 고급스러운 거실이 나타났다. 벽에는 진짜인지 가짜인지 선희로서는 죽었다 깨어나도 감정해 내지 못하는 명화가 걸려 있었고, 따듯하고 고급스러운 느낌을 주기 위해 인위적으로 만든 벽난로가 한자리 차지하고 있었다. 벽난로 앞으로 붉은 벨벳 소재의 소파와 테이블, 테이블 아래에 깔린 자그마한 러그까지도 모든 인테리어 스타일이 완벽히 어울리는 세심함이 느껴졌다.

"하이."

넋이 나가도록 거실을 둘러보던 선희는 복도 앞쪽으로 닫혀 있

던 문이 벌컥 열리며 라이언이 걸어나오자 화들짝 놀라 돌아보았
다. 열린 문틈으로 흐트러진 침대가 슬쩍 눈에 들어왔다.

"왜 여기까지 부른 거야?"

툭 내뱉는 선희의 말투에도 라이언은 기분이 무척 좋은 듯, 콧
노래를 흥얼거리며 소파에 앉았다. 이제껏 보았던 라이언의 정장,
혹은 세미 정장 스타일만큼이나 가벼운 트레이닝 스타일도 기가
막히게 잘 어울린다는 생각이 선희의 머릿속에 스쳐 지나갔다.

"박 비서, 옷은?"

"드레스 룸에 준비해 두었습니다."

옷? 선희의 눈꼬리가 치켜올라 갔다. 라이언은 선희를 향해 빙
긋 미소를 지어 보였다. 순간, 심장이 덜컥 내려앉는 듯한 느낌이
선희를 휩쓸고 지나갔다. 결코 기분 좋은 느낌은 아니었다. 늘 변
함없는 패턴으로 일상을 살던 선희에게 감정의 변화는 곧 두려움
이나 다름없었다. 익숙하지 않은 것에 대한 불안감.

"무슨 옷?"

"박 비서가 어울리는 옷 몇 벌을 준비해 두었을 거야. 내 선물이
야."

선희의 얼굴에 잔뜩 의심이 어렸다.

"선물?"

"내 친구 랜디를 실망시키지 않겠다는 결정에 대한 고마움이라
고나 할까?"

"뻥 치고 있네."

선희의 중얼거림에 라이언의 눈이 소파 한구석에 처박힌 전자

사전으로 향했다. 하지만 그녀 앞에서 모르는 단어를 찾아보는 꼴을 보이고 싶지는 않았다.

뺑 치다? 뺑, 뺑 차다는 들어본 것 같은데.

"나를 도와준다는 의미가 이거였어? 내 후줄근한 겉모습 바꾸어주는 거?"

라이언은 화를 내는 선희를 전혀 이해하지 못하겠다는 표정으로 소파에서 일어났다. 그리고 그녀에게 다가가 앞에 선 채 팔짱을 꼈다. 선희의 눈에는 한없이 거만하고 재수없는 포즈였다.

"물론 포함되어 있는 거야."

"결국 그럼, 순철이가 나를 만나면 실망한다는 의미는 순전히 내 겉모습이 기대 이하라는 뜻이겠네?"

라이언은 선희의 말에 기꺼이 반박하지 않았다.

"하긴 변호사에 그렇게 잘생긴 남자라는데, 금발머리 쭉쭉빵빵들이 줄줄 따르겠지. 걔네들에 비하면 난 수준 이하고."

선희의 목소리에 담긴 비아냥거림을 알아채기에는 한국어 실력이 조금 부족한 라이언이 팔짱을 풀고 위로하듯 그녀의 어깨를 부드럽게 감싸 쥐었다.

"내가 이런 말을 해서 조금의 위안이 될지는 모르지만, 랜디는 겉모습만으로 사람을 판단하지는 않아. 하지만 처음 어떤 사람을 마주할 때, 볼 수 있고 알 수 있는 건 겉모습이야. 이성적인 판단은 대화를 통해서 하겠지만, 매력의 느낌은 훨씬 빠르게 움직이지. 네 겉모습이 조금이라도 더 매력이 있다면, 그 매력이 랜디의 판단을 앞당겨 줄 거야."

선희는 코끝을 찡그리며 라이언의 손을 뿌리쳤다.

"그래, 해보자. 도와준다는데 뭘 못하겠니. 차암, 고맙다. 응?"

"유어 웰컴."

순진한 소년마냥 웃으며 라이언이 눈까지 찡긋거리자 선희는 고개를 설레설레 흔들었다.

"됐다. 내가 무슨 말을 더하리……."

박 비서는 조금 전 라이언이 걸어나온 문 옆, 벽지와 같은 계열 색의 미닫이문으로 선희를 이끌었다. 거실이나 슬쩍 본 침실보다 넓지는 않았지만, 아늑하고 세련된 조명 아래 한쪽 벽은 스틸로 된 투명 옷장이, 그 반대편에는 벽 쪽으로 바싹 붙은 서랍식 드레서와 45도로 세워진 전신 거울이 자리하고 있었다. 옷장을 가득 채우고 있는 것은 남자 옷으로 라이언의 것이 분명했다.

"무슨 남자가 옷이 왜 이렇게 많아? 잠깐 휴가 왔다면서……."

"여기 김선희 씨를 위해 준비한 옷입니다."

라이언의 고급스럽고 센스 넘치는 옷을 손으로 만지작거리던 선희는 박 비서가 내민 여러 벌의 옷을 받아 들었다.

"저는 나가 있겠습니다."

박 비서가 드레스 룸을 빠져나오자, 방금 도착한 디너 룸서비스가 테이블로 옮겨지고 있었다. 콧노래를 흥얼거리며 직접 테이블 세팅을 하고 있던 라이언이 박 비서를 돌아보았다.

"어때, 옷은 마음에 들어해?"

"글쎄요."

라이언은 애매한 박 비서의 대답에 고개를 갸웃거리며 테이블 중앙에 놓인 과일 바구니에서 사과 하나를 꺼내 한입 베어 물었다. 와삭거리며 사과를 씹어 먹던 라이언은 문득 생각난 듯, 선희가 없을 때 '빵'이라는 단어를 찾아보기 위해 소파로 향했다.

"야!"

날카롭게 귓가로 파고드는 경악에 찬 목소리에 라이언은 고개를 돌려 드레스 룸에서 나온 선희를 바라보았다. 순간 탁, 하고 먹다 만 사과가 라이언의 손에서 떨어져 바닥을 데굴데굴 굴러갔다.

"이게 네 취향이냐?"

선희는 손목 부근의 레이스를 흔들어 보이며 소리쳤다. 어깨가 드러나도록 가슴 위쪽에서 시작된 드레스는 봉긋한 가슴 부근에서 부풀어 오른 스타일에 핑크빛 레이스가 물결을 이루었다. 무릎 위까지 오는 짧은 드레스의 길이는 깜찍한 스타일을 염두에 두고 디자인한 것 같았지만, 드레스 아래로 드러난 선희의 투박한 흰 발목 양말 때문에 꼭 천이 모자라 댕강 잘려 나간 것처럼 느껴졌다.

라이언은 당황한 표정으로 박 비서를 바라보았지만, 그녀는 애써 고개를 돌리며 눈을 마주치지 않으려 했다.

"아니면 순철이 스타일이야? 걔 혹시 변태 아니야?"

라이언은 성큼 걸어 드레스 룸으로 걸어가 박 비서가 사다 나른 나머지 옷들을 가지고 나왔다. 소파에 집어 던지듯 내려놓은 옷들은, 씩씩거리며 서 있는 선희가 걸치고 있는 것들보다 더하면 더했지 덜하진 않았다. 레이스와 리본은 기본이고 파스텔 톤의 칼라가 속이 메슥거릴 정도로 눈앞에 아른거렸다.

"그러게, 제 분야가 아니라고 말씀드리지 않았습니까?"

변명하듯 박 비서가 얼른 입을 열었다. 그리고 자신이 참고한 잡지를 그의 눈앞에 들이밀었다. 늘씬하면서도, 아직 젖살이 빠지지 않은 얼굴과 부풀어 올린 머리칼이 깜찍한 모델이 선희와 똑같은 옷을 입고 앉아 있었다. '로맨틱한 상상'이라는 콘셉트로 이어지는 다음 장은 역시 소파 위에 널브러진 옷 중의 하나였다.

"최대한 여성스럽고 예쁜 옷을 고르라고 하시기에……."

"모델을 봐가면서 골라야지!"

라이언의 말에 선희가 발끈했다.

"미안하다. 다 내 죄다."

"괜찮아."

"야!"

이를 바득바득 가는 선희를 눈치채지 못한 라이언은, 여성스러우면서도 세련되고 지적인 줄리아의 패션 감각을 머릿속에 떠올리며 가늘게 한숨을 내쉬었다.

"일단 식사부터 하고, 다시 고르기로 하지. 이번에는 좀 지적이고 세련된……."

라이언은 칙칙한 회색 투피스의 박 비서를 내려다보다 이내 다시 입을 열었다.

"내가 직접 하는 게 낫겠어."

"아니."

드러난 어깨가 민망했던지, 자신의 검은 카디건을 살짝 걸친 선희가 라이언을 향해 다가왔다.

"내가 입을 옷이니까, 내가 고를 거야. 알았어?"

단호하게 말한 뒤 선희는 라이언의 손에 쥐어진 잡지책을 낚아 채고 테이블로 걸어갔다. 한식으로 차려진 저녁 식사에 만족의 미소를 지은 후, 잡지를 펼쳐 드는 동시에 수저도 집어 들었다.

"저는 로비에서 대기하겠습니다."

라이언이 시킨 일을 만족스럽게 해내지 못했다는 자괴감 때문인지, 박 비서는 약간 풀이 죽은 채 방을 나가 버렸다. 라이언이 자신의 맞은편에 자리를 잡고 앉으며 수저를 집어 들자, 선희가 잡지에서 눈을 떼고 신기한 듯 그를 바라보았다.

"한국 음식도 먹어?"

"좋아해."

"혼혈이지?"

라이언은 밥을 한 숟갈 가득 떠 입에 넣으며 고개를 끄덕였다.

"엄마가 한국인이야, 아빠가 한국인이야?"

"엄마."

"그럼 한국어는 엄마한테 배웠어?"

밥알을 꼭꼭 씹어 삼킨 라이언은 자신의 대답을 기다리는 선희의 얼굴을 빤히 바라보았다. 순간 머쓱해진 선희는 눈을 크게 뜨고 얼른 잡지 속 모델에게 시선을 돌려 버렸다.

"관심있어, 나한테?"

라이언의 말에 선희는 고개를 번쩍 들었다.

"뭐? 내가 미쳤냐?"

장난처럼 건넨 말에 당황해하며 숟가락에 밥을 가득 쌓아 입 안으로 밀어 넣는 선희의 모습에 라이언은 웃음을 터뜨렸다. 라이언은 긴 팔을 쭉 뻗어 선희가 보고 있는 잡지를 자신에게로 당겨놓았다.

"마음에 드는 걸 고르지 말고, 어울리는 걸 골라."

라이언은 선희가 입고 있는 드레스와 드레스가 무색할 만큼 후줄근한 카디건을 흘낏 바라보았다.

"일단 '로맨틱'은 어울리지 않는다는 걸 알았으니까, 박 비서가 마냥 잘못 고른 건 아니네."

"내 돈 주고 사는 거니까 내 마음에 드는 걸 고를 거야."

라이언이 쉽게 가져갔던 것을 선희는 자리에서 엉덩이를 떼어 팔을 뻗은 다음에야 다시 제자리에 놓을 수 있었다. 가져간 잡지를 성의없이 휘리릭 넘기는 선희의 행동에 라이언은 눈살을 찌푸렸다.

"내 선물이라니까."

"내가 너한테 선물을 왜 받냐?"

"내 도움을 받기로 했으니까."

"말이 돼? 그럼 내가 너한테 선물을 해야 하는 거지. 네가 나한테 무슨 도움이 될지 아직까지 모르겠지만 말이야."

순간 머릿속이 멍해진 느낌에 라이언은 잠시 입을 다물었다. 그렇게 되는 건가. 줄리아를 염두에 둔 선물이, 선희에게 납득이 될 이유가 없다는 생각을 하며 라이언은 조용히 다시 식사를 하기 시작했다.

"뭐가 이렇게 비싸?"

혼잣말을 중얼거리며 옷을 고르는 선희의 모습에 라이언은 무심코 입을 열었다.

"직장에서 받는 월급이 얼마 안 된다던대."

순간 모든 행동을 멈춘 선희가 탁, 테이블 위로 수저를 내려놓았다.

"옷 정도는 살 수 있거든? 내 월급까지 알아낼 정도면, 얼마나 뒷조사를 한 거야?"

"행방을 쫓다 보니 우연히 알게 된 거야."

"퍽도 그러시겠다. 그래, 말이 나왔으니 하는 말인데. 나를 그렇게까지 찾아가면서 도와주겠다는데, 도대체 뭘 도와주겠다는 거야?"

자못 진지한 선희의 눈빛에 라이언 역시 수저를 내려놓았다. 그리고 다부진 목소리로 입을 열었다.

"뭐든."

삼 주 만에 줄리아보다 더 멋진 여자가 된다는 건 꿈에서도 있을 수 없는 일이지만, 지금보다 조금이라도 더 멋진 모습을 할 수만 있다면 무엇이든. 사실 라이언로서도 구체적인 계획 따위는 없었다. 라이언은 다시 한 번 되풀이해 말했다.

"내 도움이 필요한 모든 것. 옷, 헤어, 액세서리, 메이크업, 위트, 지식, 말투, 눈빛, 표정…… 모두 다."

그건 다시 말해 지금 선희의 옷차림, 헤어스타일, 노 메이크업, 우울한 표정, 나른한 말투, 지루한 눈빛이 절대적으로 마음에 들지 않는다는 뜻이었다. 잠시 미간을 찌푸린 채 라이언을 노려보던 선희는 이내 어깨를 으쓱거렸다.

"겉모습은, 그래. 옷이나 화장으로 바꿔 버린다고 하자. 내 유머감각이나 눈빛, 표정을 바꿀 자신은 있는 거야?"

"뭘 하든 지금보다는 훨씬 나을 거야. 특히, 앞으로 나와 함께 있으면 그 우울한 표정은 사라질걸?"

"왜?"

라이언의 얼굴에 장난기 어린 미소가 피어올랐다.

"이렇게 잘생긴 얼굴만 봐도, 즐겁지 않겠어?"

기가 막힌 선희는 코웃음을 치며 잡지책을 냅다 내던져 버렸다.

"걱정이다. 친구는 끼리끼리라는데, 순철이가 너같이 자기 잘난 맛에 사는 놈이면 내 쪽에서 노 땡큐야."

"걱정하지 마. 랜디는 겸손하니까."

선희는 테이블에서 먼저 일어났다.

"너도 그 겸손의 미덕을 좀 배우지 그랬니? 그리고 난 이런 잡지책에 실린 옷 살 형편은 못 되니까 동대문으로 가든지 아니면 지금의 내 옷차림으로 만족해라. 밥 잘 먹었고, 난 이만 고 홈 해야겠다."

"써니."

옷을 갈아입기 위해 다시 드레스 룸으로 향하던 선희는 자신을 부르는 라이언의 목소리에 뒤로 돌아보았다. 라이언은 호기심에 고개를 갸우뚱하면서도, 자신이 그녀에게 질문을 하는 것이 내키지는 않는 듯한 표정이었다.

"미덕이 무슨 뜻이야?"

11

하루 종일 박 비서에게서 연락이 없는 것이 못내 찜찜했다. 지금쯤이면 전화가 와서 '시간 맞추어 차를 보내 드리겠습니다' 라고 말을 해야 했다. 퇴근 시간까지 이제 겨우 한 시간 남아 있었다.

어제, 귀찮더라도 '미덕'에 대해 좀 잘 설명해 줄 걸 그랬나?

선희는 짧게 입맛을 다셨다. 아름다운 덕성이라고 말을 해주니, 덕성이 또 무엇이냐 묻고 덕성이 어질고 너그러운 품성이라고 대답을 해주니 '어질'과 '품성'에서 라이언의 표정은 더욱 아리송해졌다. 선희에게 누군가를 가르치는 행동은, 본능적으로 신경질을 동반하도록 정신무장이 되어 있었다. 한자로 된 말을 쉽게 이해하지 못하는 라이언의 머리를 꽉 쥐어박고 싶은 것을 억지로 누르고 있었으니 그 표정이 어땠을까.

"무슨 걱정이야. 개가 없으면 무슨 큰일이 난다고."
"김 선생님, 수업…… 안 들어가세요?"
마지막 수업에 들어가려고 교사용 참고서를 챙겨 들던 선희는 석훈의 목소리에 고개를 돌렸다. 그렇게 안 봤느니 하면서, 어이없이 화를 냈던 사실이 스스로도 민망했던지 그는 한참을 머뭇거리다 다시 입을 열었다.
"어제는 죄송했어요. 그렇게 이야기하려던 게 아니었는데. 저는 그냥, 단지, 음……."
"사회 선생님!"
"서언생니이임!"
석훈의 목소리가, 교무실로 뛰어든 고학년 여학생 무리들의 호들갑 속에 묻혀 버렸다.
요즘 아이들은 조숙했다. 특히, 정신적인 면에 있어서나 신체적인 면에 있어서 남자 아이들보다 여자 아이들의 발달은 크게 눈에 띌 정도였다. 종종 제 무리들과 '남친'과의 '투투' 기념 선물로 '키스'가 어떠냐는 등의 이야기를 하던 한 여자 아이의 말을 들으며 선희는 머리가 어질해 아스피린을 찾아야 했다. 쯧, 세상 말세로세. 어쨌거나 선생 말은, 그것도 학원 선생 말은 귓등으로도 듣지 않는 고학년 여자 아이들이 그토록 애타게 부르며 달려오는 것에는 분명 이유가 있을 터였다.
"무슨 일이야?"

“내려가 보세요, 선생님! 밑에, 밑에!”

“짱이에요!”

“까아악. 완전 연예인이라니까요!”

“애들이…… 지금 무슨 이야길 하는 거야?”

교무실이 떠나가라 비명과 환호를 질러대는 여학생들 때문에 선희는 귀를 틀어막으며 창가로 걸어갔다. 별생각없이 아래로 시선을 던진 선희는 건물 앞에 주차된 검은색 세단에 몸을 기댄 라이언의 모습에 눈을 크게 떴다.

재가 여기에 왜 온 거야!

“선생님, 누구예요?”

“선생님 애인은 아니죠? 그렇죠?”

그때 라이언이 그녀의 시선을 느끼기라도 했는지, 고개를 들더니 선희를 발견하고 손을 살짝 흔들어 보였다. 눈만 끔뻑거리며 그 모습을 지켜보던 선희는 호통 치는 원장 선생님의 목소리에 겨우 정신이 들었다.

“수업 시간 지난 지가 언젠데 지금 이러고들 있어? 얼른 들어가! 아니, 김 선생님, 윤 선생님은 뭐 하시는 겁니까!”

늘 무슨 선생, 무슨 선생 막 부르며 반말을 일삼던 원장 선생님도 아이들 앞에서는 꼬박꼬박 존칭을 써주었다. 하지만 목소리에는 막말을 하던 때보다도 더한 화기가 섞여 있었다. 선희는 얼른 강의실로 향하며 세차게 뛰는 가슴을 진정시켰다.

“선생님, 저기 밑에 있는 외국인이 선생님 찾았어요!”

“저희한테 말 걸었는데 우리말도 되게 잘해요.”

"선생님, 저 사람 누구예요? 연예인이죠? 진짜 잘생겼어요."

선희가 강의실에 들어서자 질문들이 쏟아지기 시작했다.

꽝!

선희가 참고서를 쥔 손으로 칠판을 있는 힘껏 내려친 후에야, 강의실 안의 소란이 진정되기 시작했다. 선희는 아이들을 매서운 눈으로 둘러보았다. 요즘 말하는 잘 가르치는 학원이란, 공부를 잘 가르치는 게 아니라 미친 망아지 같은 아이들의 기선을 단번에 제압할 수 있는 학원을 말한다고 해도 과언이 아니었다.

"지금 이 시간부터 수업에 관련되지 않은 이야기를 입 밖에 꺼내면, 수업이고 뭐고 없이 쪽지 시험 친다. 틀린 개수 곱하기해서 맞을 줄 알아!"

지난 오 년간 쌓은 모든 노하우—결국 악 지르기였지만—를 동원해 겨우 흥분한 아이들을 이겨낸 선희는 수업이 끝나자마자 교무실로 가서 가방을 챙겨 들었다. 학원을 빠져나온 선희는 계단을 날아서 내려갔다고 말할 수 있을 정도로 재빠르게 달려 내려갔다. 그 덕분에 라이언 앞에 멈추어 섰을 때는 숨이 턱까지 차 올라 말을 할 수도 없을 지경이었다.

"하이."

싱긋 미소를 짓는 라이언의 눈가에 살짝 주름이 졌다. 회색 앙고라 터틀넥 위에 벨벳 재킷, 그리고 검은색 하프코트 아래로 시원하게 쭉 뻗은 다리는 댄디 스타일의 스트라이프 팬츠가 감싸고 있었다..

"헉, 헉……. 여기는, 여기는 어떻…… 헉, 헉."

"어제 어디 가자고 했잖아. 우선, 숨부터 쉬어."

내가 어디 가자고 했더라, 급히 머리를 굴리던 선희는 그제야 운전석에서 내리는 박 비서에게 눈인사를 보냈다.

"깜짝 놀랐잖아. 여기까지 찾아오……."

겨우 거친 숨을 몰아내며 입을 열던 선희는 학원 앞 슈퍼마켓 아주머니가 밖으로 나와 그들을 호기심 어린 눈으로 바라보는 것을 발견했다. 그뿐만 아니었다. 학원 건물 일층에 있는 책 대여점 아르바이트생도, 그 옆의 분식집 배달 청년도 그들을 주시하고 있었다. 게다가 설상가상, 수업이 끝난 아이들이 하나둘 계단을 내려오고 있었다.

"일단 차에 가서 이야기해."

선희는 라이언의 등을 억지로 밀며 차로 향했다. 박 비서가 열어준 문 안으로, 뒷좌석에 나란히 몸을 실었다.

"여기는 무슨 일이야?"

"거기 가자고 했잖아."

"거기?"

운전석에 올라탄 박 비서가 시동을 걸며 살짝 고개를 뒤로 젖혔다.

"오닐 씨께서 동대문에서 옷을 구입하시기로 하셨습니다."

"네?"

선희는 고개를 갸웃거리다 이내 입을 딱 벌렸다.

"그래서 지금 동대문에 가겠다고?"

라이언은 대답없이 차창 밖에 서서 자신을 향해 탄성을 지르는 꼬맹이들에게 살짝 손을 흔들어 보이고는 박 비서에게 차를 출발시키라고 지시했다. 선희는 코웃음을 치며 멀어져 가는 아이들을 흘낏 바라보다 고개를 흔들었다.

"네가 무슨 연예인이라도 되는 줄 알아? 그런데 정말 지금 동대문 가는 거야?"

"써니."

대답도 없이 자신을 부르는 라이언의 목소리에 선희는 신경질적으로 대답했다.

"왜?"

"오나전 얼짱이 무슨 뜻이야? 박 비서도 모른다는데."

라이언에게 적절한 대답을 해주지 못한 것이 자신의 역할에 충실하지 못했다는 생각이 들었는지, 룸미러로 보이는 박 비서의 표정이 순식간에 일그러졌다. 선희는 궁금증으로 눈을 반짝거리는 라이언의 얼굴을 흘낏 바라보았다.

"애들이 그래, 오나전 얼짱이라고?"

라이언이 고개를 끄덕이는 것을 보며 선희는 입술을 불쑥 내밀었다. 정말 세상 말세로세. 세종대왕이 들으면 무덤에서 벌떡 일어나 통곡을 해도 모자랄 것이란 생각을 하며 혀를 끌끌 찼다. 온라인상의 언어파괴가 백짓장 같은 아이들의 머릿속에 스며들어 천천히 지배하고 있었다. 언젠가는 거대하게 꿈틀거리며 이렇게 외치겠지. '훈민정음니마, 즐!'

"그런 말은 안 배워도 돼."

"무슨 뜻인데?"

무슨 뜻인지는 알고 싶다는 라이언의 표정에 선희는 잠시 갈등을 겪어야 했다. 결국 죽어도 자신의 입으로 라이언이 '제대로 잘생겼다' 라는 말을 해주고 싶지 않다는 결론에 이르렀다.

"너 못생겼다고."

"정말?"

라이언의 눈빛에 잔뜩 의심이 어렸다. 선희는 애써 고개를 돌려 그의 눈을 피해 능청스럽게 말을 이어나갔다.

"어감부터가 안 좋잖아. 오나전! 딱 욕같이 느껴지지?"

"글쎄."

라이언은 고개를 갸웃거렸다.

"아주 아주 나쁜 은어니까, 박 비서님도 모르는 거지. 그렇죠, 박 비서님?"

박 비서가 뭐라 대답을 하기도 전에 선희가 얼른 다시 덧붙였다.

"그러니까 그런 말 배워가면, 미국에 있는 엄마가 슬퍼하신다. 알았지? 잊어버려."

순간 굳어져 버린 라이언의 표정에 선희는 자신의 거짓말이 들켰나 싶어 입을 다물었다. 갑자기 시무룩 말이 없어진 라이언은 동대문 운동장 근처의 꽉 막히는 진입로로 차가 멈추어 설 때까지 침묵을 지켰다.

"내려서 먼저 들어가시죠. 저는 차를 주차시키고 대기하고 있겠습니다."

한 대형 쇼핑몰에서 멀지 않은 곳에 차를 잠시 세우며 박 비서가 침묵을 깨고 입을 열자, 라이언은 고개를 가볍게 끄덕였다. 라이언을 따라 차에서 내린 선희는 자신을 남겨두고 저벅저벅 앞으로 걸어가는 녀석을 힘겹게 따라잡았다.

"야!"

라이언의 코트 자락을 꽉 움켜쥔 선희는 뺨을 실룩거렸다.

"그래, 너 잘났다는 말 맞아. 너 완전 잘생겼다는 말이라고. 됐어? 하여간, 사내자식들이 더 소심하다니까. 화를 내든지 삐치든지 마음대로 해."

라이언은 자신을 지나쳐 사람들 틈으로 사라져 버리는 선희의 뒷모습을 지켜보다 피식 웃음을 터뜨렸다. 잠시 동안 돌아가신 엄마에 대한 그리움에 젖어 있던 것을, 화가 난 것이라 오해하고 자신의 작은 거짓말을 털어놓는 선희의 순진함은 의외의 모습이었다.

"같이 가!"

어깨에 잔뜩 힘을 준 채 걸음을 옮기는 선희를 금세 따라잡은 라이언은 사람들로 북적거리는 쇼핑몰 안으로 들어섰다. 흥을 돋우는 발랄한 음악 소리와 귀에 거슬리지 않는 사람들의 웅성거림, 기대에 찬 눈으로 옷을 고르는 사람들의 표정으로 인해 거대한 쇼핑몰은 차가운 시멘트 건물이 아니라 살아 움직이는 생명체 같아 보였다.

"아, 오랜만이다."

대학 다닐 때까지만 하더라도 친구들과 함께 종종 놀러와 옷을 사기도 하고, 심야 영화를 보기도 했었다. 하지만 이후 살길 찾아

직장에 매이고, 전문대로 만족하지 못한 아이들은 편입한 학교에 매어 몇 개월에 한 번 전화상으로만 친구의 명목을 유지하는 실정이었다.

라이언은 낮게 휘파람을 불었다.

"써니."

"응?"

"랜디는 지적인 스타일을 좋아해."

사실 랜디는 한 번도 자신의 이상형에 대해 언급한 적이 없었다.

"그래? 그럼 정장을 사야 하나?"

라이언은 황급히 덧붙였다.

"지적이면서도 세련된."

선희는 에스컬레이터에 오르며 입술을 삐죽거렸다.

"하여간 바라는 것도 많아. 이러다 순철이가 내 마음에 안 들면 너 나한테 어떻게 보상할 거야?"

"그럴 리는 없어."

두 계단 아래에 서야만 눈이 마주칠 수 있는 선희에게 라이언이 단호하게 말했다.

"그래, 잘난 친구 둬서 좋겠다."

선희는 한층한층 올라설 때마다 신기한 눈으로 매장들을 관찰하는 라이언의 모습을 바라보다 자신과 라이언에게 쏟아지는 숱한 여성들의 시선을 느끼고 주위를 둘러보았다. 늘씬한 키와 이국적인 외모, 그리고 남다른 패션 감각까지 라이언은 자신에게 쏟아지는 사람들의 관심을 능숙하게 무시하고 있었다. 아마도 이런 일을 자주 겪는 모양이었다.

"존재감 제로에서, 곁다리로 한 단계 상승인가."

"뭐?"

"아니야. 혼잣말."

선희는 라이언과 멋스러운 옷들이 화려하게 디스플레이된 매장들을 하나둘 둘러보며 씁쓸한 기분을 날려 버렸다. 어제부터 조금씩 느끼는 것이었지만, '맨해튼에서 휴가를 보내기 위해 서울로 날아와 호텔 스위트룸에 머물며 할 일 없어서인지 오지랖이 넓어서인지 친구의 첫사랑이나 찾아다니는 돈 많은 미남'이었던 첫인상과 달리 장난기와 활기, 유머와 의외의 소탈함을 가지고 있었다.

"이건 어때?"

"다리가 짧아 보이잖아."

라이언은 자신이 건넨 모직 스커트를 선희가 제대로 보지도 않고 대번 거절해 보이자 코웃음을 쳤다.

"어차피 짧은데."

"뭐?"

그들을 지켜보고 있던 매장 직원이 까르르 웃음을 터뜨렸다.

"어머, 남자 분이 장난기가 많으시네요. 그래도 여자 친구한테 그러면 안 되죠. 언니, 한번 입어봐요. 이거 옆선이 이렇게 박음질 되어 있어서 다리 안 짧아 보여요."

"됐어요. 그리고 이 사람 내 남자 친구 아니거든요?"

씩씩거리며 다른 매장으로 발걸음을 돌리던 선희는 라이언이 따라오지 않자 다시 고개를 돌렸다. 라이언은 조금 전 그 직원에게 스커트를 돌려주며 빙긋 미소를 지은 채 '노 땡큐'라고 말하고 있었고, 직원은 애교 가득한 얼굴로 다른 옷들을 더 구경해 보라고 그를 억지로 붙잡고 있었다.

"야, 너 안 와? 아악!"

그때 사람들 틈에서 불쑥 튀어나온 한 남자가 선희의 가방을 움켜쥐고 달아나기 시작했다. 어깨에 멘 가방을 억지로 빼앗기는 탓에, 순간 선희의 몸은 중심을 잃고 비틀거렸고 이내 바닥에 주저앉아 버렸다.

"써니!"

선희의 비명 소리에 라이언은 황급히 달려와 그녀를 안아 일으켰다. 사람들은 웅성거리며 선희의 주위를 둘러쌌지만 누구 하나 사라지는 남자를 붙잡을 생각은 하지 않았다.

"내 가방!"

선희는 라이언의 손을 뿌리치고 남자를 뒤쫓아가려고 했다. 그때 라이언의 단단한 손이 선희의 어깨를 꽉 움켜잡았다.

"놔! 도망가잖아!"

라이언은 에스컬레이터를 뛰어내려 가는 남자와 다급한 표정의 선희를 번갈아 바라보며 입 안으로 작게 욕설을 중얼거렸다. 그리고 선희의 어깨를 살그머니 놓고는, 그 긴 다리로 성큼 달리기 시작했다.

12

즐겁다는 생각을 했다. 그래서 불안하기도 했다. 두려움없는 지루한 일상과 설렘과 불안이 교차하는 일탈 중 어느 것을 택하라고 한다면, 아직까지 선희는 서슴없이 후자 쪽을 선택할 만한 용기는 없었다. 갑작스레 일어난 모든 일들을 떠올렸다. 꽃바구니와 카드, 순철이와 라이언, 박 비서와 호텔 스위트룸. 갑자기 닥쳐온 일들을 은근히 즐기고 있었다는 생각이 머릿속을 스치고 지나갔다. 그러면서도 가슴 한구석은, 이 즐거움은 물론이거니와 일상의 평화까지도 앗아가 버릴 큰 태풍이 불어닥칠 것 같은 불안감으로 매섭게 떨리고 있었다.

"과대망상증. 정신과나 찾아가 봐."

단지 사람들이 많은 장소에서 날뛰는 소매치기의 표적이 된 것일 뿐이다. 자꾸만 '평화의 일상'으로 돌아가라는 무언의 계시라고 불안해할 필요는 없었다. 선희는 쇼핑몰 정문 앞, 조명이 꺼진 작은 무대 위에 걸터앉아 있었다. 두 손을 깍지 낀 채, 빠른 걸음으로 지나쳐 가는 사람들을 바라보며 선희는 입술을 질끈 깨물었다.

모든 사람들이 웃고 있었다. 그들은 혼자가 아니었고, 가방을 소매치기당하지도 않으며, 불안에 떨고 있지도 않았다. 마치 보이지 않는 벽으로 세상과 단절된 듯, 선희는 묘한 이질감을 느끼고 있었다.

남자를 쫓아 라이언이 달려가고, 선희도 그 뒤를 따랐지만 이내 두 사람 모두를 놓쳐 버리고 말았다. 벌써 한 시간이 지나고 있었고, 쇼핑몰의 전 층을 돌며 찾아다닌 탓에 지쳐 있었다. 휴대 전화기도, 지갑도 모두 가방 속에 들어 있었다. 박 비서나 집에 전화를 걸 수도, 집으로 갈 차비조차 없었다. 어린아이가 아닌 이상, 집으로 갈 방법 정도는 생각해 낼 수 있었다. 잠시 사람들에게 휴대 전화기를 빌려 가족이나 친구들에게 전화를 걸 수도 있을 것이며, 택시를 타고 집에 가서 값을 치러도 되는 일이었다. 그런데도 선희는 무기력하게 앉아 꼼짝할 수 없었다.

선희는 고개를 들어 하늘을 올려다보았다. 별 하나 보이지 않는 검은 하늘, 그곳으로 향하는 자신의 입김이 몇 센티도 오르지 못하고 주위로 퍼져 버렸다. 선희는 다시 고개를 돌려 쇼핑몰 안으로 꾸역꾸역 모여들고 있는 사람들로 시선을 던졌다.

"빨간 옷, 파란 옷, 또 빨간 옷. 베이지, 흰 옷."

선희는 눈앞으로 지나치는 사람들의 옷 색깔을 입 안으로 중얼거리기 시작했다.

"노란 옷, 흰 옷, 회색, 분홍색 옷, 또 노란 옷, 흰 옷, 또 흰색, 초록색, 파란 옷, 검은……."

선희는 눈앞에 아른거리는 짙은 블랙의 코트에 고개를 번쩍 들었다. 라이언은 한쪽 손은 하프 코트 주머니 안에, 나머지 한쪽 손에는 선희의 가방을 들고 그녀의 눈앞에 살짝 흔들어 보였다. 밖에서 꽤 헤맨 듯 코끝이 살짝 발그레한 얼굴로, 라이언은 빙그레 미소를 지어 보였다.

"아! 찾았다."

선희는 한참 동안 말없이 라이언을 올려다보았다.

"써니? 괜찮아?"

라이언은 걱정스러운 말투로 말하며 선희의 어깨에 가볍게 손을 올려놓았다. 그 큰 손에서 전해져 오는 따듯한 온기는, 더 이상 세상과의 이질감을 느끼지 않아도 된다는 안도를 불러일으켰다. 그녀는 혼자가 아니었고, 가방도 되찾았다. 다른 사람들처럼 걱정 없이 웃고 있는 일행이 있었고, 그와 만났다.

"괜찮아……. 괜찮아."

"박 비서! 써니 찾았어."

몸집이 큰 라이언에 가려져 보이지 않던 박 비서가 그제야 눈에 들어왔다. 박 비서는 온몸이 얼어 있는 선희의 모습에 얼른 차를 가지러 갔다. 라이언이 소매치기를 잡기까지는 그리 긴 시간이 걸리지는 않았지만, 사라져 버린 선희를 찾느라 박 비서와 함께 헤매느라 시간을 보냈다는 말을 했다.

"차로 가자."

집으로 빠르게 향하는 차 안에서도 내내 선희가 말이 없자, 라이언은 슬그머니 그녀의 눈치를 보며 다시 입을 열었다.

"컨디션이 좋지 않은 거야?"

"라이언."

"응?"

차에 올라탄 후 처음으로 그녀가 입을 열자 라이언이 얼른 대답했다.

"고마워."

"응?"

고맙다는 말만 던져 놓은 후, 몸을 완전히 돌려 창밖으로 시선을 던지는 선희의 모습에 라이언은 고개를 갸웃거렸다. 무슨 말을 더 하려던 라이언은 선희의 얼굴에 어린 피곤을 발견하고 입을 다물었다.

박 비서는 붙어 있기만 하면 쉼없이 이야기하며 티격태격하던 두 사람 모두 말이 없자 룸미러로 뒷좌석의 상황을 슬그머니 바라보았다. 그리고 어색한 분위기를 눈치채고 카 오디오 전원 버튼을 눌렀다.

선희는 눈앞에 펼쳐진 한강 물처럼, 유유히 귓가에 흘러 맴도는 재즈 피아노 선율을 들으며 창문을 손가락으로 톡톡 쳐보았다. 창에 비춰진 라이언은 가만히 눈을 감고 몸을 시트에 묻고 있었다.

녀석은 알고 있을까. 자신에겐 단지 '빨간 옷', '흰색' 일 뿐인

수많은 타인들 틈에서 라이언이 나타났을 때, 부서진 돛 하나 달고 불안이라는 폭풍우를 항해하던 마음이 따뜻한 안도로 가득 차오르는 느낌을 받았다는 걸. 두려움없는 지루한 일상과 설렘과 불안이 교차하는 일탈 중 어느 것을 택하라고 한다면, 서슴없이 후자를 선택할 용기는 없지만 녀석이 나타난 후로 불안한 발걸음이나마 내디딜 수 있게 하는 호기심이 생겨나고 있다고.

박 비서가 몰고 온 세단은 정확히 선희의 동네 어귀에서 멈추어 섰다. 박 비서는 차에서 내리지 않았고, 라이언과 선희만 차에서 내렸다.

"결국 오늘 옷을 사지 못했네."

라이언은 장난기 어린 표정으로 두 손을 코트 주머니에 찔러 넣었다.

"사실 옷이야, 랜디가 오기 전에 사도 괜찮으니까. 뭐, 다이어트를 조금 하고 산다면 훨씬 매력적일 거야."

"뭐야! 그럼 오늘 왜 이 고생을 한 거야?"

선희가 맞받아치며 소리치자, 라이언은 그제야 안도가 섞인 웃음을 터뜨렸다.

"다행이다. 아까 써니가 말이 없어서 조금 걱정했거든. 이제야 써니가 써니 같아서 다행이야."

"나? 넌 아직 내가 어떤 사람인지 모르잖아."

라이언은 부정의 뜻으로 검지를 치켜들고 흔들었다.

"써니는 스물여섯. 써니는 키가 작고, 써니는 선생님이야."

선희는 입술을 삐죽거리며 말을 가로챘다.

“라이언은 나보다 두 살 많고. 라이언은 키가 크고, 라이언은 호텔 사장님이 될 사람이야. 그런데 난 네가 어떤 사람인지는 몰라.”

“써니는 술에 취하면 미친 사람처럼 뛰어다니며 노래를 불러. 써니는 앞뒤 설명 듣지 않고 오해하길 잘하고, 써니는 가방을 도둑맞을 만큼 덜렁대기도 해.”

선희가 다시 말을 가로채려고 하자, 라이언은 고개를 흔들었다. 그리고 장난기 어린 표정을 얼굴에서 지워 버렸다.

“써니의 표정은 우울해. 가끔 웃기도 하지만 꼭 누군가를, 아니, 써니 자신을 비웃고 있는 것 같아. 심심해 보이고, 지루함이 가득 차 있어. 그런데 다행인 건, 슬퍼 보이지는 않는단 거야. 그래서 써니는 가능성이 있어.”

“무슨 가능성?”

“그야…….”

라이언은 고개를 살짝 숙이며 윙크를 해보였다.

“내 친구의 멋진 걸프렌드가 될 가능성이지.”

선희는 웃음을 터뜨렸다.

“좋아, 그 웃음도. 가능성이 더 커졌어. 앞으로 우리는 더 잘 어울리는 옷, 더 잘 어울리는 헤어스타일을 찾는 것보다 이렇게 웃는 연습만 해야 할 것 같은데?”

“무지하게, 무지막지하게 고맙다! 라이언! 라이언 오닐!”

“유어 웰컴.”

라이언은 빙긋이 웃으며 굿 나잇, 하고 나지막이 중얼거린 후 박 비서가 여전히 시동을 끄지 않은 채 기다리는 차로 향해 걸음을 옮겼다.

"라이언."

선희의 부름에 라이언이 걸음을 멈추고 고개를 살짝 뒤로 젖혔다.

"너도 가능성이 있어."

무슨 말이냐는 듯, 라이언이 눈을 크게 떴다.

"조금만 더 노력하면 김선희의 굿 프렌드가 될 수 있을 것 같다고."

라이언은 어깨를 한번 으쓱해 보이고는 차에 올라탔다. 선희는 유유히 골목을 빠져나가는 자동차 뒤꽁무니를 바라보다, 집으로 향하기 시작했다. 우연찮게 올려다본 하늘은, 별이 빛나고 치솟아 오른 입김은 흩어지지 않고 고이고이 하늘로 떠올랐다.

"달려라~ 달려라~ 달려라, 선희. 선희이~ 이 세상 끝까지 까지 달려…… 어!"

문득 허전함을 느낀 선희는 비어 있는 어깨와 손을 가만히 내려다보았다. 가방! 머릿속에 두 글자가 스쳐 지나간 순간 뒤를 돌아보았지만, 라이언을 태운 차는 이미 사라지고 없었다.

온몸의 근육이 날뛰고 있었다. 따듯한 욕조 물에 몸을 담근 후에도, 근육통은 도통 수그러들 생각을 하지 않았다. 라이언은 끙 소리를 내며 물속으로 더욱 깊이 파고들었다.

호텔 안에 있는 휘트니스 센터에서 가끔 운동을 하긴 했지만, 규칙적인 습관은 아니었기 때문에 갑자기 무리하게 쓴 근육들이 불평을 해대고 있었다.

욕실 안은 수증기와 음악 소리로 꽉 차 있었다. 라이언은 노랫소리에 맞춰 콧노래를 흥얼거리기도 하며, 눈을 감고 노래 선율을 음미하며 생각에 빠지기도 하며 오랫동안 거품 목욕을 즐기고 있었다.

되찾은 선희의 가방을 손에 들고 그녀를 찾아다니며, 라이언은 아직도 자신이 하고 있는 일에 대해 확신이 없다는 것을 뼈저리게 느꼈다. 차라리 뉴욕으로 돌아가 줄리아에게 당당히 자신의 사랑을 고백하고 기회를 달라고 부탁하는 쪽이, 선희의 옷이나 고르고 있는 것보다 정확하고 빠른 방법일지도 몰랐다.

"너도 가능성이 있어. 조금만 더 노력하면 김선희의 굿 프렌드가 될 수 있을 것 같다고."

라이언은 빙그레 미소를 지으며 욕조 안의 거품을 후, 불어 바깥쪽으로 퍼지게 했다.

라이언의 눈에는 모두 비슷비슷하게만 보이는, 사람들 틈 사이로 다리를 흔들며 하늘을 올려다보는 한 여자만 유난히 뚜렷하게 들어왔다. 혼잣말을 중얼거리기도 했고, 얼굴을 찌푸리기도 했다. 그리고 친구가 될 수도 있다는 말을 하며 피식, 바람이 빠져나가는 웃음을 터뜨리던 표정은 더 이상 라이언을 이 일에서 발을 빼내지 못하게 했다.

랜디의 멋진 걸 프렌드가 될 가능성이 있다는 말은, 거짓말이 아니었다. 지루하고 무료하고, 찡그리길 좋아하는 표정도 웃으면 그럭저럭 봐줄 만하다는 것 역시 오늘 알게 된 사실 중의 하나였다. 랜디와 잘되는 것이 그녀의 입장에서도 나쁘지는 않을 것이다. 랜디는 멋진 남자이고 누가 뭐래도 그는 줄리아가 선택한 남자다. 적어도 지난 십육 년 동안 살아온 그 동네에서 계속 지내는 한 선희는 랜디만큼 멋진 남자를 만날 가능성은 제로에 가까웠다.

"써니도 그걸 알고 있으니까, 랜디와 잘해보겠다는 마음을 먹은 거겠지."

물이 식어가고 있었다. 라이언은 욕조에서 몸을 일으켜 대충 물기를 닦아내고 로브를 찾아 걸쳤다. 젖은 머리칼을 타월로 말리며 침실로 들어서려던 라이언은 거실 중앙에 놓인 테이블로 우연히 시선을 던지다 걸음을 멈추었다. 그리고 거실을 가로질러 걸어가 테이블 위에 놓인 선희의 가방을 집어 들었다. 테이블 한쪽에는 박 비서가 남겨둔 메모가 있었다.

음악 때문에 노크 소리를 듣지 못하시는 것 같아 메모를 남깁니다. 김선희 씨 가방이 차에 있어 가지고 올라왔습니다. 내일 아침에 호출하시면 차를 준비하겠습니다.

라이언은 자신이 되찾기 위해 지난 일 년간 러닝머신 위에서 뛰었던 것보다 훨씬 먼 거리를 달리게 했던 검은색의 낡은 가방을 집어 들었다. 라이언의 큼지막한 손바닥 크기만 한 손가방, 어깨에 메고 있던 것을 끊고 훔쳐 가느라 가방 끈은 이미 처참하게 난

자당해 있었다. 잠시 망설이던 라이언은 가방을 열고 안에 있는 물건들을 테이블 위에 쏟아놓았다.

구형 모델의 휴대 전화기, 가죽으로 된 지갑 겸용 다이어리, 부러진 붉은색 색연필 두 자루, 길에서 나누어 주는 미용실 할인 쿠폰, 무늬없이 밋밋한 단색 손수건이 다였다. 라이언은 이것들을 찾기 위해 그토록 미친 듯이 쇼핑몰을 달려야 했다는 사실에 허탈한 듯 소파에 주저앉았다.

"어떻게 여자가 화장품 비슷하게 생긴 것도 가지고 다니지 않지?"

무심한 손길로 다이어리를 집어 든 라이언은 건성으로 페이지를 팔락거리며 넘기다 어느 부분에서 멈추었다. 그리고 의아한 눈길로 지나간 앞 페이지를 다시 돌려 보았다.

날짜 아래 손가락 한 마디만한 네모난 메모 테두리 안에는 점 하나 찍혀 있는 날이 다반사였다. 간혹 '백수랑 영화'와 영화 제목이 적혀 있긴 했지만 한 달에 하나 있을까 말까 한 특별한 행사였다.

"써니의 표정은 우울해. 가끔 웃기도 하지만 꼭 누군가를, 아니, 써니 자신을 비웃고 있는 것 같아. 심심해 보이고, 지루함이 가득 차 있어."

"정말이잖아."

혼잣말을 중얼거리던 라이언은 앞장들과 확연히 비교가 될 정

도로 글씨가 빽빽한 최근 날짜 메모 테두리를 보고 웃음을 터뜨렸
다.

　꽃바구니. 꽃바구니? 꽃바구니. 순철이. 순철. 누구지? 박순철.
박박박박. 그리운. 느끼해. 누구지? 누구지? 박순철. 순철. 순철.
라이언. 라이언? 내 친구 라이언? 라이언 오닐. 오닐호텔. 박비
서. 박비서 씨. 박 비서님? 리무진. 줄리아 로버츠. 옷. 삑사리 로
맨틱. X! 왕자병. 겸손의 미덕.

13

이상하게도, 학원에 출근하지 않는 주말에는 그 전날 밤 얼마나 늦게 잠자리에 들었는지는 상관없이 일찌감치 눈이 떠졌다. 할 일도 죽어라 없는 그런 날에 잠이라도 실컷 자면 좋으련만.

부스럭거리며 선희는 침대에서 일어나 거실에 주저앉아 주 5일 제 근무라 출근을 하지 않은 모친과 함께 텔레비전을 보았다. 하지만 삼십 분도 지나지 않아, 토요일 아침의 주부 프로그램에 싫증을 내고 몸을 일으켜 화장실에 들어갔다. 간단하게 세수를 하고 밥을 챙겨 먹고 여느 때와 다름없이 도서관으로 향했다.

찾는 사람이 거의 없는 80평 규모의 작은 도서관은 십여 년 전 지방 유지가 정치계의 입문을 앞두고 뿌린 돈으로 세워진 것으로 서류상으로는 구청의 관리하에 있었지만 그곳의 책임자의 머릿속에는 이미 존재 자체가 지워져 버린 폐허나 다름없었다. 입구에는 늘 졸고 있는 한 명의 남자가 사서 겸 경비로 지키고 있었지만 아마 누가 트럭을 몰고 와 낡은 책들을 모두 실어가 버린다 해도 잠에서 깨지 않을 것 같았다.

선희는 먼지가 가득 쌓인 책장에서 셰익스피어 비극 시리즈를 집어 들었다. 햇살이 잘 들어오는 테이블 앞 삐걱대는 소리를 내는 나무 의자에 앉으며, 주위를 둘러보았다. 그래도 가끔은 한두 명 정도 다른 사람들이 보이곤 했는데, 오늘은 도서관 안에 자신밖에 없는 것 같았다.

"투 비 오알 낫 투 비……."

첫 장을 넘기자 금박 무늬 위의 소제목과 함께 적혀 있는 글귀를 나지막이 중얼거리며 몸을 뒤로 젖혀 의자에 기대던 선희는 갑작스러운 인기척에 하마터면 의자에서 넘어질 뻔했다.

"That is the question."

"라이언!"

흔들리는 의자를 꽉 붙잡아주며 라이언이 손을 살짝 흔들어 보였다.

"제발 놀래키지 않고 등장할 수는 없어?"

선희가 가슴을 쓸어내리며 투덜거렸다.

"그리고 여기는 또 어떻게 알았어?"

선희는 칙칙하고 먼지 낀 도서관에 전혀 어울리지 않게 상큼한 진과 티셔츠, 점퍼 차림의 라이언을 못마땅한 듯 올려다보았다. 도대체 왜 안 어울리는 스타일이 없는 거야? 기회가 된다면 몸뻬

바지를 입혀보고 싶다. 녀석에게 그것마저도 어울려 버리면, 선희는 지구를 떠나고 싶을 것 같았다. 하지만 왜, 라이언이 훤칠하고 번지르르한 모습이 이리도 눈에 모난 것처럼 마음에 들지 않는지는 자신도 이해할 수 없었다.

"집으로 전화를 해봤지."

순간 선희가 눈을 동그랗게 떴다.

"누가? 네가?"

"아니, 박 비서가."

선희가 박 비서를 찾기 위해 고개를 돌리자 라이언이 덧붙였다.

"차에서 기다리고 있어."

그리고 먼지 쌓인 테이블 위로 선희의 가방을 올려놓았다. 끈 부분은 매끈하게 수리되어 있었다. 선희는 가방을 열어 물건들을 확인하며 라이언을 흘낏 바라보았다.

"나 골탕 먹이려고 일부러 가져간 거 아니야?"

"네가 덜렁대서 그런 걸 왜 나한테 뒤집어씌워?"

선희가 배터리가 모두 소진된 휴대 전화기를 집어 드는 것을 보며 라이언이 말을 이었다.

"조금 전에 전원이 꺼졌어. 어젯밤부터 지금까지 전화가……."

선희는 자신의 뺨 가까이로 얼굴을 들이미는 라이언 때문에 숨을 들이켰다. 녀석은 웃을 때마다 눈가에 주름이 잡혔다.

"한 통화도 안 왔어."

눈을 부라리는 선희의 표정을 못 본 척 고개를 돌리며 라이언은 도서관 안을 둘러보았다. 겹겹이 서서 자리를 차지하고 있는 때가 탄 책장과 책장 안에 자리잡지 못한 책들이 바닥에 쌓여 한쪽 벽을 가득 채우고 있었다. 마룻바닥에는 오래된 양탄자가 깔려 있었지만, 본래의 색과 무늬를 잃어버린 지 오래되어 보였다. 벽에는 여기저기 금이 가 있어 심리적으로 불안할 정도로 위태해 보였고, 걸린 액자며 시계에는 먼지가 소복했다. 라이언은 얼굴을 찌푸리며 다시 선희에게 시선을 돌렸다.

"여기 하루 종일 있다가는, 먼지 때문에 숨 막혀 죽겠어."

"그럼 나가면 되잖아."

라이언의 말을 잘라내며 선희는 햄릿에게 돌아갔다. 그런 그녀를 못마땅한 듯 지켜보며 맞은편 자리에 앉으려던 라이언은 의자에도 뿌옇게 먼지가 올라 있자 뺨을 살짝 긁적거렸다. 선희는 흘낏 그를 바라보았지만, 눈이 마주치기 전에 얼른 책장으로 시선을 돌렸다. 라이언은 혼자서 무엇인가 곰곰이 생각을 하더니, 이내 도서관을 나가 버렸다.

"뭐야, 가란다고 정말 가버리네."

선희는 애써 신경을 쓰지 않으려고 노력하며 누런 책장을 노려보았다. 하지만 재깍재깍, 시계 바늘 소리가 점점 더 커지고 있었다. 자신이 전혀 집중을 하지 못하고 있다는 증거였다.

"후우."

짧은 한숨을 내쉰 선희는 책장을 덮고야 말았다. 그리고 그녀는 팔로 턱을 괸 후 테이블에 몸을 기댔다. 삐걱, 하고 또 테이블은 엄살을 부렸지만 개의치 않으며 선희는 한껏 졸아볼 요량이었다. 도서관에서의 낮잠은 주말의 일과 중 하나였다.

“써니!”

등 뒤에서 들려오는 라이언의 목소리에 선희는 고개를 번쩍 들었다. 그리고 자신의 앞으로 걸어오는 라이언의 모습에 눈을 크게 떴다.

“뭐 하려는 거야?”

한 손에는 자동차 내부 세차에 쓰이는 먼지 털개와 나머지 한 손에는 라이언에게 정말 어울리지 않는 색색이 나무 빗자루가 쥐어져 있었다. 라이언은 그것들을 선희가 기댄 테이블 위에 올려놓았다.

“내가 먼지를 털 테니까, 써니가 바닥을 쓸어.”

“뭐?”

어이가 없어 되묻는 선희의 말을 무시하며 라이언은 창가로 다가가 창문을 활짝 열어젖혔다. 햇살이 무색할 만큼 차가운 공기가 물밀듯 밀려 들어왔다.

“이건 다 어디서 난 거야?”

“이건 차에서 가져온 거고, 빗자루는 밖에 지키고 있는 아저씨한테서 빌려온 거야. 박 비서가 걸레랑 세제 구하러 갔고.”

“아저씨가 여기 청소해도 된대? 우리 마음대로?”

라이언은 고개를 크게 끄덕였다. 라이언은 자신이 사서에게 영어로만, 그것도 정신없이 빠르게 물어보았다는 사실을 굳이 밝히지 않았다. 무슨 뜻인지 알아듣지 못하고 얼굴이 시뻘겋게 달아오른 사서 남자는 라이언을 황망한 얼굴로 올려다보다 ‘오케이 오케이’만 연발했다. 어쨌거나, 오케이 한 것은 사실이니까.

"지금, 정말, 여기를 청소하겠다는 거야?"

"써니가 여기 있겠다고 했잖아. 그리고 난 이렇게 더러운 곳에 오 분만 더 있으면 숨이 막힐 것 같다고."

말을 끝낸 동시에 라이언이 털개를 휘두르자, 몇 년 동안 묵혀 있던 먼지들이 기승을 부리기 시작했다.

"콜록, 콜록. 미쳤어, 너? 콜록콜록."

뽀얗게 일어나는 먼지 때문에 시야가 흐려질 정도였다. 선희는 손으로 입과 코를 틀어막았다. 잠시 후 거친 먼지들이 창밖으로 뿔뿔이 흩어지기 시작하자 겨우 눈을 뜬 선희는 허리에 손을 올리고 라이언을 노려보았다.

"이것도 네 도움 중의 하나야?"

"뭐, 어쩌면은."

의기양양한 라이언의 표정에 선희도 결국 웃음을 터뜨리고 말았다. 라이언은 먼지를 털며 선희가 편하게 바닥을 쓸어낼 수 있도록 테이블을 한쪽으로 밀어주었고, 선희는 허리가 휠 정도로 열심히 비질을 하기 시작했다. 곧 창문에서 스며드는 찬바람에도 불구하고 두 사람의 이마에는 땀이 송골송골 맺히기 시작했다.

"오닐 씨."

라이언의 지시에 따라 가까운 슈퍼마켓으로 달려가 세제와 대걸레를 사 오기는 했지만, 청소를 하는 두 사람의 모습에 할 말을 잃은 박 비서가 조용히 그를 불렀다.

"지금 뭐 하시는……."

"이리 줘."

라이언은 양탄자를 걷어내 버리고 거품 세제를 나무 바닥에 무참히 투하했다. 박 비서는 당장이라도 다른 사람이 도서관에 들어설까 싶어 연방 입구 쪽을 돌아보았다.

"야, 튀잖아!"

거품이 부풀어 오르며 자신의 옷으로 튕기자, 바닥에 쌓여 있던 책이 젖지 않도록 다른 쪽으로 옮기고 있던 선희가 빽 소리를 질렀다. 그리고 얼른 달려가 거품을 한손 가득 퍼올려 라이언을 향해 내던져 버렸다.

"실수였단 말이야!"

"나도 실수야!"

잠시 서로를 노려보고 서 있던 라이언과 선희는 누가 먼저랄 것도 없이 서로에게 거품을 뒤집어씌우기 시작했다. 먼지와 찌든 때로 범벅이 되었던 옷이 이제는 거품으로 축축해지기 시작했지만 두 사람 모두 아랑곳하지 않았다.

"오…… 닐 씨……. 저기 김선희 씨…… 오닐……."

과연 싸우고 있는 것인지, 아니면 놀고 있는 것인지 판단을 내리지 못한 박 비서는 그저 두 사람의 이름을 중얼거리듯 불러댔다. 괴상한 비명을 질러대며 라이언을 피해 달아나던 선희는, 머리가 지끈거리는지 손가락으로 관자놀이를 매만지고 있는 박 비서를 발견하고 우뚝 섰다. 그리고 뒤를 돌아 라이언을 바라보았다. 의미심장한 눈빛을 주고받던 라이언과 선희는 박 비서에게 달려들었다.

"아아아아악!"

창밖으로 해가 지고 있었다. 기진맥진해 쓰러진 라이언과 선희에게 드링크제를 내민 다음 박 비서는 완전히 구겨져 재생 가능성이 없는 블라우스를 펴는 데 다시 정신을 집중시켰다.

"죽겠다……."

거품 놀이까지는 즐거웠다. 하지만 이후부터는 끔찍했다. 엄청난 양의 거품은 닦아도, 닦아도 사라질 기미를 보이지 않았던 것이다. 드링크제를 마시려던 선희는 팔 안쪽의 극심한 통증에 얼굴을 잔뜩 찌푸렸다.

"힘들어."

라이언 역시 바닥에 주저앉은 채 책장에 기대었다. 엉망이 된 자신의 티셔츠를 내려다보던 라이언은 고개를 들어 대걸레를 꽉 붙든 채 쓰러진 선희와 근육통으로 인해 떨리는 손으로 옷을 매만지는 박 비서를 바라보았다. 그리고 쿡, 웃음을 터뜨렸다. 이어 선희의 힐난의 눈초리가 이어졌다.

"지금 웃음이 나와?"

선희는 눈을 크게 뜨고 라이언을 바라보았다.

"뉴욕의 엄청나게 큰 호텔 이사, 그리고 지금 있는 그 호텔 사장 될 사람이라며. 거짓말 아냐?"

"왜?"

왜 그렇게 생각하냐는 뜻으로 라이언이 물었다.

"보통 돈 많고 지위 높은 사람들은, 청소 같은 건 자기 손으로 잘 안 하잖아. 사람들 시키지."

선희의 말에 라이언은 어깨를 으쓱거렸다.

"맨해튼의 오닐호텔에서 내 일이 그거야. 청소가 잘되어 있는지, 액자가 삐뚤어지지는 않았는지, 카펫을 청소할 때가 되었는지 체크하기 등등."

호텔에서 하는 자신의 일을 일일이 열거하는 라이언의 말에 선희의 표정은 더욱 의아해졌다.

"이사가 그런 일을 해?"

해가 뉘엿뉘엿 산 뒤로 넘어가고 있었고, 하늘은 붉은 기운을 머금고 도서관을 내려다보고 있었다. 잠시 후면 한 줌 남은 햇살마저 사그라질 것이다.

"한 자리는 줘야 할 것 같은데, 능력은 없고. 월급 주면서 일은 시켜먹어야 할 것 같은데 할 줄 아는 건 없고. 뭐, 그러니까."

"아, 뭐야. 짝퉁 리처드 기어잖아."

"뭐?"

선희는 자리에서 일어났다. 어두워지기 전에 집에 들어갈 생각이었던 것이다.

"아니다, 됐다. 그런데 오늘은 또 이렇게 가버렸네. 시간도 별로 없다면서."

라이언 역시 선희를 따라 몸을 일으켰다. 앉아 있을 때는 어느 정도 시선을 맞추기가 쉬웠다는 것을 떠올리자, 선희는 자신의 짧은 다리를 절감했다. 라이언은 빙긋 웃으며 한껏 기지개를 켰다.

"그래도 오늘은 많이 웃었잖아."

"누가, 내가?"

"자기가 얼마나 웃었는지도 몰라? 이렇게 매일매일 웃다 보면, 써니 얼굴에서 느껴지던 우울함이 완전히 사라져 버릴 거야."

라이언은 덧붙였다.

"랜디가 오기 전에."

두 사람이 자리에서 일어나자 박 비서는 얼른 도서관을 빠져나가 차의 시동을 걸었다. 아직도 졸고 있는 사서 남자를 지나친 라이언과 선희는 서로 눈을 마주치며 빙긋 웃었다. 이 남자는 잠에서 깨어나 문을 잠그기 위해 안으로 들어갔다가 확 뒤바뀐 도서관의 모습에 놀라 기절할지도 몰랐다.

"데려다 줄게."

"됐어. 여기서 집까지 뛰어가는 게 더 빨라."

라이언은 잠시 생각을 하더니 이내 고개를 끄덕였다. 그리고 주머니에서 구겨진 종잇조각 하나를 집어 들고 선희의 눈앞에 흔들었다.

"다음에는, 이거야."

"뭐야, 그게?"

선희는 곧 라이언의 손에 쥐어진 조막만한 종이가 자신의 가방 속에 처박혀 있던 미용실 할인 쿠폰이라는 사실을 눈치챘다.

"너 내 가방 뒤졌어?"

"가방 고치러 보내느라 물건들을 꺼내둘 수밖에 없었어. 다음에는 그 머리 좀 어떻게 하자고."

선희의 머리칼은 어깨 근처에서 맴도는 어중간한 길이 때문에 묶어버리면 쥐 꼬랑지처럼 뭉툭한 뒷모습이 우스꽝스러웠다. 게 다가 오늘은 도서관 안을 뛰어다니느라 잔 머리까지 삐져 나와 꼴이 이루 말할 수도 없이 지저분했다.

"내 머리가 뭐 어때서?"

일단 우기고 보자는 의미로 선희가 입을 열자 라이언이 코웃음을 쳤다.

"랜디가 네 얼굴을 보기 전에, 뒷모습만 보고 도망갈 거야. 내기 할까?"

"네 잘난 친구는, 사람을 겉모습으로 판단하는 사람이 아니라며?"

"최소한 랜디는 첫사랑 소녀를 찾고 있거든. 스모 선수가 아니라."

"뭐?"

라이언은 얼른 차에 올라탔다. 박 비서는 선희에게 인사로 고개를 끄덕여 보이려다, 근육통 때문에 움찔한 후 차를 출발시켰다. 라이언을 태운 차가 완전히 눈앞에서 사라지고 나서야 선희는 집으로 향하기 시작했다.

온몸이 욱신거리긴 했지만, 기분 좋은 노곤함이었다. 내일 아침에 일어나서 겪게 될 근육통과 마주하게 되면 라이언에게 이를 갈지도 모르지만.

집에서는 모친이 저녁 준비가 한참인지 구수한 된장찌개 냄새가 코끝에 아른거렸다. 솟아오르는 식욕을 느끼며 거실로 한 발자국 들어서자마자, 부엌에서 모친이 달려 나와 선희를 노려보았다.

"왜, 왜 그렇게 봐?"

"너 오늘 누구 만났어?"

"누구 만나긴, 도서관 간 거 뻔히 알면서."

오른손으로 왼쪽 팔을 두들기며 자신의 방에 들어서 겉옷을 벗는 선희의 모습을 의심스럽게 바라보던 모친이 다시 물었다.

"도서관에 갔다는 애가 꼴이 왜 이래? 밖에 전쟁이라도 났어?"

"응?"

시커먼 찌든 때가 묻고, 채 마르지도 않은 티셔츠 차림을 내려다보며 선희는 순간 당황해 말을 잇지 못했다.

"사실대로 말해. 오늘 전화 온 그 사람 만났지?"

선희는 박 비서가 전화로 '고등학교 동창'이라고 자신을 소개한 후 선희의 행방을 물었다는 사실을 떠올려 냈다.

"그냥 고등학교 동창이야. 안부나 물으려고 전화한……."

"계속 거짓말할래? 그 남자가 여자 고등학교 나왔다니?"

"무슨 소리야?"

알 수 없는 모친의 성화에 선희가 되물었다.

"윤석훈이 누구야? 너 핸드폰 안 된다고 집으로 전화 왔더라. 누구야, 목소리는 그럴싸하던데."

"누구?"

선희는 순간 자신이 잘못 들은 것이 아닌가 싶어 모친을 빤히 바라보았다. 윤석훈, 윤 선생님? 그 사람이 왜 집으로까지 전화를 했을까. 무슨 급한 일이 있어서, 아니, 주말인데 학원에 급한 일이란 게 있을까.

"그 사람이 왜 전화했지?"

혼잣말을 중얼거리는 선희의 모습에 모친이 기다리다 못해 버럭 소리쳤다.

“아, 누구냐니까!”

14

일요일은 토요일보다 훨씬 더 일찍 일어나곤 했다. 그건 어릴 때부터 이어져 온 꾸준한 습관이었다. 아마도, 일요일 아침에 하는 만화 프로그램을 보기 위해서 졸린 눈을 부비며 일어났던 것이 시작이 아니었을까 어렴풋이 짐작할 뿐이었다. 물론 오늘도 습관처럼 일찍 눈을 뜨긴 했지만 침대에서 몸을 일으키기가 커다란 바위를 들어올리는 것보다 힘들었다.

"끄응. 라이언!"

역시나, 라이언의 이름을 중얼거리며 이를 갈았다. 일어나 보려고 조금이라도 힘을 줄라치면, 팔이 파르르 떨리며 거부했다. 결국 일어나기를 포기한 선희는 머리맡에 둔 휴대 전화기를 집어 들었다.

"왜 전화했지?"

어제 석훈에게서 전화가 왔다는 사실을 전해 듣고, 바로 그에게 전화를 해보려고 했지만 아무리 휴대 전화기를 검색해도 윤석훈이나 윤 선생님으로 저장된 전화번호를 찾을 수 없었다. 처음부터 입력시킨 적이 없었던 것인지, 아니면 회식 날 술김에 지워 버린 것인지조차 기억나지 않았다.

"주말에 심심 떨고 있는 내가 불쌍해서 놀아주려고……? 에이, 관심도 없는 여자한테 그럴 필요가 뭐 있어. 그것도 황금 같은 주말에. 그럼 뭐지?"

슬슬 허기가 지기도 했지만, 도저히 몸을 일으킬 엄두가 나지 않았다. 마냥 누워 휴대 전화기만 만지작거리던 선희는 갑자기 벨이 울리자 화들짝 놀라 휴대 전화기를 배 위로 떨어뜨렸다. 액정에는 '박 비서님'이라는 글자가 발광하며 빙글빙글 돌아가고 있었다.

"여보세요?"

[김선희 씨, 박 비서입니다.]

"네."

[잠깐 골목 앞까지만 나와주시겠습니까?]

선희의 얼굴이 금방 환해졌다. 도저히 밥 먹으러 부엌까지도 못 갈 것 같았던 몸이 박 비서의 말 한마디에 벌떡 움직였다. 오늘은 뭐지? 어제 흔들어대던 그 할인 쿠폰가지고 정말 미용실이라도 갈 셈인가? 선희는 겉옷을 걸치고 모자를 푹 눌러쓴 채 집을 나섰다. 등 뒤로 '아프다고 낑낑대면서 어디 싸돌아 다녀!' 소리치는 모친의 목소리가 들려왔지만 선희는 뒤도 돌아보지 않고 골목 앞까지 달려나갔다.

이제 눈에 익숙해진 박 비서의, 아니, 라이언의 차가 시동도 꺼지지 않은 채 골목 앞에 세워져 있었다. 달려오는 선희의 모습을 발견했는지 박 비서가 운전석에서 내려섰다. 발을 디딜 때 순간 휘청하는 것으로 보아 박 비서의 상태도 정상은 아닌 듯싶어 선희는 속으로 키득거렸다.

"라이언은요?"

비어 있는 뒷좌석을 흘낏 바라보며 선희가 물었다.

"오닐 씨는 호텔에 계십니다."

"네? 그럼 왜……."

선희의 얼굴에 스치는 실망스러운 빛을 눈치채지 못한 박 비서가 손에 들고 있던 종이 가방을 그녀에게 내밀며 무뚝뚝하게 말을 이었다.

"오닐 씨께서 전해달라고 하셨습니다."

종이 가방 안에는 여러 종류의 파스 세트와 근육통에 좋은 내복약 등이 들어 있었다.

"라이언이 왜 직접 오지 않고요?"

박 비서는 라이언이 이야기하지 말라고 신신당부한 것을 떠올리며 순간 망설였지만, 끙끙대며 물파스를 바르고 있는 자신에게 이런 일을 시킨 것이 못내 약이 올라 있었다. 목소리를 잔뜩 죽인 박 비서가 선희의 귓가에 속삭였다.

"이 파스 세트의 효험을 시험해 보고 계십니다."

한쪽 눈썹을 치켜올린 박 비서가 덧붙였다.

“강아지처럼 낑낑대면서.”

“푸훗.”

무릇 비서란 보스의 지시에 따라야 하는 것을 철칙으로 삼고 따르고 있었다. 하지만 라이언은 선희가 웃는 것을 좋아하는 것 같으니, 보스의 지시에는 따르지 않았지만 보스가 좋아하는 일을 한 것이라 생각하고 죄책감을 조금 덜 수 있었다. 선희에게 고개를 숙여 인사하고, 차에 올라타는 박 비서의 얼굴에 만족의 미소가 피어올랐다.

박 비서가 몰고 가는 차 뒤꽁무니를 바라보던 선희는 그녀가 주고 간 종이 가방을 가슴팍에 확 끌어안았다. 커다란 덩치의 라이언이 침대에 드러누워 박 비서의 말을 빌리자면 강아지처럼 낑낑대는 모습이 머릿속에 스쳐 지나가자 또다시 웃음을 참을 수 없어졌다.

월요일은 다른 날보다 더 무기력하고는 했다. 누구나 겪는 월요병, 일어나기 싫고 씻기 귀찮고 직장에 나가기가 죽기보다 싫은 날이었다. 하지만 웬일인지, 선희는 비교적 가볍고 맑은 정신으로 학원으로 향하고 있었다. 아마도 어제, 온몸에 파스를 붙이고 푹 쉬었기 때문일지도 몰랐다.

“좋은 아침입니다.”

선희가 아침 인사를 하며 교무실에 들어서자 선생님들이 일제히 그녀를 돌아보았다. 그리고 답인사 차 한 마디씩 던졌다.

“요즘 김 선생 얼굴 좋아 보이네?”

“역시 연애를 해서 그런가?”

선희는 황급히 손을 내저어 보였다.

“그런 거 아니에요.”

“아니긴, 그때 그 잘생긴 외국인이 남자 친구 아니야?”

라이언이 남자 친구가 아니냐는 말에 선희의 얼굴이 발그레 달아올랐다. 순간 숨이 꽉 막히는 기분이 들었다.

“어후, 아니라니까요.”

세차게 뛰는 심장을 애써 진정시키며 자신의 책상으로 걸음을 옮기던 선희는 석훈과 눈이 마주치자 살짝 고개를 숙여 인사를 했다. 의자에 자리를 잡고 앉으며 교사용 참고서를 뒤적거리던 선희는 마치 잊고 있다 방금 생각난 사람처럼 ‘아!’ 하고 나지막이 소리를 내고 석훈을 돌아보았다.

“저기, 토요일에…….”

“토요일에 어디 갔었어요?”

“네?”

석훈은 고개를 돌리지도 않고, 무뚝뚝하게 물었다.

“아, 전화…….”

“전화했었어요, 토요일에.”

나도 말 좀 하자고요. 선희는 자신의 말이 툭툭 잘리자, 이제 입을 열지 않고 석훈이 먼저 이야기하기를 기다렸다. 선희가 대답이 없자, 그제야 석훈이 고개를 들었다.

“휴대전화가 꺼져 있기에 집으로 전화했었어요.”

“집 전화번호를 어떻게 아셨어요?”

바보냐! 그게 뭐가 중요하다고 묻고 앉아 있어? 실상 궁금한 건 왜 전화를 했냐는 거지, 그것도 주말에! 선희는 속으로 스스로를 한심해하며 석훈의 대답을 기다렸다. 하지만 의외로 석훈은 당황한 눈치였다. 아마도 선희가 왜 전화했냐는 질문을 할 것이라 예상하고 그 대답을 준비하고 있었던 모양이었다.

"아, 그건 그냥 원장 선생님께 물어서……."

석훈은 이제 본론으로 들어가 전화한 용건에 대하여 이야기를 할 참인지, 잠시 말을 멈추고 헛기침을 했다. 석훈이 다시 입을 열 찰나, 아직 매너 모드로 바꾸어놓지 않은 선희의 휴대 전화기가 울렸다.

"여보세요."

[헬로.]

라이언! 선희의 표정이 순간 환해지자, 석훈의 한쪽 눈썹이 위로 치켜올라 갔다.

[몸은 좀 어때?]

"아직도 좀 쑤시고 아파. 넌?"

[나야 그 정도는 거뜬하지.]

선희는 터지는 웃음을 겨우 참아냈다. 혹시 아직도 침대 위에 누워서 전화를 하고 있을지도 몰랐다. 파스의 역한 냄새를 풍기면서.

"아이쿠, 좋겠네. 거뜬해서. 그런데 어디서 파스 냄새 나지 않아?"

[응?]

순간 당황하는 라이언의 목소리가 느껴졌다.

"아, 내 몸에서 나는 냄새구나. 어제 박 비서님이 가져다 준 파스를 온몸에 붙이고 있었거든. 보내줘서 고마워."

[천만에. 그거 효과 좋지?]

"응. 그런데 효과가 좋은지는 어떻게 알았어?"

선희가 능청스럽게 물었다.

[응? 아, 그냥…… 음, 호텔 메디컬 센터에 물어봤거든. 제일 효과가 좋은 걸로만 골라 달라고 했어.]

"오호, 그랬어?"

그제야 선희는 석훈이 자신의 통화가 끝나기를 기다리고 있다는 걸 깨달았다. 괜히 눈치가 보이고 불편해진 선희는 쓴웃음을 지으며 다시 입을 열었다.

"할 말 있으면 빨리 말해. 수업 들어가야 해."

[디스카운트 쿠폰 쓰러 가야지. 스모 선수에서도 벗어나고.]

"뭐? 너!"

[시간 맞춰서 갈게.]

선희는 의미심장한 미소를 지었다.

"그래. 올 때는 냄새나니까 파스 다 떼고 와라, 알았지?"

그리고 라이언이 뭐라고 말을 하기도 전에 전원 버튼을 꾹 눌러 버렸다. 이겼다, 승리감에 도취되어 빙긋 웃던 선희는 자신의 얼굴을 뚫어져라 바라보는 석훈의 시선에 서둘러 웃음을 거두었다.

"죄송해요. 아까 하시던 말씀 계속하세요."

"누구예요?"

석훈의 시선이 잠시 선희의 휴대 전화기에 가 머물렀다.

"친구예요."

"그때 학원 앞에서 기다리던 그 친구?"

선희는 고개를 끄덕였다. '친구'라는 부분을 강조해서 묻는 석훈의 모습에 더욱 의아해질 뿐이었다. 언제부터 윤 선생과 이런 식으로, 이런 사생활을 주제로 대화를 나누게 되었지? 떠올려 보려고 했지만 이어지는 석훈의 말에 선희의 머릿속이 정지되었다.

"오늘 시간있어요?"

"네?"

오늘 시간있어요? 무슨 뜻으로 받아들여야 하는 것일까. 언젠가, 아니, 언제랄 것도 없다. 분명히 머릿속에 떠오르는 그 회식 날 역시 석훈은 자신에게 그렇게 물었다. 그리고 그날 선희는 엄청난 소주를 퍼부어 마셔야 했다. 섣부른 기대는 감당하지 못할 실망으로 되돌아온다.

"사실은 토요일에도 잠깐 만나고 싶어서 전화했었어요."

"무슨 일로……?"

"그건 만나서 이야기하죠. 오늘 시간 괜찮아요?"

석훈을 바라보며 눈만 끔뻑거리던 선희는 얼른 정신을 차리고 고개를 흔들었다. 석훈의 얼굴에 스치는 실망의 빛에 침을 꿀꺽 삼키며 입을 열었다.

"오늘은 선약이 있어요."

"그럼 내일은 없죠? 내일 끝나고 삼거리 앞 카페에서 봐요."

만약 석훈의 달아오른 뺨을 보지 못했다면, 자기 말만 끝내놓고 돌아서 버리는 그의 행동에 기분이 나빠졌을지도 몰랐다. 황급히 교무실을 빠져나가는 석훈의 모습에 선희 역시 묘한 느낌에 사로 잡혔다.

"또, 또. 나한테 관심 없다는 소리 똑똑히 들어놓고선."

고개를 설레설레 흔들며, 선희 역시 수업을 하기 위해 의자에서 몸을 일으켰다.

연달아 있는 수업에도 불구하고 선희의 얼굴에서는 지친 기색을 찾기 힘들었다. 컨디션이 나쁘지 않으니 자연히 아이들에게 악을 쓰는 일도 줄어들었고, 소리를 치지 않으니 늘 기진맥진해지던 마지막 수업 타임까지도 가뿐히 소화해 낼 수 있었다.

"김 선생, 요즘 칼 퇴근이다?"

국어 선생의 핀잔을 한 귀로 흘려버리며 선희는 서둘러 가방을 챙겨 들었다. 옆 자리의 석훈 역시 재빠르게 책상 위를 정리하고 있었다.

"먼저 퇴근하겠습니다."

"저도 먼저 가보겠습니다."

석훈이 얼른 선희의 뒤를 따라나섰다. 선희는 계단을 뛰어내려 가고 싶은 생각이 굴뚝같았지만, 같이 나서면서 훌쩍 혼자서 갈 수가 없어 어쩔 수 없이 석훈과 발걸음을 맞출 수밖에 없었다. 오 층 계단을 내려가면서 두 사람 사이에는 묘한 정적이 흘렀다.

"저기……."

"저……."

침묵을 견디다 못한 것은 석훈도 마찬가지였는지 일층에 다다 르기 전에 동시에 입을 열었다.

“먼저 말씀하세요.”

잘 가라는 인사를 하려고 했던 선희가 양보했다.

“내일 약속, 잊지 말라고요.”

선희는 쓴웃음을 지어 보였다.

“어차피 내일 학원에서 또 볼 텐데요, 뭐 벌써부터.”

“그래도요. 선희 씨는 무슨 말 하려고 했어요?”

“그냥, 내일 보자는 이야기였어요.”

학원 건물을 빠져나오자, 한쪽 귀퉁이에 서 있는 라이언의 차가 눈에 들어왔다. 입구 쪽을 쳐다보고 있었는지, 뒷좌석 문이 열리고 라이언이 내려서서 두 사람을 바라보았다. 석훈 역시 라이언을 발견하고 미간을 찌푸렸다.

“또 저 친구 만나나 봐요.”

“네. 그럼 안녕히 가세요.”

선희는 석훈을 뒤에 남겨두고 라이언을 향해 걸음을 옮겼다. 그러다 문득 무슨 생각이 들었는지 석훈을 한번 뒤돌아보았다. 눈이 마주치자 그는 살짝 손을 흔들어 보였다.

“아까 나한테 선희 씨라고 한 거 맞아?”

혼잣말을 중얼거리던 선희는 결국 일 분여 전의 대화를 떠올려 내지 못하는 자신을 한심하게 여기며 다시 몸을 돌렸다. 라이언이 선희에게 문을 열어주며 힐끗 뒤돌아 석훈에게 시선을 던졌다.

“누구야?”

“그냥. 같이 일하는 선생님.”

15

타고 가는 내내 차 안에는 파스 냄새로 가득 차 있었다. 그도 그럴 것이, 라이언과 선희는 물론이거니와 박 비서까지 온몸에 파스를 덕지덕지 붙이고 있었기 때문이다. 애써 태연한 척하려는 라이언의 어정쩡한 앉은 자세에 선희는 속으로 비웃었다.

"박 비서님, 저 미용실이에요."

작은 동네 미용실에서 불경기를 타파하고자 찍어낸 할인 쿠폰을 지나가다 받아놓고 성의없이 가방에 넣어두고 있었다. 사실 라이언이 꺼내지 않았다면 그것이 가방 안에 있는지조차 몰랐을 터였다. 라이언은 허름해 보이는 미용실 외관을 올려다보며 얼굴을 찌푸렸다.

"서울에 괜찮은 숍이 많을 텐데. 하다못해 호텔 안에도 있고."

“쿠폰 쓰자며.”

“비용이 문제라면 내가 지불할게.”

차에서 내리려던 선희가 행동을 멈추고 라이언을 뒤돌아보았다. 잔뜩 찌푸린 선희의 모습에 라이언은 순간 움찔했다.

“네가 왜?”

“아니, 뭐…….”

“내가 돈이 없어 보이니? 나 월급은 적게 받아도 이 정도 쓸 돈은 있거든? 넌 돈이 많아서 내가 받는 월급이 돈으로도 안 보이겠지만, 난 이제껏 이 돈으로 쓰고 모으고 다 하고 있으니까 걱정하지 마.”

자신의 말을 다 끝낸 선희가 차에서 내리려 하자, 라이언이 얼른 그녀의 팔을 붙잡아 도로 앉혔다. 붙잡힌 팔 때문에 선희는 적잖이 놀랐지만, 겉으로 드러내지 않으려고 무진 애를 써야 했다.

“무시해서 그런 거 아니야. 돈 때문도 아니고. 다만, 조금 더 예쁘게 할 수 있는 곳을 찾아가자는 이야기였어. 그런 식으로 들렸다면 미안해. 사과할게.”

선희는 라이언의 팔을 뿌리쳤다. 자신의 태도가 너무 차갑지도, 그렇다고 가벼워 보이지도 않게 자연스럽게 보이길 바랐다.

“어떻게 하든, 스모 선수보다는 낫겠지. 안 그래?”

박 비서는 적당한 곳에 차를 주차시킨 후 뒤따라 들어오기로 하고, 선희와 라이언이 먼저 미용실에 들어섰다. 열 평 남짓한 미용실 내부에 파마 약품 냄새가 진동을 하는 것으로 보아, 한 무리의 동네 아주머니들이 단체로 왔다가 저녁을 하기 위해 머리에 보자기를 쓴 채로 다시 집으로 달려갔을 것이다. 바닥을 쓸고 있던 덩치가 좋은 아주머니가 라이언과 선희를 발견하고 기운차게 인사를 건넸다.

"어서 오이소. 머리 하시게?"

"네."

인사 소리에 미용실과 이어진 안채의 문이 벌컥 열리며 호리호리한 몸집의 남자 미용사가 나타났다. 두 사람은 미용실 상호가 새겨진 똑같은 앞치마를 입고 있었다. 예전에 모친이 파마를 한다고 따라온 적이 있던 선희는 두 사람이 부부 사이임을 얼핏 들었었다. 아주머니들은 두 사람의 구수한 경상도 사투리를 즐거워하며 연방 까르르 웃음을 터뜨렸고, 선희는 그 시끄러운 수다 소리를 억지로 흘려버리며 두꺼운 여성 잡지를 뒤적거렸었다.

"하이고, 여 앞 학원 선상님 아인교."

남편 쪽에서 선희를 기억해 내고 반갑게 아는 체를 했다. 짙은 푸른색의 진과 가죽 재킷, 그리고 부츠를 신은 세련된—나름 이 동네의 미적 수준을 기준으로 하여—옷차림과 걸쭉한 사투리는 그다지 어울리지 않았다. 힐끔 라이언 쪽을 바라보자, 예상했던 대로 사투리를 제대로 이해하지 못해 긴장하는 듯했다.

"이짝은 미국 사람 맞지요? 하이! 헬로우우?"

많은 사람들을 상대하고, 혹시라도 머리를 하는 시간이 지루하게 느낄까 싶어 쉴 틈 없이 말을 걸어주고 또 그들의 수다를 들어주는 일에 익숙한 미용사는 이 훤칠하고 건장한 외국인 남자 앞에서도 절대 기죽는 일이 없었다.

"하이."

분명 한국어이긴 한데, 자신이 알아들을 수 없는 말을 사용하던 남자가 영어로 말을 걸자 라이언의 얼굴은 금세 환해졌다.

"머리 뭐 하시게? 파마? 커트?"

"커트요."

"일로 앉으이소."

나름대로 일이 나누어져 있는지 커트라는 말에 와이프 쪽이 얼른 선희에게 손짓을 해보였다. 자신의 파마 손님이 아닌 것이 못내 아쉬웠는지 남자 미용사가, 멀뚱히 서서 외투를 벗고 있는 선희를 바라보던 라이언에게 다가갔다.

"유, 유는 헤어 안 하는교?"

"Sorry, What does that mean?"

머릿속으로 물음표를 백만 개는 더 그리고 있는 라이언의 표정과 라이언의 리드미컬한 영어 발음에 머릿속이 정지하고 입술이 달라붙어 버린 남자 미용사를 거울을 통해 바라보며 선희는 웃음을 터뜨렸다.

"선상님, 어떤 스따일로 하까요. 요즘 샤기 컷이 유행인디, 샤기 컷?"

"그냥 어울리기만 하면 돼요. 알아서 잘라주세요."

"내는 그 어울리게만 하는 말이 젤로 무섭드라."

엄살을 부리며 거울 속 선희와 눈을 마주치며 싱긋 웃던 여자 미용사가 고개를 돌려 멀뚱히 서 있는 두 남자에게 입을 열었다.

"아, 뭐 하는교! 손님 안 앉히고."

"앉히야제. 앉으…… 싯 다운, 싯 다운."

남자 미용사는 라이언을 데려다가 선희의 옆 자리에 앉혔다. 얼떨결에 끌려온 라이언은 당혹감에 침을 꿀꺽 삼켰다.

"Me? 난 안 해."

"얼레, 한국말하네?"

"조금."

자랑스럽게 말하던 라이언은 자신에게 쏟아지는 미용사의 못마땅한 눈빛에 다시 입을 다물었다. 조금 전 라이언은 머리손질을 하지 않겠다고 말한 것을 잊기라도 한 듯 그의 머리에 분무기로 물기를 쏟아내며 미용사가 혀를 끌끌 찼다.

"암만 그래도, 배울라믄 지대로 배워야제. 나이도 한창 어리믄서 나이 많은 사람한테 그리 말 똥강똥강 잘라묵는 거 그거 몬 씨는 기라."

"죄송해요. 존댓말은 배운 적이 없는 것 같아요. 아저씨가 이해해 주세요."

질끈 묶었던 끈을 풀자 어깻죽지쯤까지 오는 자신의 머리칼을 바라보던 선희가 남자 미용사의 말을 머릿속으로 이해하느라 정신이 없는 라이언 대신 사과를 했다. 그때 문이 열리면서 박 비서가 안으로 들어섰다.

"어서 오이소!"

동네 아주머니들을 상대로 하는 장사라 저녁을 지으러 가는 초저녁에는 늘 손님이 없던 찰나에 웬일로 사람들이 들이닥치자 기분이 좋은 듯 여자 미용사의 목소리가 더욱 우렁차졌다.

“저희 일행이에요. 박 비서님, 박 비서님도 오신 김에 머리나 하세요.”

“아니요. 전 괜찮습니다. 그런데…….”

박 비서의 시선이 라이언에게 가 향했다.

“오닐 씨도…….”

박 비서의 목소리에 라이언이 퍼뜩 정신을 차렸다. 하지만 이미 남자 미용사는 분홍색 보자기를 라이언의 목 뒤쪽에서 질끈 묶은 후였다. 순식간에 포위당한 기분에 라이언은 선희에게 도움을 요청하는 듯한 눈빛을 보냈다.

“아저씨, 걘 파마한대요.”

“파마? 그기 내 전공인 걸 우에 알았노.”

“펌? 노우!”

라이언의 얼굴이 새하얗게 질렸다. 그리고 박 비서를 불러댔지만, 창밖을 바라보던 그녀는 ‘무단 주차’로 차가 ‘견인’ 되어 간다며 나직이 중얼거린 후 미용실을 나가 버렸다. 선희는 그 골목 안으로 레커차가 들어올 수도 없을뿐더러 설사 들어왔다 치더라도 그런 고급 외제차는 감히 건드리지도 않는다는 사실을 알고 있었다.

그리고 견인된다 하더라도, 차가 끌려가는데 저렇게 침착하게 걸어나갈 리가 없잖아!

“박 비서어엇!”

소리를 지르며 자리에서 일어나려던 라이언은 머리 위로 무참히 뿌려지는 파마 약품에 얼굴이 일그러졌다. 싹둑 잘려 나가는 자신의 머리칼은 신경도 쓰지 않으며, 선희는 웃음을 터뜨리느라 정신이 없었다.

"안 해, 안 한다고! 펌 노우! 노우 노우! 오 마이 갓!"

생각나는 온갖 욕설을 모두 퍼부으며—물론 미용실 남자가 영어를 못한다는 사실을 눈치챘기 때문에 가능했다—라이언은 자신의 목을 조르고 있는 분홍색 보자기를 풀어냈다. 자신을 노려보는 라이언의 모습에 남자 미용사는 머쓱한지 끝이 뾰족한 빗으로 머리를 긁적거렸다.

"하이고, 하기 싫음 싫다 카믄 되지. 뭔 난리를 이래 부리쌌노. 선상님, 애인 잘못 뒀네. 이리 오소, 샴푸나 하그로."

웃느라 숨이 턱턱 막히는 바람에 선희는 라이언에게 한참 후에나 남자 미용사의 사투리를 설명해 주었다.

"가봐. 머리 감겨주신대."

정말? 라이언의 미심쩍은 눈빛에 남자 미용사가 그의 등짝을 쫙 소리 나게 쳐댔다.

"남자가 남자 말을 몬 믿고 그라노. 씁, 어여 가소!"

라이언이 볼이 퉁퉁 부은 채로 샴푸를 끝내고 다시 자리에 앉았을 때, 선희 역시 커트가 다 되어 드라이를 하는 중이었다. 벽에 붙어 있는 거대한 거울 속으로 선희의 모습을 바라보던 라이언의 얼굴에 만족의 미소가 떠올랐다. 그 역시 남자 미용사가 드라이기로 머리를 말려주고 있었다.

"훨씬 좋아 보여."

"이제 좀 순철이 스타일 같아?"

라이언은 자신의 머리칼 주위를 맴도는 뜨거운 기운을 느끼며 고개를 끄덕였다.

"이전보다는."

하지만 아직 멀었어, 라는 말이 생략된 것을 모를 리 없는 선희는 입술을 불쑥 내밀고서 거울 속의 자신의 모습을 바라보았다. 뺨 근처에서 부드럽게 웨이브진, 능숙한 전문가의 손길로 유난히 매끄럽고 풍성해 보이는 머리칼이 만족스러웠다. 진작 이렇게 잘라볼 걸, 어떻게든 긴 머리로 길러보려고 후줄근하고 어중간한 길이를 견뎌왔던 것이 후회되었다.

"이러다 순철이 오기 전에 다른 남자가 먼저 생기면 어떻게 하나?"

혼잣말처럼 중얼거린 선희의 말을 들은 라이언이 코웃음을 쳤다.

"누구?"

그럴 리 없다는 듯한 말투에 선희의 눈이 위쪽으로 치켜올라 갔다.

"그렇게 무시하다가, 어쩌면 순철이 오기 전에 우리가 먼저 바이 바이 하는 경우가 있어."

"무슨 말이야?"

그제야 선희에게서 느껴지는 무언의 기운을 감지한 라이언이 남자 미용사의 드라이기를 손으로 쳐내고 몸을 돌렸다. 어느새 얼굴에서 웃음기도 사라져 있었다.

"아까 학원 앞에서 본 그 선생님 말이야."

사실 이런 말까지 할 생각은 없었다. 별 이야기가 아닐지도 모르는데, 혼자서 먼저 김칫국을 마시는 건 정말 끔찍한 경험이라는 걸 일찌감치 깨달았으니까. 적어도 라이언이 자신을 무시하는 듯한 말투로 말하지만 않았다면, 절대로 석훈에 대해서 이야기를 하지 않았을 것이다.

"긴히 할 이야기가 있다고 내일 일 끝나고 만나자고 하더라고."

"편하게 쉬시고, 내일 뵙겠습니다."

라이언의 파마 머리를 보지 못한 것이 못내 아쉬운 듯 입맛을 다시던 박 비서의 모습이 사라지자, 라이언은 호텔방 문을 닫고 거실로 들어섰다. 코트를 벗어 대충 걸쳐 놓고는 소파에 등을 깊숙이 묻고 앉았다.

"아까 학원 앞에서 본 그 선생님 말이야. 긴히 할 이야기가 있다고 내일 일 끝나고 만나자고 하더라고."

선희의 목소리가 귓가에서 맴돌았다. 순간 며칠 동안 잊고 있던 두통이 다시 극심하게 일기 시작했다. 두통약을 찾아볼까 하고 몸을 일으키던 라이언의 눈에 전화기가 들어왔다. 다분히 충동적으로 전화기를 집어 든 라이언은 거침없이 뉴욕의 랜디의 아파트 전화번호를 꾹꾹 눌렀다. 신호는 길게 이어졌다.

[헬로우.]

졸음이 잔뜩 묻어나는 랜디의 목소리에 라이언은 얼굴을 찌푸렸다.

"잤어?"

[이제 막 잠들었어. 밤새 처리해야 할 일이 산더미 같았거든. 물론 지금도 산더미 같지만.]

랜디의 투덜거림은 '오닐호텔'이 밤새 잠도 못 자게 하고 겨우 잠을 잘 수 있는 시간을 '라이언 오닐'이 방해하고 있다는 것으로 이어졌다.

"저기, 랜디."

[응?]

"정말 그냥 궁금해서 묻는 건데 말이야."

[뭘?]

"네 첫사랑 있지."

[또 그 소리야?]

"그냥 궁금해서라니까!"

[알았어. 선희가 왜?]

순간 라이언은 어째서 랜디는 '선희'의 발음이 그토록 정확한 지 불만스러웠다. 하지만 그 불편한 심기를 감추고 본론으로 들어 갔다.

"혹시 다른 남자가 있을 수 있다는 걸 생각해 봤어?"

[물론이지. 그렇게 멋진 여자가 그 나이에 남자 친구가 없다는 건 있을 수 없는 일이잖아.]

순간 라이언은 수화기에서 얼굴을 떼고 고개를 절레절레 흔들 었다.

[없길 바라고 있지만, 있다면 어쩔 수 없지. 십육 년 만에 나타난 내가 뭘 어떻게 하겠어. 그저 조용히 선희의 행복해하는 모습만 보고 돌아올 거야.]

그리고 줄리아에게 달려가겠지. 순간 라이언의 목소리가 높아졌다.

"그녀의 남자 친구가 너보다 못한 남자일 수도 있잖아."

[라이언, 나 피곤해.]

"왜 그렇게 쉽게 포기하는 거야?"

잠시 수화기 건너편에서 말이 없었다. 혹시나 랜디가 수화기를 들고 잠이 든 것은 아닐까 하는 생각을 한 순간 그의 목소리가 들려왔다. 선희에 관해서는 언제든지 진지해지는 녀석, 랜디의 목소리에는 어느새 졸음을 찾을 수 없었다.

[라이언, 난 솔직히 선희에 대한 내 마음이 어떤 것인지 잘 모르겠어. 찾고 싶고, 만나고 싶은 것은 사실이지만 그로 인해서 선희가 조금이라도 곤란한 상황에 빠진다거나 불행해진다면 오히려 한국에 가지 않는 쪽을 선택하고 싶어. 이게 답이 될지는 모르겠지만, 선희가 지금 어떤 한 남자 옆에서 행복하다면 난 그 모습만 보고서도 충분히 만족한 채 돌아올 거야.]

랜디와의 통화를 끝낸 후에도 라이언은 한참 동안 수화기를 내려놓지 못했다. 뚜뚜뚜뚜, 적막한 침묵 속에서 귓가에서 맴도는 작은 소음만이 라이언의 머릿속에 은은하게 울려 퍼졌다.

16

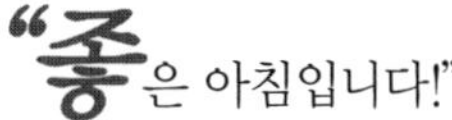

자신에게서 물씬 풍기는 상큼한 샴푸 냄새가 기분 좋아, 출근하는 선희의 얼굴은 유난히도 밝았다. 교무실에 옹기종기 모여 커피를 마시고 있던 선생님들이 그녀의 바뀐 헤어스타일에 대해 호들갑스럽게 수다를 떨어대며, 그런 작은 변화의 이유로 남자 친구가 생긴 것이 아니냐는 것에 대한 미련을 아직도 버리지 못했다.

“안녕하세요, 김 선생님.”

“네, 윤 선생님.”

석훈은 선희의 짧고 윤기있어 보이는 머리칼을 흘낏 바라보고는 기분 좋게 미소를 지었다. 순간, 선희는 자신이 헤어스타일을 바꾼 이유를 그가 오해할지도 모른다는 생각이 머릿속에 스치고 지나갔다. 혹시라도 오늘 약속 때문에 미용실에 간 것이라고 생각할까 싶어 선희가 얼른 덧붙였다.

"쿠폰이 있어서요."

"네?"

바보냐! 선희는 머리를 쥐어박고 싶은 심정이었다.

"아니에요, 아무것도. 저 먼저 강의실에 가볼게요."

"저, 김 선생님."

얼른 자리를 피하려던 선희는 숨죽여 부르는 석훈의 목소리에 움찔하고 제자리에 섰다. 고개를 살짝 돌리자, 다른 선생님들의 눈치를 살짝 보며 입을 여는 석훈의 얼굴이 눈에 들어왔다.

"오늘 약속 잊지 않으셨죠?"

"네? 아, 네."

석훈은 빙그레 미소를 지었다. 그리고 다른 선생님에게 들리라는 듯, 목소리를 높여 다시 말했다.

"머리, 잘 어울리시네요."

"가, 감사합니다."

교무실에서 나와 강의실로 향하는 선희의 발걸음이 천천히 느릿해졌다. 결국 복도 중간에서 멈추어 선 선희는 몸을 틀어 교무실 쪽을 바라보았다. 조금 전 숨죽이며 그녀에게 말을 걸었던 석훈의 모습이 영화 필름처럼 머릿속에 다시 그려졌다.

"뭐야, 이 기분은."

마치 다른 사람들 몰래 사내 연애를 하는 남녀 사이처럼. 잠시 고개를 갸웃거리던 선희는 이내 머리를 흔들어 잡념을 털어버리고 강의실에 들어섰다.

퇴근할 때까지 박 비서에게서도, 라이언에게서도 전화가 없었다. 오늘 약속이 있다고 말을 했으니 당연한 일이었지만 왠지 모르게 서운한 기분이 든다. 요 며칠 동안 수업이 끝나자마자 눈썹이 휘날리도록 퇴근을 해버렸던 선희는 약간 무거워진 팔로 책상 정리를 하며 느긋하게 퇴근 준비를 시작했다. 선희가 수업을 조금 늦게 마쳤기 때문인지, 교무실에 돌아왔을 때부터 석훈은 칼처럼 퇴근하고 자리에 없었다.

"그래도 내일은…… 전화하겠지?"

혼잣말을 중얼거리며 학원을 나선 선희는 석훈과의 약속 장소로 향했다. 학원 근처의 유일한 카페, 라고는 하지만 사실 다방이었던 이 년 전과 비교해 달라진 것이라고는 간판 하나 바꾸어 단 것밖에 없었다.

"어서 오세요."

알록달록한 색감이 어우러진 카페 내부 모습과 어울리지 않는 굵직한 남자 종업원의 목소리가 들려오자 선희는 잠시 문 앞에서 움찔했다. 그런 그녀에게 창가 쪽 소파에 앉아 있던 석훈이 손을 번쩍 들어 보였다.

"여기요, 김 선생님."

그러고 보니, 회식 이외에는 석훈과 학원 외의 장소에서 사적으로 만난 적이 단 한 번도 없다는 사실이 새삼 떠올랐다.

"뭐 마실래요?"

"주스요."

석훈은 종업원에게 주스와 커피를 주문하고 맞은편 자리에 앉아 있는 선희를 바라보았다. 웃음 띤 그 얼굴이 부담스럽게 느껴진 선희는 테이블 구석에 올려놓은 자신의 가방에만 물끄러미 시선을 던졌다.

"갑자기 밖에서 보자고 해서 놀랐죠?"

"네. 네? 아, 아니요."

그 가방을 들고 자신을 향해 빙긋이 웃던 라이언이 떠올라, 선희 역시 넋을 잃고 웃음을 짓다 석훈의 말에 버벅대며 대답했다. 자세를 고쳐 앉은 선희는 석훈과 마주한 채 똑바로 그와 눈이 마주쳤다.

긴장할 필요 없어, 김선희. 어색할 필요도 없어. 당당하게.

"무슨 일로 여기까지 와서 이야기를……."

그때 종업원이 주문한 음료를 가져오자 선희는 어쩔 수 없이 말을 멈추어야 했다. 종업원이 시야에서 사라지고 나서야 다시 입을 열었다.

"학원에서는 하기 힘든 이야기예요?"

"김 선생님."

느긋하게 웃고 있던 석훈에게서 긴장의 빛이 보이자, 선희는 묘한 통쾌함을 느끼고 있었다. 석훈은 커피 잔을 들어 한 모금 마신 후에도 쉽사리 입을 열지 못하고 헛기침을 몇 번 해야 했다.

"요즘, 좋은 일 있으세요?"

"네?"

그걸 물어보려고 여기까지 왔단 말이야? 선희는 눈살을 찌푸렸다.

"아니, 뭐. 늘 그렇죠."

"아…… 네."

어디서부터 말을 꺼내야 할지 모르겠다는 듯, 석훈은 한숨을 푹 내쉬고 다시 입을 열었다.

"김 선생님."

선희는 대답의 의미로 눈을 치켜떴다.

"이런 말 혹시 부담으로 느끼실지도 모르겠어요."

지금도 충분히 부담이었다. 한때 이 남자의 와이프가 되어볼까 생각하기도 했었고, '심심하다' 라는 이야기로 자신의 심장을 먹먹하게 만들기도 했던 남자와 학원 외의 공간에서 마주하고 있다.

"요즘 김 선생님 좋아 보여요."

"좋아 보이다니요?"

단순히 헤어스타일 하나 바뀌었을 뿐인데. 그러고 보니, 요 며칠 다른 선생님들에게서도 좋아 보인다는 소리를 종종 들었다. 도대체 그 '좋아' 보인다는 것은 뭘 의미하는 걸까? 선희는 숨을 죽이고 석훈의 말을 기다렸다.

"밝고, 잘 웃고."

선희는 민망한 생각이 들어 자신의 손으로 뺨을 한번 쓸어보았다.

"고맙습니다. 그런데 그 말씀 하시려고 여기서 보자고 한 거예요?"

"아니요. 그건 아니고요."

석훈이 손을 내저어 보였다. 답답해진 선희는 앞에 놓인 주스 잔을 집어 들고 입 안 가득 오렌지 주스를 꿀꺽 삼켰다.

"김 선생님은 저를 어떻게 생각하세요?"

"푸훗!"

채 넘기지 못한 주스가 밖으로 터져 나왔지만 선희는 창피함보다는 당황함에 얼굴이 붉게 상기되었다. 석훈이 무슨 뜻으로 한 말인지 생각해 보고 대답을 하고 싶었지만, 머릿속은 새하얗게 비워지고 있었다.

"네?"

석훈은 손수건을 꺼내어 선희의 앞으로 내밀었다.

"윤 선생님, 그게 무슨 말씀이신지."

"사실은 저 집에서 결혼하라는 소리 듣고 있어요, 요즘."

너무 놀라는 선희의 모습에 분위기를 좀 풀어보려는 듯 석훈이 농담 섞인 목소리로 입을 열었다. 순간 선희는 '저도 그렇거든요!'라고 동조할 뻔했다.

"아직 결혼이 급한 나이는 아닌데, 왜 그런 거 있잖아요. 어차피 나이가 들어도 이 생활에 변화가 없다면 하루라도 빨리 결혼해서 아이 낳고 자리잡은 게 낫다는 어른들 생각. 어차피 연애를 하는 것도 아니고, 결혼 할 여자가 있는 것도 아니니까 부모님은 자연히 선이라도 보라며 성화시고요."

혹시 이 동네 어른들 모여서 '시집 장가 일찍 보내기 운동'이라도 하는 건 아닐까, 어쩜 그렇게 자신의 모친과 똑같은 소리를 하는지 선희는 신기할 지경이었다.

"그런데 선은 좀…… 그렇잖아요. 아직까진 장가 못 가서 환장한 사람도 아니고."

석훈의 입에서 '환장' 이라는 단어가 나오다니, 선희는 불쑥 웃음이 터져 나왔다. 그런 선희의 모습에 용기를 얻었는지 석훈의 얼굴도 밝아졌다.

"자연스럽게 사람을 만나고 싶어요."

"아, 그러시구나."

어떻게든 동조는 해주어야 할 것 같아 선희는 무심한 말이나마 호응해 주었다.

"그래서 물어보는 거예요. 김 선생님은 저를 어떻게 생각하고 계시나 하구요."

"저요?"

석훈은 고개를 끄덕였고, 선희는 갸웃거렸다. 자신을 어떻게 생각하느냐가 석훈의 자연스러운 연애와 무슨 상관관계가 있는지 머릿속으로 쉽게 그려지지 않았다. 다른 여자들이 석훈을 어떻게 생각하는지 자신을 통해 알고 싶은 것일지도 모른다. 순간 선희는 이전 석훈이 자신에 대해 '심심한 사람' 이라고 말한 것에 대해 복수를 하고 싶은 생각이 불끈 치솟았다.

"그, 글쎄요."

하지만, 그때 그는 스스로의 생각에 솔직했을 뿐이었다. 적어도 자신도, 솔직해야 한다는 생각에는 변함이 없었다.

"윤 선생님은 우선, 음…… 똑똑하시고 다정다감하시고 뭐, 외모 적으로도 나쁘지는 않고…… 심하게 욕심 부려서 콧대 높고 잘

난 여자 만나실 거 아니면 누가 윤 선생님 같은 분 마다하겠어요."

"그럼."

석훈의 얼굴에서 웃음기가 사라졌다.

"하나만 더 물어볼게요."

이번에는 뭐, 여자라도 소개시켜 달라는 말을 할 참인가. 선희는 긴 주스 잔 위의 빨대를 살짝 쥐고 휘휘 저었다.

"김 선생님을 만나보고 싶은 건, 제가 욕심이 너무 큰 건가요?"

"네?"

아니 이 사람이, 누굴 놀리나! 떡 줄 사람이 떡 썰고 있을 때는 나 몰라라 하더니, 다 갖다 버리고 나니 김칫국 마시고 있네. 선희는 못마땅한 얼굴로 석훈을 바라보았지만, 그는 눈치채지 못하고 말을 이어나갔다.

"솔직히 말하자면, 지금껏 자연스럽게 누군가를 만나고 싶다고만 생각했었지 주위에 누가 있는지는 돌아보지 못했어요. 이런 말 실례가 되겠지만, 사실 바로 얼마 전까지만 하더라도 김 선생님은 그저 같은 직장의 동료 이상으로 생각해 본 적도 없었고요."

선희는 그가 자신을 어떻게 생각하고 있었는지 친절하게 이야기해 주지 않아도 알고 있다고 외치고 싶은 충동이 일었다. 그새 직장 동료가 아닌 다른 사심이 섞이기 시작했다는 말에 심기가 불편해지기는 했지만, 석훈의 말이 거짓으로 느껴지지는 않았다. 만약 석훈이 좋아하게 되었다거나 하는 입바른 말을 했다면, 어떻게든 연애 한번 걸어보려는 양아치 작업법이라고 생각을 했겠지만 석훈은 정중하고 최대한 솔직히 말을 하려고 노력하고 있었다.

"그런데 얼마 전이었나, 김 선생님이 지나가면서 그냥 웃는데 그 모습이 눈에 들어오더라고요. 이 사람, 이렇게 웃기도 하는구나 하는 걸 이 년 만에야 발견한 거죠. 갑자기 이런 말 미안하게 생각해요."

"저기요, 윤 선생님."

"조금 더 천천히 지켜보면서, 이제껏 내가 또 보지 못한 어떤 면들을 찾아보고 싶었는데 말이죠. 김 선생님께 요즘 좋은 일들이 있으신 것 같아서, 그런 모습들 보니까 어쩌면 그 느긋함을 느끼며 지켜보는 시간이 내 작은 기회마저 빼앗아 가버릴지도 모른다는 생각이 들었어요."

석훈은 라이언을 이야기하고 있었다. 선희는 황급히 손을 내저었다.

"그 사람은…… 그런 것 아니에요. 하지만 윤 선생님, 전 말이죠. 윤 선생님을……."

"불처럼 사랑하는 것도 좋지만 천천히 맞추어가면서, 알아가면서, 비슷한 점도 찾아가면서 그렇게 한번 만나보고 싶어요. 우리는 직업도 같고, 사는 것도 비슷하고, 성격도 모난 구석 없고. 김 선생님과 저 꽤 어울릴 것 같지 않아요?"

석훈의 말이 맞았다. 선희 역시 며칠간이나마 그를 신랑감으로 지목하고 잘해볼 속셈을 가지고 있지 않았던가. 그를 사랑해서 그런 것은 아니었다. 무엇이든 활활 타오르는 것보다 '적당'한 것이 무난했다. 세상을 살아가는 것도, 그 속에서 사랑하는 것도. 연애 결혼한 커플보다 서로 비슷한 조건을 맞추어 만난 맞선 결혼 커플

들이 더 이혼율이 낮다는 통계도 앞선 사람들의 생각을 뒷받침하
고 있었다. 로맨틱하고 정열적인 사랑을 꿈꾸지 않는 것은 아니지
만, 꿈이라는 것을 모를 정도로 어리석지는 않았다.

"김 선생님께 무슨 대답을 듣자는 말은 아니에요. 우리는 매일
얼굴을 마주해야 하는데, 어떤 이유로든 거절을 당하면 서먹하고
어색해지잖아요. 그저 이런 인연도 옆에서 대기하고 있다는 가능
성을 염두에 두라는 말을 해주고 싶었어요. 김 선생님도, 어느 날
갑자기 저의 어떤 다른 면을 발견하게 된다면 그때 저처럼 솔직하
게 이야기만 해주세요."

석훈은 어색함을 조금이라도 풀어보려는 듯 방긋 미소를 지어
보였다.

"가끔 직장 동료로서 데이트 신청하면 거절하지 말아주시고
요."

선희가 무엇인가 말을 꺼내려고 입을 열려는 순간, 석훈의 어깨
너머로 새카만 선글라스가 눈에 들어왔다. 토종적인 카페 분위기
와는 너무나 언밸런스한 고급 선글라스와 눈에 익은 딱딱한 뺨 근
육. 석훈의 말에 집중하느라 그곳에 손님이 앉는 것도 미처 보지
못하고 있던 선희는 선글라스의 여자가 황급히 신문을 펼쳐 들어
얼굴을 가리는 것에 웃음을 참지 못했다.

"푸훗."

선희의 웃음을 다른 뜻으로 오해한 석훈의 얼굴도 밝아졌다. 그
리고 내내 긴장하고 있던 뻣뻣한 뒷목을 살짝 매만지고는 자리에
서 일어났다. 선희는 덩달아 따라 일어나다 무슨 생각이 들었는지

도로 자리에 앉았다.

"저 윤 선생님 먼저 가세요. 전 조금 더 생각할 것도 있고……."

"그러실래요?"

석훈이 계산서를 집어 들며 부드러운 눈길로 선희를 내려보았다.

"오늘 나와줘서 고마워요, 김 선생님. 내일 봐요."

선희는 고개를 끄덕여 보이고는 석훈이 계산을 치르고 카페를 나서는 뒷모습을 지켜보았다. 그리고 석훈의 모습이 완전히 카페에서 사라지자 자리에서 일어나 석훈의 뒷자리로 천천히 걸음을 옮겼다. 신문을 쥔 선글라스 여자의 손이 순간 움찔했지만, 얼굴을 가린 신문지를 내리지는 않았다.

"여기서 뭐 하세요?"

선희는 여자의 맞은편 자리에 털썩 앉아 웃음을 참으며 입을 열었다.

"여기서 뭐 하고 계시냐고요, 박 비서님."

"흠."

그제야 신문지의 끝부분이 구겨지며 박 비서의 찌푸린 이마가 살짝 드러났다. 선희는 손으로 신문지를 확 낚아채었다. 그리고 자수하듯 선글라스를 벗어 테이블 위에 내려놓는 박 비서의 얼굴을 마주 보았다.

"아니, 언제부터 여기 들어와 있었던 거예요? 아까 나 들어올 때까지만 해도 못 봤는데. 그리고 영화 너무 보신 것 아니에요? 이런 데서 선글라스는 더 눈에 띈다고요."

박 비서는 할 말이 없는 듯 고개를 떨어뜨렸다. 추궁하는 듯한 선희의 말이 이어졌다.

"라이언이 시킨 거죠?"

"김선희 씨."

"맞죠?"

결국 박 비서는 고개를 끄덕였다.

"흥신소 직원이나 하는 이런 일은 저도 원하지는 않았습니다만, 오닐 씨의 편의를 최대한 봐드리는 것이 제 일이기 때문에 어쩔 수가 없었습니다."

선희는 잠시 생각에 빠져 박 비서가 길게 한숨을 내쉬는 소리도 듣지 못했다.

"박 비서님이 미행하고 있었다는 것 모른 척해 드릴게요."

"네?"

선희의 얼굴에 의미심장한 표정이 떠올랐다.

"대신 라이언한테 보고할 때 이렇게 말해주세요."

17

"**뭐**라고?"

믿기지 않는다는 듯 라이언이 되물었다. 여유있게 쥐고 있던 커피 잔은 이미 테이블 저만치로 밀려난 후였다. 박 비서는 표정의 변화 없이 묵묵히 했던 말을 반복했다.

"교제하고 싶다고 남자 분께서 말씀하시는 것을 똑똑히 들었습니다."

"그것도 그 동료라는 남자가 써니에게 애걸하듯 매달리면서?"

랜디와의 통화에 심란해져 박 비서에게 선희와 남자가 만나는 장소에 나가보라고 지시하긴 했지만 라이언은 반신반의했었다. 스치며 건성으로 보긴 했지만, 선희와 만나기로 했다는 직장 동료는 멀쩡해 보였고 의미심장한 선희의 엄포도 괜한 허세라고 생각했던 것이다.

"그 남자 어디가 부족한 걸까?"

박 비서는 고개를 내저었다.

"지극히 정상적인 사람입니다."

"그런데 왜 써니를?"

어깨를 으쓱거리며 박 비서는 라이언의 머릿속을 어지럽히는 것에 대해 적잖이 만족하며 재미를 느끼고 있는 스스로를 자제하지 못하고 선희가 시킨 말 이외의 것을 떠들어대기 시작했다.

"사람들의 취향은 모두 다르지 않습니까? 오닐 씨에게는 김선희 씨가 보잘것없어 보일지 모르지만, 적어도 그 남자 분께서는 그렇게 생각하지 않으시는 것 같았습니다. 오히려, 김선희 씨가 남자 분의 제의를 부담스러워하셨죠."

라이언의 얼굴에 긴장이 어렸다. 설마, 선희가 좋아라 하며 남자의 교제 제인을 받아들인 것은 아니겠지? 랜디 같은 남자를 두고 그 남자를 선택하는 어리석은 짓을 하지 않았길 바라며 라이언이 물었다.

"써니의 대답은?"

잠시 박 비서가 침묵을 지키자 기다리지 못한 라이언이 채근했다.

"그 남자가 사귀자고 말을 했을 때 써니의 반응은 어땠냐고!"

"죄송합니다. 들킬 염려가 있어, 거기까지만 듣고 나왔습니다."

"뭐?"

"죄송합니다."

지시한 사항을 완벽하게 완수하지 못했을 때, 그것이 비록 아주 사소한 것이라도 자책감에 빠지곤 하던, 완벽한 비서를 꿈꾸는 박 비서가 능청스럽고 태연하게 실수를 인정하자 라이언은 완전히 할 말을 잃어버렸다.

룸서비스로 차려진 늦은 아침 식사 테이블을 물끄러미 내려다 보던 라이언이 박 비서에게서 휴대 전화기를 건네받아 선희의 전화번호를 꾹꾹 눌렀다. 한참 동안 신호음이 흐를 뿐, 선희는 전화를 받지 않았다. 라이언은 시계를 올려다보았다. 이제 그녀가 출근했을 시간, 라이언은 몸을 일으켰다.

"차 준비시켜 줘. 써니에게 가봐야겠어."

"지금 가도 만나실 수 없으십니다. 시간 맞추어 가시는 게 어떠십니까?"

"그냥 이대로 가만히 앉아 있으라고?"

선희가 남자의 제의를 받아들였다면! 랜디는 그녀 앞에 나서기조차 꺼려할 것이다. 랜디는 겉멋 때문에 빈말이나 하는 남자가 아니었다. 자신의 말대로 선희가 다른 남자와 만나고 있는 것을 알게 된다면, 멀찌감치 떨어져 첫사랑의 추억만 되새기다 뉴욕으로 돌아갈 것이 분명했다. 일이 잘되어간다고 생각하고 있었는데, 라이언은 입술을 질끈 깨물었다.

"가서 기다려야겠어. 차 준비해 줘, 옷 갈아입고 내려갈 테니까."

어제 헤어스타일을 바꾸는 게 아니었다. 머리칼은 더 짧아졌지만, 이상하게도 선희의 얼굴은 더욱 여성스럽게 변했다. 뺨은 생기있어 보였고, 적어도 자신이 보고 있을 때에는 첫 만남 때 술 앞에서의 게걸스러움, 지루, 실망에 가득 찬 표정 등은 조금씩 가시고 있었다.

"아무리 그래도 그렇지."

이런 걱정까지 하게 될 줄이야. 랜디 외의 다른 남자라니.

'사람들의 취향은 모두 다르지 않습니까?

"그 남자 취향 한번 독특하네."

그러면서도 고개를 갸웃거리는 라이언의 머릿속에 어쩌면 자신이 몰랐던 매력이 선희에게 숨겨져 있을지도 모른다는 생각이 스치고 지나갔다. 어찌 되었든 자신은 아직까지 선희를 알게 된 지 얼마 되지 않았고, 그 남자는 선희와 적지 않은 시간을 함께했으니까. 선희에게 남모를 매력이 있다는 사실을 기뻐해야 하는지, 아니면 이 상황을 안타까워해야 하는지 라이언은 혼란스러웠다.

기분이 나쁘지는 않았다. 아니, 좀 더 솔직히 말하자면 좋았다. 석훈은 나무랄 데 없는 남자였고, 그런 남자의 관심을 받고 있다는 사실은 가벼운 흥분과 설렘, 그리고 스스로에 대한 자신감을 샘솟게 했다. 싸움을 하는 것은 아니었지만, '심심'하다고 평하던 석훈에게 이겼다는 생각이 들자 자신이 한없이 유치하게만 느껴져 선희는 피식 웃음까지 터뜨렸다.

그리고 어색할 줄 알았던 석훈과도 오히려 이전보다 친밀해진 것 같았다. 가벼운 눈인사였지만, 출근해서 처음 마주한 석훈과 마치 큰 비밀을 공유하는 양 친근한 눈빛을 주고받았던 것이다.

조금씩 자신에 대해 알아가 달라는 말이, 덜컥 사귀자는 말보다 훨씬 큰 위력을 발휘하고 있었다.

수업을 끝내고 퇴근할 시간이 되어서야 선희는 자신의 휴대 전화기에 남겨져 있는 박 비서의 전화번호를 확인했다. 부재중 전화 열다섯 통.

"그러게 누가 사람을 그렇게 무시하래?"

선희는 콧노래를 부르며 박 비서에게 전화를 걸었다. 신호음이 몇 번 들리나 싶더니, 라이언의 목소리가 들려왔다.

[써니?]

"무슨 일이야?"

아무 일도 없다는 듯 선희가 무심하게 입을 열었다.

[일 끝났어?]

"응."

[밖에서 기다리고 있어. 나와.]

급하긴 급했나 보네. 선희는 힐끗 창밖을 내다보며 박 비서의 차가 세워져 있는지 확인해 보았다. 곧 내려가겠다고 대답을 하고 나서 전화를 끊은 선희는 가방을 챙기다 문득 바삐 움직이던 손길을 멈추었다.

라이언은 왜 이렇게 자신에게 신경을 쓰는 걸까, 정말 순철이가 실망하는 것을 보고 싶지 않다는 그 이유 하나만으로? 아무리 친한 친구라고는 하지만, 가끔은 라이언이 오버스럽다고 느껴지는 건 어쩔 수 없었다. 무슨 꿍꿍이가 있는 거지?

"김 선생님, 퇴근하세요?"

“네.”

석훈이 옆 자리에 앉으며 묻자 선희는 그제야 혼자만의 생각에서 벗어났다. 수업을 하며 썼던 수학 참고서를 책장에 끼워 넣으며 석훈은 교무실 안의 다른 선생님들이 눈치채지 못할 정도로 작은 목소리로 입을 열었다.

“오늘 저녁 같이 먹을까요?”

마치 자주 같이 식사를 했던 사람들처럼 전혀 어색함이 없는 석훈의 제안에 선희는 미안하다는 듯 미소를 지었다.

“어떡하죠? 선약이 있는데.”

“어쩔 수 없죠 뭐. 그럼 같이 내려가요.”

“먼저 내려가야 할 것 같아요. 밑에서 친구가 기다리고 있거든요.”

순간 석훈의 입이 열리다 다시 다물어졌다. 라이언이라는 것을 눈치챘지만, 선희에게 부담이 될까 싶어 묻지 않는 것 같았다. 그런 석훈의 모습에 선희가 그의 궁금증을 기꺼이 풀어주었다.

“그때 봤던 그 친구요.”

“아…….”

썩 탐탁지는 않는 표정이었지만 석훈은 애써 웃음을 지으며 선희에게 내일 보자는 인사를 건넸다. 학원을 나선 선희는 자동차 뒷좌석에서 내려서는 라이언의 모습을 바라보며 걸음을 옮겼다. 요 며칠 매일 얼굴을 보았기 때문인지, 어제 하루 건너뛰었다고 유난히 반갑게 느껴졌지만 그런 감정을 드러내지 않으려고 애를 썼다.

짜식, 찌푸린 얼굴도 잘생겼네.

"써니."

"하이!"

선희는 라이언을 흉내 내며 손을 번쩍 들었다. 그런 선희의 손을 허공에서 확 낚아채어 잡은 라이언이 그녀를 차로 끌고 가다시피 데려가 밀어 넣었다. 선희는 운전석의 박 비서와 눈이 마주치며 슬그머니 미소를 지어 보였지만, 뒤따라 라이언이 차에 올랐을 때는 이미 사라지고 없는 웃음이었다.

"왜 이래? 무슨 일 있어?"

라이언을 향해 능청스럽게 묻는 선희의 모습에 룸미러 속 박 비서의 입가에 주름이 진다. 웃음을 참는 것이었다. 하지만 라이언은 선희에게 집중하느라 미처 그것을 보지도, 눈치를 채지도 못했다.

"어제 만났다는 그 직장 동료랑 무슨 이야기 했어?"

"그냥 뭐, 이런저런 이야기. 오늘은 뭐 할 거야?"

선희는 의도적으로 살짝 화제를 바꾸었지만 라이언의 비틀어진 짙은 눈썹은 변함이 없었다.

"랜디가 오기 전에 우리가 먼저 바이 바이 할 수도 있다는 말했었잖아. 그리고 나서 그 남자가 중요한 이야기를 한다고 했고."

"내가? 언제?"

"써니."

끝까지 딴청을 피우던 선희는 라이언이 진지한 눈길로 자신의 팔 위쪽을 강하게 부여잡자 당혹스러웠다. 두 사람의 분위기가 심상치 않음을 눈치채고 박 비서가 조용히 차에서 내려 자리를 비켜 주었다.

"아프다."

선희의 덤덤한 목소리에 라이언이 마지못해 그녀에게서 손을 뗐다. 그리고 한숨을 내쉬었다.

"미안. 그런데 써니, 난 정말로 진심으로 랜디가 네가 잘 어울린다고 생각하고 있어. 다른 사람을 만나더라도 랜디가 온 다음에 생각을……."

"거짓말."

"응?"

라이언이 눈을 크게 뜨고 되물었다.

"정말로 진심으로? 랜디가 보면 도망칠 거라고 나를 못마땅해 하잖아. 그래서 네가 지금 나를 어떻게든 변하게 해보려고 기를 쓰고 있는 거고. 너 바보냐? 어떻게 거짓말을 해도 그렇게 다 아는 걸 가지고 하냐?"

순간 할 말을 잃고 머쓱해진 라이언이 우물쭈물하는 사이 선희는 거침없이 말을 이어나갔다.

"궁금한 게 그거지? 어제 윤 선생님이 나한테 무슨 말을 했는지, 또 내가 무슨 대답을 했는지. 이야기해 줄게. 대신 조건이 있어."

"조건?"

선희는 라이언을 똑바로 바라보며 팔짱을 꼈다. 무엇인가 단단히 벼르고 있는 선희의 모습에 라이언의 얼굴에 긴장이 스며들기 시작했다.

"솔직히 말해. 나한테 이러는 이유가 도대체 뭐야? 다른 꿍꿍이가 있는 거지?"

"꿍꿍이가 뭐야?"

"다른 속셈이 있는 거 아니냐고!"

"속셈은 뭐야?"

선희는 라이언이 알면서도 모른 척하고 있다는 사실을 눈치채고 주먹으로 그의 단단한 가슴팍을 살짝 치며 밀쳤다. 라이언은 순간 움찔했지만 여전히 모르는 척 고개를 갸웃거릴 뿐이었다.

"좋아, 이야기하지 않는다면 나도 이야기 안 해. 아, 배고프다. 밥이나 먹으러 가자. 박 비서님, 우리 밥 먹으러 가요!"

선희는 창문을 열고 추운 날 밖에서 오들오들 떨고 있는 박 비서를 불렀다.

"써니!"

"왜, 이야기해 주려고?"

결국 선희에게서 원하는 이야기를 듣지 못한 라이언은 뺨을 실룩거리며, 운전석에 올라타는 박 비서의 뒤통수를 향해 거칠게 입을 열었다.

"호텔로 가."

괜한 화살이 박 비서에게 쏟아지는 것이 조금 미안하긴 했지만 선희는 라이언의 찡그린 표정이 귀엽게 느껴져 당분간 사실대로 이야기해 주지 않을 생각이었다. 뭐, 사실 따로 할 이야기랄 것도 없었다. 조금 과장되긴 했지만 석훈의 고백이야 박 비서를 통해 들었을 테니까. 그저 라이언이 무엇인가 숨기는 것이 있는 것 같아 괜히 억울한 생각이 들어 있는 그대로 이야기하고 싶지 않았을 뿐이었다.

"박 비서님, 호텔 말고 저쪽 골목 있죠? 저기 모퉁이 돌면 맛있는 식당 있어요."

"어디 가려고?"

여전히 불만이 섞여 있는 라이언의 목소리에도 아랑곳하지 않으며 선희가 박 비서에게 길을 가르쳐 주었다. 박 비서는 라이언이 목적지에 대해 더 이상 가타부타 말이 없자 선희가 가르쳐 준 길로 운전을 해나갔다.

"동대문은 내가 가자고 해서 간 거고, 미용실은 네가 가자고 한 거였잖아. 이제는 또 내 차례지. 한국에 왔으면 한국에서만 맛볼 수 있는 걸 먹고 가야지, 안 그래?"

호텔로 돌아온 라이언은 배가 불러 숨을 쉴 수가 없을 정도였다. 그 남자의 프러포즈에 어떤 대답을 했는지 끝까지 이야기를 해주지 않는 것 때문에 못마땅했던 마음이 싹 가실 정도로, 선희가 데려간 곳의 음식은 일품이었다.

"편히 쉬십시오."

박 비서가 가만히 고개를 숙여 보이자, 내내 그녀에게 툴툴거린 것이 마음에 걸렸던 라이언이 부드러운 목소리로 대답했다.

"박 비서도 굿 나잇. 아참, 아까 같이 먹자니까 식사도 하지 않고…… 속이 좀 괜찮아졌으면 집에 가서 간단하게라도 챙겨 먹어."

"네. 그럼."

박 비서를 보내고 방 안으로 들어선 라이언은 코트를 벗어 소파 위에 떨어뜨려 놓고 리모컨을 집어 들어 텔레비전 전원 버튼을 눌렀다. 미국 방송 채널에 맞추어놓은 텔레비전에서 쉴 새 없이 영어로 떠들어대는 뉴스가 터져 나왔다. 소파에 앉아 무심하게 뉴스를 보고 있던 라이언의 눈에 전자사전이 들어왔다. 별다른 생각 없이 전자사전을 집어 든 라이언은 선희가 가르쳐 준 음식 이름을 꾹꾹 눌러보았다.

'사철탕'에 대한 검색 결과가 없습니다.

잠시 고개를 갸웃거린 라이언은 식당 메뉴에 적혀 있던 가장 짧았던 단어를 겨우 떠올려 냈다.

구육(狗肉)[명사] 개고기.

순간 새하얗게 질린 얼굴로 라이언은 욕실로 향해 달려가기 시작했다. 마음속으로 수천만 번 선희에게 향하는 욕설을 지껄이면서 뱃속을 게워내기 시작했다.

"우욱!"

18

퇴근하자마자 달려가 서울행 버스에 올라탔을 때는, 이미 날이 어둑해지고 있었다. 선희는 비어 있는 좌석에 앉아 시외로 빠르게 빠져나가는 버스의 차창 밖으로 시선을 던졌다.

"그게 다 모르고 먹으면 약인데, 아무리 화가 나도 그렇지 치사하게 차도 안 보내주냐."

선희는 밤새 토하느라 잠 한숨 못 잤다며 쩍 갈라진 목소리로 그녀에게 빽빽 소리를 지르던 라이언을 떠올리자 웃음을 감출 수가 없었다. 씩씩 웃던 선희는 문득 창가에 비친 자신의 모습을 발견했다.

"바보같이, 웃긴."

말은 그렇게 하면서도 얼굴에서는 미소가 사라지지 않았다. 마치 유리창에 비친 모습이 자신의 모습이 아닐지도 모른다는 생각을 지우려는 듯 선희는 손가락으로 드문드문 차갑게 서리가 낀 창을 톡톡 쳐보았다.

"뭐가 그렇게 다르다고 난리들인지. 웃으나 안 웃으나 똑같네 뭐."

손가락 끝이 차가워질 때까지 창속의 모습을 지켜보던 선희는 이내 크게 기지개를 켜며 몸을 돌렸다.

어제는 선희가 원하는 장소에 갔으니 오늘은 자신이 원하는 곳으로 가야 한다며 라이언은 한 뷰티 살롱의 이름과 위치를 가르쳐주었다. 뷰티 살롱에 가서 밥 먹을 일은 없고, 또 순철의 눈에 예쁘게 보이기 위해 무엇인가를 준비하는 듯했다.

"박순철…… 윤석훈…… 박순철…… 윤석훈."

이 무슨 기막힌 일이란 말인가! 불과 얼마 전까지 인생이 절절히도 지루하며 할 일 없던 김선희 인생에 갑자기 두 명의 남자가 눈앞에 떨어졌다. 한 명은 뉴욕 맨해튼의 잘나가는 변호사, 한 명은 학원 선생님. 어떻게 보면 후자 쪽이 한참 기우는 조건이었지만, 따지고 보면 그럴 것도 없었다. 사실 순철이야 아직 한 번도 보지 못한 사람이라 조건만 보며 판단할 수 없었고 석훈은 사람 됨됨이 정도를 이미 일찌감치 알고 있었기 때문이다.

"둘 중에 하나를 확 잡아서 그냥 시집이나 가버려?"

가능성 역시 석훈 쪽이 농후했다. 순철이는 십육 년 전의 김선희를 생각하고 있다. 물론, 선희 자신조차 기억나지 않는 오래전 기억이다. 그저 풋풋하고 아련한 추억 때문에 자신을 찾는 것을 라이언이 오버하는 것일지도 몰랐다. 하지만 석훈은 자신과 똑같이 진지하게 결혼을 두고 마음이 맞는 사람을 찾고 있는 중이며, 아주 강력한 후보로서 자신을 지목하고 있었다.

만약, 라이언이 찾아오지 않았다면 지금쯤 석훈의 프러포즈를 받아들여 본격적인 연애를 시작하지 않았을까? 순철이가 찾아올 것이라는 사실을 모르고 있다면 고민할 필요가 없었다. 석훈과 만나기 시작한 후에는 순철이를 만났던들, 이미 어찌하리오.

"하여간 라이언, 네가 문제야."

고개를 설레설레 흔든 선희는 하루 종일 아이들과 씨름을 한 탓에 피곤함이 몰려오는 것을 느꼈다. 얼마 시간이 지나지 않아 고개를 창가에 기댄 채 잠이 든 선희는 차가 흔들릴 때마다 머리를 창에 콩콩 쥐어박으며 잠깐씩 눈을 뜰 뿐 서울에 도착할 때까지 휴식을 취했다.

버스에서 내려 택시를 타고 뷰티 살롱까지 찾아간 선희는 고급스러운 외관에 잠시 주춤했다. 이런 곳에서는 뭘 하든 엄청난 비용이 필요할 게 분명했다. 라이언에게는 내 신상에 관련된 일 정도는 처리할 능력이 된다고 큰소리를 뻥뻥 쳤지만 누가 뭐라 해도 김선희는 월 팔십만 원의 박봉 인생이었다.

"그냥 라이언이 돈 낸다고 했을 때 말이나 말 걸."

뷰티 살롱에 들어서자 흰색 블라우스와 검은색 스커트 차림의 매니저가 다가와 인사를 건넸다. 뷰티 살롱의 작은 로비에 넘쳐 나는, 하나같이 늘씬한 남녀의 사람들의 모습에 순간 당황한 선희는 매니저의 말을 알아듣지 못하고 되물어야 했다.

“네?”

“죄송합니다. 너무 소란스럽죠? 곧 이층으로 올라갈 모델들이에요. 저희 메인 선생님들의 메이크업 쇼 리허설 때문에 온 사람들이죠. 예약은 하셨나요?”

신기한 눈으로 모델들의 모습을 바라보며 선희는 고개를 끄덕였다.

“일행이 기다리고 있을 거예요. 라이언, 라이언 오닐이요.”

“네. 기다리고 계세요.”

매니저를 따라 로비를 더욱 고풍스럽게 만들어주는 네 개의 물결무늬 석고 기둥 중 왼쪽의 것을 돌아서자 작은 홀이 나타났다. 따로 문은 없었지만 기둥이 로비와 홀의 경계선을 적절히 지켜주고 있었다. 등받이가 없는 긴 벨벳 소파에 다리를 꼬고 앉아 잡지를 뒤적거리고 있던 라이언이 선희를 발견하고 오만상을 찌푸렸다. 물론 녀석의 트레이드마크가 되어버린 ‘미소 지으며 〈하이〉라고 인사하기’도 볼 수 없었다.

“박 비서님은?”

“차에.”

매니저의 능숙한 손길에 이끌려 겉옷을 빼앗긴 선희는 천천히 홀 안을 둘러보았다. 한쪽 벽면은 모두 거울로 치장되어 있었고 그 앞으로 긴 선반과 높낮이가 조절되는 의자가 차지하고 있었다. 선반 위로는 미용실에서 쓰이는 미용 기구들과 메이크업 도구들이 가지런히 놓여 있었다.

“남자가 겨우 그거 하나 먹었다고 삐쳐 있는 거야?”

"겨우, 그거?"

떠올리기만 해도 속이 부대끼는 모양이었다. 라이언은 구역질을 참는 듯, 잠시 말을 멈추었다.

"밤새 토하느라 잠도 못 잤어!"

"남자가 그 정도로 비위가 약해서 어디에 쓰냐?"

능청스러운 선희의 말에 라이언은 더욱 화가 치미는지 소리를 질러 버렸다.

"맨해튼 아파트로 옮기기 전까지, 난 십오 년 동안 강아지를 키워왔다고! 비록 지금은 눈도 보이지 않고 움직이지도 못할 정도로 늙어버렸지만 아직도 걘 내 친구야. 그런데…… 그런데……."

"그러게 왜 그걸 알아봤어? 모르고 먹으면 약인데."

"지금 그걸 말이라고 해?"

"왜 소리는 지르고 그래! 어차피 입으로 들어간 거 어쩔 수 없는 거잖아."

사과를 하지 않을 것이라면, 차라리 더 이상 떠올리게 하지 말라는 듯 라이언이 검지를 치켜들어 입술 가까이에 가져다 댔다. 장난 반, 그리고 건강에 좋은 보양식을 먹이겠다는 갸륵한 마음 반으로 데리고 간 것이지만 라이언이 이토록 진절머리 칠 줄은 몰랐다. 문화적인 차이로 싫어한다고 해도, 그래도 남자가…… 하는 나름대로 혼자만의 판단을 거친 행동이었기 때문이다. 정말로 밤새 게워내기라도 했는지 라이언의 뺨이 해쓱해진 것 같아 선희는 내심 미안함이 느껴졌다. 하긴 자신도 어릴 때 처음 모친에게 속아 보신탕을 먹게 되었을 때, 라이언처럼 과한 반응까지는 아니었

지만 이후 길을 지나가는 개들만 보면 마음 한구석이 찌릿 찔려오
기는 했었다.

"그런데 여기는 왜 온 거야?"

"뭐 하러 왔겠어?"

갑자기 라이언이 자신의 얼굴을 빤히 내려다보자 선희는 황급
히 시선을 돌려 버렸다.

"메이크업은 아예 안 해?"

"가끔 해."

"여자가 밖에 나올 때에는 당연히 해야 하는 거 아니야?"

"법으로 정해놨어?"

그때 매니저와 함께 복고풍의 두건과 빈티지로 맵시있게 옷을
차려입은 여자가 홀 안으로 들어섰다. 매니저는 그녀를 '선생님'
이라고 부르고 있었다. 순간 선희는 라이언과 함께 갔던 미용실의
경상도 아저씨가 떠올랐다.

"안녕하세요. 메이크업을 받고 싶다고 하셨죠? 무슨 특별한 장
소에 가시나요?"

메이크업도 상황에 따라 적절이 연출해야 한다며 '선생님'은
의자에 앉은 선희의 피부 상태를 점검하며 물었다. 선희가 뭐라고
대답을 하기도 전에 라이언이 말을 가로채 버렸다.

"가장 예뻐 보일 수 있는 메이크업."

"그거야 메이크업의 기본이죠. 자, 그럼 시작해 볼까요? 피부가
좋은 편이긴 한데, 더 이상 이렇게 관리하지 않고 방치하면 망가
지는 건 순간이에요."

라이언이 선희를 내려다보며 손끝으로 허리춤을 슬쩍 찔렀다.

"어떻게 하는지 잘 보고, 배워서 랜디가 오면 그대로 하고 나와."

"네, 네. 누구 명령이라고요."

달콤한 향기가 나는 화장수를 뿌리며 가볍게 뺨 부위의 마사지 하듯 매만지기 시작하는 '선생님'의 손길에 선희는 자동적으로 눈을 감았다. 그런 그녀를 한참 동안 내려다보던 라이언은 엄청나게 길고 지루한 기초 메이크업 진행 과정을 견디지 못하고 소파로 돌아가 읽고 있던 잡지를 뒤적거렸다.

"남자 친구?"

'선생님'이 라이언을 향해 살짝 눈짓을 해보였다. 미끈덕거리는 얼굴 피부의 느낌이 싫지만은 않은 선희가 빙그레 웃으며 고개를 내저었다.

"그럼?"

"음."

잠시 생각을 하던 선희가 천천히 입을 열었다. 라이언을 지루함을 못 이겨 홀 밖으로 나가고 있었다.

"파트너라고나 할까요?"

"파트너?"

자신은 입맛이 전혀 없었지만, 식사를 하지 못했을 선희를 위해 박 비서에게 먹을 것을 준비해 달라는 말을 전하기 위해 홀을 빠져나오던 라이언은 선희를 홀로 안내해 주던 매니저와 똑같은 차림의 스태프에게 붙잡혀 버렸다.

"여기서 뭐 하는 거예요?"

질타하는 목소리로 라이언을 노려보던 여자가 그를 이끌고 계단 위로 향하기 시작했다.

"사람을 잘못 봤……."

"리허설 시작한다고요! 아직 세안도 안 했죠?"

"왓?"

막무가내로 자신을 끌고 계단에 올라선 여자는 라이언의 셔츠를 벗기기 시작했다. 당황한 얼굴로 그녀의 손을 잡으려던 라이언은 문득 주위에 온통 상체를 벌거벗은 남자들이 소란스럽게 지나다니는 것을 발견했다.

"나는……!"

"와우, 제대로네."

급하다며 신경질을 부리던 여자가 드러난 라이언의 탄탄한 가슴과 복부에 살짝 윙크를 해보였다. 라이언은 어깨를 으쓱거리며 '땡큐'를 중얼거렸다. 여자는 곧 라이언을 바쁘게 남자들의 얼굴 위로 화장 붓을 움직이는 다른 사람에게 넘겨 버렸다.

"우리 외국인 모델도 써?"

모델? 라이언의 눈이 커지는 순간 그의 얼굴 위로 거침없이 화장용 펜슬이 지나갔다. 맞은편 공간에서는 리허설이 시작되는지 엄청나게 큰 음악 소리가 귓가에 쩌렁쩌렁 울리기 시작했다.

"난 모델이 아니야!"

"뭐라고? 아, 움직이지 마! 시간없단 말이야!"

펜슬로 디자인을 잡아넣은 여자는 한쪽 손으로 화장 붓을, 나머지 한쪽 손으로 라이언의 뺨을 움켜쥐었다. 슥삭, 얼굴 위를 지나가는 화장 붓의 간지러운 느낌에 라이언은 뺨을 찡그렸고 그럴 때마다 여자는 비명에 가까운 소리를 질러댔다.

"움직이지 말란 말이야!"

젠장, 라이언은 욕설을 내뱉었지만 눈앞의 여자처럼 비명을 지르지 않는 한 음악 소리 때문에 자신의 욕설이 상대방에게 전해질 리 없다는 사실을 깨달았다. 하루 종일 아무것도 먹지 못해 기진맥진한 몸이었던 라이언은 결국 모든 것을 포기하고 얼굴을 내맡겼다.

자신의 얼굴에 메이크업을 끝낸 여자가 다음 모델의 턱을 움켜잡는 것을 바라보던 라이언은 조용히 셔츠를 집어 들고 계단으로 향했다. 시끄럽고, 배는 고팠고, 정신은 없었다. 한숨을 내쉬며 로비에 내려선 라이언은 선희가 메이크업을 받고 있던 홀로 걸음을 옮겼다. 홀 안에서는 까르르, 두 여자의 웃음소리가 연방 터지고 있었다.

"어머어머, 그럼 저 외국인한테 보신탕을 먹였단 말이에요? 너무했다."

"너무하긴요. 다 저 생각해서 몸보신시켜 준 건데. 그런데 아직 멀었어요?"

"거의 다 됐어요. 거울 보면 깜짝 놀라실 거예요."

라이언은 홀 안으로 들어서 의자에 거의 누워 있다시피 한 선희에게 다가갔다. 등 뒤에서 인기척이 느껴지자 선희의 메이크업 담당이 무심히 고개를 돌리다 라이언을 발견하고 숨을 헉 하고 들이

쉬었다. 그녀의 반응에 선희 역시 몸을 일으켰다.

"까아악!"

자신도 모르게 터져 나온 비명에 선희는 손으로 입을 틀어막았다. 곧, 반나신의 이 해괴망측한 얼굴의 남자가 라이언이라는 사실을 눈치채고 얼굴을 찌푸렸다. 라이언은 물끄러미 선희를 내려다볼 뿐 할 말을 잃은 듯했다.

"너 어디서 뭘 하고 온 거야?"

"써니?"

겨우 말문을 튼 라이언은 선희의 이름을 확인하듯 다시 한 번 중얼거렸다. 훨씬 밝은 톤의 피부와 말끔히 관리된 눈썹, 마스카라로 풍성하게 치켜세운 속눈썹과 은색과 핑크빛 새도우. 눈 사이와 코끝까지 강조된 흰 펄로 코는 훨씬 오뚝해 보였고 색기가 없었던 입술도 도톰하게 제 색을 찾았다. 선희의 바뀐 모습에 라이언은 피로와 정신적 공황 상태가 싹 가시는 것을 느꼈다.

"정말…… 이건…….'

라이언의 반응에 기분이 좋아진 선희가 어깨를 으쓱거렸다.

"이건 마술이야. 여자들의 메이크업, 믿을 게 못 돼. 어떻게 이렇게 바뀌지? 말도 안 돼. 앞으로 여자들을 못 믿을 것 같아."

"뭐? 너 지금 말 다 했냐?"

버럭 소리를 지르는 선희의 어깨를 부여잡은 라이언이 밝은 목소리로 입을 열었다.

"써니, 넌 정말 가능성이 있어!"

"또 무슨 가능성?"

"랜디를 만날 때 꼭, 꼭 이렇게 메이크업을 해야 해. 알았지?"

이맛살을 찌푸린 선희는 라이언의 뺨을 두 손으로 잡고 그의 고개를 거울 쪽으로 돌려주었다. 그리고 거울 속에서 경악하는 라이언의 눈과 마주치며 혀를 쏙 내밀었다.

"남 걱정 하실 때가 아니네요."

라이언의 얼굴은 딱 반으로 나뉘어져 왼쪽은 블랙으로, 오른쪽은 화이트로 칠해져 있었다. 마치 두 얼굴의 사나이처럼, 블랙의 왼쪽 얼굴에만 눈썹이 관자놀이까지 그려져 있었고 화이트의 오른쪽 얼굴에 걸쳐 있는 입술 부위에만 짙게 립스틱이 칠해져 있었다.

"꼭, 미녀와 야수 같으시네요."

두 사람을 지켜보던 여자가 농담조로 이야기하자 선희는 웃음을 터뜨렸지만 라이언은 말도 안 된다며 고개를 흔들었다. 자신이 야수가 되는 것도, 선희가 미녀가 되는 것도 결코 인정할 수 없다며 완강히 부인했다.

웃음을 터뜨리던 선희는 자신의 뺨에 닿을 듯 가까이에 붙은 라이언의 벗은 상체에 순간 침을 꿀꺽 삼켰다.

"야수! 옷이나 입지 그래? 얼른 끝내고 밥이나 먹자고."

선희는 아직 마무리를 하지 못했다는 말에도 불구하고 몸을 일으켜 겉옷을 챙겨 입었다. 그리고 라이언이 얼굴의 짙은 분장을 지우는 것을 기다리지 않고 먼저 뷰티 살롱을 빠져나왔다. 찬바람이 코끝을 스치고 지나가자, 선희는 뜨거워진 두 뺨을 식히기 위해 손으로 열심히 부채질을 해야 했다.

19

호텔에 가야만 식사를 하겠다는 라이언의 태도에 선희는 별다른 말없이 따라나섰다. 두 사람이 처음 정식으로 마주했던 그 레스토랑에 들어서자, 손님들로 붐빌 시간임에도 불구하고 지배인은 어렵지 않게 두 사람을 위한 자리를 마련해 주었다.

"오늘 무척이나 아름다우십니다."

직업병인지, 몇 번이나 봤다고 지배인은 선희에게 부드럽게 말을 건네기도 했다. 이미 박 비서에게 한차례 들었던 칭찬을 지배인에게서 또 듣게 되자 선희는 즐거움보다도 부담이 앞섰다. 칭찬은 자신이 아니라 최고의 '분장의 기술'을 보여준 메이크업 담당에게 돌아가야 했다.

"화장하니까 그렇게 평소 때랑 달라?"

　테이블에 놓인 음식을 먹으며 선희가 묻자, 무엇을 먼저 먹어야 하는지 고민스러워하던 라이언이 그녀를 흘낏 바라보았다.

　"그걸 말이라고 해? 만약 내가 그곳에 함께 가지 않았다면 넌 줄 몰랐을 거야."

　"오버하지 마."

　배는 고프지만, 고기 종류만 보면 속이 울렁거리는지 라이언은 애꿎은 샐러드 접시를 헤집고 있었다. 그 모습에 선희가 혀를 끌끌 차며 스테이크 접시를 라이언 가까이로 밀어 넣었다.

　"지금은 먹고 싶지 않아."

　라이언은 접시를 도로 밀어내고는 와인 잔을 들었다. 손가락 사이로 집어 든 와인 잔을 빙글 돌리며 입으로 가져가는 라이언의 모습 위로, 선희가 잠시 잊고 있었던 탄탄한 구릿빛의 라이언의 벗은 상체가 오버랩되어 지나갔다.

　"허우대는 멀쩡한데."

　모델 뺨치도록 늘씬하고 건장한 체격에 넋이 나갈 정도로 잘생긴 얼굴, 입이 딱 벌어질 정도의 재력. 그런데 이상하게 리처드 기어보다 2%쯤 부족하단 말이야. 나이도 두 살이나 많으면서 투덜거릴 때는 어린아이 같고, 바람기는 찾아볼 수 없을 정도로 의외로 순진하기도 하고, 사람들한테 휘둘릴 때는 조금 멍청하게 보일 때도 있고. 이사로 있다는 호텔에서 잡일만 도맡아한다는 이야기를 들었을 때부터 짐작은 했었지만, 라이언은 줄리아 로버츠의 왕자님은 아닌 듯싶었다.

　"뭘 그렇게 봐?"

“잘생겨서.”

선희의 빈말에 라이언은 찌푸리고 있던 표정을 펴고 고개를 끄덕였다.

“얼씨구, 좋댄다. 라이언, 뭐 하나 물어보자.”

순간 라이언은 선희가 또다시 왜 그녀를 도우려 하는지에 대해 물어볼까 봐 긴장했다. 하지만 선희의 입에서 터져 나온 말은 전혀 예상하지 못했던 질문이었다.

“넌 맨해튼에서의 일상에 만족해?”

“응?”

선희는 고기를 썰던 나이프를 테이블 위에 올려놓았다.

“네가 나 꼬드길 때 그랬잖아. 맨해튼의 고급 아파트에 살면서 낮에는 브로드웨이 공연을 보고난 뒤 세계적으로 유명한 레스토랑의 런치 스페셜을 먹고, 밤에는 잘생긴 남자 친구의 에스코트를 받으며 로펌에서 주최하는 클럽 파티에 가서 즐기고. 그런 생활, 넌 만족하냐고.”

라이언은 눈만 끔뻑거리며 그녀의 말이 이어지는 것을 기다렸다.

“물론 나한테는 충분히 끌리는 제안이긴 한데, 늘 그렇게 살고 있는 너한테도 매력이 있는 생활인지 묻고 싶어.”

“나하고 상관이 있어? 네가 결정할 문제니까 너한테만 매력이 있으면 되는 것 아닌가?”

“그냥 조언을 듣고 싶을 뿐이야. 왜냐하면, 나도 처음부터 지금의 내 생활이 지루해진 건 아니거든.”

라이언은 선희의 비어 있는 잔에도 와인을 따라주었지만, 그녀는 술에 손을 대지 않았다. 조목조목 할 말을 이어나가는 선희의 상기된 뺨을 바라보며, 문득 라이언은 저것도 메이크업의 힘인지 궁금해졌다.

"대학을 졸업하고 처음 학원에서 일을 하게 되었을 때, 설레었거든. 물론 맨해튼의 생활과는 비교도 할 수 없겠지만, 나름대로 새로운 인생의 시작이라고 생각했으니까. 적은 돈이나마 내 손으로 번다는 뿌듯함도 있었고, 열심히 아이들을 가르쳐서 능력있고 따뜻한 선생님이라는 소리도 듣고 싶었어. 초등학교 사회, 그렇게 만만한 건 아니었거든. 내가 그쪽과 관련한 대학 과정을 거친 것도 아니었고, 초등학교를 졸업한 지 십 년이나 지났으니까. 매일 학생이 공부하듯이 다음날 있을 수업을 준비하고, 가르치고, 또다시 집에 돌아와 공부하고…… 시간도 잘 갔어. 주말에는 도서관으로 못 읽었던 책도 읽으러 가고, 아직 4년제 대학을 졸업하지 않은 친구들과 영화도 보러 가고. 그런데 딱 일 년이더라. 아이들은 한 학년 올라갈 때마다 새로운 교과 과정을 배우지만, 난 그대로거든. 늘 가르치던 걸 가르치니까, 어렵지 않더라고. 밤새면서 만들었던 프린트물이나 시험지들도 작년에 썼던 걸 그대로 복사만 하면 되니까. 아이들도 내가 생각하던 그런 착하고 꿈 많은 애들이 아니고, 매일 말썽만 피우지, 어디서 배워 온 건지 지네들끼리 욕지거리 하면서 싸우지, 학원에서 싸웠다는 이유 하나만으로 학부모들한테 들들 볶여야지. 수십 번 가르쳐 줘도 알아듣지도 않지, 하려고 하는 의지도 없는 아이들한테도 지쳐 버렸어. 그렇게 또 일 년, 이젠 참고서 같은 거 없이도 애들 가르치지, 난 무조건

외우라고 시켜놓고 책상에 앉아서 커피나 마시는 의욕없는 학원 선생이 되어가고 있었어. 아이들은 점점 더 끔찍해져 가고, 내 신경질은 늘어가고, 목소리도 커지고, 친구들은 졸업반이라 취업 때문에 정신이 없고, 난 할 일이 없고, 월급은 오를 생각도 안 하고.”

선희가 고개를 들어 라이언을 똑바로 바라보았다. 라이언은 그녀와 눈을 마주치며 묵묵히 이야기를 듣고 있었다. 붐비던 레스토랑 안은 어느덧 한적해졌고, 음악도 소곤소곤하던 사람들의 대화 소리에 묻히지 않았다.

“그런 나한테 맨해튼, 좋지. 꿈이지. 설레지. 그런데 라이언, 매일 그렇게 살면 정말 지루하지 않을까? 일 년이고, 이 년이고, 십 년이고…… 그렇게 살면 지루하지 않을까? 인생 뭐 있어? 백만장자 인생이든 동전 하나 아쉬운 거지든 같은 공기 마시면서 사는 건 똑같은데 주위 환경이 조금 바뀐다고 인생마저도 바뀔까? 나는 그대로인데.”

웨이터가 다가와 두 사람이 앉아 있는 테이블을 정리해 주었다. 선희는 디저트로 녹차를 주문한 뒤 다시 입을 열었다.

“정말 궁금해서 묻는 거야.”

“난.”

라이언은 말을 멈추고 입을 닫았다. 잠시 생각에 잠긴 라이언의 표정에 그에게 조금의 시간이 필요하다는 것을 눈치챈 선희는 말을 걸지 않았다. 라이언은 아직까지 한 번도 스스로의 인생에 대해 만족하고 있는지, 지루하지는 않았는지에 대해 생각해 본 적이 없었던 것이다.

　"모르겠어, 써니. 난 그럭저럭 인생을 살아왔거든. 운이 좋아 부자 아버지를 두었지만, 엄마는 아버지의 두 번째 부인이었어. 그것도 그들 사회에서는 배척당하기 쉬운 동양인 여자. 굉장히 드라마틱할 것 같지만 사실 어려운 상황에 부딪친 적은 한 번도 없었어. 아버지의 위치 때문인지는 몰라도 생각하는 것만큼 동양인 엄마와 내가 주위의 눈총을 받았던 적도 없었고, 다섯이나 되는 이복형제들도 큰 관심을 주지는 않았지만 그렇다고 엄마와 나를 미워하지도 않았어. 난 썩 영리한 아이는 아니었지만 낙제를 받을 정도는 아니었고, 대학에 갔고, 아버지 소유의 호텔에서 일을 했어. 난 그저 내 능력에 맞추어 일을 하고, 그 능력보다 아주 조금 월급을 많이 받았을 뿐 텔레비전 속의 재벌들처럼 돈을 뿌리고 다닌 적도 없어. 그러고 싶지도 않았고. 적당히 마음 맞는 친구들 몇이 있었고, 다들 바쁘지만 시간을 맞추어 저녁을 먹고 술을 마시고 파티도 하고……. 그건 맞아. 내가 맨해튼에 살고 있었다고 해서, 매일 콧노래를 흥얼거릴 정도로 즐겁고 행복한 생활은 아니었어. 그건 그저, 일상이니까. 하지만 써니, 난 그 일상 속에 살다 휴가를 받아 지금은 전혀 다른 세상이던 이곳에 왔어."

　라이언은 숨도 쉬지 않고 빠르게 말을 이어나가다 잠시 말을 멈추었다. 웨이터가 선희의 디저트를 테이블 위에 올려놓았기 때문이다. 선희는 녹차에 시선을 주지도 않은 채 라이언의 다음 말을 기다렸다.

　"지금 내 기분을 묻는다면, 난 좋아. 가끔은 좀 화가 나기도 하고 어이가 없기도 하지만, 써니를 만나고 함께 보내는 시간이 아주 색다르고, 즐거울 때가 훨씬 많아. 만약 맨해튼에 간다면 너도 그렇지 않을까? 물론 시간이 지나 그것이 또 일상이 되어버린다면…… 그 물음에 대한 답은 사실 나도 잘 모르겠어."

자신에 대한 긴 이야기가 끝나자 순간 멋쩍은 기분이 들었는지 라이언은 마지막 말에 어깨를 으쓱거리며 빙긋 미소를 지었다. 그리고 지배인을 불러 식사 값을 계산했다. 라이언이 먼저 일어나 코트를 걸칠 때까지도 선희는 의자에서 엉덩이를 떼지 않았다. 의아한 듯 라이언의 눈길이 쏟아지고 나서야 선희는 당황한 듯 몸을 일으켰다.

"갈 때는 박 비서가 데려다 줄 거야."

"열받아서 혼자 가라고 할 줄 알았더니."

라이언이 빙그레 미소를 지으며 갑자기 허리를 숙였다. 그리고 눈 깜짝할 새에 선희의 뺨에 살짝 키스를 했다. 아주 빠르고 짧은 행동이었지만 선희는 그 자리에서 굳어버렸다.

"어제 일만 생각하면 버스를 타고 가라고 하고 싶지만, 오늘은……."

라이언의 눈길이 선희의 얼굴에 머물렀다.

"보통 때와는 다르니까."

집에 돌아온 선희는 짙은 메이크업을 지울 생각도 하지 못한 채 침대 위에 쓰러져 버렸다. 아직도 숨이 턱까지 차 오를 만큼 가슴이 두근거렸다.

미쳤어! 도대체 무엇 때문에 아직도 떨리는 거야? 라이언은 그저 굿바이, 혹은 굿 나잇 키스를 한 것뿐이라고. 그는 외국인이고 그런 생활에 익숙해져 있어. 잠시 여기가 뉴욕이라고 착각했을 수도 있단 말이야.

하지만 자연스럽게 뺨이 스치던 느낌과 촉촉한 입술의 촉감이 떠오르자 선희는 베개를 집어 들어 얼굴을 꽉 눌렀다. 숨이 막힐 때까지 베개에 얼굴을 묻은 채 미동이 없던 선희는 도저히 참지 못하고 침대에서 벌떡 일어나 방을 나섰다. 부모님과 오빠는 잠자리에 들었는지 거실은 어둡고, 잠잠했다. 화장실에 들어선 선희는 세면대 위의 거울을 마주하고 섰다.

주황빛 어슴푸레한 화장실 조명 때문인지, 아니면 라이언 말대로 마술 같은 메이크업 기술 때문인지 거울 속 자신의 모습이 낯설게 느껴졌다.

“써니를 만나고 함께 보내는 시간이 아주 색다르고, 즐거울 때가 훨씬 많아.”

잠시 생각에 잠겼던 선희는 고개를 내저으며 선반 위의 클렌징 크림을 집어 들었다. 짙은 분장을 일삼는 모친이 늘 ‘화장은 하는 것보다 지우는 게 중요해’ 라는 말을 하며 사놓은 것이었다. 물론, 메이크업을 즐겨하지 않는 선희는 손에 잘 대지 않던 물건이었다.

“애냐, 그런 소리 듣고 혼자 좋아하긴.”

얼굴을 닦아낸 선희는 물을 세차게 틀어 푸우, 푸우 소리가 날 정도로 세게 세수를 하기 시작했다.

20

“**화**장했네요?”

오늘은 선희보다 출근이 늦었던 석훈이 교무실로 들어서자마자 인사보다 먼저 꺼낸 말이었다. 교무실 안에는 두 사람밖에 없었고, 석훈 역시 그 때문에 이런 말을 스스럼없이 건네었을 터였다.

“이상해요?”

석훈이 고개를 흔들었다.

“아니요, 좋아요.”

그리고 전혀 기대하지 않았던 말도 덧붙였다.

“예뻐요.”

메이크업을 한 선희의 얼굴을 보며 꺼낸다는 말이 겨우 더 이상 여자를 못 믿을 것이라는 라이언보다 훨씬 듣기 좋은 말을 꺼낸 석훈이었지만 말을 꺼낸 석훈도, 듣는 선희도 어색하기만 했다.

"김 선생님, 내일은 시간있으시죠?"

"네?"

"이번에도 제가 한발 늦은 건가요?"

잠시 생각에 잠겼던 선희는 고개를 내저었다. 아직 라이언과 박 비서에게서는 오늘 일에 관한 전화도 없었던 것이다. 늘 라이언보다 한발 늦게 말을 꺼내는 바람에 본의 아니게 거절만 했던 것도 미안하게 생각되던 참이었다.

"아니요, 시간있어요. 그런데 내일은 토요일인데."

"그러니까 만나자는 거죠."

쑥스러운 듯 석훈은 고개도 그녀 쪽으로 돌리지 못했다. 순간 선희는 이러다 정말 석훈과 연애라도 하게 되는 것은 아닐까 망설여졌다. 불과 얼마 전까지 석훈을 괜찮은 남편감이라고까지 생각했으면서 무엇이 마음을 불편하게 만드는 것인지 알 수 없었다.

"그래요, 그럼. 그런데 어디 가려고요?"

"글쎄요. 아무래도 이 동네는…… 좀 그렇겠죠?"

쓴웃음을 지으며 선희는 고개를 끄덕였다. 만약 명석학원의 수학 선생과 사회 선생이 주말에 만나는 모습을 학부모나 아이들, 동네 사람들이 보기라도 한다면 그 소문이 어디까지 뻗쳐 들어갈지 장담하지 못했다. 특히나 보험 때문에 사람들을 많이 만나고 다니는 모친은 당장에 그녀를 불러 들여 석훈과의 결혼 날짜를 잡으라고 잔소리를 늘어놓을 게 분명했다.

"가까운 곳으로 드라이브 갈까요? 식사도 하고."

말없이 차를 타고, 두 사람만? 얼마나 끔찍하게 어색할지 상상하기 어렵지 않았다. 차 안에서는 침묵만 흐르고 그 어색함을 깨기 위해 중요하지도 않은 화젯거리만 구차스럽게 늘어놓을 게 뻔했다.

"그것 말고, 어차피 나갈 거면 서울로 가죠. 음……."

영화를 보기에도 어색하고, 그렇다고 손잡고 노래방에 갈 사이도 아니고. 선희의 머릿속이 바빠졌다. 연인도 아닌 친구도 아닌, 그렇다고 이젠 단순한 동료도 아닌 사람과 갈 수 있는 곳이 딱히 떠오르지 않았다.

"놀이공원은 어때요?"

열심히 머리를 굴리는 선희 대신 석훈이 제안했다.

"네?"

나쁘지 않았다. 남자 친구가 생기면 꼭 한 번은 함께 가고 싶은 장소였다는 것이 마음에 걸리기는 했지만 놀이 기구를 탄다든지 쇼를 구경하는 등의 행동으로 어색함을 줄일 수 있을 것이다. 게다가 놀이공원은 고등학교 때 이후 구경조차 하지 못했던 곳이었다.

"좋아요. 그럼 내일 놀이공원에 가요."

결정을 내린 순간, 타이밍을 맞춘 듯 교무실 안으로 수다스런 여 선생님들이 들이닥쳤다. 선희와 석훈은 황급히 고개를 돌려 책상 위의 교사용 참고서로 시선을 던지며 아무 일도 없었다는 듯 행동했다. 그리고서는 스스로의 행동이 우스웠던지, 다시 고개를 돌려 눈이 마주친 두 사람은 순간 작게 웃음을 터뜨렸다.

수업을 하면서도, 휴대 전화기를 매너모드로 바꾸어놓은 채 주머니에 넣어두었지만 라이언이나 박 비서에게서 연락이 없었다. 주말을 잘 보내라는 인사를 하고 선생님들과 헤어져 학원을 나와 집으로 향할 때에도 선희는 주머니 속에 손을 집어넣어 휴대 전화기를 확인했지만 벨이 울릴 기미는 도통 없는 듯했다.

"오늘은 다른 일이 있나……? 하긴 명색이 휴가인데 서울 구경도 하고 해야지. 내내 내 뒤만 쫓아다니라는 법은 없잖아."

그러면서도 선희는 어쩌면 골목 앞에서 차를 세워두고 라이언이 자신을 기다리고 있을지도 모른다는 기대를 내심 하고 있었다. 하지만 골목 어귀는 텅 빈 채 바람만 횅하니 불고 있었다. 잠시 골목 어귀에 서서 도로 쪽을 가만히 응시하던 선희는 이내 돌아서서 집으로 돌아왔다. 가벼운 옷으로 갈아입으면서도, 침대 위에 올려놓은 전화기에서 눈을 떼지 않았고 세수를 하기 위해 화장실에 갔을 때에는 선반 위에 전화기를 올려놓았다. 밥을 먹을 때에는 식탁 위에 올려놓은 휴대 전화기가 뚫어질 정도로 눈초리가 매섭게 변해 있었다.

"전화기 하나 바꿔주랴?"

주걱을 든 모친의 말에도 아랑곳하지 않고 전화기를 노려보던 선희는 이내 포기한 듯 한숨을 폭 내쉬었다.

"됐어. 그런 거 아니야."

"그러고 보니, 너 일찍 들어오는 거 꽤 오랜만이다?"

"내가, 내가 뭐…… 매일 일찍 다녔는데 무슨, 무슨 말이야. 잘 먹었습니다."

모친이 더 이상 캐묻기 전에 자리를 피하는 것이 상책이었다.

"저거 저거, 수상하단 말이야. 안 하던 화장까지 하고."

잔뜩 의심이 어린 눈빛과 들으라는 듯 목소리를 높인 모친의 말을 귓전으로 흘리며 선희는 얼른 자신의 방으로 돌아왔다.

"에잇, 윤 선생님이랑 내일 놀이공원 간다고 약 올리려고 했는데 끝까지 전화를 안 하네."

휴대 전화기의 벨소리가 터진 것은 그때였다. 화들짝 놀라면서도 선희의 얼굴은 작은 흥분으로 순식간에 환해졌다. 박 비서의 전화번호가 유난히도 반갑게 반짝거리고 있었다. 선희는 냉큼 전화를 받았다.

[김선희 씨, 박비서입니다.]

"네."

기다리지 않았다는 듯 선희는 애써 무심한 목소리를 흉내 냈다.

[오닐 씨께서 내일 일정을 비워두시길 바란다는 뜻을 전해달라고 하셨습니다.]

"직접 전하라고 해요. 갠 뭐 이런 일까지 박 비서님을 시킨대요."

[오닐 씨께서는 오늘 호텔 인수 건으로 서울 파견 팀과 급한 미팅이 있으셨습니다. 미팅은 아직까지 끝나지 않았고요.]

"라이언이 그런 일도 해요?"

호텔 인수니, 파견이니 미팅이니 하는 말은 도통 라이언과 어울리지 않는다는 생각을 하며 선희가 놀라운 듯 되물었다.

[내일 차를 보내 드리겠습니다.]

"잠깐만요. 내일은 선약이 있어요."

박 비서가 무슨 말을 하려다가 만 듯 작은 숨소리가 터져 나왔다.

"라이언한테 전해주세요. 전 내일 윤 선생님과 놀이공원에서 데이트를 하기로 했다고요. 그럼 끊습니다. 안녕히 주무세요, 박 비서님."

[김선희 씨!]

화가 난 듯 잔뜩 일그러진 얼굴로 성큼 호텔방 안으로 들어오는 라이언을 박 비서가 뒤따랐다. 손에 쥐고 있던 코트를 거칠게 내팽개치는 손길에는, 단순히 하기 싫은 미팅에 참석하고 온 것에 대한 분노 이상의 것이 느껴졌다. 박 비서는 코트를 주우려고 허리를 숙이려다 자신을 부르는 라이언의 목소리에 움찔했다.

"내버려 둬."

"아, 네."

"어디서 뭘 한다고?"

"네?"

박 비서는 그제야 라이언이 선희의 데이트에 대해 이야기하고 있다는 것을 눈치챘다.

"글쎄요, 자세한 말씀은 없으셨습니다."

라이언은 셔츠의 윗 단추 두어 개를 급하게 끌러내며 창가에 섰다. 늦은 시간임에도 불구하고 한강을 끼고 난 다리 위로는 수많은 차들이 환하게 불을 밝힌 채 줄을 지어 달리고 있었다. 라이언은 코끝을 찡그리며 박 비서를 향해 돌아섰다.

"놀이공원이라니. 그 남자랑 둘만 가는 거라면 정말 써니가 그의 프러포즈를 받아들였다는 의미잖아."

"글쎄요."

애매한 박 비서의 대답이 마음에 들지 않다는 듯 라이언의 얼굴은 더욱 구겨졌다.

"내일 아침 일찍 써니에게 가야겠어."

"네, 준비하겠습니다."

박 비서가 호텔방을 나간 후에도 라이언은 소파에 앉지도 못하고 안절부절 창가 앞을 맴돌았다. 오늘은 아침부터 일진이 좋지 않았다. 전날 거의 음식에 손을 못 대어 허기가 지다 못해 쓰라린 채로 눈을 떠야 했고, 룸서비스로 시킨 아침을 먹다가 복통을 일으켰다. 겨우 통증이 진정되어서야 선희에게 갈 참으로 옷을 차려입고 나서려 할 때 뉴욕 오닐호텔 본사에서 전화가 걸려왔다. 새경호텔 측과의 마지막 협상 절차 미팅을 라이언이 주도하라는 오닐 회장의 엄명이었다. 자신은 현재 휴가 중이라며 라이언이 부친에게 버럭 화까지 냈지만 오닐 회장의 태도는 요지부동이었다. 참석하기 싫으면 사표를 쓰라는 말만 되풀이했다.

"젠장."

결국 라이언은 열 시간의 릴레이 미팅에서 거의 대부분 시간을 졸거나 커피를 홀짝이며 보내야 했다. 맨해튼의 오닐호텔에서도 경영 부분에서는 거의 참여하지 않았던, 아니, 참여하지 못했던 라이언이 이미 최종까지 진행된 인수 절차에 대해 입 한 번 달싹

하지 못한 것은 어쩌면 당연한 일이었다. 오닐 회장은 라이언에게 이런 식으로 오닐 인 서울 호텔에 대한 압박을 주고 있었다. 그러고 나서 겨우 끝났다 싶어 미팅 룸을 나서자마자 박 비서가 전한 소식은 열 시간의 미팅보다 훨씬 기운이 빠지는 것이었다.

최종 인수 절차는 곧 랜디가 한국에 오는 것을 의미했다. 정확히 열흘 후, 랜디는 십육 년 만에 한국 땅을 밟게 될 것이다. 그런데 그의 첫사랑은 다른 남자와 데이트를 즐기려고 하고 있었다.

"지금까지 잘해왔는데, 이대로 놓칠 수 없어."

어제 선희의 모습은, 그야말로 한줄기의 희망이자 가능성의 기쁨을 라이언에게 안겨주었다. 비단 메이크업으로 보다 화사해진 겉모습뿐만은 아니었다. 묵묵히 자신의 이야기를 하던 그녀의 얼굴, 삶의 즐거움이 있고 희망이 있었던 시간을 떠올려 내던 눈빛, 그리고 부끄러움없이 새로운 환경과 그로 인해 바뀌게 될 인생에 대한 불안감을 드러내 보이던 솔직한 모습까지. 그것은 라이언의 마음을 부드럽게 움직이게 했다. 머리가 텅텅 빈 다른 어떤 금발의 미녀보다도, 선희가 랜디에게 훨씬 잘 어울릴 것이다. 라이언은 침실로 걸음을 옮겨 옷을 제대로 벗지도 않은 채 침대에 털썩 드러누웠다.

"잘…… 어울리지. 잘, 어울리려나……?"

그런데 그 남자는! 그를 경계해야 했다. 이대로 물러날 수 없었다. 라이언은 침대에서 일어나 주먹을 불끈 쥐며 전의를 불태웠다. 하지만 그건 내일의 일, 지금 라이언에게 필요한 것은 열 시간이나 의자에 앉아 있느라 지끈거리는 몸을 뜨끈한 물속에 담그는 일이었다. 욕실로 향하려던 라이언은 멋없이 울리는 호텔방 전화 벨 소리에 걸음을 멈추었다.

"여보세요."

[라이언.]

라이언의 표정이 환해졌다.

"줄리아?"

그러고 보니 줄리아의 목소리를 듣지 못한 지 꽤 여러 날이 지 난 것을 깨달았다. 선희를 만나고 돌아오는 날은 늘 기진맥진해져 있어 다른 생각은 하지도 못하고 곯아떨어지곤 했던 것이다.

[한국에서 얼마나 재미있게 놀고 있으면 전화도 없는 거야?]

"미안해. 어때, 넌?"

[사실 나도 마감이라 정신없이 바빴어. 오늘에야 겨우 정신이 들었지. 늘 마감을 끝내면 네 아파트에 와인을 사들고 달려가곤 했는데, 어제는 좀 쓸쓸했어.]

라이언은 수화기를 다른 쪽 귀를 향해 바꾸어 쥐며 부드럽게 미 소를 지었다.

"내가 없어도 내 아파트는 네게 늘 열려 있어."

[됐어.]

"랜디를 만나지 그랬어?"

[물론 전화를 했지. 하지만 거절당했어.]

라이언의 얼굴에서 미소가 사라졌다. 순간 그의 머릿속으로는 줄리아가 랜디에게 전화를 건 것이 먼저일까, 아니면 자신이 없기 에 쓸쓸해했던 것이 먼저일까 고민을 해보았다. 쓸쓸했지만 앞쪽의 것이 진실일 것이다.

"요즘 랜디가 바쁜 것 같았어. 호텔 일 때문에."

[라이언, 나 사실 좀 불안해.]

늘 자신감에 차 있던 줄리아가 의외로 약한 모습을 드러내고 있었다. 십육 년 전의 첫사랑 따위는 전혀 무섭지 않다고 큰소리치던 그녀도 랜디가 한국에 갈 날짜가 다가오자 불안하기는 라이언과 마찬가지인 모양이었다.

[이럴 때 네가 옆에 있었다면 좋았을 텐데.]

너 때문에 내가 지금 이 먼 한국 땅에 와 있는 거라고! 라이언은 목 끝까지 치밀어 오르는 말을 삼키느라 애를 먹었다. 그리고 용기없는 스스로가 부끄러워 견딜 수가 없었다. 줄리아에게 당당하게 사랑한다고 프러포즈하지 못하고 뒤에서 이런 술수나 부리고 있는 자신의 모습이 초라하고 유치하게만 느껴졌다. 하지만 어쩔 수 없었다. 이게 라이언 오닐의 모습이었다.

"곧 돌아갈게, 줄리아."

[아, 이만 끊어야겠어. 회사에서 국제 전화를 쓴 걸 알면 나 잘릴지도 몰라. 돈 많은 네가 종종 전화해 줘.]

"알았어. 잘 자, 아니, 열심히 일 해."

전화를 끊고 난 라이언은 욕실로 가려던 사실도 잊은 채 침대에 멍하니 앉아 있었다.

도서관에 가는 사람치고는 유난히 멋을 부린 선희의 모습에 모친의 눈은 더 가늘게 떠졌다. 추울 때는 뭐니 뭐니 해도 따듯한 것이 최고라며 겨울 내내 멋없이 두툼하기만 한 코드를 몸에 휘감고 다니던 선희가 밝은 계통의 재킷과 몸에 잘 들어맞는 청바지, 그리고 잘 하지도 않던 메이크업을 이틀에 걸쳐 연타로 하는 것이 충분히 의심을 살 만했다.

"도서관에 가는 거 맞아?"

"그럼, 내가 주말에 다른 데 가는 거 봤어?"

천덕스럽게 거짓말을 하며 선희는 현관으로 나가 신발을 신었다.

"갔다 올게."

현관까지 쫓아나온 모친을 뒤로하고 집을 나선 선희는 찬바람마저도 상쾌하게 느껴져 살짝 숨을 들이마셨다. 여전히 날씨는 매섭도록 쌀쌀했지만 몸이 전혀 움츠러들지 않았다. 이보다 덜한 추위에도 늘 어깨를 잔뜩 웅크린 채 바들바들 떨며 집을 나서곤 했었다. 모든 것이 사람 마음 끝에서부터 달라진다는 어느 노스님의 말이 틀린 것은 아닌 듯싶었다.

"써니."

골목 어귀에 서 있는 검은 세단도, 차에 내려서 있는 긴 검은색 모직 코트의 라이언도 그다지 놀랍지 않은 것으로 보아 스스로도 녀석이 아침에 찾아올 것을 예상하고 있었던 것 같았다. 선희는 속으로 피식피식 웃음을 터뜨렸지만, 겉으로는 애써 놀란 척 눈을 동그랗게 떴다.

"아침부터 웬일이야?"

천덕스러움은 물론이거니와 넉살도 늘어나고 있다. 그렇다 해도 사회생활에 도움이 되면 됐지, 그다지 걱정스럽지 않은 성격의 변화를 느끼며 선희가 라이언 앞에 멈추어 섰다. 라이언은 작전을 바꾸기라도 했는지, 석훈의 일에 무조건 눈살을 찌푸리며 어떻게 된 거냐며 달달 볶아대던 지난번과는 달리 빙그레 웃어 보였다.

"당연히 써니를 만나기 위해서지."

"나 오늘 약속있다고 박 비서님한테 이야기했는데."

"어디 가는데?"

"알아서 뭐 하시려고?"

선희는 큰 도로 쪽으로 고개를 살짝 돌렸다. 석훈이 오기로 한 시간이 거의 다 되었기 때문이다. 선희의 비틀린 고개를 따라 시선을 돌리던 라이언이 그녀의 어깨를 살짝 잡아 몸을 바로 돌렸다.

"나 아직까지 서울 관광 못했어."

"그래서?"

"해줘."

"뭘?"

"관광."

선희는 차 안, 운전석에 앉아 있는 박 비서를 고갯짓으로 가리켰다.

"박 비서님이랑 가."

"써니랑 같이 가고 싶어서 그래."

"어우, 느끼해. 매일 버터만 먹고 살면 그런 멘트쯤은 아무렇지도 않게 날릴 수 있는 거야?"

선희의 놀림에 라이언의 얼굴이 확 달아올랐지만, 치미는 화를

꾹꾹 누르며 애써 미소를 지었다. 지금 불리한 위치에 있는 사람
은 라이언이었고, 그녀는 자신의 유리한 고지를 너무나도 잘 알고
있는 듯했다.

"난 적어도 이틀에 한 번은 된장찌개를 먹었어. 우린 친구잖아.
이 정도 부탁은 들어줄 수 있는 거 아니야?"

"그럼 내일 가자."

"써니!"

그때 박 비서가 탄 차 뒤로 흰색 소형차가 바싹 멈추어 서며 경
적을 울려댔다. 라이언의 대형 세단이 골목을 꽉 막고 있었던 것
이다. 박 비서는 얼굴을 찌푸리며 아슬아슬하게 차를 담벼락 가까
이로 다시 주차시켰다. 라이언의 차 옆으로 간신히 빠져나온—만
약 소형차가 아니었다면 불가능했을 주행으로—흰색 자동차의 운전석
문이 열리며 석훈이 모습을 드러냈다.

"김 선생님."

석훈의 부드러운 시선이 선희에게 머물렀다 이내 자신을 못마땅
한 듯 노려보는 라이언의 얼굴로 향했다. 석훈도 작은 키는 아니었
지만 라이언과 시선을 맞추기 위해서는 눈을 약간 치켜떠야 했다.

"오셨어요?"

선희는 라이언과 석훈의 묘한 신경전을 눈치채고 두 사람을 서
로에게 소개해 주어야 하는지 잠시 망설였다. 이내 선희는 두 사
람 사이에 끼어들며 입을 열었다.

"윤 선생님, 이쪽은 제 친구인 라이언, 지난번에 잠깐 본 적은
있죠? 라이언, 여기는 우리 학원에서 같이 일하고 있는 윤석훈 선

생님."

석훈이 라이언을 향해 먼저 손을 내밀어 악수를 청했다. 라이언은 잠시 그 손을 물끄러미 바라보다 석훈이 머쓱함을 느끼며 고개를 갸웃거릴 때에야 겨우 손을 맞잡고 살짝 흔들었다.

"반갑습니다."

라이언의 존대에 선희의 눈이 동그랗게 떠졌다.

"한국말을 잘하시네요."

"감사합니다."

꽉 붙든 손을 놓지 않으며 석훈을 뚫어져라 응시하던 라이언의 얼굴에 작은 비웃음이 스치고 지나갔다. 마음속으로 랜디와 그를 저울질해 보았던 것이다. 이 남자는 랜디와 비교조차 되지 않는다! 자신과 비교한 것도 아니면서, 괜한 우월감이 라이언의 어깨에 잔뜩 힘을 불어넣었다.

"그럼 김 선생님, 가실까요?"

"잠깐만."

라이언은 자연스럽게 선희의 옆으로 비켜서며 그녀의 어깨 위에 가볍게 손을 올려놓았다. 석훈은 외국인들의 자연스러운 스킨십이라 생각하면서도 못마땅한 마음은 어쩔 수 없는지 눈썹을 찡그렸다.

"오늘 써니가 다른 약속이 있는 것을 모르고 서울에서 여기까지 왔는데, 그냥 가기가 섭섭해…… 니다."

존대에 대해서는 이 정도가 한계인지, 라이언은 재빠르게 끝을 얼버무렸다. 그래서 우리 데이트에 끼어들기라도 하겠다는 말인가, 석훈의 얼굴에 떠오른 불만을 보았지만 라이언은 모른 척하고 선희를 향해 친근한 눈빛을 돌렸다.

"써니는 이미 우리가 함께 가는 것을 허락했지?"

"내가 언제……."

라이언은 선희의 어깨를 더욱 꽉 잡아 자신의 품속으로 끌어당겼다.

"그렇지?"

라이언이 다시 묻자, 선희는 어쩔 수 없다는 듯 고개를 끄덕였다. 사실 선희는 골목 앞에 서 있는 라이언을 본 순간부터 염두에 두었던 상황이었다. 선희가 오케이하자 석훈은 도리가 없다는 듯 고개를 끄덕였다.

"그럼 뒤따라오시겠어요?"

자신의 작은 소형차 조수석으로 선희를 이끌며 라이언을 향해 석훈이 의미심장하게 말했다. 라이언은 고개를 돌려 박 비서에게 살짝 손짓을 해보인 후, 선희의 팔을 붙잡았다.

"차 한 대로 가면 되지 뭐 하러. 써니, 박 비서와 뒷자리에 타. 난 다리가 길어서 뒤쪽은 좀 불편하거든."

우격다짐으로 선희를 뒷좌석에 밀어 넣은 후, 어리둥절한 채 차에서 내린 박 비서까지 마치 자신의 차인 양 자연스럽게 석훈의 차에 태웠다. 그리고 뻔뻔스럽게 자신도 조수석에 덜렁 타버리는 라이언의 모습이 기가 막혀 선희는 고개를 설레설레 흔들었다.

"너 원래 이렇게 뻔뻔스러웠어?"

"몰랐어?"

무슨 말을 더하려다가, 어안이 벙벙한 채 운전석에 올라타는 석훈 때문에 선희는 입을 다물었다. 그리고 석훈에게 박 비서를 소개시켰다.

"윤 선생님, 이쪽은 박 비서님이세요. 박 비서님, 학원에서 같이 일하고 있는 윤석훈 선생님이세요."

얼떨결에 석훈에게 인사를 건넨 후, 박 비서는 골목에 그대로 방치된 차를 걱정스럽게 바라보았다. 그 곁에 앉은 선희는 문득 석훈에게 미안해져 룸미러를 통해 그에게 가만히 미소를 지어 보였다. 그러자 석훈 역시 고개를 살짝 끄덕이며 괜찮다는 제스처를 보냈다. 조수석을 차지하고도, 긴 다리가 불편해 이리저리 자세를 바꾸던 라이언이 두 사람의 시선을 눈치채고 휙 뒷좌석으로 고개를 돌렸다.

"불편하지 않아? 내 차를 타고 가는 게 나을 것 같은데. 훨씬 편하게……."

"불편하면 넌 저 차 타고 가."

석훈은 한 방 먹은 라이언의 모습이 통쾌한지, 콧노래를 부르며 시동을 걸었다. 선희는 자신을 노려보는 라이언의 눈빛을 피하며 박 비서에게 저런 비싼 차는 무단 주차라 해도 끌고 가지 않을 것이라 위로했다.

라이언은 자신의 말을 딱 잘라 거절하는 선희의 태도에 배신감마저 느낄 정도였다. 하지만 네 사람을 태워 터질 듯 꽉 찬 작은 소형차는 골목을 빠져나가고 있었고, 내리기에는 이미 늦었다.

21

고등학생 시절, 소풍 장소로 놀러왔을 때 이후 처음 찾은 놀이공원은 시간이 흘러도 마치 며칠 전에 찾아왔었던 듯 변함없는 모습이었다. 여전히 사람들이 붐비고, 음악 소리가 사람들의 비명 소리에 비례해서 커지고 작아지길 반복하며, 빙글빙글 돌아가는 놀이 기구들도 여전히 그 자리를 지키고 있었다. 인형 탈을 쓴 아르바이트생들과 퍼포먼스를 하는 광대들도 그대로였고, 풍선을 팔고 사진을 찍어 돈을 버는 사진사도 여전히 존재했다.

"좋다."

굳이 놀이 기구를 타며 스릴을 즐긴다기보다 이런 활기가 좋았다. 즐거워하는 사람들 속에 있으면 덩달아 행복해지는 기분, 수만 명이나 되는 사람들 속에서 복잡함보다는 함께 동화되어 어린

아이가 되는 동심. 복잡함보다는 오히려 편안함이 느껴지는, 너무나 오랫동안 찾지 않아 영영 기억 속에 묻혀 그리워하지도 못할 것 같았던 장소.

"좋아요?"

선희의 말을 들었으면서도 되묻는 석훈의 표정 역시 밝았다. 어차피 따라붙은 혹은 혹이고, 좋아하는 선희의 모습에 그 역시 기분이 좋은 듯했다. 하지만 그것도 잠시, 두 사람의 사이로 스윽 파고드는 라이언 때문에 석훈은 옆으로 비켜서야 했다.

"놀이 기구 타요, 윤 선생님. 놀이 기구 타자, 라이언! 박 비서님, 우리 놀이 기구 타요!"

아무래도 사람의 흥분 상태를 돋우는 음악 소리와 사람들의 즐거운 비명이 선희를 달구어놓은 듯했다. 그녀의 말에 석훈이 곤란한 표정을 지었고, 라이언은 어깨를 으쓱거렸으며 박 비서는 어느새 도망갈 채비를 하고 있었다.

"미리 고백했어야 하는데, 사실 저 고소공포증이 있어서 놀이 기구를 못 타요."

"정말요? 아니 그러면서 놀이공원에는 왜 오자고……."

덤덤히 털어놓는 석훈의 말에 선희가 아쉬운 듯 입맛을 다셨다. 자동적으로 선희의 시선이 딴청을 피우고 있는 박 비서에게로 향했다.

"사양하겠습니다."

그녀의 눈빛에 박 비서는 단호하게 대답하고 고개를 돌려 버렸다.

"그럼…….."

선희의 시선이 라이언에게 향했다. 순간, 왜 자신이 마지막 상대가 되어야 하는지에 대한 불만으로 라이언의 뺨이 실룩거렸다. 어째서 자신이 석훈보다 뒷전이 되어야 하는지 묘한 신경질이 머릿속에서 그물을 치고 있었다.

"나도 안 탈 거야."

"누가 물어봤어?"

말은 그렇게 하면서도, 라이언까지 외면을 해버리자 선희는 적잖이 실망한 표정을 지었다. 그 모습이 마음에 걸린 모양인지 잠시 생각에 잠겼던 석훈이 다시 입을 열었다.

"타요. 그렇게 타고 싶어하는데."

"아니에요, 괜찮아요. 윤 선생님 고소공포증 있으시다면서요."

"나야말로 괜찮아요. 설마 죽기야 하겠어요?"

석훈이 표를 끊으러 잠시 자리를 비우자 라이언이 얼른 선희를 이끌어 가까운 벤치에 앉혔다. 그리고 박 비서에게 자신의 표를 예매해 오라고 지시했다. 무슨 놀부 심보냐며, 선희가 혀를 끌끌 차는 것도 아랑곳하지 않고 라이언은 그녀의 곁에 앉았다.

"어린애들이나 좋아하는 놀이공원에서 데이트라니, 저 남자 센스도 없어."

"내가 오자고 했거든? 미안하다, 센스 꽝이라서. 큰일이네, 라이언. 센스 꽝인 여자가 위대한 순철님에게 어울리기나 하겠어?"

선희의 말에 라이언은 잠시 혀를 깨물었지만 이미 내뱉은 말을 주워 담을 수는 없는 노릇이었다. 라이언은 매표소 앞에서 앞뒤로 줄을 선 석훈과 박 비서를 흘낏 바라보았다.

"정말로 저 남자와 사귀기라도 하는 거야?"

"궁금하면 너도 밝혀. 너 되게 의심스러운 것 알아? 단순히 친구 일이라면 여기까지 쫓아올 정도로 급박할 이유가 없잖아?"

표를 예매하고 돌아선 석훈이 박 비서를 발견하고 흠칫 놀라더니, 자신이 구입한 표를 박 비서에게 건네주고 다시 표를 사는 것이 보였다. 매너있는 그의 행동을 선희도 보았는지, 만족스러운 미소를 큼지막이 지어 보였다. 그 표정에 라이언의 심기가 뒤틀리기 시작했다. 활짝 웃는 선희의 모습, 반가워야 했지만 우울하던 그 표정으로 일관할 때보다 더욱 앞이 막막해지는 기분이었다.

"바람둥이 같아."

"넘겨짚지 마. 매너가 좋은 거야."

"하긴, 바람둥이가 될 만한 외모는 아니지."

어떻게든 석훈이 마음에 들지 않는다는 것을 표현하고 싶어하는 라이언의 행동들이 어린아이 같아 선희는 할 말을 잃었다는 듯 대답없이 고개만 내저었다. 그리고 색색의 풍선을 쥐고 까르르 웃음을 터뜨리는 어린아이들과 서로에게 몸을 기댄 채 퍼포먼스를 구경하는 연인들에게로 시선을 돌렸다.

문득, 다른 사람들 눈에 자신과 라이언이 어떻게 보일까 하는 생각이 선희의 머릿속에 스치고 지나갔다. 연인처럼 보일까, 하는 생각에까지 미치자 선희는 마치 그 생각을 라이언에게 들키기라도 한 듯 뜨끔했다.

"써니, 제발."

말이 없는 선희가 답답했는지 라이언이 다시 입을 열었다.

"바보 아니잖아. 랜디는 저 남자보다 훨씬 돈도 많이 벌고 잘생겼어! 랜디가 너한테 오겠다는데 하필 저런 남자와 만나겠다는 이유가 뭐야?"

"저런 남자?"

순간 선희의 눈썹이 치켜올라 갔지만, 다급해진 마음에 말을 잇기에 바쁜 라이언은 그것을 눈치채지 못했다.

"써니, 잘 생각해 봐. 남자를 선택하려면……."

이른 아침부터 기다리고 있었고, 또 일부러 약을 올리기로 작정한 자신의 말과 행동들을 참아준 라이언에게 화를 낼 생각까지는 없었다. 하지만 하필이면 라이언과 자신의 모습이 다른 사람들 눈에는 연인으로 보일 수 있을까 하는 생각을 한 후에, 석훈을 향한 '저런 남자' 라는 라이언의 말이 민감하게 귀에 꽂혔던 것이다. 라이언의 눈에 석훈이 '저런 남자' 라면 녀석의 눈에 보이는 자신은 '저런 여자' 였다. 어쩌면 '저런 여자' 보다 더 최악일지도 몰랐다. 한때는 '저런 남자' 인 석훈마저도 심심한 여자라며 고개를 내저어 보였으니까. 사실은 그 생각 때문에 화가 치밀었던 것이다.

"뭘 생각해? 가만히 보니까, 너! 내가 결혼 못해 환장한 것 같니? 남자 없어 뒤집어지기라도 했어? 결혼하기에, 만나기에 어떤 쪽이 훨씬 더 이익인지 이리 재고 저리 재고, 그러다 둘 중 하나 잡아서 코 꿰고 싶어 환장한 여자처럼 보이냐고! 그리고 뭐? 저런 남자? 네가 윤 선생님을 알아? 물론 알겠지. 돈을 얼마나 버는지, 겉모습은 어떤지, 어떤 차를 몰고 다니는지 따위는 알겠지. 처음

나를 보고 랜디가 실망할 거라니 뭐니 그런 개 싸가지없는 소리 할 때는 그래, 내가 못났으니까 그러려니 했는데. 이제 보니까 그게 네 수준이야.”

말이 너무 심했다 싶은 순간, 선희는 입을 다물어 버렸다. 라이언의 얼굴에 스치는 당혹감, 그리고 천천히 일그러지는 표정에 숨이 턱 막히는 기분이었다. 표를 구입하고 돌아온 석훈과 박 비서는 심상치 않은 두 사람의 분위기에 아무 말도 걸지 못하고 벤치 앞에 멀뚱히 서 있을 뿐이었다. 라이언이 천천히 벤치에서 일어나 선희를 내려다보았다.

“그래.”

화가 난 라이언의 턱이 꿈틀거렸다.

“그게 내 수준이야.”

쓰디쓰게 툭 내뱉은 라이언의 말에 선희는 그의 눈을 똑바로 쳐다볼 수가 없었다. 순간적으로 치민 그 화가 누구를 향한 것이었는지 혹시 방향을 잃고, 개념을 잃어버렸던 것은 아닌지, 그 화살이 이 나이가 되도록 ‘저런 여자’ 밖에 되지 못한 자신에게 날아들어야 했던 것은 아닌지에 대해 그 어떤 것도 확신을 할 수가 없었다.

“오닐 씨!”

라이언이 휙 돌아서 버리자 멍하니 두 사람을 번갈아 바라보고 있던 박 비서가 황급히 뒤를 따랐다. 하지만 화가 난 듯 성큼성큼 빠르게 걸음을 옮기는 라이언을 따라잡기는 힘에 부쳐 보였다.

“김 선생님?”

석훈도 무슨 일이 있었는지 묻는 표정으로 바라보며 그녀를 불렀다. 하지만 선희는 바닥으로 향한 시선을 올리지도, 벤치에 앉은 몸을 일으킬 생각을 하지 않았다. 즐거움에 가득 찬 비명과 환호 소리, 경쾌한 음악 소리가 멈출 리가 없었다. 하지만 선희의 귓가에는 일순간 스치는 차가운 바람 소리 외에는 적막만이 흘렀다.

"괜찮아요?"

걱정스러운 석훈의 목소리에 선희는 겨우 고개를 들어 쓴웃음을 지어 보였다. 그리고 벤치에서 일어나 석훈의 손에 들린 표를 가만히 받아 들었다.

"타려고요?"

"네."

"같이 타요."

선희는 고개를 흔들었다. 석훈은 선희의 등 뒤로 멀어져 가는 라이언과 그 뒤를 열심히 쫓는 박 비서를 흘낏 바라보았다. 방해꾼이던 라이언이 돌아간 것은 반가운 일이었지만 그가 가면서 선희의 즐거움도 함께 가져가 버린 듯했다. 생기를 잃은 선희의 표정, 불과 얼마 전까지 그녀의 트레이드마크였던 그것이 석훈은 이상하게 낯설게 느껴졌다.

"고소공포증, 그거 얼마나 무서운 병인 줄 모르세요? 그냥 저 혼자 타고 올게요. 여기서 저 놀이 기구 타는 사진이나 한 장 찍어 주세요."

애써 태연한 척 줄을 늘어선 사람들 틈으로 사라져 버리는 선희의 모습에 석훈은 아무런 대꾸도 못하고 제자리에 우뚝 멈추어 섰다. 기분이 상한 것은 분명한데, 굳이 놀이 기구를 타겠다는 이유를 알 수가 없었다. 하지만 그녀의 말대로 카메라를 집어 들었다.

놀이 기구를 혼자 타는 여자는 드물다. 늘어선 줄에도 수다를 떨며 지겨운 기다림을 참아내는 일행들이 즐비하고, 놀이 기구에 올라서도 아는 사람이 옆에 있거나 손이라도 맞잡아야 오금이 저리는 두려움이 스릴로 바뀐다고 믿는 듯 짝수로 맞춰 자리를 잡았다. 그 속에서 홀로 레일 위 열차에 올라선 선희는 눈에 띄었다.

"미치겠네."

강심장이라서, 쇠심장이라 두려움에 무감각하기 때문에 혼자 올라온 것은 절대 아니었다. 선희는 생명줄이나 다름없는 안전벨트의 허술함에 순간 기함하며 아찔함을 느꼈지만 가슴팍에 닿은 긴 안전봉을 꽉 붙들고 이를 악물었다.

라이언이 가버린 그 순간, 시선이 바닥으로 떨어진 순간, 선희의 머릿속에는 선명한 기억 하나가 떠올랐다. 동대문 쇼핑몰, 빠르게 지나던 사람들, 혼자 앉아 있던 자신에게로 엄습해 오던 어느 작은 경고음. 일정하게 걸어오던, 비록 지루했지만 절대 위험스럽지 않았던 그 길을 이탈하기 시작했던 그때. 무료하고 메말라, 작은 감정마저도 쉽게 파도치며 솟구쳐 오르던 흥분에 대한 경계였다.

결국 파도는 폭풍우를 몰고 올 것이며, 울렁대던 파도가 사라지고 나면 남는 것은 난파되어 조각만 남은 돛단배라고. 조각만 남을 것인지, 아니면 잔잔한 쉬운 뱃길로 끝없이 앞으로만 나아갈 것인지 잘 선택하라고 강한 본능은 경고했었다. 하지만 선희에게

는 선택권이 없었다. 선택을 하기도 전에, 라이언이 그녀의 눈앞
에 멈추어 서지 않았던가.

놀이 기구는 슬금슬금 움직이고 있었다. 사람들이 긴장하며 숨
을 들이마시는 소리가 들려왔다. 선희는 눈을 부릅뜨고 정면에서
시선을 떼지 않았다.

"안 져."

혼잣말처럼 내뱉은 바로 그 순간, 열차가 속도를 내기 시작했
다. 성격 급한 사람들은 벌써부터 때 이른 비명을 질러대기 시작
했고, 그것은 마치 유행처럼 번져 나갔다. 사람 피를 말리듯 덜컹
거리며 90도에 가까운 레일을 기어올라 가는 열차, 아찔하게 바닥
으로 추락하듯 뻗어나가는 내리막! 360도로 연속 몇 번을 회전한
다는 급코스. 미친 듯이 비명을 지르는 사람들 중에는 선희도 포
함되어 있었다.

"아아아아악!"

라이언 오닐, 거센 폭풍우. 이리 쿵, 저리 쿵 파도에 휩쓸려 기
분 좋은 울렁거림을 만들어내더니 이제 심한 뱃멀미를 앓게 한다.

열차는 속력을 급격히 줄이며 제 위치로 돌아오고 있었다. 비명
을 지르고 두려움을 느꼈던 바로 조금 전의 일을 잊은 듯, 사람들
의 탄식 속에는 안도보다 아쉬움이 크다. 혼이 쏙 빠져나간 듯 비
틀거리는 발걸음으로 열차에서 내린 선희는 '한 번 더!'를 외치는
뒷사람들을 바라보았다. 삐거덕거리는 기계음, 그리고 쇳소리와
함께 뒤로 미끄러질지도 모르는 오르막의 두려움, 바닥으로 내동
댕이쳐져 몸이 두 동강날지도 모르는 내리막길 추락의 두려움, 빙

글빙글 돌아 뇌가 다 터져 나갈 것 같은 혼란의 두려움을 알고서도 사람들은 또다시 그 길에 오르고 있었다.

"김선희, 네가 사람들보다 못한 게 뭐가 있다고 두려워해?"

저런 여자, 평소에는 스스로의 위치에 별다른 불평 없이 살아오다 왜 라이언 때문에 스스로를 '저런 여자'로 전락시켜 버리며 괴로워해야 하는지에 자책에 대해서 벗어나야 했다. 지금 중요한 것은 그 어느 때보다 자신이 삶을 즐기고 있다는 사실이었다. 그것이 감정으로 인한 고통스런 삶이라 해도.

"김 선생님, 괜찮으세요?"

강한 역풍 때문에 동으로 서로 뻗어버린 머리칼과 오 분 만에 해쓱해진 얼굴로 돌아온 선희를 걱정스럽게 바라보며 석훈이 물었다.

"괜찮아요. 좋아요. 그런데……."

놀이 기구가 약이었는지, 조금 밝아진 선희의 표정에 안도하며 석훈은 그녀의 다음 말을 기다렸다.

"사진은 잘 찍었어요?"

"수준? 그게 내 수준이라고?"

라이언은 손에 든 와인 잔을 바닥으로 내던지고 싶은 분노를 꾹꾹 눌러 참았다. 물론, 매너없이 뒤에서 석훈에 대한 험담을 한 것은 잘못이었지만 그렇다고 왜 자신이 그런 말까지 들어야 하는지 이해할 수가 없었다. 적어도 자신이 놀이공원을 벗어나기 전에 선희는 달려와서 사과를 했어야 한다. 하지만 박 비서가 몇 대의 택시를 그냥 보내고 한참이 지난 후에도 선희의 모습은 찾을 수 없었다.

"다 자기를 위해서 그런 거라고! 그 윤 선생인가 하는 남자보다 훨씬 좋은 남자를 만나게 해주겠다는데, 왜!"

불같이 화를 내던 선희의 모습이 눈앞에 아른거리자 라이언은 더 이상 서울에 남아 있고 싶지도 않았다. 와인 잔을 테이블 위에 소리 나게 올려놓은 다음 라이언은 드레스 룸으로 달려들어 갔다. 화가 난 손길은 거칠게 캐리어를 열고 닥치는 대로 옷을 구겨 집어넣기 시작했다. 내가 가버리면 더 손해인 사람이 누구냐, 하는 심술이 솟구쳐 올랐다. 줄리아에 대한 애타는 감정은 선희에 대한 분노로 저만치 밀려나 있었다.

그때 얇은 벽을 사이에 둔 침실에서 전화벨이 울리기 시작했다. 라이언은 자신이 아끼는 슈트를 내팽개치고 침실로 향했다. 뉴욕은 아직까지 새벽일 테고, 이 시간에 전화를 걸 사람은 박 비서밖에 없었다. 라이언은 당장 뉴욕으로 떠나는 비행기 표를 구하라고 지시할 생각이었다.

"여보세요."

[화났나?]

쓰윽, 순간 라이언은 유선 전화기의 수화기를 놓쳐 바닥에 떨어뜨리기 전에 아슬아슬하게 잡아냈다. 전혀 예상하지도 못했던 선희의 음성에 놀랐던 것이다. 놀라움이 가시자, 라이언은 거친 숨을 몰아쉬며 화를 다스려야 했다. 자신에게 그토록 쏘아대고 화를 낸 지 몇 시간 만에 천덕스럽게 전화해서 한다는 말이 고작!

“난 하고 싶은 말 없어.”

[뻔뻔스럽기만 한 줄 알았더니 남자가 쫀쫀하기까지 해?]

“미안, 먼저 끊어야겠어. 휴가도 지루해졌고, 그만 뉴욕으로 돌아갈 생각이거든. 그럼……”

입술을 일자로 꽉 다물고 수화기를 내려놓으려던 라이언은 자신의 귀로 흘러들어 오는 나지막한 선희의 목소리에 굳어버렸다.

[미안해.]

“뭐라고?”

[미안하다고. 내가 말이 좀 심했어.]

말도 안 돼. 이제와 미안하다고? 내가 가버릴 때는 그 남자와 놀이공원에서 실컷 놀다가, 이제 와서? 하지만 라이언은 그저 그 미안하다는 말 한 마디에 어느 정도 분노가 사그라지는 것을 느끼고 적잖이 당황했다. 저 벽 건너편의, 챙기다 만 캐리어가 무색해지고 있었다.

젠장, 라이언 오닐!

“그래, 데이트 실컷 즐기고 나니까 이제야 내가 생각이 난 거야? 그래?”

이런 바보! 꼭 데이트 때문에 화가 난 사람 같잖아.

[그런 거 아니야. 말 심하게 했던 것 반성하느라 시간이 좀 걸렸던 것뿐이지. 그런데 너도 그다지 썩 잘한 건 없어. 미안하다는 사과까지 했는데 네가 이렇게 뻣뻣하게 나오면 어쩔 수 없지 뭐. 그래, 뉴욕으로 돌아간다니 시원섭섭하네. 잘 가고, 난 그럼 순철이하고는 영 아니올시다가 될 테니 윤 선생님 프러포즈나 다시 생각

해 봐야겠다.]

"써니!"

전화를 끊으려 하는 선희를 부르며 라이언은 두 손으로 수화기를 꼭 쥐었다. 다시 생각해 보다니, 석훈의 프러포즈를 받아들이지 않았다는 그녀의 말에 남아 있던 분노마저 깔끔하게 사라져 버린 것이다.

"잠깐만, 잠깐만."

[왜? 뉴욕으로 돌아간다며?]

"그게, 그거야 뭐 조금만 더 늦게 사과를 했더라면 그럴 수도 있다는 말이지."

수화기 건너편에서 선희가 웃음을 참는 소리가 들려왔지만 라이언은 전혀 개의치 않았다. 오히려 얼굴에는 안도와 묘한 즐거움이 떠올랐다.

[그럼 화 푼 거지?]

"랜디가 오기 전까지, 그 남자의 프러포즈를 받아들이지 않겠다는 약속을 해주면."

잠시 이어지는 침묵에 라이언은 입술이 바싹 말라오는 기분이었다. 하지만 이내 쾌히 승낙하는 선희의 목소리가 들려오자 몸의 기운까지 빠져나가며 침대에 털썩 주저앉아 버렸다.

[좋아.]

"좋아."

라이언은 그 말을 따라하며 빙그레 미소를 지었다.

"내일은 뭐 해?"

[글쎄. 다른 때처럼 도서관에 가겠지?]

도서관, 도서관……. 이름만 들어도 온몸이 쑤시는 듯한 기분이 들었지만 라이언은 도서관을 몇 번이나 입 안으로 중얼거렸다. 선희와의 통화를 끝내고 난 후, 드레스 룸으로 돌아온 라이언은 마구 구겨진 채 캐리어에 처박혀 있는 옷들을 꺼내면서도 웃음을 지우지 못했다.

22

여전히 졸고 있는 사서 남자를 지나쳐 도서관 안으로 들어
선 라이언은 무의식적으로 콧노래를 흥얼거리다, 선희가 아닌 다
른 사람이 창가 가까운 자리에 앉아 책을 읽고 있는 것을 발견하
고 황급히 흥얼거림을 멈추었다. 이내 창가의 남자 외에도 책장에
기대어 서 책을 고르고 있는 이십대 초반의 젊은 여자와, 중앙에
위치한 크고 네모난 나무 책상에 앉아 낡고 두꺼운 책장을 넘기고
있는 중년 여자까지 눈에 띄었다. 지난번에 왔을 때도 아무도 없
었고, 사람이 잘 찾지 않는 도서관이라는 선희의 말을 기억하고
있는 라이언은 잠시 고개를 갸웃거렸다.

"왔어?"

툭, 뒤에서 누군가 살짝 등을 두드려 뒤돌아보자 화장실에 다녀

온 듯 손수건으로 손을 닦는 선희가 라이언의 눈에 들어왔다. 라이언은 시선은 도서관 안의 사람들에게서 떼지 않은 채 허리를 숙여 선희의 귓가에 가만히 속삭였다.

"사람들이 있어."

"도서관에 다른 사람이 있을 수도 있지. 내가 전세 낸 것도 아닌데. 그런데……."

선희가 고개를 빳빳이 쳐들고 라이언을 바라보았다. 선희는 자신이 들이마시는 공기와, 자신보다 머리 두 개는 더 큰 라이언이 마시는 공기가 같을까 하는 엉뚱한 생각을 하며 다시 입을 열었다.

"오늘은 왜 온 거야?"

"응?"

"나 도서관에 간다고 했잖아. 오늘 또, 뭐 할 일 있어?"

'도서관에 갈 거야'라고 한 선희의 말을 '도서관으로 와'라는 뜻으로 이해했던 라이언은 순간 멋쩍은 기분이 들어 대답을 하지 못했다.

선희는 대답없이 귓불 뒤를 손가락으로 살짝 긁적이는 라이언을 바라보며 속으로 안도의 한숨을 내쉬고 있었다. 혹시나 어제 일로 남은 앙금이 있을지도 모른다는 불안감이 없지 않았던 것이다. 하지만 열심히 눈을 굴리며 할 말을 떠올리려 노력하는 라이언의 표정에서는 속내를 감추려 하는 약은 느낌은 찾을 수 없었다.

"무슨, 무슨 책 읽고 있었어?"

"그걸 물어보려고 여기까지 온 건 아니지?"

그러게, 내가 여기 왜 왔지? 라이언은 선희에게 들리지도 않는 '물론'이라는 말을 입 안으로 중얼거렸다.

"나도 책이나 읽을까……."

라이언은 선희를 남겨두고 얼른 뒤돌아서 책장을 향해 성큼성큼 걸음을 옮겼다. 책장 가까이에 서 있던 젊은 여자가 자신을 향해 다가오는 라이언의 모습에 화들짝 놀라며 손에 들고 있던 책을 떨어뜨렸고, 그 소리에 창가에 앉은 남자와 중앙 책상에 앉아 있던 중년 여자의 시선이 곧장 날아들었다. 라이언은 나지막이 소리를 지른 젊은 여자에게 빙긋 웃어 보이며 조금 전 떨어뜨린 책을 주워주었다.

"땡, 땡큐."

"유어 웰컴."

라이언은 등 뒤로 선희가 다가오는 것을 눈치채고 얼른 책장에서 책 한 권을 꺼내어 들고 책장을 펼쳤다. 라이언을 바라보며 얼굴을 붉히고 있던 여자는 선희의 등장에 실망한 표정이 역력했다. 그 표정에 괜한 우월감이 느껴져 선희는 피식 웃음을 터뜨렸다. 너도 여자구나, 하는 스스로를 향한 실소였다.

"재미있어?"

선희는 잔뜩 숨죽인 목소리로 라이언에게 물었다. 라이언은 책에서 시선을 떼지 않으며 짐짓 진지한 표정으로 고개를 끄덕였다.

"흥미로워."

"아, 그래?"

선희는 웃음을 참으며 책을 읽는 라이언을 끈덕지게 쳐다보았다. 그리고 그런 그녀의 시선을 참아내며 라이언은 태연스러움을 잃지 않으려고 무진 애를 썼다.

"넌 참 대단한 것 같아, 라이언."

"이제야 알았어?"

"너한테 그 책은 조금 어려울 것 같은데, 책장은 술술 잘 넘어간다?"

이런 손바닥만한 책이 어려울 게 뭐가 있겠냐는 표정으로, 라이언은 책을 선희의 눈앞에 흔들어 보이고는 책 제목을 읊어주려고 맨 겉장으로 시선을 내던진 순간 입을 다물어 버렸다.

[土地].

라이언의 눈에 온전한 글씨로 보일리가 없었다. 고개를 설레설레 흔들며 선희가 제목을 스리슬쩍 가르쳐 주었다.

"토지, 무슨 뜻인지는 알지? 땅."

"토지."

라이언이 조용히 따라 읽었다. 무엇인가 더 원하는 듯한 선희의 표정에 라이언은 할 수 없이 읽는 척하고 있었던 책장을 다시 펴들었다. 이 정도도 못 읽겠냐는 듯 눈썹을 한번 치켜올린 뒤 입을 열었지만, 눈 안으로 들어온 어지러운 글씨들 때문에 속이 메슥거릴 것 같았다.

"정말 재미있어?"

선희가 다시 되물었다.

"아직 얼마 못 읽었지만 음…… 그럴 것 같아."

"오호, 그래?"

웃음을 참고 있는지도 모르고, 선희의 감탄사에 라이언은 어깨를 으쓱거리며 우쭐해한다. 그리고 들고 있던 책을 들고 자랑스럽게 구석진 책상으로 걸어가 자리를 잡고 앉았다. 뜻을 아는지 모르는지 낡은 책장이 뚫어져라 노려보는 라이언의 모습에 선희는 결국 웃음을 터뜨리며 라이언의 옆 자리에 앉았다.

"너 진짜 대단하다. 어떻게 일 편부터 읽지도 않으면서…… 내용이 이해가 가?"

"그럭저럭, 대충. 그런데 써니, 나 몇 가지만 물어봐도 돼?"

선희가 고개를 끄덕이자, 궁금한 단어들이 라이언의 입에서 쏟아지기 시작했다.

"볏가리가 뭐야? 산철쭉? 화전…… 야트막한?"

"그만 해. 가서 동화책이나 가져와 읽어. 그게 네 수준이야. 그래도 대단해, 이 정도도. 하긴 네가 대단한 게 아니라 한국에는 한 번도 와보지 않은 아들을 이 정도로 키워내신 너희 어머니가 대단하시지. 나중에 한번 뵙고 싶어."

지나가는 말로 내뱉으며 선희는 자신이 읽고 있던 책에 집중하기 시작했다. 라이언이 다시 입을 연 것은, 선희 자신이 그런 말을 했었는지 기억하지 못할 정도로 꽤 긴 시간이 지나고 난 후였다. 그 침묵의 시간 동안 라이언이 손에 들고 있던 책 모서리를 가만히 노려보고 있었던 것을 선희는 눈치채지 못했다.

"못 볼 거야."

"뭐?"

"우리 엄마."

그제야 선희는 고개를 돌려 라이언을 바라보았다. 무슨 뜻인지 몰라 눈만 끔뻑끔뻑거리는 선희의 시선을 피하기 위해 라이언은 저만치 떨어져 책을 읽고 있는 남자에게 시선을 고정시켰다.

"무슨 말이야?"

"죽었어, 우리 엄마."

라이언의 목소리는 무뚝뚝했다.

"라이언."

미안한 표정의 선희보다, 내키지 않으면 굳이 말하지 않아도 되는 사실을 그녀 앞에서 덤덤히 털어놓고 있는 자신의 모습에 라이언은 흠칫했다. 괜한 이야기를 꺼냈나 싶어 화제를 바꾸려던 라이언은 선희가 갑자기 자신의 손을 붙들고 자리에서 일어나자 눈을 동그랗게 떴다.

"왜?"

"나가서 커피나 한 잔 하자고."

그새 잠깐 잠에서 깨었는지 사서는 도서관을 나서는 두 사람을 향해 가만히 눈인사를 건네왔다. 도서관은 선희가 살고 있는 작은 동네의 가장 가파르고 높은 골목 위에 위치한 단층 건물이었다. 여기저기 깨진 시멘트 바닥의 공터와 도서관 건물을 연결시켜 주는 오래된 목조 계단 세 개. 오갈 때마다 삐걱대는 소리가 나는 그 세 계단 위에만 서도 동네를 내려다볼 수 있었다.

“기다려 봐.”

선희는 라이언의 손을 놓고 공터를 달려나갔다. 의외로 재빠른 선희의 뒷모습을 멍하니 응시하던 라이언은 조금 전까지 그녀에게 잡혀 있던 자신의 손을 내려다보았다. 자그마한 선희의 손이, 두 배는 더 큰 자신의 손을 어쩌면 그리도 쉽게 움켜쥘 수 있는지 신기했다. 선희의 손이 빠져나간 손등 위로 차가운 바람이 파고들었지만 이미 손끝까지 퍼진 온기는 꿈쩍도 하지 않았다.

“헉, 헉.”

어느새 돌아온 선희가 가쁜 숨을 몰아쉬며 라이언의 눈앞에 섰다.

“어디 다녀온 거야?”

“슈퍼.”

선희는 양쪽 주머니에서 캔 커피 두 개를 꺼내어 라이언 앞에 흔들어 보였다. 그리고 캔 하나를 라이언의 손에 쥐어주었다.

“따듯하지?”

“응.”

선희와 라이언은 누가 먼저랄 것도 없이 계단 옆 낮은 난간에 앉아 캔 커피를 홀짝이기 시작했다. 선희는 목조 난간에서부터 폴폴 올라오는 익숙한 나무 향기와 섞인 커피 향을 맡으며, 낮은 난간에 키가 맞지 않아 계단으로 뻗는 라이언의 긴 다리를 바라보았다.

“키 크다, 정말. 다리도 길고. 누구 닮았어?”

“아버지도 큰 편이지만 엄마도 여자치고는 굉장히 큰 편이었어. 전체적으로 아버지보다는 엄마를 닮은 편이야. 다른 사람들도 그렇게 말하고, 나도 그렇게 생각하고."

라이언의 표정과 말투가 우울해졌다. 잠시 말을 멈추고 생각에 잠겼던 선희는 무의식적으로 하늘을 올려다보았다. 코트 안으로 파고드는 차가운 칼바람과 전혀 어울리지 않는 포근하게 푸른 하늘, 하늘을 더 깊어 보이게 하는 유난히 새하얀 구름 몇 점을 물끄러미 바라보던 선희는 갑자기 생각이 난 듯 퍼뜩 라이언을 향해 고개를 돌렸다.

"내가 이야기 하나 해줄까?"

"무슨 이야기?"

"옛날에, 아니, 옛날은 아닌데. 어쨌든 조그마한 여자 아이가 한 명 있었거든? 또래보다 몸집은 작은데 굉장히 고집은 센 아이였어."

순간 라이언은 이야기 속의 소녀가 선희가 아닐까 하는 추측을 했다.

"그런데 그 여자 아이한테는 안타깝게도 엄마가 없었어."

아니구나, 박 비서가 선희의 모친과 통화를 하던 것을 떠올리며 라이언은 고개를 가만히 끄덕였다.

"엄마와 함께 살던 집, 엄마와 함께 햇빛을 쬐던 나무 그늘, 늘 안아주던 엄마의 품. 너무 보고 싶은 엄마 얼굴……. 엄마가 너무 그리울 때 그 아이가 뭘 했는지 알아?"

"글쎄."

"뛰었어."

“뛰어?”

“달리기. 뛰고, 뛰고, 또 뛰고…… 마치 그 길 끝에 엄마가 서 있는 것처럼, 심장이 터질 것처럼 뛰고 나면 그제야 서럽고 그리운 마음이 조금씩 편안해지는 거야. 결국 소녀는 단거리 육상 경기에 나가서 신기록을 세우게 돼. 그런데!”

극적인 느낌을 강조하기 위해 선희가 목소리를 갑자기 높이자, 라이언은 움찔했다.

“그런데! 어느 날 소녀는 사고를 당해서 더 이상 달릴 수 없게 되어버렸어.”

진지하게 이야기를 듣고 있던 라이언의 눈이 동그랗게 커졌다. 침을 한 번 꿀떡 삼킨 라이언이 선희를 재촉했다.

“그래서?”

“달리는 것만이 그리움을 이기는 유일한 방법이었던 소녀는 좌절했어. 엄마는 더욱 사무치도록 그리웠고 하루하루가 절망이었지. 그런 그녀에게 어떤 여자가 나타났는데, 그 여자가 누구냐면 소녀의 아빠를 사랑하는 영화배우였어. 즉, 소녀에게는 엄마의 자리를 위협하는 여자였지.”

선희는 목이 타는지 커피를 한 모금 마셨다.

“그 영화배우는 소녀가 더 이상 달리지 못하는 것을 마음껏 비웃었어.”

“나쁜 여자였구나.”

“아니, 자신을 미워하는 마음으로라도 소녀가 재활 치료를 열심히 해서 다시 달릴 수 있도록 해주고 싶었던 거야.”

"달리지 못한다며?"

"발목에 무리를 주는 단거리는 불가능하지만, 장거리는 가능할 거라 생각했거든. 마라톤."

'아!' 하며 라이언의 입에서 탄성이 터져 나왔다. 선희는 그 모습이 귀여워 웃음이 터지려는 것을 꾹 참아야 했다.

"소녀는 마라톤 경기에 참가하게 돼. 다리의 극심한 통증도 문제였지만 오랫동안 절망에 휩싸여 나약해졌던 의지 때문에 굉장히 힘든 경기였지. 경기가 시작될 때는 아침이었는데, 소녀가 완주를 위해 비틀거리며 걸음을 옮길 때는 등 뒤로 해가 저물어. 꼴찌였지만, 결국 소녀는 마라톤을 완주하게 돼."

"와우."

"그리고 그 소녀의 이야기가 담긴 불후의 명곡이 있지. 들어볼래?"

라이언은 얼른 고개를 끄덕였다. 몇 번 목을 가다듬던 선희가 하니의 주제가를 흥얼거리기 시작했다.

"난 있잖아, 엄마가 세상에서 제일 좋아. 하늘 땅만큼. 엄마가 보고 싶음 달릴 거야, 두 손 꼭 쥐고. 달려라, 달려라, 달려라, 하니. 하니~ 이 세상 끝까지 까지~ 달려라, 하니."

"나 이 노래 들어봤어. Run, honey!"

박 비서가 감동적인 노래라고 이야기를 해주었을 때는, 그저 우스꽝스럽다는 생각밖에 하지 않았지만 이제는 가슴이 뭉클한 느낌에 라이언은 연방 고개를 끄덕였다. 어느새 두 사람의 캔 커피는 동이 나버렸고, 겨울 바람은 더 거세어졌지만 두 사람 모두 안으로 들어갈 생각은 하지 않는 듯했다.

"하니는 겨우 열네 살에 이 모든 것을 해냈어. 넌 훨씬 어른이잖아."

선희의 툭 내던지듯 무심한 목소리에 라이언은 그녀의 얼굴을 한참을 들여다보았다.

"지금, 나 위로하는 거야?"

이내 라이언의 표정이 이전의 장난기 가득한 얼굴로 돌아왔다. 라이언의 물음에 대답은 하지 않고 선희는 하늘을 올려다보며 딴청을 피웠다.

"와, 하늘 좋다."

선희의 시선을 따라 라이언도 고개를 치켜들었다.

"아직 바람은 찬데, 하늘은 벌써 봄이네. 하늘은 따듯하지?"

하늘 좋다, 하늘은 따듯하다. 라이언은 그 표현을 머릿속으로는 정확하게 이해할 수는 없었지만, 마음 깊은 곳에서는 저항없이 받아들이고 있었다. 하늘이 따듯하다고 생각하자, 더 이상 칼바람의 추위는 느껴지지 않았다. 따듯한 하늘 아래라면, 그 어떤 곳도 온후할 것이라는 작은 믿음. 하늘을 올려다보는 작은 고갯짓 하나로 가슴이 뜨끈해지는 것을 느끼며, 라이언은 곁에 앉아 있는 선희에게로 시선을 옮겼다. 코끝이 발갛게 달아오른 것도 모른 채, 매서운 바람이 머리칼을 흩뜨려 놓는 것도 모른 채, 이렇게 쳐다보는 시선이 있는 것도 모른 채 선희의 고개는 떨어질 줄 몰랐다.

"오닐 씨, 김선희 씨. 밖에서 뭐 하세요?"

순간 귓가를 파고드는 박 비서의 목소리에 라이언은 얼른 선희를 향하던 시선을 돌려 버렸다. 골목 아래에서 차를 세워두고 기다리고 있던 박 비서는 약속한 시간이 지나도 라이언이 도서관에서 나오지 않자 공터 안으로 올라왔던 것이다.

"아, 박 비서님, 안녕하세요. 으으, 바람 차다. 들어가자, 라이언. 들어가요, 박 비서님."

마치 혼이 빠져나갔던 사람처럼 하늘을 바라보던 선희가 그제야 정신을 차리고 박 비서에게 인사를 건넸다. 박 비서와 재잘대며 도서관으로 들어가 버리는 선희의 뒷모습을 바라보던 라이언은 다시 한 번 하늘을 올려다보았다.

23

이제는 아침에 눈을 뜰 때, 시차 때문에 힘든 일도 없었다. 그를 깨우기 위한 박 비서의 전화를 받았을 때 라이언은 이미 샤워를 하고 로브를 걸친 채 오늘 입을 옷을 고르고 있던 중이었다.

[몇 시까지 차 준비시킬까요?]

이미 선희에게 가려는 계획을 알고 있는 듯 박 비서가 물었다. 콧노래를 흥얼거리며 시계를 한번 올려다본 라이언은 순간 무슨 생각이 들었는지 잠시 입을 다물었다. 박 비서가 대답없는 라이언을 재촉하듯 다시 불렀다.

[오닐 씨?]

"곧 내려갈 테니까, 차량만 준비해 줘."

[네?]

무슨 뜻인지 이해하지 못한 박 비서가 되물었다.

"박 비서는 오늘 쉬도록 해. 나 따라다니느라 휴일도 없었잖아."

[괜찮습니다.]

대번에 거절하는 박 비서의 태도에 라이언은 짙은 눈썹을 찡그렸다.

"내가 괜찮지 않아."

[하지만 운전은…… 그럼, 호텔 측에 다른 운전사를…….]

"됐어. 내가 할 수 있어."

런던과 파리에 있는 오닐호텔에 한 번씩 갈 때마다 이용했던 국제 면허증을 한국에 올 때 챙겨오길 잘했다는 생각을 하며 라이언이 박 비서의 말을 도중에 잘라냈다. 길도 잘 모르지 않냐며 걱정하는 박 비서에게 그저 푹 쉬라는 말만 되풀이한 라이언은 전화를 끊어버렸다. 그리고 다시 드레스 룸으로 돌아가 셔츠를 고르기 시작했다. 멈추었던 흥얼거림이 어느 일정한 리듬을 타고 다시 입 밖으로 터져 나왔다.

"음음음…… 엄마가 제일 좋아…… 하늘 끝까지…… 음음음음……."

순간 가사를 잊어버린 라이언은 손가락 끝으로 타이를 고르고 있던 것을 흠칫하고 멈추었다. 잠시 기억을 떠올리듯 얼굴을 찌푸리며 눈을 이리저리 굴리던 라이언은 이내 중간 부분을 빠뜨리고 노래를 계속 불렀다.

"달려라, 달려라…… 달려라, honey…… 음음음……."

"뭐, 기분 좋은 일 있으세요?"

혼자 키득거리며 앉아 있던 선희는 고개를 들어 석훈을 올려다보았다. 웃고 있는 선희의 모습에 전염이라도 된 듯 석훈도 빙그레 미소를 지으며 그녀의 책상 위로 따끈한 커피가 찰랑거리는 종이컵을 올려놓았다.

"아니요. 좋은 일은요, 무슨."

수업과 수업 사이의 짧은 휴식 시간, 강의실과 복도에는 수업을 끝낸 아이들과 수업을 듣기 위해 이제 막 도착한 아이들의 웅성거림이 가득했다. 그곳과는 전혀 다른 공간처럼, 문이 닫힌 교무실은 윙윙 소리를 내며 돌아가는 오래된 히터 소리를 제외하면 아늑한 적막이 맴돌았다. 교무실 안은 어느새 커피 향기로 가득해졌다.

"뭐 하나만 물어봐도 돼요?"

"네."

석훈은 자신의 책상에 걸터앉으며 커피를 한 모금 입에 머금었다. 말을 꺼낸 그가 쉽게 다음 말을 잇지 않자 무엇을 묻고 싶어 저리도 머뭇거리는지, 선희의 눈에는 호기심이 어렸다.

"그 친구 있죠."

"누구요?"

"외국인 친구요. 라이언."

석훈의 입에서 생각하지도 못했던 라이언의 이름이 흘러나오자 선희는 커피를 마시려던 손길을 멈추었다.

“라이언이 왜요?”

“원래 알던 친구예요?”

선희가 고개를 내저었다.

“알게 된 지는 얼마 안 됐어요.”

자신의 말에 석훈이 할 말이 있는 듯 입술을 달싹거리자, 선희가 변명처럼 덧붙였다.

“그런데 뭐, 친구야 마음만 잘 맞으면 금방 되는 거잖아요.”

“그렇긴 하죠.”

석훈은 순순히 인정했다. 하지만 그대로 물러나지는 않았다.

“잠깐 온 거라면, 곧 돌아가겠네요?”

순간 할 말이 없어진 선희는 지그시 종이컵만 내려다보았다. 무심하게 ‘그렇겠죠’라고 말하며 자연스럽게 넘기고 싶었지만 목 안에서 그 말이 꽉 막혀 입 밖으로 터질 생각을 하지 않았다.

“많이 섭섭하겠어요, 김 선생님.”

한 번도 라이언이 서울에는 휴가차 온 것뿐이라는 사실을 잊은 적이 없었다. 그런데 왜 새삼 그가 곧 뉴욕으로 돌아갈 것이라는 사실을 인지하게 되는 것인지, 알 수가 없었다. 그리고 왜 가슴이 먹먹해지는지도 이해할 수 없었다. 자신이 무슨 말이라도 하길, 무슨 이야기가 듣고 싶은 것인지 자리를 떠나지 않고 자신을 응시하는 석훈의 시선을 피하고 싶을 뿐이었다. 그때 책상 위에 올려둔 휴대 전화기가 몸을 부르르 떨며 진동하자 선희는 기다렸다는 듯 집어 들었다. 액정에 뜬 ‘박 비서’라는 이름이 어느 때보다 반가웠다.

“여보세요.”

선희는 미안하다는 듯, 석훈에게 잠시 어색하게 미소를 지어 보였다.

[김선희 씨?]

“네. 말씀하세요, 박 비서님.”

[다행이네요. 수업 중이라 통화가 안 될지도 모른다고 생각했거든요.]

운전을 하는 중인지, 저 멀리서 빠앙하는 급한 클랙슨 소리가 들려왔다. 다급한 박 비서의 목소리에 선희는 자신도 모르게 의자에서 몸을 일으켰다.

“무슨 일 있어요?”

[그게…… 오닐 씨가 혼자 운전해서 가시다가 사고가 난 모양이에요.]

“뭐라고요? 무슨 사고가, 교통사고요?”

[네. 지금 병원 측에서 전화가 와서 가는 중이에요.]

“아니, 길도 잘 모르는 사람 혼자 운전을 해서 보내는 게 말이나 돼요? 많이 다쳤어요? 얼마나 다쳤대요? 아, 병원! 병원 어디에요? 어느 병원이에요?”

목소리 끝이 갈라져 쉿소리가 나는 것도 모른 채 선희는 휴대전화를 꼭 부여잡고 소리를 질렀다. 깜짝 놀란 석훈도 덩달아 자리에서 일어나 얼굴이 새하얗게 변한 선희의 어깨를 가만히 붙들었다.

“김 선생님, 괜찮으세요?”

박 비서와의 전화를 끊고 난 선희는 조금의 망설임도 없이 코트를 집어 들었다. 석훈은 흥분한 듯 숨을 몰아쉬는 선희를 붙잡았다.

"어디 가려고요? 이제 수업 시작해요."

"죄송해요, 윤 선생님. 죄송한데요, 제가 지금…… 제가 지금 급하게 갈 데가 있어서요. 저희 강의실에 가서 애들 자습 좀 시켜 주시겠어요? 죄송해요. 죄송한데……."

정신이 없어 말을 제대로 잇지 못하던 선희는 지체할 시간이 없다며 석훈의 손을 뿌리치며 교무실을 빠져나왔다. 의아한 시선으로 바라보는 아이들도, 지나던 국어 선생님의 목소리도 귓등으로 흘려보내며 복도를 지날 때쯤엔 발걸음이 빨라지고 있었다.

"바보같이, 뭘 안다고 지가 여기서 운전을 해! 박 비서님은 왜……!"

입술을 질끈 깨문 선희는 계단을 뛰어내려 가기 시작했다. 심장이 가늘게 베이는 느낌이었다. 손가락 하나만 까딱하며 베인 상처에서 피가 솟구쳐 올라 끝내는 찢겨져 나갈 것 같은 느낌, 손끝이 떨려와 선희는 주먹을 꽉 쥐어야 했다.

"바보, 등신. 넌 다쳐도 싸, 이 등신아."

턱 끝이 가늘게 떨리기 시작했고, 그 떨림이 몸을 타고 발끝까지 찌릿하게 번져 나간 순간 다리에 힘이 풀렸다.

"아악!"

순식간에 벌어진 일이었다. 저만치 앞서 나가고 있는 급한 마음 때문에 계단을 한꺼번에 두어 계단씩 뛰어내려 가던 발끝이 순간 미끄러졌던 것이다. 발목이 몸 안쪽을 향해 완전히 꺾여 들어가며 몸은 균형을 잃었다. 다행히 몇 계단 아래로 미끄러진 후, 안전봉을 붙잡아 몸을 일으켰지만 오른쪽 발을 바닥에 닿은 순간 전해진 끔찍한 통증에 선희는 머릿속이 새하얗게 변했다.

"으윽, 아파."

[오닐 씨가 혼자 운전을 해서 가시다가 사고가…….]

썩 훌륭한 선생까지는 아니더라도 아이들 귀에 나쁜 소리가 들어가게는 하지 않으려 학원에 다니기 시작하면서는 혼잣말로도 욕설이나, 그 비슷한 말버릇까지도 고치려고 노력했었다. 그래서일까, 아니면 발목에서부터 찌릿하게 퍼지는 통증 때문일까. 입 안으로 맴도는 웅얼거림이 욕설인지 아닌지를 판단하기도 힘들었다.

안전봉을 움켜잡고 계단을 마저 내려온 선희는 건물 밖으로 나가 택시를 잡아탔다. 서울과 선희의 동네 중간쯤에 위치한 경기도 모처의 종합병원 이름을 택시 기사에게 일러주며 선희는 발목을 움켜쥐었다.

"어이쿠, 다치셨나 봐요. 그런 큰 병원도 좋지만 일단은 근처 작은 병원이라도 빨리 가보는 게……."

"아니요, 아저씨. 제가 다쳐서 가는 게 아니거든요. 최대한 빨리 가주세요."

주먹을 쥔 손등을 입가로 가져가 떨리는 입술을 지그시 눌렀다.

"빨리요, 아저씨."

휴대전화가 주머니 속에서 진동했다. 병원에 도착할 때까지, 학원 전화번호와 석훈의 전화번호가 번갈아가며 액정 위에서 맴돌며 부르르 떨었지만 선희는 받지 않았고 끝내 배터리를 빼버리고 말았다.

택시비를 치르고 거스름돈은 받지도 않고 절뚝거리는 다리로 병원 응급실에 들어섰다.

"저기요, 여기……."

응급실은 환자들과 간호사들이 넘쳐 났다. 커튼이 쳐진 일인용 침대가 길게 줄지어 있는가 하면 커튼이 확 젖힌 채 의사와 씨름하는 환자도 있었다. 바쁘게 지나치는 간호사를 부르려다 발목의 통증 때문에 잠시 말을 멈추는 바람에 기회를 놓쳐 버렸다.

"저기 여기 혹시……."

겨우 한 사람 붙들었지만 목소리가 자꾸만 떨려 말이 쉽게 나오지 않았다.

"외국인, 아니, 한국인처럼 생기기도 했는데요. 키가 이렇게 크고요, 눈도 크고…… 이름은 라이언이구요. 라이언 오닐……."

"아, 그 교통사고 환자요?"

교통사고 환자! 간호사의 말에 선희는 순간 숨을 들이켰다.

"저기 벽 쪽에서 세 번째 침대 보이시죠?"

"네? 아, 네."

간호사가 손가락으로 가리킨 쪽을 바라보며 선희는 절뚝절뚝 걸음을 옮겼다. 얼마나 긴장을 하고 있는지, 뒷목이 뻐근하게 아

파왔다. 가리킨 침대 앞으로는 찰과상을 입고 떼를 쓰고 울고 있
는 어린아이 때문에 몇 명의 어른들이 달라붙어 있어 뒷 침대의
모습은 모서리만 겨우 눈에 들어올 뿐이었다.

"라이언, 라이언……."

선희의 입에서 라이언의 이름이 갈라지듯 터져 나왔다. 그리고
기를 쓰고 도망가려는 아이를 붙잡고 있는 사람들을 헤치고 침대
앞에 섰다.

"너, 너. 라이언 너……."

"써니?"

긴 손가락으로 이마에 난 생채기를 어루만지며 침대 위에 걸터
앉아 있던 라이언은 전혀 예상도 하지 못한 선희의 등장에 눈을
동그랗게 떴다. 겉옷은 입지 않은 셔츠 차림에, 한쪽 팔은 소매가
완전히 걷혀져 있었다.

"어떻게 왔어?"

"사고…… 사고 났다고…… 박 비서님이……."

"아, 써니한테까지 알릴 필요는 없었는데."

조금 창피한 듯 얼굴을 찌푸리던 라이언은 선희가 갑자기 병원
바닥에 털썩 주저앉자 깜짝 놀라 침대에서 벌떡 일어났다.

"써니!"

"괘, 괜찮아. 긴장이 풀려서…… 잠깐만 이러고……."

라이언은 손을 뻗어 선희를 일으키려다 그녀가 다리를 접질리
며 다시 주저앉자 따라서 바닥에 무릎을 꿇었다. 그리고 선희의
바지자락을 올려 퉁퉁 부어오른 발목을 발견하고 급히 간호사를

불렀다.

“다리, 어쩌다 이렇게 된 거야?”

라이언은 선희의 옆구리 부분을 안아 부축하며 일으켜 조금 전까지 자신이 차지하고 있는 침대까지 그녀를 데리고 갔다. 곧 달려온 간호사가 선희의 발목을 살펴보는 동안 라이언의 얼굴은 점점 더 일그러졌다.

“어떻게 된 거야?”

“계단에서 미끄러졌어.”

“그럼 쉬지, 여기까지 왜 왔어?”

선희는 화가 난 듯 소리를 버럭 지르는 라이언을 노려보았다.

“치료하러 왔다, 됐어?”

“그게 말이 돼?”

“소리 좀 지르지 마! 나 아직도 멍멍하단 말이야. 머리도 멍멍하고, 귀도 멍멍하고, 가슴도…… 내가 얼마나 놀랐는 줄 알아?”

선희의 말에 라이언은 순간 누그러진 마음으로 입을 다물었다.

“주위에서, 한 번도 누가 교통사고를 났다거나 이런 적 없었단 말이야. 전화 와서 누가 사고가 났다 다쳤다, 이런 소리 들어본 것도 처음이란 말이야. 으윽!”

부주의한 간호사의 손길에 선희가 나지막이 신음 소리를 내뱉었다.

“조심해!”

간호사를 향해 날카롭게 말을 내던진 라이언은 다시 선희에게로 시선을 돌렸다.

“박 비서님은 그냥 사고가 났다고만 이야기하고 자세히는 이야기해 주지도 않지, 교통사고라고 하면 머릿속으로는 피 철철 흘리면서 구급차에 실려가는 모습밖에 안 떠오르는데 나더러 어떡하라고!”

“써니.”

그때 응급실 안으로 박 비서가 달려왔다. 얼마나 급했는지, 평소 정장으로만 차려입던 그녀가 집에서 입던 청바지와 티셔츠 차림 그대로 달려온 모습에 라이언은 미안한 표정으로 박 비서를 돌아보았다.

“오닐 씨! 괜찮으…… 김선희 씨?”

사고가 나서 정작 누워 있어야 할 라이언은 침대 옆에 서 있고, 학원에서 수업을 하고 있어야 할 선희가 대신 침대에 앉아 발목을 치료받고 있는 모습에 박 비서는 어안이 벙벙했다.

“미안. 내가 직접 전화를 했어야 하는데, 몇 가지 간단한 검사들을 받아야 한다고 해서 간호사에게 전화를 부탁했는데 자세히 전해주지 못한 것 같아.”

라이언은 눈살을 찌푸린 채 선희의 발목을 내려다보며, 사고가 난 경위에 대해 이야기해 주었다. 신호에 걸려 서 있는 라이언의 차를 빠른 속도로 달려오던 뒤차가 미처 속력을 줄이기 못하고 뒤 범퍼를 받아버린 것이 대강의 내용이었다. 굉장히 빠른 속도로 충돌했기 때문에 라이언의 차가 앞으로 밀려나 버렸지만 맞은편으로 돌아 나오던 차가 사고를 인지하고 멈추어 서는 바람에 대형 사고로는 이어지지 않은 것이 천만다행이었다.

"운전대에서 안전장치가 터지긴 했지만 계기판에 살짝 부딪쳤어."

라이언은 이마의 상처를 가리켰다.

"교통사고는 안 보이는 상처가 더 큰 법인데요."

"간단한 검사들은 해보았는데, 큰 문제는 없대. 괜찮아."

대형 세단인 덕에 충격이 완화된 것이라며 박 비서가 가슴을 쓸어내렸다. 그리고 선희에게 다가가 미안한 표정으로 입을 열었다.

"저 때문에 많이 놀라셨죠?"

"많이 놀라요? 허, 허, 허."

완전히 기진맥진한 채 쓰러질 것 같은 선희의 입에서는 헛웃음만 연방 터져 나왔다.

"박 비서님, 저 집에 좀 데려다 주시겠어요?"

선희의 말에 박 비서가 고개를 끄덕였다.

치료가 끝날 때까지 선희에게 말 한마디 건네지 않던 라이언이 묵묵히 그녀의 팔을 붙잡아 부축했다.

"됐어. 그래도 교통사고씩이나 치러낸 사람이 무리하면 안 되지."

선희는 팔을 빼내려고 했지만, 그럴수록 라이언의 손가락은 더욱 단호히 파고들었다. 발목의 통증 때문에 더 이상 씨름을 할 기운이 없어진 선희는 곧 포기하고 라이언에게 몸을 살짝 기대었다.

박 비서가 운전하는 차를 타고 집으로 향하는 내내 어색한 침묵이 흘렀다. 박 비서는 룸미러를 통해, 서로에게 화라도 난 듯 시선을 각자 가까운 창가로만 던지고 있는 두 사람의 분위기를 의아하게 생각했다.

골목 앞에서 차를 세운 박 비서는 차 문을 열어 선희가 내리는 것을 도와주었다. 반대편 문 쪽으로 내린 라이언이 차가 더 이상 올라갈 수 없는 골목을 못마땅한 듯 바라보았다.

"박 비서는 차에서 기다려."

"네? 하지만 김선희 씨가 혼자서 어떻게……."

라이언은 선희를 물끄러미 내려다보다 그녀에게 다가가 휙 돌아서더니 무릎을 살짝 굽히고 등을 내밀었다.

"업혀."

"뭐?"

묵묵히 자신이 업히길 기다리는 라이언의 모습에 우물쭈물하던 선희는, 옆에서 박 비서가 얼른 업히라는 듯 눈짓을 보내자 그제야 팔을 뻗어 라이언의 목을 감쌌다. 라이언은 별 무리 없이 선희를 업은 채 골목을 오르기 시작했다.

"안 무겁냐?"

"안 무겁겠어?"

찬바람만 횡하니 불고 있는 어둡고 적막한 골목 위로 라이언과 선희의 숨소리와 그 숨과 함께 뿜어져 나오는 입김이 맴돌다 하늘로 퍼져 나갔다.

"많이 놀랐어?"

"그럼 안 놀랐겠나?"

자신의 말투를 흉내 내는 선희의 목소리에 라이언은 결국 웃음을 터뜨렸다. 키만 크고 마른 줄 알았더니, 의외로 넓은 등에서부터 웃음소리가 귓가까지 울렸다.

"조금 감동받긴 했지만, 다음부터는 이러지 마. 발목이나 다치고, 어린아이 같아."

선희는 입술을 삐죽거리며 라이언의 목을 꽉 졸라맸다. 숨이 막힌 라이언이 컥컥대며 비틀거리자 선희도 덩달아 비명을 질러댔다. 하지만 곧 웃음소리로 바뀌어 골목 안을 누비고 다녔다. 선희가 일러준 대문 앞에 도착한 라이언은 발목이 무리가 가지 않도록 조심스럽게 내려놓았다.

"심하지는 않아도 무리하면 안 된다고 했어. 조심해."

"지금 네가 남 걱정할 때야?"

라이언은 한 발자국 뒷걸음질하며 손을 살짝 들어올렸다.

"굿 나잇."

"그래, 굿 나잇이다. 조심해서 가."

고개를 끄덕인 라이언은 코트 주머니에 손을 집어넣고 뒤돌아섰다. 터벅터벅, 걸음을 옮기는 라이언의 뒷모습을 지켜보던 선희가 그를 다시 불러 세웠다.

"라이언 너."

무슨 중요한 말이 있는 듯 잠시 머뭇거리던 선희는 이내 고개를 한번 흔들어 보이고는 피식 웃음을 터뜨렸다.

"다음부터 운전하면 죽어. 알았어?"

24

단지 그것뿐이었다. 라이언에게 말했던 것처럼, 처음 있는 일이기 때문에 많이 놀라고 당황스러웠던 것뿐이었다. 태어나서 처음으로 긴박하게 느껴진, 곁에 있는 누군가가 영영 떠날지도 모른다는 극도의 불안감이었을 뿐이었다. 그게 누구든, 라이언든 아니면 다른 사람이던 간에는 상관없이.

선희는 침대에 누워 멍하니 천장을 응시했다. '그게 누구였든' 혼잣말처럼 중얼거리면서도 처음 박 비서의 전화를 받았을 때의 느낌이 심장을 뒤흔들어 놓자 그대로 이불을 뒤집어썼다. 그것으로도 모자라 몸을 마구 비틀어대다 발목에 힘을 주는 바람에 순간 아찔했다.

"으윽."

이불 속에서 발목을 움켜쥐느라 몸을 잔뜩 웅크린 선희는 나직이 한숨을 내쉬었다.

"미쳤어, 김선희. 돌았구나."

정신 차려, 김선희! 선희는 엉금 기듯이 이불 속에서 빠져나와 발목에 무리가 가지 않도록 조심스럽게 일어섰다. 책상 위에 올려놓은 휴대 전화기를 집어 들어 부재중 전화를 확인한 선희의 얼굴이 걱정으로 일그러졌다. 학원, 석훈, 원장 선생님의 전화번호가 끝도 없이 이어지고 있었다.

"죽었다."

절뚝거리며 욕실로 간 선희는 출근 준비를 서둘렀다. 그나마 다행인 것은, 어제 들어올 때도 마주치지 않았고 아침에도 일찌감치 출근들을 해버렸기 때문에 식구들에게 다리 부상을 들키지 않은 것이었다.

학원에 일찍 가서 청소라도 해놓으려는 생각으로 젖은 머리칼을 채 말리지도 못하고 집을 나선 선희는 대문 앞에 서서 그녀를 기다리고 있는 라이언의 모습을 발견하고 그 자리에서 얼어붙어 버렸다. 집 앞 골목길에 층층이 얼어 있는 얼음만 보아도 아침 바람이 차갑게 느껴질 만도 할 텐데, 라이언의 표정은 따뜻한 봄날의 향기로운 기운이라도 받아들인 듯 부드럽고 밝았다. 상대방이 눈치채지 못할 때, 한없이 바라볼 수 있는 시간이 특권처럼 느껴지는 것은 그 상대방이 기막힌 미남이기 때문일 수도, 아니면 다른 이유가 있을지도 몰랐다. 선희는 주먹으로 가슴을 살짝 쥐어박았다.

"그만 좀…… 뛰어."

그때 인기척을 느낀 라이언이 벽에서 몸을 떼며 선희를 향해 고개를 돌렸다.

"하이."

미쳤다, 돌았다는 말로는 더 이상 설명할 수 없었다. 스스로를 탓하려는 것은 아니었지만, 인정해 버리면 놀이공원에서 느꼈던 그 초라함을 다시금 맛보아야 한다는 두려움이 앞섰던 것은 사실이었다.

"써니?"

왜 하필이면 너무나 나른하고 무료하던 내 삶에 이 녀석이 들어선 것일까. 오더라도 나에게 어울리는 사람, 하다못해 석훈보다도 조금 더 늦게 올 것이지. 그래서 정말로 좋은 추억으로만 남는 그런 친구가 되어버리지, 그럼 그 이상을 원하는 것을 꿈이라고 여기는 생각 따위는 하지 않아도 되었을 텐데.

"안녕."

라이언은 한국어로 다시 인사를 건네며 천천히 그녀에게로 걸음을 떼었다. 그 자리에 뿌리를 내린 듯 꿈쩍도 하지 않으며 자신을 올려다보는 선희의 모습에 라이언이 그녀의 어깨에 살짝 손을 올려놓았다.

"아직도 다리가 많이 아파서 그래?"

걱정스러운 라이언의 목소리에 선희는 갑자기 코끝이 시큰거렸다. 하지만 절대로 바보 같은 모습을 녀석에게 보이고 싶지 않아 기를 쓰고 핑 도는 눈물을 참아냈다.

"그래. 이게 다 너 때문이야."

"그래서 이렇게 왔잖아."

하지만 전혀 미안한 구석도 없이 빙긋 웃으며 라이언이 손을 내밀었다. 선희가 묵묵히 그 큼지막한 손을 내려다보고만 있자 라이언의 장난기 어린 목소리가 이어졌다.

"또 업히고 싶어서?"

"됐어. 나 혼자 갈 수 있어."

이제껏 연애 한 번 못해본 숙맥은 아니었다. 비록 오 년 전이긴 했지만 대학을 졸업하기 전에도, 고등학교 때에도 설레고 떨리는 사랑의 감정을 간직하며 누군가를 만나고 헤어졌다. 그런데 마음과는 달리 무뚝뚝하게 터져 나오는 이 목소리에 마음 한구석이 쓰라렸다. 마음과 다르다는 것, 결국은 들킬까 봐 숨기려 한다는 것을 모를 리 없었던 것이다.

"그렇게 걸어서 언제 학원까지 갈 거야?"

혼자서 기를 쓰고 골목을 내려는 선희를 굳이 말리지 않으며 라이언이 그녀의 뒤를 따랐다.

"신경 꺼. 으윽."

추운 날씨에 빙판길이 되어버린 골목이 문제였다. 균형을 잃고 비틀거리는 선희의 등 뒤로 단단한 손길이 버티고 섰다. 라이언의 코트 자락이 자신의 다리 앞으로 펄럭거리며 날리자 두 사람이 얼마나 가까이에 서 있는지 깨달은 선희가 황급히 몸을 피하려 했다.

"써니는 고집이 세."

하지만 라이언은 손을 놓지 않고 걸음을 옮겼다. 결국 라이언이 뒤에서 어깨를 끌어안은 모습으로 골목을 내려서야 했다. 차 앞에서 기다리고 있던 박 비서가 달려와 선희를 부축해 주자 라이언은 그제야 선희의 어깨를 놓아주었다.

"좀 괜찮으세요?"

"네."

웃는지 우는지 모를 선희의 표정을, 다리의 통증 때문이라 생각한 박 비서의 표정이 어두워졌다. 선희의 부상에 자신의 책임감을 느끼고 있었기 때문이다. 때문에 바로 근처라 걸어가도 된다는 선희의 말에도 불구하고 그녀를 막무가내로 차 안에 밀어 넣는 일은 라이언이 하지 않아도 되었다.

"학원 앞에서 기다릴게."

학원 건물 앞에 도착 후 차에서 내리려던 선희에게 라이언이 입을 열었다.

"괜찮아."

"나 때문에 다친 거잖아. 날 그렇게 책임감없는 사람으로 만들고 싶어?"

"그다지 썩 책임감을 심각하게 느끼는 사람 같아 보이진 않아."

라이언의 입술 끝이 순간 실룩거리더니 눈썹을 찡그렸다.

"어제는 이렇게까지 화나지 않았었잖아. 갑자기 왜 이렇게 화를 내? 다리가 더 많이 아파서 그래?"

"화 안 났어."

"표정은 화난 것 같은데? 이전의 써니 얼굴 같아. 웃어. 써니는 웃는 게 훨씬 낫다고 했잖아."

선희는 가방을 집어 들고 차 문을 열었다.

"웃는 게 훨씬 뭐, 네가 안소니야?"

"그건 또 무슨 소리야?"

"모르면 박 비서님한테 물어봐."

선희는 입 안으로 '기다리든지 말든지'라고 중얼거리며 차에서 내렸다. 이 다리로 오층까지 올라갈 일보다도, 원장 선생님과 마주할 일이 훨씬 더 눈앞이 깜깜했다.

"안소니?"

건물 안으로 들어서는 선희의 모습을 끝까지 지켜보고 난 라이언이 박 비서를 향해 입을 열었다.

"안소니 홉킨스?"

고개를 흔든 박 비서는 어떻게 설명을 해야 할지 몰라 잠시 머리를 굴렸다.

"일본 애니메이션의 남자 주인공입니다. 금발에, 굉장한 미소년으로 안소니라는 이름 자체가 여성들의 로망스에서 백마 탄 왕자님의 고유명사가 될 정도로 유명한 캐릭터죠."

박 비서의 말에 라이언의 어깨가 순간 들썩거렸다. 꽤 기분이 좋은 듯한 라이언의 거만한 표정을 바라보며 박 비서가 말을 이었다.

"그 애니메이션의 여자 주인공인 캔디라는 소녀에게 '웃는 얼굴이 더 예뻐'라고 말하는 명대사가 있습니다."

"흠, 난 예쁘다는 소리는 안 했는데. 그냥 훨씬 낫다고 했지. 그런데 그 애니메이션 결말은 어때?"

기대에 찬 눈빛의 라이언을, 박 비서는 무뚝뚝한 말투로 무참히 짓밟아 버렸다.

"말 타다가 목뼈가 똑! 부러져 죽습니다. 그리고 캔디는 테리우스라는 안소니보다 훨씬 더 터프하고 멋진 남자를 만나 사랑에 빠지죠."

"뭐야, 그게!"

오층, 학원에 들어섰을 때 선희의 옷은 이미 땀으로 흠뻑 젖어 있었다. 나름대로 일찍 온다고 서둘렀건만 이미 학원 문은 활짝 열린 채 바쁘게 돌아가는 복사기 소리로 가득 차 있었다. 선희는 교무실로 살금살금 들어서다, 문 앞에 버티고 선 원장 선생님과 정면으로 맞닥뜨리고 말았다.

"김 선생."

"원장 선생님."

완전히 얼어붙어 버린 분위기 속에서 원장 선생님의 시선이 불편해 보이는 선희의 다리로 향했다.

"잠깐 이야기 좀 할까요."

깐깐한 목소리, 날카로운 원장 선생님의 눈빛에 선희는 잠시 눈을 질끈 감았다 뜨고 교무실로 따라 들어섰다. 웃음기 하나 없는 원장 선생님을 마주하고 앉아 있자니, 이미 각오하고 있던 것보다 훨씬 긴장이 되었다.

"죄송합니다, 원장 선생님. 어제는……"

"어떤 이유든, 아이들이 남아서 수업을 기다리고 있는데 학원을 그렇게 나가 버리는 건 원장으로서 용납이 안 되네."

"죄송합니다."

"어제 학부모님한테서 전화가 왔어요. 그렇게 자습만 시킬 거면 집에서 공부시키지 뭐 하러 돈 내면서 학원에 보내겠느냐고요."

그것도 어느 정도 각오하고 있던 바였다.

"그냥 이대로 넘어갈 수가 없네요, 김 선생."

어쩌면 원장 선생님의 입장에서는 기회라 생각할지도 몰랐다. 그녀는 언제나 오 년간 변함없는 그 월급마저도 더 깎아내리지 못해 안달했었으니까. 하지만 잘못은 순전히 자신에게 있다는 사실을 인정하지 않을 수 없는 선희로서는 할 말이 없었다.

"그만 다른 학원을 찾아보는 게 서로에게 좋을 것 같아."

"네?"

원장 선생님의 말을 제대로 이해하지 못해 순간 선희는 눈만 깜빡거리며 바보같이 되물었다. 하지만 원장 선생님은 눈썹 하나 까딱하지 않고 하던 말을 계속했다.

"이번 월급날까지 계속해도 좋고, 원한다면 오늘까지만 하고 정리해도 좋아요."

오늘까지만 하라고 종용하는 뉘앙스가 강하게 느껴지자 선희가 떨리는 입술로 물었다.

"그럼 당장 내일부터 사회 수업은……."

"내가 있는데 뭐가 걱정이야?"

선희의 수업을 자신이 이어서 해나가면 전혀 문제될 게 없다는 것이 원장 선생님의 말이었다. 그제야 선희는, 이제껏 그녀가 꼬투리를 잡으려고 애를 썼던 이유가 단순히 월급을 깎아내리기 위한 것이 아니었음을 깨달았다. 선희는 떨리는 입술을 질끈 깨물었다.

"오늘까지만 하고 정리하겠습니다."

"그럼 그렇게 하도록 해, 김 선생. 헤어지는 건 아쉽지만 학부모들 의견들도 무시하지 못하는 거 아니까 이해할 거야."

까다롭고 짜증스러운 상사이긴 했지만, 그래도 지난 오 년간 함께 일을 한 미운 정은 있다고 생각했다. 하지만 그건 순전히 선희 혼자만의 생각이었던 모양이다. 원장 선생님의 입장에서는, 오 년의 시간이 월급을 올려주어야 부담감이 커지는 기간으로밖에 느끼지 않았던 것이며 신문 광고 하나만 내면 더 적은 월급으로라도 일을 하겠다는 사람들이 몰려들 것이란 생각에 선희는 떼어내고 싶은 혹일 뿐이었다.

"네, 그럼요."

선희의 목소리는 무뚝뚝했다.

"이해하죠."

다른 선생님들이 왁자지껄 수다를 떨어대는 소리가 복도에서 들려왔다. 선희는 먼저 강의실에 가겠다며 황급히 자리를 피했다. 내일이면 학원에서는 다시 볼 일 없을 것이라는 말은 물론이거니와, 아무 일도 없었다는 듯 멀쩡한 얼굴로 사람들을 대하는 것조차 자신이 없었다. 선희는 창문이 없어 대낮에도 불을 켜지 않으

면 어둑한 강의실에 혼자 앉아 멍하니 아이들의 작은 책상을 바라
보았다.

"김 선생님."

얼마나 지났을까. 짧은 노크 소리 후, 대답을 기다리지 않고 석
훈이 배꼼이 문을 열고 들어섰다. 얼굴에는 어제 갑자기 사라져
버린 후 전화도 받지 않는 선희에 대한 걱정으로 한숨도 잠을 이
루지 못한 듯 피곤이 역력했다.

"네, 윤 선생님."

"도대체 어제 무슨 일이 있었던 거예요?"

"그냥. 작은 사고가 있었어요."

"아이들 내버려 두고 달려나갈 만큼 중요한 일이었던 거예요?
원장 선생님이 얼마나 화가 나셨는지…… 원장 선생님은 뵀었어
요?"

선희는 가만히 고개를 끄덕였다. 석훈에게 조금 전, 오 년 동안
결근 한 번 없이 일하던 직장에서 해고당했다는 사실을 이야기할
까 하다 그만두었다. 결국 당신도 삼 년 뒤에 같은 꼴이 될지도 모
르니까 일찌감치 다른 직장 찾아보라는 악언으로 끝을 보이는 못
난 꼴이 될 것 같아서였다.

"애들 오나 봐요. 자세한 이야기는 나중에 해요, 윤 선생님."

석훈은 더 할 말이 남아 있는 듯했지만 수업이 끝나면 하자는
말로 아쉬움을 달래며 강의실을 빠져나갔다. 다시 혼자 남은 선희
는 참고서를 펴 들었다. 이제는 거의 달달 외워 버려 눈을 감고도
칠판 한가득 필기 거리를 적어놓을 수 있는 것이긴 했지만 한장한

장 넘기는 손길에는 오히려 처음 만지는 듯한 어색함이 맴돌았다.

"안녕하세요, 선생님!"

빽 소리를 지르며 강의실로 뛰어드는 아이들, 선희가 자리에서 일어나 문 옆의 버튼을 달칵거리자 강의실의 낡은 형광등이 몇 번 깜빡이다 환하게 불을 밝혔다. 한명한명 늘 지겹다고만 생각했던 아이들이 개구진 웃음을 터뜨리며 들어서 한 자리씩 채워 나가는 것을 가만히 바라보던 선희의 얼굴에도 씁쓸한 미소가 떠올랐다.

25

"**지**금 뭐 하시는 거예요, 김 선생님!"

수업을 끝내고 교무실로 들어서던 석훈은 참고서와 나뒹구는 붉은색 볼펜과 색연필들로 가득했던 선희의 책상이 깨끗해진 것을 보며 눈을 동그랗게 떴다. 그리고 캐비닛 구석에서 찾아낸 듯한 구겨진 종이 가방 안에 자신의 물건들을 집어넣고 있는 선희에게 황급히 다가가 물었다.

"책상 정리하는 중이에요."

"왜요?"

선희는 석훈을 흘낏 바라보며 빙긋 미소를 지어 보였다.

"오늘부로 그만두게 되었거든요."

"네? 설마 어제 일 때문에, 아니, 처음 있는 일이잖아요. 선생님

안 계신 동안 애들이 사고가 난 것도 아니고…… 말도 안 돼요. 원장 선생님 어디 계세요?”

원장 선생님에게 대신 따지기라도 하려는 듯 펄쩍 뛰는 석훈을 조용히 말리며 선희가 입을 열었다.

“설마, 어제 일만 가지고 그러시겠어요?”

“그럼 왜!”

석훈은 이해할 수 없다는 표정으로 의자 위의 커다란 종이 가방을 노려보았다. 그의 모습에 선희는 내심 서운하던 마음 한구석이 위로가 되는 것 같았다. 다음 차례가 될지도 모른다는 불안감에 다른 선생님들은 아예 교무실 근처에도 오지 않고 강의실에서 밍기적대고 있는 것을 눈치채고 있었던 것이다.

“자세한 이야기는 나중에, 기회가 되면 다시 해요. 지금은 그냥…… 그냥 조용히 가고 싶어요.”

선희는 종이 가방을 집어 들었다. 그녀의 표정에 아무 말도 하지 못하던 석훈이 교무실을 가로질러 나가는 선희의 불편한 걸음걸이에 얼른 달려와 종이 가방을 빼앗아 들었다.

“다리는 왜 그래요?”

“살짝 삐끗했어요. 괜찮아요.”

“기다려요. 차 키 가지고 올게요.”

“아니요!”

선희는 자신의 책상으로 돌아가려는 석훈을 얼른 붙잡았다. 의아해하는 석훈의 얼굴을 바라보기가 미안했지만, 선희는 솔직히 털어놓았다.

"앞에서 라이언이 기다리고 있을 거예요."

순간 석훈의 표정이 어두워지는 것 같았지만 선희에게 종이 가방을 되돌려 주지는 않았다. 한참이나 선희를 물끄러미 내려다보던 석훈은 그럼 아래까지만 함께 가주겠다며 선희를 부축하고 교무실을 나섰다. 그것까지 거절할 수가 없어 선희는 잠자코 학원을 나섰다. 주말과 공휴일을 제외하고는, 하루도 빠짐없이 드나들던 학원 문턱을 넘으면서 이제 다시는 이곳에 올 일이 없을 거라는 사실이 믿기지 않았다.

"일단은 김 선생님 다리도 불편하고 그러니까, 일찍 가서 쉬세요. 제가 원장 선생님과 이야기해 볼게요. 이런 식으로 해고하는 법은 어디에도 없어요. 너무 걱정 마세요."

"말씀은 감사하지만, 그러지 마세요."

석훈의 부축을 받으며 계단을 무사히 통과하고 건물 앞으로 내려선 선희는, 길 한쪽에 세워진 라이언의 차를 발견하고 안도의 한숨을 내쉬었다. 왠지 모르게 긴장이 풀리는 느낌, 차 문이 덜컥 열리며 라이언이 내려서는 모습을 보고 있자니 무거운 돌 덩어리를 매달고 있던 가슴 한구석이 그나마 숨통이 트이는 것 같았다. 라이언은 눈 깜짝할 사이 성큼성큼 다가와 두 사람을 번갈아 바라보았다.

"오늘은 내가 써니와 선약이 있는데."

딱딱한 라이언의 목소리에 선희가 얼른 석훈에게서 종이 가방을 받아 들었다.

"아니야. 윤 선생님은 그냥 나 내려오는 거 도와주러 내려오신 거야. 윤 선생님도 얼른 올라가 보세요. 퇴근 준비하셔야죠.”

라이언은 석훈에게 보란 듯이 선희의 손에서 종이 가방을 빼앗듯 들어 품으로 끌어안았다. 그리고 자연스럽게 한 팔로 선희의 등을 감싸 안아 기대게 했다. 석훈의 눈썹이 위쪽을 향해 치켜올랐지만 선희를 향한 눈빛만은 부드러웠다.

“네, 걱정 말아요. 원장 선생님, 제가 만나볼게요. 전화, 받을 거죠?”

“그럼요.”

라이언이 선희를 이끌고 돌아서 버리는 바람에 두 사람의 대화는 더 이상 이루어지지 못했다. 선희를 태운 후, 반대편 문으로 돌아 차에 올라탄 라이언은 잔뜩 찡그린 얼굴로 종이 가방을 발밑에 내려놓았다.

“나하고 한 약속 안 잊었지?”

“무슨 약속?”

선희가 모른 척 되묻자 라이언의 코끝이 실룩거렸다.

“랜디가 오기 전까지…….”

“아우, 알았어. 알았어.”

“그런데.”

구겨진 종이 가방 안에서 펜이 가득 찬 필통과 액자를 집어 들어 유심히 바라보던 라이언이 선희에게 물었다.

“걱정하지 말라고 한 건, 무슨 말이야?”

“별거 아니야. 배고프다. 밥이나 먹자.”

라이언은 이제 그녀가 추천하는 식당에는 절대로 가지 않을 것이라며 호텔 레스토랑으로 가길 원했다. 시동을 건 박 비서는 라이언과 선희의 눈치를 보며 차를 어디로 돌려야 할지 갈팡질팡 운전대만 꽉 붙들었다.

"배고프다니까 서울까지 또 언제 갈 거야?"

"데려다 줄게."

사철탕 사건으로 심하게 몸 고생, 마음고생을 했던 라이언은 쉽게 물러나지 않았다. 그런 라이언을 물끄러미 바라보던 선희는 박 비서의 어깨를 톡톡 쳤다.

"박 비서님, 저기 길 끝으로 쭈욱 올라가면 포장마차 하나 있거든요?"

"아, 거기요? 골목 끝에 있는 거 말씀하시는 거죠?"

박 비서가 위치를 알고 있다는 듯 차를 몰았다. 선희는 그제야 라이언을 처음 만났던 곳이 그 포장마차라는 사실을 떠올려 냈다. 크리스마스가 지난 지가 언젠데 아직도 은박 금박으로 구석구석을 치장한 포장마차의 후줄근한 인테리어와 너무나도 동떨어지도록 어울리지 않던 라이언의 모습이 또렷하게 기억이 난다.

"거긴 왜?"

"술이나 한잔하자."

"술? 왜?"

라이언의 동그랗게 뜬 눈을 마주하며 선희가 싱긋 미소 지었다.

"나 오늘 학원 그만뒀거든. 아니, 잘렸지. 술 마실 이유, 이 정도면 충분하지?"

끼이익, 거침없이 골목길을 가로질러 가던 차가 중간에서 멈추어 섰다. 박 비서는 얼굴이 샛노래진 채로 선희를 돌아보았다. 다리의 부상을 자신의 탓이라 여기고 있는 박 비서는, 선희의 해고 소식에 가슴이 쿵 내려앉았던 것이다.

"기, 김선희 씨, 혹시 어제 일로……."

"아니에요, 박 비서님. 뒤에 차 와요. 얼른 가요."

박 비서가 떨리는 손길로 겨우 차를 출발시키자 라이언이 선희 쪽으로 몸을 틀어 앉으며 진지하게 물었다.

"정말 어제 일 때문이 아니야? 그럼 아까 윤 선생이 걱정하지 말라고 했던 그 말이……."

"그만. 나 지금 별로 그 생각하고 싶지 않거든? 같이 소주 한잔 해 줄 거면 입 다물고, 해주기 싫으면 내려주고 그냥 가."

단호한 선희의 목소리에 결국 라이언은 꼬리를 내려 '난 소주 싫어, 와인이 좋은데……' 중얼거리며 자세를 바로 돌아서 앉았다.

포장마차 가까운 곳에 차를 주차시킨 박 비서는 함께 술을 마시자는 선희의 끈질긴 권유에도 불구하고 차에 남겠다고 주장했다. 어쩔 수 없이 라이언의 부축을 받아 포장마차 안으로 들어섰다.

"아이쿠, 어떡하나. 아직 준비가 다 안 되었는데."

이제야 막 장사 준비를 시작했는지 한쪽에서 더운 김이 오르는 찜통이 콸콸 소리를 내며 끓고 있었다. 선희는 테이블에서 미처 내리지 못한 의자를 내려놓고 자리에 앉으며 빙긋 미소를 지었다.

"괜찮아요. 일단 소주 한 병이랑 따끈한 국물만 주세요. 다른 안주는 준비되면 주문할게요."

"그럼, 그럴래?"

살갑게 말을 놓으며 소주병을 들고 오던 포장마차 주인 아주머니는 테이블 사이에서 멀뚱히 서 있는 라이언을 올려다보더니 고개를 갸웃거렸다.

"아가씨만 눈에 익은 줄 알았더니, 이 총각도 전혀 낯설지 않은데? 아, 뭐 해. 아가씨만 덜렁 앉혀놓고. 앉아요, 응? 앉아."

라이언은 못마땅한 얼굴로 포장마차를 한번 둘러보고는, 아주머니가 건넨 소주병을 집어 드는 선희의 맞은편에 의자를 내리고 앉았다. 선희는 아주머니가 가져다 준 야채 접시에서 토막으로 썬 오이를 집어 들어 소주병 입구를 틀어막았다.

"왜 그렇게 둘러봐? 오닐 이사님 수준에 너무 떨어지는 곳에 와서?"

라이언은 고개를 흔들었다.

"아니, 그다지 좋지 않은 기억이 떠올라서. 사실, 처음 써니를 보았을 때는 눈앞이 깜깜했었거든."

솔직하게 털어놓은 자신의 말에 얼굴을 잔뜩 찡그리는 선희의 표정이 재미있다는 듯 라이언은 웃음을 터뜨렸다.

"그런데 그건 왜 거기 집어넣는 거야?"

"소주 냄새가 너무 독해서, 우아하게 와인만 마시던 왕자님이 냄새에 취해 쓰러질까 봐 그러신다."

선희는 오이 조각을 비집고 흘러나오는 소주를 잔에 따라 라이언의 앞으로 밀어놓았다. 그리고 아주머니를 향해 소리쳤다.

"저희 아직 저녁 못 먹었거든요. 준비 다 되시면 우동 한 그릇부터 해주세요."

“응. 금방 해줄게. 조금만 기다려.”

선희는 긴장한 표정으로 소주잔을 내려다보는 라이언을 바라보다 자신의 잔에도 술을 가득 따랐다. 사뭇 비장해 보이기까지 한 선희의 표정에 라이언의 얼굴에서는 웃음기가 천천히 사라졌다. 소주잔을 집어 들어 한 번에 물기 하나 없이 털어내는 선희의 모습에 라이언은 할 수 없이 자신의 앞에 놓인 소주잔을 집어 들었다. 코를 찌르는 알코올 향 때문에 벌써부터 코끝이 시큰거릴 정도였다.

“겁먹지 마. 도수는 양주보다 낮으니까.”

“누가 겁먹었다고 그래?”

발끈하며 소주잔을 집어 들었지만 내심 생각보다 센 술은 아닐 것이라는 말에 안심하고 있었다. 의외로 입 안으로 넘긴 소주의 맛은 오이의 상큼함 때문에 알싸하면서도 깨끗해 놀라울 정도였다. 라이언은 빙긋 웃으며 소주병을 직접 들어 자신의 잔에 가득 따랐다.

“맛있다고 너무 막 마시진 마라. 빈속에 마시면 금방 취해.”

말은 그렇게 하면서도 선희 역시 자신의 잔에 술을 따랐다.

“아니, 초저녁부터 왜 이렇게 마셔들 대?”

우동 그릇을 테이블 위에 내려놓으며, 벌써 반이나 비워 버린 소주병에 아주머니는 기겁을 하며 돌아갔다. 선희는 소주잔과 우동 그릇을 나란히 놓고 라이언을 바라보며 입을 열었다.

“일단 우동 국물을 떠먹은 다음에 소주를 딱 반 잔만 마시고 우동 면발 건져서 먹어봐. 이렇게.”

시범을 보이듯 선희는 수저로 우동 국물을 몇 번 떠먹은 후, 소주를 반 잔 들이켰다. 그리고 재빨리 젓가락으로 면을 건져 입 안으로 후루룩 빨아들였다. 라이언은 선희를 뜨거운 우동 국물에 화들짝 놀랐지만 선희를 따라 그대로 했다.

"어때? 속이 후끈하지?"

라이언은 데이기라도 했는지 혀를 살짝 내밀었지만, 이내 환하게 미소를 지으며 고개를 끄덕였다.

"너도 정말 한국인은 한국인인가 보다. 뜨거운 것도 잘 먹고, 소주도 잘 마시고……."

"써니."

반 잔쯤 남아 있는 소주잔을 비워내던 선희는 라이언이 자신의 이름을 부르자 눈을 동그랗게 뜨며 그를 바라보았다.

"학원에서 해고된 것 때문에 그래?"

"내가 뭘?"

"기분 안 좋잖아."

아무리 웃으려도 해도, 아무리 밝게 말을 하려고 해도 감추는 것에는 한계라는 벽에 부딪치게 되어 있었다. 문득 선희는 라이언의 앞에서 모든 감정에 솔직하고 싶은 충동에 시달려야 했다. 슬프면 슬프다, 기쁘면 기쁘다. 하지만 그렇게 솔직하게 표현하다, 좋으면 좋다고 말을 하고 싶어질까 봐 겁이 났다.

"아닌데. 속히 후련해. 어쩌면 내가 지난 오 년 동안 그렇게 무료하게 살아왔던 이유가 학원 때문인지도 모르잖아. 이제는, 이제는 다른 재미있는 일 찾아봐도 되는 거고……."

라이언은 소주잔을 비워내고 탁, 소리 나게 테이블 위에 올려놓았다. 화가 난 듯한 라이언의 표정에 선희는 말을 멈추었다.

"매일 바보같이 웃고, 아이처럼 투덜댄다고 정말로 나를 열두 살 먹은 아이로 생각하는 거 아니지? 적어도 상대방의 상황이, 기분이 어떤지 정도는 눈치챌 수 있을 정도는 돼. 나 바보 아니야."

순전히 순철이 때문에, 자신은 얼굴도 기억해 내지 못하는 랜디 브라운이라는 멋지고 근사한 친구 때문에 선희를 찾아온 라이언. 언제부터였을까. 웃고, 화내고, 소리 지르고, 기뻐하는 모습 하나하나가 거짓없이 다가온 것은. 이렇게 걱정하는 녀석의 모습에 자신이 기뻐하게 된 것은 또 언제부터였을까.

선희는 자신의 말을 기다리는 라이언의 진지한 표정에 쓴웃음을 지으며 소주잔에 술을 따라 또다시 비워냈다. 소주병은 벌써부터 바닥을 드러내기 시작했다. 타닥타닥, 포장마차 안에 놓인 재래식 난로에서 장작이 타 들어가는 소리와 함께 구수한 나무 향이 구석구석으로 퍼져 나갔다. 라이언은 놀라울 정도로 인내심을 가지고 선희가 입을 열기를 기다리고 있었다.

"아주머니, 여기 소주 한 병 더 주세요!"

벌써 선희의 얼굴에는 취기로 홍조가 떠올랐지만 목소리와 눈빛은 또렷했다.

"내가 지난번에 소녀 이야기 해준 것 기억 나?"

"Honey!"

"그래, 하니. 나는 어릴 때부터 개가 참 부럽더라. 남모를 슬픔을 가진 것도, 슬픔을 이기기 위해 달리는 것도. 그래서 따라 해보려고 했는데 잘 안 되더라고. 우리 부모님은 멀쩡히 살아계시고 달리기로 승화시킬 슬픔이래 봤자 쥐꼬리만큼의 용돈으로 떡볶이를 원하는 만큼 사 먹을 수 없다는 것뿐이었으니까."

라이언은 꼬마일 적의 선희의 모습을 상상이라도 하는 듯 입술에 미소를 머금었다.

"얼마 안 가서 뼈저리게 느꼈지, 나는 하니가 아니구나. 하니처럼 드라마틱한 비극을 만들 수도 없구나. 하니처럼 천부적인 소질 따위도 없구나. 하니처럼 결승점을 통과할 수 없구나. 나는 만화 속 주인공이 아니라 그저 그런, 평범한 김선희구나."

어느덧 포장마차 안으로 손님이 하나둘 들어서기 시작했다. 조금 쌀쌀하던 기운이 알코올과 여러 사람들의 훈기로 따끈하게 데워졌고 그럴수록 취기는 더욱 강하게 몰아치기 시작했다.

"학원 생활은, 그저 그런 평범한 김선희 생활의 극치였지. 그런 드라마틱한 삶은 어릴 적에 포기했었지만, 그래도 왠지 좀 억울하더라고. 적응하는 것도 억울하고, 익숙해지는 것도 억울하고, 학원에 정이 드는 것도 억울하고. 그런데 막상 그만두라니까, 억울해하면서도 학원 생활이 내게 얼마나 익숙했는지, 편안했는지, 정이 들었는지…… 정말 너무너무 얄밉고 밉던 애들까지도 다시는 이 녀석들 앞에서 소리 빽빽 지를 일이 없을 거라고 생각하니까 눈물이 핑 돌더라고."

라이언은 물끄러미 선희를 바라보았다. 그 눈빛을 읽어보려고 노력했지만 결국 포기한 선희는 마저 입을 열었다.

"그냥. 지긋지긋하다고 생각했는데, 학원 생활. 그런데 생각보다, 생각했던 것보다 아주 조금 더…… 그 일을 좋아했던 것 같아."

라이언은 부드러운 눈길로 그녀를 바라보았다.

"무슨 일이든 자신이 하고 있을 때는 그 일이 정말 즐거운지, 아니면 괴로운지 분명히 아는 사람은 극히 드물 것이라고 생각해. 만약 알고 있다면, 세상의 모든 사람이 행복할지도 모르지. 하지만 신은 인간에게 그런 현명한 능력을 주지는 않았어. 내 생각에, 일부러 그런 것 같아. 만약, 써니가 직장을 그만두지 않았다면 사실 그 일을 좋아하고 있었다는 걸 영영 몰랐을 테고, 그렇게 지낸 시간들이 그저 지루하고 짜증나는 일상으로 기억되었을 테니까. 하지만 그만두고서 이렇게 알게 되었으니까, 그 돌이킬 수 없는 시간이 더 소중하고 즐거운 추억으로 기억될 거야. 그리고 앞으로 다시는 그런 시간을 헛되이 보내지 않을 거야. 깨달았으니까."

선희는 한참 동안 라이언과 눈을 마주치며 녀석의 진심 어린 한 마디 한 마디가 심장 속으로 파고드는 것을 느끼고 있었다. 그리고 곧, 그런 자신의 멍한 표정이 쑥스러워 일부러 크게 미소를 지었다.

"아! 이제 우울한 이야기 그만. 너, 내가 이전처럼 매일 죽을상 하고 지내면 어떡하려고 그래?"

정말로 그것이 걱정되었던 것인지, 아니면 선희의 마음을 이해하고 한 것인지 몰랐지만 라이언은 더 이상 그녀에게 아무것도 묻지 않았다. 날씨가 쌀쌀한 만큼, 지나가다 뜨끈한 우동 한 그릇이 생각나는지 포장마차 안은 사람들로 북적거렸다.

"오랜만에 소주 마시니까 기분 좋다."

"거기까지만이야. 지난번처럼, 미친 사람처럼 달리지만 마."

무심하게 말하며 소주잔을 들이키던 라이언은 장난스럽게 웃으며 테이블에서 일어나는 선희의 모습에 눈을 동그랗게 떴다. 그리고 미처 붙잡을 틈도 없이 선희가 좁은 테이블 사이 길을 요리조리 피해 폴짝폴짝 다리 한쪽으로 뛰어나가자 아연실색한 표정으로 벌떡 일어났다.

“계산은 하고 가야지, 총각!”

라이언은 지갑을 꺼내 만 원짜리 지폐 몇 장을 꺼내어 테이블 위에 올려놓은 뒤 얼른 선희의 뒤를 쫓았다. 한 발 가지고는 달리는 것이 무리였는지, 선희는 포장마차 앞에서 숨을 헐떡이고 있었다.

“그러다 발목이 더 심해질지도 몰라!”

“지금 내 걱정 하는 거야?”

“아니, 뭐 그렇다기보다…… 랜디가 왔을 때 그렇게 절뚝거리면서 만날 수는 없잖아. 그전에 나아야지.”

“그럼 뭐, 어쩔 수 없지.”

다행히 골목을 달린다거나 하는 어리석은 짓은 하지 않을 것 같아 라이언은 안도의 한숨을 내쉬며 박 비서를 찾기 위해 고개를 이리저리 돌렸다. 그러다 자신의 등 뒤로 가서 서는 선희의 모습에 눈살을 찌푸렸다.

“뭐 하는 거야?”

“내 다리로 못 달리면, 남의 다리라도 빌려야지.”

“뭐?”

라이언이 무슨 말을 하기도 전에 선희는 팔을 뻗어 그의 목을 감싸 대롱대롱 매달렸다. 순간 충격으로 흡, 하고 라이언이 숨을

들이쉬었지만 이대로 그녀를 떨어뜨리면 발목이 완전히 부서질지
도 모른다는 두려움에 감히 그러지도 못했다.

"흡, 헉. 지금 뭐 하는, 뭐 하는, 흡, 거야."

숨이 막힌 라이언은 어쩔 수 없이 선희의 다리를 붙잡아 올려
업었다.

"어제는 시키지 않아도 업었잖아."

"그건 집까지 차가 못 올라가니까 그런 거지. 지금 나더러 여길
달리란 말이야?"

"싫어?"

그럼 어쩔 수 없지, 중얼거리며 선희는 주머니에서 휴대 전화기
를 꺼내 들었다. 순간 라이언의 얼굴이 환해졌다.

"박 비서한테 전화하는 거야?"

"아니, 윤 선생님한테."

귓가에서 간간히 뿜어져 나오는 선희의 작은 숨결에서 소주 냄
새가 풍겨져 왔지만 라이언은 그다지 불쾌한 기분은 들지 않았다.
하지만 윤 선생이라는 말에 발목이 부서지든 말든 그녀를 집어 내
던지고 싶은 충동에 시달려야 했다.

"왜?"

"윤 선생님은 지금이라도 당장 달려와 업고 뛰어줄 테니까. 뭐
네가 정 싫다면 윤 선생님한테 전화해야지 어쩌겠어."

정말로 전화를 걸 생각인지 번호를 또옥 또옥 누르는 소리가 들
려오자 라이언은 입 안으로 욕설을 중얼거렸다. 그리고는 심호흡
을 크게 한번 하고서 내리막길의 길을 천천히 걷기 시작했다.

"어헛, 시속 20㎞ 유지!"

"네 무게를 생각해! 나더러 죽으라는 소리야?"

"윤 선생님 전화번호가…….'

라이언은 이를 악물고 속력을 내기 시작했다. 차가운 바람에도 불구하고 내리막길에 다다랐을 무렵에는 라이언의 온몸이 땀으로 젖어 있었다. 숨은 터질 것처럼 입 밖으로 뿜어져 나왔고 다리가 후들거렸다.

"남자 맞아? 아니, 이 정도 뛰었다고 완전히 기진맥진이야? 외국 로맨스 소설 보면 나오는 외국인 남자 주인공의 체력은 거의 괴물 수준이던데. 덩치가 아깝다!"

윤 선생에 대한 분노의 포스에 이어, 교묘하게 약을 올리는 선희의 말에 라이언의 눈에서 독기가 뿜어져 나왔다. 그만 내리겠다는 선희의 말에도 불구하고 라이언은 입술을 질끈 깨문 채 내려왔던 오르막길을 기를 쓰고 달리기 시작했다.

"큭큭큭큭."

"웃지, 웃지 마. 히, 힘들…… 헉. 헉."

"달려라! 달려라, 달려라, 라이언. 라이언~ 이 세상 끝까지, 까지~ 달려라, 라이언!"

"시끄러워!"

"달려라~ 달려라~ 달려라, 라이언…….'

"시끄러워어어어!"

26

약간의 소주, 그리고 엄청난 운동량은 라이언을 늦은 오전
까지 침대에서 꼼짝도 할 수 없도록 만들었다. 열 시, 시계 바늘을
멍하니 올려다보던 라이언은 시트를 얼굴까지 끌어당기며 끙, 신
음 소리를 내뱉었다. 하지만 결코 짜증스럽거나 불쾌한 통증은 아
니었다.

"달려라! 달려라, 달려라, 라이언. 라이언~ 이 세상 끝까지, 까
지~ 달려라, 라이언!"

누가 그녀를 그날 직장에서 해고된 사람이라 생각하겠는가. 밝
게 울려 퍼지던 목소리, 그 어떤 응원가보다 더 흥겨웠던 웃음소

리까지. 후들거리는 다리로 선희의 집 앞에서 그녀를 내려놓았을 때 바람 타고 음악처럼 들려오던 그 말 'Thank you'.

"Thank you."

천천히 얼굴 위의 시트를 걷어내고, 어제의 선희를 흉내 내듯 라이언은 입 안으로 중얼거렸다. 얼굴 위로 부드러운 미소가 번져 나갔다. 그러다 문득, 무슨 생각이 스쳤는지 황급히 몸을 일으켰다.

해고, 오늘부터 그녀의 모든 시간이 자유롭다는 것을 뜻했다. 수업이 끝나기를 지루하게 기다리는 일도 없을 것이며, 시간에 쫓겨 다니지 않아도 된다는 것을 의미했다. 좀 더 많은 시간을 함께 할 수 있었다.

눈물이라도 한 방울 뚝 떨어져 내릴 것 같은 표정으로 학원에서 일하는 평범한 삶에서도 애정을 느꼈었다는 말을 할 때에는, 선희를 해고시킨 학원 원장을 찾아가 멱살이라도 잡고 싶은 심정이었다. 물론 마음 한구석으로는, 더 이상 윤 선생이라는 작자와 마주치지 않아도 된다는 사실에 안도하긴 했지만. 그런데 생각해 보니 직장을 그만둔 것이 그리 나쁜 일은 아닌 듯싶었다.

콧노래를 흥얼거리며 라이언은 전화기를 집어 들었다. 번호를 누르고, 잠시 기다리자 곧 선희의 졸린 목소리가 수화기 건너편에서 들려왔다.

"일하지 않는다고 해서 벌써부터 이렇게 늦잠을 자는 거야?"

[학원에 나갈 때도 아직 일어날 시간은 아니거든! 그 말 하려고 전화한 거야? 야! 끊어!]

“조금 있다 집 앞으로 갈게.”

[뭐 하려고?]

순간 말문이 막힌 라이언은 열심히 머리를 굴렸다.

“지난번에 옷 못 샀잖아. 옷 사러 가자.”

[아니, 옷 사는 데 시간이 얼마나 걸린다고 지금 온다고 이 난
리…….]

“준비하고 있어.”

졸음이 가득한 선희의 목소리를 뒤로하고 라이언은 달칵, 수화
기를 내려놓았다. 그리고 뜨거운 물에 샤워를 하기 위해 침실에서
벗어날 즈음, 다시 전화벨이 울렸다. 혹시라도 귀찮다며 약속 시
간을 미루려는 선희의 전화일까 싶어 처음에는 받지 않았다. 벨소
리는 끈질기게 울리다 라이언이 작은 미니 바에서 물을 마시고 잔
을 내려놓을 때에서야 끊겼다. 하지만 욕실에 들어서려는 찰나,
전화벨은 다시 울렸다. 잠시 고민을 하던 라이언은 결국 침실로
돌아가 수화기를 집어 들었다.

“여보세요.”

[라이언, 나야, 랜디.]

“랜디!”

반가운 랜디의 음성에 라이언의 표정이 더욱 환하게 밝아졌다.
늘 선희 때문에 정신이 없는 바람에 랜디는 고사하고 줄리아에게
도 제대로 전화를 하지 못했었다. 생각해 보니 지난번 줄리아가
먼저 전화를 걸어왔던 그날 이후, 그녀와도 통화를 하지 못했다.

“어디야? 사무실?”

[퇴근하고 밖에서 저녁 먹고 들어가는 길이야. 넌 어때? 서울은 여전히 즐거워?]

"난 즐겁게 휴가를 보내고 있지."

생각했던 것보다 훨씬 더. 라이언의 얼굴에 떠오른 만족의 미소는 이어진 랜디의 말에 순식간에 사그라졌다.

[라이언, 나도 드디어 서울로 가.]

"뭐?"

라이언은 랜디의 목소리가 들리지 않는 듯 멍하니 되물었다.

[한국 시간으로 다음 주 월요일 오전에 도착하는 비행기야.]

오늘은 수요일이었다. 어차피 랜디가 올 것을 알고 있지 않았던가. 애초에 자신이 한국에 온 이유 자체가, 랜디가 한국에 와서 선희를 찾으려는 것 때문이 아니었던가. 알면서도, 잊지 않고 있었으면서도 라이언은 전혀 새로운 소식을 듣기라도 한 듯 입 안으로 '월요일'을 중얼거렸다.

[라이언? 내 말 듣고 있는 거야?]

"응? 아, 듣고 있어."

[그래서 부탁 하나만 하려고.]

"부탁?"

라이언은 멍청하게 랜디의 말을 반복할 뿐이었다.

[네가 선희를 좀 찾아줘.]

랜디의 목소리에서 기대와 설렘이 고스란히 라이언에게 전해져 왔다. 만약, 조금 전에도 그렇게 그리워하는 선희와 자신의 가장 친한 친구가 통화를 하며 만나기로 약속한 사실을 알게 된다면 랜디는 어떤 표정을 지을까.

[그렇게 어렵지는 않을 거야. 조금도 지체하고 싶지가 않아서 그래. 부탁, 들어줄 거지?]

라이언은 수화기를 꽉 움켜쥐었다.

"그럼, 누구 부탁인데……."

입 안에 쓴 맛이 맴돌았지만, 라이언은 억지로 미소를 지으며 말을 이어나갔다.

"걱정하지 마. 내가…… 찾을게."

"바로 온다는 애가…… 도대체 지금이 몇 시야?"

오후 네 시를 가리키고 있는 거실 시계를 흘낏 올려다보던 선희는 뱃속에서 들려오는 허기의 신호에 얼굴을 잔뜩 찡그렸다. 라이언의 전화에 자다 깨긴 했지만, 곧 녀석과 마주할 생각에 침대에서 억지로 몸을 일으켜 샤워로 잠을 깨우고 옷을 골라 입고 뷰티 살롱에서 배운 대로 메이크업을 끝낼 때까지도 녀석에서는 연락이 없었다. 하릴없이 묵묵히 앉아 시계만 바라보며 선희는 전화를 기다렸다. 물론, 함께 점심을 먹을 생각으로 식사도 거른 채였다.

결코 먼저 전화를 걸지 않으리라 다짐하고 또 다짐했던 선희의 시선이 자꾸만 전화기로 향했다. 기다리며, 안달하고, 망설이는 자신의 모습에 문득 선희는 실없는 웃음이 터져 나왔다. 당장이라도 외출할 수 있는 모습으로 거실의 마루에 퍼질러 앉아 전화기만 노려보고 있던 적이 있었던가, 있었다면 얼마나 오래된 일일까 하는 생각이 스치고 지나갔던 것이다.

"바보냐. 라이언은 신경도 안 쓸 텐데, 자존심은 무슨."

선희는 전화기를 집어 들어 박 비서의 전화번호를 꾹꾹 눌렀다. 곧 라이언의 목소리가 수화기를 통해 전해져 왔다.

"너 어디야? 바로 온다고 해서 외출 준비 다 하고 있었잖아."

[미안. 지금 가는 길이야.]

가라앉은 라이언의 목소리에 선희는 눈을 동그랗게 떴다. 처음 듣는 녀석의 그런 목소리는 선희의 가슴속에 한줄기 불안감을 심어놓기에 충분했다.

"무슨 일 있어? 혹시 또, 사고라도 난 건 아니지?"

[아니야. 잠깐 어디 좀 들르느라 늦어진 것뿐이야. 곧 도착해. 집 앞까지만 나와 있어.]

아무 일도 없다는 말을 듣고도, 전화를 끊고 난 후에도 불안감은 여전했다. 라이언의 음성과 말투에서 느껴지는, 이전에는 없었던 딱딱함이 자꾸만 신경을 예민하게 건드리고 있었다. 선희는 그 꺼림칙함을 애써 떨쳐 버리며 자리에서 몸을 일으켰다. 현관을 나서서 대문으로 향하는 선희의 다리는 불안정해 보였다. 다리가 아픈 것이 불편하기는 했지만, 집 앞에서 만나고 헤어지는 것이 기분 좋기도 했다.

"날씨 좋다."

봄날처럼 따뜻한 오후의 햇살을 받으며 선희는 대문을 나섰다. 곧 도착한다고만 했지, 언제 올지도 모르는 라이언을 기다리기 위해 벌써부터 나와 기다리는 선희의 얼굴에는 귀찮음보다 설렘이 가득했다.

"김선희!"

그때 골목 앞에서 불쑥 나타난 모친의 모습에 선희는 화들짝 놀라 휘청거리다 창살같이 좁고 가느다란 대문 기둥을 붙잡았다. 여섯 시나 되어야 퇴근하는 모친이 이 시간에 집 앞에 나타나리라고는 전혀 예상하지 못했던 것이다.

"너, 학원에 안 가고 여기서 뭐 해?"

"응, 응? 아, 저기 그게……."

어제저녁, 술에 알딸딸하게 취한 채 집에 들어설 때, 절뚝거리는 모습을 들켜 칠칠치 못하다는 한소리까지 들은 후에 차마 학원에서 해고를 당했다는 소식까지는 전할 수 없었다. 그리고 어차피 자신의 출근 시간 때에는 집에 사람이 없으니 새로운 직장을 구할 며칠간은 식구들에게 알리지 않을 생각을 하고 있었던 것이다.

"엄마, 사실은……."

"너! 설마 그만둔 건 아니지?"

아무 말도 못하고 우물쭈물하자, 모친의 날카로운 손바닥이 선희의 등짝을 무참히 가로질렀다. 따악, 전기가 찌릿하게 통하는 듯한 매서운 손길에 선희는 자신도 모르게 작은 비명 소리를 내질렀다.

"이놈의 기집애! 가라는 시집은 안 가는 건 그렇다 치고 잘 다니고 있던 직장을 왜 그만둬? 응? 왜 그만둬!"

차마 해고를 당했다는 소리는 못하고 그저 기가 찬 듯 선희의 어깨며 등짝을 두들기는 모친의 손길을 고스란히 받아내야 했다.

"언제 그만둔 거야? 너, 오늘 엄마가 집에 안 들렀으면 계속 속이려고 했어? 응?"

"속인 게 아니라, 그냥 걱정할까 봐."

"걱정할 짓을 왜 해! 왜! 응?"

"아, 아파, 엄마! 제발! 들어가서 이야기하자, 응?"

또다시 날아들 따끔한 통증을 기다리며 눈을 질끈 감았던 선희는 휘익, 바람을 가르는 소리만 들리고 아무리 기다려도 분위기가 잠잠하자 슬그머니 눈을 떴다. 그리고 눈앞에 펼쳐진 상황에 숨을 '흡' 들이쉬었다.

"라, 라이언!"

어이가 없다는 듯 완전히 넋이 빠진 얼굴로 라이언을 올려다보는 모친과 모친의 팔을 한 손으로 가볍게 잡고 인상을 찌푸리고 있는 라이언의 모습에 선희는 얼른 두 사람 사이에 끼어들었다.

"이것 놔, 라이언."

"하지만 이 사람이!"

"우리 엄마야, 라이언. 우리 엄마."

"엄마?"

순간 라이언의 얼굴이 발갛게 물드는가 싶더니, 얼른 움켜잡고 있던 손을 내려놓았다. 선희는 얼른 대문 안으로 모친의 등을 떠밀었다. 황당한 얼굴로 라이언에게서 눈을 떼지 못하던 모친을 겨우 집 안으로 들여놓고 선희는 대문에 등을 대고 섰다. 이내 정신을 수습한 모친이 안에서 대문을 두드리기 시작했다.

"너 문 안 열어? 밖에 그 사람 누구야?"

"엄마, 내가 좀 있다 들어가서 이야기할게. 들어가 있어, 제발!"

"너 안 비킬래?"

덜컹 덜컹!

마치 힘겨루기를 하듯 대문을 밀어대는 통에 애꿎은 대문 창살이 부서져라 흔들렸다. 선희는 쓴웃음을 지으며 라이언을 바라보았다.

"오늘은 그냥 가. 옷 사러 다음에 가자."

"그럴 필요 없어, 써니."

라이언은 손에 들고 있던 큼지막한 상자를 선희에게 내밀었다. 선희는 잘 포장된 상자와 라이언의 얼굴을 번갈아 바라보았다.

"이게 뭐야?"

"내가 써니에게 주는 선물."

라이언은 선희의 손에 상자를 쥐어주었다. 월요일이면 랜디가 한국에 온다고, 순철이가 그토록 그리워하던 선희를 만나러 서울에 온다는 말을 해야 했다. 하지만 호기심 어린 눈으로 상자를 내려다보는 선희를 마주하며 라이언은 입이 떨어지지 않았다.

"이게 뭐야?"

"저기, 써니. 다음 주 월요일에……."

덜커어엉!

굉장한 굉음에 이어 선희가 앞으로 쓰러질 듯 비틀거렸다. 라이언은 재빨리 다가가 선희가 넘어지지 않도록 두 팔을 꽉 붙들어 맸다.

"김선희 너!"

"어, 엄마!"

선희를 감싸고 있는 라이언의 모습에 더욱 기가 막히는지 선희 모친의 눈썹이 위쪽으로 치켜올라 갔다. 그리고 허리에 손을 올린 채 라이언과 마주하고 섰다.

"누구야?"

"친구야, 친구."

"치인구?"

미심쩍은 눈빛으로 친구를 늘어지게 발음하는 모친의 모습에 선희는 라이언을 뒤로 물러나게 했다.

"너한테 언제부터 외국인 친구가 있었어?"

"있을 수도 있지. 뭐 전해주러 잠깐 온 거야. 라이언, 얼른 가 봐."

"잠깐!"

선희 모친은 선희의 손에 들린 상자를 두 손으로 빼앗듯 받아 리본으로 된 포장을 풀어냈다. 곧 잘 개어진 원피스가 드러나자 모친과 선희의 얼굴에서 동시에 의아함이 번져 나갔다. 원피스는 너무 여성스럽지도, 그렇다고 너무 딱딱하지도 않은 세련된 디자인으로 한눈에 보기에도 꽤 값이 나가 보였다.

"친구가 이런 선물도 주니?"

"아니, 그게……. 야, 너 안 가고 뭐 해? 이거 나 주는 게 아니라…… 그래! 누구 전해주라는 거지. 애가 나한테 이런 걸 왜 주겠어? 얼른 가 봐, 라이언. 박 비서님이 기다리겠다. 얼른!"

선희가 눈을 부라리자 라이언은 결국 하려던 말을 하지 못하고 뒤돌아서야 했다.

라이언이 골목 밖으로 완전히 사라지자, 선희는 모친의 손에 들려 있던 상자를 홱 잡아 가슴에 끌어안고 집 안으로 들어섰다.

"아, 누구냐니까!"

"친구지, 누구긴 누구겠어? 창피하게 엄만 꼭 라이언 앞에서 그렇게, 아, 됐어!"

적반하장이라는 것을 알면서도 선희는 모친의 입에서 학원을 그만둔 것에 대해 잔소리가 터지기 전에 빽 소리를 지르고 방으로 들어가 문을 닫아버렸다. 그리곤 얼른 상자를 다시 열어 원피스를 꺼냈다.

"이거 사 오느라 늦었던 거야?"

오오, 입 안으로 라이언을 향한 탄성을 터뜨리며 선희는 원피스를 몸에 가져다 대어보았다. 워낙 옷이나 액세서리에 관심이 없던 탓에 원피스가 예쁘다거나 마음에 든다거나 하는 느낌보다, 라이언이 직접 매장을 돌아다니며 옷을 고르는 모습이 떠올라 마음을 흡족하게 할 뿐이었다.

"짜식, 귀여운 맛이 있다니까."

그때 책상 위에 올려둔 휴대전화가 울리기 시작했다. 당연히 박 비서의 전화번호가 뜰 줄 알고 집어 든 선희는 '윤 선생님'이라는 이름에 순간 고개를 갸웃거렸다.

"여보세요."

[김 선생님, 저 윤석훈입니다.]

"아, 네. 어쩐 일이세요?"

[벌써 다른 직장 구하신 건 아니죠?]

선희는 쓴웃음을 지었다. 어제 학원을 그만두었는데 도대체 언제 다른 직장을 구했을 거란 말인가.

"네."

[잘됐네요. 이 옆 동네에 친구 와이프가 속셈학원을 하고 있는데, 그쪽에서 갑자기 선생님이 그만두셨대요. 제가 김 선생님 이야기를 하니까 내일이라도 당장 면접을 보았으면 하더라고요. 내일 시간 괜찮으시겠어요?]

순간 얼굴이 환해진 선희는, 의외로 오 년간 나간 학원을 그만두었다는 섭섭함만큼이나 앞으로의 일에 관한 걱정이 컸다는 사실을 깨달았다. 다른 직장을 구해야 한다는 부담감이 비록 아직 결과는 모르지만 기회가 빠르고 쉽게 왔다는 안도로, 그리고 안도는 석훈에 대한 고마움으로 천천히 바뀌었다.

"그럼요. 내일 면접 보러 갈게요. 신경 써주셔서 정말 고마워요, 윤 선생님."

27

"아, 지난번에는 원장인 저보다 나이가 많은 분이라 아무래도 좀 힘들었는데 김 선생님처럼 친구 같은 분이랑 함께 일하면 훨씬 더 편할 것 같아요. 작은 학원이라 선생님이라고는 우리 두 사람밖에 없으니까 잘 지내봐요. 어차피 이번 주는 아르바이트생이 있으니까 다음 주부터 출근하세요."

석훈의 친구의 와이프, 이제는 선희의 유일한 직장 상사이자 동료가 된 사람은 부드럽고 편안한 인상이었다. 면접을 마치고 학원을 나온 선희의 발걸음은 불편한 다리가 믿기지 않을 정도로 가벼웠다. 날씨가 풀리면 걸어도 무방할 거리에, 그녀가 제시한 월급은 구십만 원이었다. 물론 선생님이 둘밖에 없어 청소니 뭐니 해야 할 일과 신경 써야 할 일들이 이전보다 훨씬 많을 테지만 잘해

나갈 수 있을 거란 기분 좋은 예감이 들었다.

집으로 가기 위해 버스 정류장에 멈추어 선 선희의 눈에 서울행 좌석 버스가 지나쳐 갔다. 잠시 고민에 빠졌던 선희는 이내 빙그레 미소를 지었다. 라이언만 자신의 눈앞에 갑자기 나타나라는 법은 없었다. 다음 서울행 버스를 기다리며 추위에 몸을 부르르 떨던 선희는 갑자기 무슨 생각이 들었는지 휴대전화를 집어 들었다.

[여보세요.]

"윤 선생님, 지금 수업 시간 아니시죠?"

[네. 이제 마지막 수업 들어가려고요. 면접은 어떻게 됐어요?]

"다음 주부터 출근하기로 했어요. 이게 다 윤 선생님 덕분이에요. 그래서 오늘 제가 저녁 사고 싶은데, 시간 괜찮으세요?"

먼저 저녁을 사겠다는 선희의 말에 놀라우면서도 기쁜 듯 석훈이 웃음을 터뜨렸다.

[좋죠.]

"근사한 곳에서 살게요. 서울인데…… 괜찮으시겠어요?"

[운전해서 가면 금방인데요 뭘. 어디로 가면 되죠?]

"새경호텔이요."

전화를 끊고 난 선희는 마침 버스 정류장 앞에 선 서울행 버스에 올라탔다. 훈훈한 차 안 공기에 얼어붙었던 몸이 살그머니 녹아내리는 것을 느끼며 자리를 잡고 앉은 선희는 창밖을 내다보며 생각에 잠겼다.

석훈에게 고마움의 뜻으로 저녁 식사 대접을 하겠다는 생각은 진작부터 하고 있었다. 하지만 라이언이 머물고 있는 호텔에서 사겠다고 한 결정은 다분히 즉흥적인 것이었다. 물론 석훈에게는 미안한 마음을 금치 못할 일이지만, 라이언이 석훈에 관해 예민하게 반응하는 것이 기분이 좋았다. 어떠한 기대감을 가지게 했고, 그 기대감은 설렘으로 이어졌다.

"순철이 때문이겠지만."

스스로 내뱉어놓은 말에 선희의 머릿속에 그려지던 모든 환상들이 유리 조각처럼 와장창 깨져 버렸다. 하지만 이내 우울한 생각들은 멀찌감치 떨쳐 버렸다. 버스는 빠르게 달리고 있었지만 버스에서 하차한 후 새경호텔까지 찾아가는 시간까지 포함한다면, 수업을 끝내고 자동차를 몰고 오는 석훈과 비슷한 시간에 도착할 것 같았다. 뒤척이다 잠이 든 선희는 내려야 할 정거장에 거의 도착해서야 눈을 떴다. 아픈 다리로 버스에서 내려 호텔까지 찾아가는 길은 험난했다. 게다가 봄이 오기 전이라 더욱 기승을 부리는 마지막 추위 때문에 몸은 꽁꽁 얼었다.

"하, 추워."

어렵사리 호텔 안에 들어섰을 때 벌써 도착해 로비에서 기다리고 있다는 석훈의 전화를 받았다.

"아, 저도 지금 로비에 들어섰어요. 어디 있……."

선희는 한쪽 손에는 전화기를 들고 나머지 한 손으로는 자신을 향해 살짝 흔들며 서 있는 석훈을 발견했다. 늘 여유있고 침착해 보였던 그의 표정에서 약간의 들뜬 분위기를 감지한 선희는 자신에게 다가오는 석훈을 물끄러미 바라보았다.

좋은 사람이다. 과분할 정도는 아니지만, 자신보다 훨씬 좋은 여자를 충분히 만날 수 있는 사람임은 분명했다. 그런데도 자신을 좋게 봐준다는 사실은 고마운 일이었다. 고마운 것을 알면서도, 더 이상 훗날 자신의 모습에서 석훈을 꿈꾸지 않는 것은 어쩔 수 없는 일이었다.

"여기 레스토랑 맛있어요."

엘리베이터에 오르며 건넨 말에 석훈이 조심스럽게 물었다.

"자주 왔었어요?"

"자주…… 오지는 않았고, 가끔요."

석훈은 그 이상은 묻지 않았다. 역시나 레스토랑은 저녁 식사 시간대라 대부분의 테이블이 손님들로 가득 차 있었다. 예약 문화에 익숙하지 않은 선희는 예약까지는 미처 생각하지 못했던 것이다. 그때 홀 지배인이 선희에게 다가와 친근하게 미소를 지었다.

"어서 오세요. 미리 연락을 주셨다면 좀 더 좋은 자리를 준비해 드렸을 텐데요. 이쪽으로 오시겠어요?"

"자리 있어요?"

"그럼요. 오늘 씨의 친구 분께는 언제나 테이블이 준비되어 있죠."

농담 섞인 홀 지배인의 말에 선희는 자신에게 향하는 날카로운 석훈의 시선을 느껴야 했다. 하지만 걱정과는 달리 석훈은 말없이 지배인을 따라 테이블로 걸음을 옮겼다. 음식을 주문하고 웨이터가 사라진 후에야 선희가 어색한 침묵을 깨고 먼저 입을 열었다.

"원장 선생님이 좋으신 분 같아요. 이렇게 빨리 좋은 직장 구하게 된 거, 다 윤 선생님 덕분이에요."

"뭘요. 면접 볼 때 김 선생님 인상이 좋아서 그렇겠죠. 제가 아무리 칭찬을 한다 해도 면접 때 첫인상이 좋지 않으면 제수씨가 채용했겠어요?"

첫인상이 좋다는 말이 어색한 선희로서는 마시던 물 잔을 내려놓고 빙그레 미소를 지었다.

"처음 들어봐요, 첫인상 좋다는 말."

"봐요. 지금도 웃잖아요. 김 선생님은 웃는 얼굴이 얼마나 보기 좋은데요."

"웃어. 써니는 웃는 게 훨씬 낫다고 했잖아."

쑥스러운 듯, 그에게 썩 잘 어울리는 안경을 손가락으로 스윽 밀어 올리는 석훈의 모습 위로 장난기 어린 미소를 짓고 있는 라이언이 스치고 지나갔다. 정말 중증이다, 선희는 고개를 설레설레 흔들어 라이언의 모습을 얼른 지워 버렸다.

"여기 그 친구랑 같이 왔었나 봐요."

그 친구란, 라이언을 뜻하는 것을 눈치챈 선희는 자신의 속마음이 들킨 것 같아 순간 얼굴이 발그레해졌다.

"네. 이 호텔에 머물고 있어요."

그때 선희는 석훈의 눈에 스친 결연한 느낌에 눈을 크게 떴다. 그리고 단호한 목소리로 입을 여는 석훈의 말에 침을 꿀꺽 삼켰다.

"그럼 같이 저녁 식사하죠."

“네?”

“아예 모르는 사이도 아니고, 여기까지 와서 인사는 해야죠. 안 그래요?”

사실 석훈과 함께 있는 모습을 보여주며 라이언의 약을 올리려고 했던 선희로서는 녀석을 무슨 수로 여기까지 부르나 고민을 하고 있었다. 하지만 앞에서 보란 듯이 라이언을 부르는 것은, 석훈에 대한 미안함에 망설여지는 방법이었던 것이다.

“그래도 괜찮으시겠어요?”

“뭐 어때요. 선희 씨 친구인데.”

이미 라이언의 방으로 전화를 하기 위해 휴대전화를 집어 들던 선희는 석훈이 그녀에 대한 호칭을 ‘선희 씨’로 바꾼 것과 친구라는 단어를 강조하는 것을 눈치채지 못했다.

[여보세요.]

“나야, 라이언.”

[써니?]

선희가 전화를 하리라고는 전혀 예상하지 못했다는 듯 라이언의 목소리에는 의아함과 반가움이 가득 차 있었다.

“나 지금 호텔 안 레스토랑이거든? 얼른 내려와.”

석훈의 시선에 라이언이 무슨 말을 더 하려는 것을 듣지도 않고 전화를 끊어버린 선희는 쓴웃음을 지으며 물 잔을 만지작거렸다. 몇 분이나 지났을까, 레스토랑 입구에서 간편한 옷차림을 한 라이언의 모습이 나타났다. 홀 지배인은 기다렸다는 듯 라이언을 선희와 석훈의 테이블로 안내했다. 반신반의하며 레스토랑에 내려온

라이언은 정말로 선희가 와 있다는 사실에 놀라움을 감추지 못했
지만, 이내 맞은편에 앉아 있는 석훈의 모습에 얼굴이 일그러졌
다.

"저 친구는, 나를 노골적으로 싫어하는데요?"

웃음기 섞인 목소리였지만, 석훈의 얼굴에도 역시 라이언에 대
한 반감이 도드라지게 드러나고 있었다.

"하…… 하, 그럴 리가…… 요."

석훈은 자리에서 일어나 라이언에게 손을 내밀었다.

"안녕하세요."

라이언은 입을 꽉 다문 채 그 손을 물끄러미 내려다보다 이내
선희의 옆 자리에 털썩 앉았다. 석훈은 피식, 웃음을 터뜨리고 자
리에 앉아 선희를 향해 어깨를 으쓱해 보였다.

"여기까지 무슨 일이야?"

주문을 받으러 온 웨이터에게 아무것도 필요없다며 돌려보낸
후, 앞에 앉은 석훈을 아예 없는 사람 취급하며 라이언이 선희에
게 물었다. 화가 난 듯 딱딱한 라이언의 목소리에 선희는 머쓱한
기분이 들어 입술을 불쑥 내밀었다.

"식사하러 왔지. 윤 선생님 덕분에 오늘 취직했거든."

라이언의 한쪽 눈썹이 위로 치켜올라 갔지만 입에서 터진 말은
의외였다.

"잘됐네."

"너 이 호텔에서 지내고 있다고 하니까, 윤 선생님께서 인사라
도 해야 하지 않겠냐고 하셔서."

도저히 라이언의 예의없는 태도가 봐줄 수가 없는지 석훈이 천천히 입을 열었다.

"오닐 씨는 제가 그다지 달갑지 않으신 것 같네요."

그때 미리 주문했던 선희와 석훈의 음식이 웨이터의 손에서 테이블 위로 미끄러지듯 세팅되었다. 하지만 선희는 음식에는 손도 대지 못하며 라이언과 석훈의 눈치를 보느라 정신이 없었다.

"뉴욕에 계신다고 들었는데, 무슨 일을 하시나요?"

라이언이 입을 열기도 전에 선희가 얼른 대답했다. 분명 반말로 오만불손하게 말할 것이 분명했기 때문이다.

"뉴욕에 있는 오닐호텔에서 일하고 있어요. 이 새경호텔도 곧 오닐호텔의 서울 체인이 될 거구요."

"아, 그렇군요. 그럼 휴가로 오셨다고 했는데, 언제 뉴욕으로 돌아가요?"

또다시 이어지는 질문에 대답을 하려던 선희는 순간 말문이 막혀 버렸다. 그리고 그녀 역시 고개를 돌려 입을 다문 라이언을 바라보았다. 사실 그녀 역시 두려우면서도 가장 알고 싶고, 묻고 싶은 질문이었다. 라이언은 언제든 녀석이 지난 세월을 살아왔던 그곳으로 돌아가게 되어 있었다. 녀석의 일상으로. 그러면 자신도 일상으로 돌아가야 한다는 사실을 의미했다. 라이언이 침범해 들어와 깨어져 버린, 라이언이 부풀려 놓은 하루하루가 특별했던 시간의 마감.

"곧."

단 한 마디만 내뱉어낸 라이언은 의자에서 몸을 일으켰다. 드르

륵, 의자가 바닥에 긁혀 귀 따가운 소리가 테이블 주위에서 맴돌 았다.

"식사 맛있게 해."

라이언이 자리를 떠난 후에도, 선희와 석훈 사이의 정적은 깨지지 않았다. 곧, 딱딱한 음성의 한마디가 선희의 가슴에 일으켜 놓은 파동은 쉽게 사그라질 기미가 보이지 않았다. 음식을 가만히 내려다보던 석훈이 분위기를 바꾸어보려는 듯 미소를 지으며 입을 열었다.

"이렇게 비싼 음식을 눈앞에 두고 기도나 하고 있는 거예요?"

말은 그렇게 하면서도, 석훈 역시 입맛이 달아났는지 나이프와 포크에는 손을 대지 않았다.

"김 선생님, 그 친구 좋아해요?"

선희는 고개를 번쩍 들어 석훈의 눈과 마주쳤다. 선희의 침묵을 긍정이라 결정을 내린 석훈의 입에서 가늘게 한숨을 내쉬었다. 물잔을 들어 마른 입술에 물을 축인 후, 다시 입을 열었다.

"잘생기고, 세련되고, 집은 뉴욕에다, 좋은 직장에…… 참 만만치 않은 라이벌이네요. 그런데요, 김 선생님. 저 사람을 좋아하면, 결국 힘들어지는 사람은 김 선생님이 될 것 같아요."

석훈은 자신의 마음을 꾸미거나 거짓으로 사람을 대하지 않았다. 자신의 감정을 잘 캐치하며 솔직하게 표현하는 방법을 알고 있는 현명한 사람이었다. 상황을 유연하게 볼 줄 알았고, 어느 쪽이 상대방에게 상처가 덜 가는 것인지를 먼저 배려하는 센스도 있었다. 그래서 석훈의 입에서 흘러나오는 말들이 모두 자신을 위한 말이라는 것을 알면서도 선희는 괜스레 그가 미웠다.

"그 사람이 라이벌이라서, 순전히 질투 때문에 하는 말은 아닌 거 알죠? 전 김 선생님이 상처받고 힘들어서 지금처럼 잘 웃지 못하면 어떡하나, 그게 걱정이 돼요."

"윤 선생님."

선희는 자신을 부드럽게 응시하는 석훈을 향해 천천히 입을 열었다.

"나한테 어울리지 않는 상대라는 걸 알면서도, 나와는 다른 세상에 사는 사람이라는 것을 알면서도, 곧 떠나 버릴 것을 알면서도, 좋아요. 보면 볼수록 더 보고 싶고, 보고 있으면 웃음이 나고, 웃음이 나면 날수록 더 좋아져요. 같이 있으면 가슴이 떨리면서도 편해요. 편하면서도 가슴이 떨려요. 좋아하니까. 상처받고 힘들어질 것을 알면서도 좋아하니까. 좋아질수록, 더 좋아져요."

와인보다 더 독한 술이 필요했다. 라이언은 그토록 좋아하는 와인 병을 집어 던져 버리고 싶은 충동을 억누르며 분노로 세차게 뛰는 심장을 진정시키려 노력했다. 도대체, 선희를 이해할 수 없었다. 랜디가 오기 전까지 윤 선생의 프러포즈를 받아들이지 않겠다고 약속을 해놓고서 왜 저렇게 서울까지 와서 데이트를 즐기는 것인지 화가 치밀어 올랐다.

"그까짓 직장, 수백 개라도 구해줄 수 있어."

어린아이처럼 심통이 나서 견딜 수가 없었다. 윤 선생이라는 작자가 작은 학원의 일개 수학 선생이라는 사실도, 자신보다 비교도

되지 않는 월급에 작은 승용차, 외모도 빼어나게 잘생긴 남자가
아니라는 사실도 크게 위안이 되지 않았다. 결국 와인 잔을 버리
고 스카치 병을 집어 들던 라이언은 거실 테이블로 걸음을 옮기다
문득 든 생각에 화들짝 놀랐다.

윤 선생의 비교 대상으로 랜디가 아닌 자신을 머릿속에 그리고
있다는 사실에 순식간에 얼굴이 확 달아올랐다.

"미쳤어!"

손가락으로 지끈거리는 관자놀이 부근을 부드럽게 마사지하며
라이언은 복잡한 생각들을 모조리 지워 버리기도 마음먹었다. 어
차피 월요일이면 랜디가 도착할 것이고, 선희를 만날 것이다. 선
희가 윤 선생과 데이트를 하더라도 랜디가 오기 전까지는 그의 프
러포즈를 받아들이지 않기로 한 약속은 지킬 것이며, 이후로 벌어
지는 일들은 이미 라이언의 손을 벗어난 상황이었다. 하지만 아무
리 머릿속을 비워 버리려고 해도, 뭉게뭉게 솟아올라 퍼지며 꼬리
에 꼬리를 무는 생각들은 끔찍한 두통을 불러왔다.

"줄리아."

라이언은 줄리아의 이름을 나직이 중얼거리며 침실로 들어가
전화기를 집어 들었다. 급하게 전화번호를 누르고 신호가 가는 소
리를 들으며 라이언은 초조함에 침을 꿀꺽 삼켰다. 한참이 지난
후에야, 졸린 목소리의 줄리아가 전화를 받았다.

"줄리아!"

[라이언? 오래 떠나 있어서 지금 뉴욕이 몇 시인지도 모르는 거
야?]

라이언은 짜증이 섞인 줄리아의 말을 가볍게 무시해 버리곤 황급히 입을 열었다.

"줄리아, 기억나?"

[뭘?]

"우리가 처음 만났던 날."

[술 취했어?]

"아니, 줄리아. 술 취하지 않았어. 멀쩡해."

짐짓 진지한 라이언의 분위기에 줄리아는 침대에서 몸을 일으키려는 듯, 수화기에서 부스럭거리는 소리가 들려왔다.

[좋아, 떠올려 볼게. 기다려.]

하지만 라이언은 잠자코 기다릴 수 있는 인내력이 이미 바닥나 있었다. 레스토랑에서 윤 선생을 끌어내고 싶은 충동을 이겨내느라 무던 애를 써야 했기 때문이다.

"학교 앞 술집. 네가 파트타임으로 일하던 그곳."

[아하, 그래. 맞아. 술에 취해서 엉망이었지. 네 어머니 장례식을 치르고 왔던 날이었다고 했어. 물론 그때 난 몰랐지만.]

"그래, 그랬어. 랜디가 술에 취해 날뛰는 나를 진정시키려고 할 때 네가 술에 취해 난동을 부리는 놈한테는 다른 방법이 없다고 대걸레로 내 머리통이 박살날 정도로 내려쳐 버렸어."

줄리아의 웃음소리가 들려왔다.

[과장하지 마. 그 정도는 아니었어.]

"줄리아, 난 그때 네가 참 미웠어."

[오호, 그러셨어? 그러면서 왜 친구 하자고 쫓아다닌 거야?]

“밉지만, 그 방법밖에 없다는 걸 나도 알고 있으니까. 하필이면 너를 만났던 그날, 내가 뭔가 잘못하고 있을 때, 그렇게 내 머리를 내려치곤 하던 유일한 사람하고 그때 막 작별하고 오던 길이었거든.”

[걱정하지 마. 평생 대걸레를 들고 쫓아다녀 줄 테니까.]

“그래, 그래줘. 네가 평생.”

줄리아와 통화를 끝낸 라이언은 한참 동안 제자리에서 꿈쩍하지 않았다. 그날 이후, 단 한 번이라도 다른 여자를 생각해 본 적 없었다. 인생에 있어 여자란, 줄리아 하나라고 생각했다. 이 세상에 엄마가 오직 한 명이듯, 여자라는 존재도 자신의 인생에 있어서는 줄리아 하나라고 믿어 의심치 않았다.

“줄리아.”

다짐하듯 중얼거린 라이언이 침대에서 몸을 일으켰을 때, 벨소리가 스위트룸 안으로 가득 울려 퍼졌다. 손에 스카치 잔을 든 채로 터벅터벅 걸음을 옮겨 문을 열자, 조금 전까지 몇 번이고 다짐했던 ‘줄리아’ 대신 애타게 신을 찾고 있는 자신을 발견했다.

“라이언.”

오 마이 갓. 빙긋 웃으며 리본이 달린 와인 병을 눈앞에 흔들어 보이는 선희의 모습에, 라이언은 가슴이 철렁 내려앉았다.

28

"써니?"

선희는 멍하니 자신을 내려다보는 라이언의 옆구리 사이로 고개를 숙이고 휙 호텔방 안에 들어서 테이블로 다가가 스카치 병 옆으로 나란히 와인 병을 내려놓았다. 그리고 아직도 놀란 표정을 수습하지 못한 얼굴로 다가오는 라이언에게로 몸을 돌렸다.

"그렇게 놀랐어?"

이 방에 처음 오는 것도 아니지 않느냐는 물음이 포함된 말이었다. 라이언은 선희에 대한 복잡한 심경을 들키기라도 한 듯 순간 움찔했지만 이내 태연스럽게 입을 열었다.

"윤 선생의 그 귀여운 차를 타고 집에 간 줄 알았거든."

"취직 기념으로 와인 사가지고 왔더니, 고작 한다는 말이 그거야? 그래, 알았어. 가면 되잖아."

선희는 와인 병을 다시 움켜쥐고 문을 향해 걸음을 옮겼다. 문고리에 손을 대고 비틀려는 찰나 쑤욱 하고 귓가를 스치는 손길이 먼저 문에 닿았다. 선희가 문을 열지 못하도록 손바닥으로 지그시 문을 누르며 라이언이 거실을 향해 고갯짓을 했다.

"난 아무 와인이나 마시지 않아."

"그래, 그래. 오죽하시겠어요. 그 레스토랑 홀 지배인이 추천해 주는 걸로 샀어. 그런데 무슨 와인이 이렇게 비싸?"

와인 잔을 가지러 간 라이언의 등 뒤로 선희는 고개를 설레설레 흔들었다. 다음 달 카드 고지서를 받아 들기가 겁이 날 정도로 고가의 와인, 그나마 앞으로 받게 될 월급이 예전보다 십만 원이 많지만 않았다면 엄두도 못 내었을 것이다.

"윤 선생은?"

"먼저 갔어."

"도대체 그 남자는 왜 만나는 거야?"

라이언은 선희가 사 온 와인을 잔에 따르며 신경질적으로 물었다.

"말했잖아, 윤 선생님 덕분에 더 좋은 곳에 취직했다고. 그런데 너 술 마셨어?"

선희는 스카치 병을 들어올려 냄새를 맡아보고는 얼굴을 찡그렸다. 독한 알코올 향이 코를 찌를 듯했다.

"마시다 말았어. 얼마나 좋은 직장이기에 여기까지 와서 밥을 사? 써니, 내가 여기 취직시켜 줄까? 월급도 훨씬 많이 줄 거고,

힘든 일도 절대 안 시키게 할게.”

“내가 집에서 서울까지 어떻게 출퇴근을 해? 그리고 일도 안 하면서 돈만 받아먹으라고? 내가 너냐?”

단번에 거절당하자 라이언은 더욱 마음이 상했다. 두 손으로 와인 잔을 쥐어 홀짝거리는 선희를 내려다보며 라이언은 일부러 잔에 가득 따라놓았던 와인을 한 번에 모조리 들이켜 버렸다. 잠시 화제가 사라져 두 사람 사이의 대화가 끊겼다. 라이언이 빈 와인 잔에 다시 술을 따르고 있는 사이 선희가 소파에서 몸을 일으켜 창가로 걸음을 옮겼다.

“와, 좋다.”

거실의 한쪽 벽면을 모두 차지한 유리창 앞에 선 선희의 입에서 감탄사가 흘러나왔다. 쭉 뻗은 한강, 그 위를 유유히 배회하는 유람선의 눈부신 조명 덕분에 더욱 반짝이는 물줄기. 63빌딩의 원만한 곡선과 이어진 한강의 대교 위로 수많은 차량 행렬들이 야경의 매력을 더해주고 있었다. 비록 밤하늘은 까맣고 별 하나 찾을 수 없었지만, 그 하늘 아래에는 눈이 따가울 정도로 현란한 빛과 수백 개의 별들이 반짝거렸다.

“뭐가?”

와인 잔을 들고 곁으로 다가온 라이언의 덤덤한 눈빛에 선희는 코끝을 찡그렸다.

“그래, 너처럼 맨해튼의 야경에 익숙해져 있는 사람이 별 감흥이 있겠어?”

선희의 말에 대답없이 한쪽 손을 주머니에 찔러 넣은 채, 창가

앞에 서서 아래를 내려다보던 라이언은 시선을 창에서 떼지 않고
다시 입을 열었다.

"보러 와."

"뭘?"

"맨해튼 야경. 내 아파트에서는 정말 끝내주거든."

언제, 어떻게? 묻고 싶은 것을 꾹 참으며 선희는 바닥에 양반
다리를 하고 앉았다. 그녀의 행동에 잠시 망설이던 라이언 역시
슬리퍼를 옆에 벗어놓고 차가운 바닥에 엉덩이를 깔고 앉았다.

"이것도 나한테는 충분히 감동이야. 내가 언제 이런 호텔 스위
트룸에서 와인을 마시면서 서울 야경을 내려다보고 있을 수 있겠
어?"

어느새 라이언을 바라보는 선희의 눈에 착잡한 기운이 번지고
있었다.

"좋아질수록, 더 좋아져요. 알면서도."

마음이 가는 길은 그 어떤 것도 막을 수 없다. 지금은 그 무엇도
마음을 멈출 수 없다는 것을 알고 있기에 더욱 괴로웠다. 마음이
클수록 상처도 크고, 감정이 깊을수록 상처도 깊어질 것이 눈에
보듯 뻔했다.

"라이언."

"응?"

"하니가 부럽다고 했었지?"

창밖을 응시하던 라이언의 시선이 선희에게 옮겨졌다. 선희가 와인 잔을 손가락 사이로 빙글 돌리자 자줏빛 액체가 유리 잔 위로 넘실거렸다.

"사실 걔가 부러운 이유 중 제일 큰 건, 하니 옆에 늘 붙어 있는 창수라는 남자애 때문이었어."

"창수?"

라이언의 물음에 선희는 고개를 끄덕였다.

"하니를 좋아하는 소년. 멍청하리만큼 착하고, 순진하고, 하니밖에 모르는 창수. 걔가 하니를 위해 자기 집 냉장고를 털어가다 엄마한테 붙잡히는 장면이 있는데 그걸 보면서 저런 귀여운 사랑을 받는 하니가 부럽다…… 는 생각이 들더라고. 나한테도 창수가 있었으면 좋겠다는 생각도 들고."

그런 사람이, 네가 되었으면 하는 바람은 너무 큰 걸까? 엄마는 늘 과한 욕심을 부리지 말라고 했다. 과한 욕심을 부리면 벌을 받는다든지, 아니면 화를 부른다는 진부한 말이었다면 그렇게 가슴 깊이 그 말이 남아 있지는 않았을 것이다. 과한 욕심은 희망을 꺾는 것이라 했다. 라이언이라는 욕심을 부려본다면, 꺾이는 희망은 도대체 무엇일까.

점점 씁쓸해지는 선희의 표정을 지그시 내려다보던 라이언이 갑자기 자리에서 벌떡 일어났다. 그리고 저벅저벅 걸음을 옮겨 미니 바 안으로 들어가 작은 냉장고와 캐비닛에 들어 있는 먹을 것들을 모조리 긁어 품에 안았다.

"뭐 하는 거야?"

두 팔 가득 음료수며 과자 등을 안고서 선희에게 다가온 라이언은 빙긋 웃으며 바닥에 모조리 쏟아놓았다.

쿠르릉—

작은 소음을 내며 음료수 캔이 데굴데굴 굴러갔다. 어이가 없는 표정으로 라이언을 바라보던 선희는 그제야 웃음을 터뜨렸다.

“무슨 걱정이야, 냉장고를 털어내는 것쯤은. 가끔 내가 창수가 되어줄게.”

능청스럽게 말하며 그녀를 향해 살짝 윙크를 하는 라이언의 얼굴에 선희는 천천히 웃음을 거두었다. 라이언은 자신이 펼쳐 놓은 과자들을 풀어놓거나 무릎으로 기어 저만치 굴러가 버린 음료수 캔을 집으러 다니느라 정신이 없었다. 아이같이 천진한 눈으로, 그런 웃음으로 ‘창수가 되어준다’ 는 말을 하는 라이언의 모습에 선희는 순간 머릿속이 텅 비어버리는 느낌을 받았다. 아무런 생각도, 걱정도, 슬픔도, 엄마의 말도, 석훈의 말도 기억나지 않았다.

라이언은 이제 막 집어 든 음료수 캔의 뚜껑을 따느라 잠시 고개를 숙였다.

“있잖아, 이 음료수 맛이…….”

어디서 그런 용기가 났는지 모를 일이었다. 평소라면, 절대로 상상조차 하지 못했던 행동을 벌이고 있는 자신의 모습을 돌아볼 정신도 없었다. 라이언이 고개를 든 순간, 선희는 얼굴을 내밀어 녀석의 입술에 자신의 입술을 가져다 대었다. 아주 가벼운, 입술과 입술이 마주한 채 떨림 외에는 감히 다른 움직임을 보일 수도 없는 소녀틱한 입맞춤.

눈을 질끈 감은 채 라이언의 부드러운 입술의 온기만을 느끼던 선희는 곧 자신이 무슨 일을 저질렀는지 깨닫고 눈을 번쩍 떴다. 바로 마주친 라이언의 눈빛. 놀란 듯 여느 때와 비교도 할 수 없이 커진 두 눈동자 속에 스치는 감정을 읽어내고 싶었지만 용기는 거기까지였다. 선희가 천천히 입술을 떼어내며 몸을 뒤로 빼려는 순간, 라이언의 팔이 선희의 어깨를 움켜잡았다.

"라이언⋯⋯."

그 어떤 변명으로도 더 이상 마음을 숨길 수는 없어서 그저 미안하다는 말을 하려던 선희의 말이 파고드는 라이언의 입술 때문에 이어지지 못했다. 순간 가슴이 턱 막히는 기분은, 숨을 쉴 수 없었기 때문만은 아니었다. 가늘게 숨을 불어넣듯 입술을 물고 한참이나 뜸을 들이던 라이언은 곧 간질이듯 이로 아랫입술을 가볍게 깨물었다. 선희의 입술이 작은 충격에 휩싸이며 벌어지자 기다렸다는 듯 혀끝이 입 안으로 밀고 들어왔다. 그리고 선희의 혀와 이를 매끄럽게 훑고 지난 후, 처음부터 다시 시작하듯 아랫입술을 살며시 물고 숨을 가득 불어넣었다.

"하⋯⋯."

먼저 입술을 뗀 사람은 라이언이었다. 선희는 몸을 가늘게 떨고 있었지만, 라이언은 눈빛이 떨리고 있었다. 자신이 한 행동이 믿기지 않는다는 듯, 혹은 그녀의 행동이 믿기지 않는다는 듯.

선희와 라이언은 잠시 황망히 서로를 바라보다 이내, 쑥스러움을 느끼고 얼른 떨어져 앉았다.

“미안해.”

라이언의 목소리에 창밖으로 시선을 던지고 있던 선희는 온몸이 굳어버리는 느낌이었다.

“미안해, 정말 미안해. 나도 내가 왜 그랬는지, 미안해. 미안해, 써니.”

미안하다는 말을 반복하는 라이언의 모습에 선희는 분노와 유머를 동시에 느껴야 했다. 먼저 다가간 사람은 자신이었음에도 불구하고 라이언은 정말로 그녀에게 미안해하고 있는 것이 유머였고, 미안해하는 라이언이 바로 분노의 대상이 되었다.

“어떻게 사과를 해야 하는지……”

“사과하지 마.”

“써니……?”

“하지 마!”

헛된 욕심은 희망을 꺾는다. 이제야 조금 그 말뜻을 이해할 수 있을 것 같았다. 선희는 이를 악문 채 자리에서 일어났다. 라이언도 따라 몸을 일으켰다.

“미안해해야 할 사람은 나니까, 내가 먼저 그런 거니까. 내가 먼저, 내가 먼저……. 미안해, 충동적이었어. 나 이런 사람 아닌데 야경이, 와인이, 분위기가 그렇게 만들었나 봐.”

선희의 말에 라이언의 얼굴에도 점점 미안함 대신 분노가 떠오르기 시작했다.

“충동적?”

“그래, 친구인 줄 알았는데, 너도 나도 어쩔 수 없는 남자 여자인가 봐. 너도 충동적이었다는 거 알아. 그러니까 우린 똑같은 일을 저지른 것뿐이고 네가 나한테 사과할 필요없어. 사과, 하지 마.”

잠시 입술을 지그시 깨문 채 선희를 노려보던 라이언은 이내 잔인하게 고개를 끄덕였다. 그 모습에 가슴에 나는 생채기를 견디지 못하고 결국 선희는 라이언에게서 시선을 돌려 버렸다.

“그래, 그럼 누구도 사과할 필요가 없겠네.”

“나 갈게.”

라이언을 남겨두고 선희는 돌아섰다. 절뚝거리며 돌아서는 선희의 다리를 내려다보는 라이언의 표정에 만감이 교차했다. 하지만 그 와중에도, 다리를 걱정하는 자신의 모습에 라이언은 알 수 없는 분노가 치밀어 올라 견디기 힘들었다.

“써니.”

선희는 걸음을 멈추었지만, 뒤돌아서지는 않았다.

“랜디가 와. 월요일에.”

라이언은 선희에게 다가가 어깨를 잡고 돌려 세웠다.

“랜디가 온다고.”

“그래서?”

선희의 되물음에 라이언의 눈썹이 위로 치켜올라 갔다.

“순철이가 오는 게 나한테 그렇게 큰일이라고 생각해? 아니, 아니야. 착각하지 마. 순철이는 그냥 순철이일 뿐이야. 맨해튼? 근사한 레스토랑? 파티? 어차피 애초에 나한테 어울리지도 않는 것들이었어. 기대하면 기대할수록 더 힘만 드는 것들이라고. 나한테 어울리는 사람은 순철이가 아니야. 난 함께 살아갈 사람, 나와 비슷한 사람이 필요해.”

나한테 어울리는 사람은 순철이도, 라이언도 아니다. 선희는 처음으로 뼈가 아프다는 느낌을 받았다. 뼈가 저리다는 느낌, 마음의 고통이 크면 육체의 고통까지 불러일으킨다는 사실도 처음으로 알게 되었다.

“그게 윤 선생이야?”

이를 악물고 잇새 사이로 내뱉는 라이언의 말에 선희는 잠시 망설이다 이내 고개를 끄덕였다.

“그래, 윤 선생님이야. 나한테 필요한 사람은, 그 사람이야. 그러니까 순철이가 오든 말든, 월요일에 오든 내일 당장 오든 상관없는 일이란 말이야. 알아들었어?”

라이언의 팔을 뿌리치고 가던 걸음을 마저 옮기던 선희는 다시 고함처럼 터져 나오는 그의 목소리에 순간 휘청거렸다.

“나한테는 아주 중요한 일이야! 써니, 내게 물었었잖아. 랜디의 일에 왜 이렇게 깊이 관여하고 예민하게 구는지 의심스럽다고.”

이번에는 선희 스스로 돌아서 라이언을 바라보았다. 라이언의 얼굴은 완전히 일그러져 있었다.

“레스토랑에서 만났을 때, 내가 말했지. 너 때문에 랜디가 아주 중요한 결정을 내리지 못하고 있다고 말이야. 어떤 여자가 랜디에게 프러포즈를 했어. 랜디는 첫사랑인 너 때문에 그 프러포즈를 받아들이지 못하고 있고. 그래서 넌 아니지만, 이건 나한테 아주 중요한 일이야.”

자신에게 필요한 사람은 석훈이라는 선희의 말에 알 수 없는 분노와 상처를 받아야 했던 라이언은 흔들리다 못해 무너지고 있는 그녀의 눈빛을 채 읽어내지 못했다.

"그 여자가, 내가 사랑하는 사람이니까."

29

한 송이, 두 송이, 세 송이, 네 송이…… 백여든한 송이, 백
여든두 송이, 백여든세 송이……. 차근히 벽지 속 꽃무늬를 세어
나가던 선희의 눈동자가 잠시 미동없이 정지했다. 얼마 동안 그렇
게 모든 생각을 멈춘 채 눈을 깜빡이던 선희는 다시 처음부터 꽃
무늬를 세어나갔다. 한 송이, 두 송이…….

사랑하는 사람, 라이언의 입에서 흘러나오던 말. 라이언이 사랑
하고 있다는 여자, 라이언의 사랑을 받고 있다는 여자. 질투라는
것이, 한 사람을 이토록 부러워하고 시기한다는 것이 얼마나 힘든
감정의 노동인지 예전에는 미처 몰랐다. 얼굴도 모르는 그녀가 미
워서 견딜 수 없고, 라이언의 입에서 당당하게 사랑하는 여자라고
불리는 것이 부러워서, 너무 부러워서 눈물이 날 지경이었다.

"아이 씨."

선희는 눈앞이 흐려져 또다시 꽃무늬를 놓쳐 버리고 말았다.

"바보같이 도망치기나 하고. 얼마나 우스웠을까."

랜디에게 프러포즈한 여자가 자신이 사랑하는 사람이라고 말하는 라이언을 더 이상 마주할 용기가 없어, 선희는 곧장 돌아서 방을 나가 버렸다. 흔들림을 보인다는 것 자체가 마음을 들키는 일이라는 사실을 알면서도, 그렇게 계속 마주하고 있다 녀석에게 눈물을 보이는 어리석은 짓을 저지를지도 모를 일이었다.

짝사랑, 고등학교 이후 처음 겪는 이 열병에 온몸과 온 마음이 화끈거렸다. 예전의 짝사랑도 이렇게 아팠었는지 아무리 떠올려 보려고 해도 기억나지 않았다. 하지만 이렇게까지 마음이 아프지는 않았다는 것을 확신할 순 있었다. 만약, 그때도 이렇게 아팠다면 다시는 짝사랑 따위는 하지도 않았을 테니까.

"아직도 자?"

퇴근하고 돌아온 모친이 문을 열고 방 안에 들어섰다. 아침부터 열이 오른 선희 때문에 신경이 쓰였는지 다른 때보다 훨씬 이른 시간이었다. 선희는 얼른 눈가에 맺힌 눈물을 닦아내고 침대에서 몸을 일으켰다.

"아니, 안 자."

"많이 아프면 병원을 가라니까, 안 갔어?"

"아픈 거 아니야. 피로가 좀 쌓였나 봐."

얼굴을 찡그린 채 선희의 마른 입술을 내려다보던 모친이 혀를 끌끌 찼다.

"하루 종일 아무것도 안 먹은 거야?"

"별로 생각 없어."

"죽 끓여올 테니까 누워 있어."

선희는 방 한쪽 벽에 걸린 작은 거울 앞에서 자신의 모습을 가만히 응시했다. 참으려고 무던 애를 쓰며 손으로 비벼대느라 더욱 퉁퉁 부은 눈과 까칠해진 피부, 열이 올라 갈라진 입술까지 차마 눈 뜨고는 못 봐줄 얼굴이었다.

"아픈 거 아니라니까. 내가 나가서 먹을게."

"그럼 차려놓을 테니까 나와."

모친이 방을 나가자 선희는 손을 들어 자신의 뺨을 스윽 문질렀다. 사랑 때문에 마음 아프고, 마음이 아파 술을 마시고, 술을 마시면서도 그리워하고, 그리워하면서 힘들어하고. 드라마 속 주인공들을 비웃고는 했었다. 지금은, 사랑에 무지했기 때문에 비웃을 수밖에 없었던 그때가 후회된다. 완전히 무방비 상태에서, 고통은 더욱 세게 몰아치고 있었다.

"희야는 좀 어때요?"

오빠도 선희가 걱정이 되어 일찍 퇴근했는지, 들어서자마자 묻는 목소리가 거실에서 들려왔다. 선희는 헝클어진 머리칼만 대충 수습하고 방을 나와 부엌으로 향했다. 된장찌개가 가스레인지 위에서 보글보글 끓고 있었다. 냉장고에서 밑반찬을 꺼내는 모친이 얼른 식탁에 앉으라는 듯 고갯짓을 했다.

"죽 안 먹어도 돼?"

"밥 먹을 거야. 배고파."

화장실에서 손을 씻고 나오던 오빠가 거실과 문턱도 없이 이어
진 부엌으로 걸어와 선희의 이마에 손을 올려보았다.

"괜찮네?"

"아니, 우리 집 식구들 오늘 왜 이래. 나 진짜 괜찮다니까. 오라
버니도 얼른 앉아서 밥 먹어."

선희는 애써 크게 웃어 보이며 숟가락을 집어 들었다. 입 안 가
득 밥을 밀어 넣었지만, 밥알을 씹는 것인지 자글자글한 돌멩이를
씹는 것인지 턱을 움직이는 것조차 힘들었다. 다 끓인 된장찌개를
식탁 한가운데 올리며 모친이 입을 열었다.

"학원 갑자기 그만두고 긴장이 풀려서 그런가 보네. 다음 주 출
근할 때까지 아무 생각 하지 말고 푹 쉬어."

"내가 다른 학원 취직 못했으면, 엄마 나 집에서 쫓아내려고 했
지?"

"이놈의 기집애, 말을 해도 꼭. 참, 너 그 외국인 자주 만나?"

된장찌개로 향하던 선희의 숟가락이 순간 허공에서 멈칫했다.
모친의 말에 '웬 외국인?' 하면서도 오빠는 배가 고팠는지 입 안
으로 밥을 밀어 넣기 바빴다. 선희는 쓴웃음을 지으며 숟가락을
내려놓고 물 잔을 찾았다.

"저기 미군 부대 앞에서 또 사건 터졌더라. 외국인은 사건 터뜨
리고 지네 나라로 도망치면 그뿐이야. 어디 사건 제대로 해결하는
거 봤어? 그러니까 너도 조심해. 그 외국인도……."

"혼혈이야. 엄마 쪽은 한국인이고, 또 그런 사고치고 다니는 애
들이랑 같은 부류 아니야."

“어쨌든! 조심해.”

라이언이 화제에 오르자 허기로 인해 그나마 생겨났던 입맛이 다시 금세 사라져 버렸다. 괜히 헛젓가락질을 하던 선희는 결국 수저를 식탁 위에 탁, 올려놓았다. 한술이라도 더 뜨라며 윽박지르듯 말하는 모친에게서 돌아서 부엌을 나오려는 순간, 오빠의 목소리에 걸음을 우뚝 멈추어 섰다.

“혼혈! 혼혈! 맞아, 혼혈!”

입 안에 밥알이 가득한 채로, 머릿속에 안개처럼 짙게 깔려 있던 기억의 한 귀퉁이를 찾아낸 기쁨에 탄성을 내질러 댔다.

“무슨 소리야?”

“너 지난번에 나한테 물었잖아. 순철이! 박순철!”

“알아? 기억났어?”

선희는 황급히 식탁으로 돌아가, 스스로가 대견해서 견딜 수 없다는 듯 흥분한 오빠의 맞은편에 다시 앉았다. 어쩌면 라이언이 자신을 잘못 찾아왔을지도 모른다는 생각을 하고 있었다. 그런데 정말로 어린 시절 순철이가 자신의 주변에 존재하고 있었다는 사실이 신기했다.

“그때가 언제지? 희야 너 초등학교 3학년 때였나? 너 나랑 같은 학년의 남자애들하고 싸웠잖아. 네가 부지깽이로 때려서 걔네 이마 다 깨지고, 너도 애들한테 맞아서 피 철철 흘리고.”

“그랬나?”

선희는 열심히 머리를 굴렸다.

“왜 그랬냐고 물어보니까, 그때 네가 그랬잖아. 걔네들이 먼저

파란 눈 오빠 때리고 놀렸다고. 그 파란 눈, 걔가 파란 눈이었는지
는 기억이 안 나지만 어쨌거나 걔! 걔가 우리 학년에 하나 있는 혼
혈이었어. 맞아, 걔 이름이 박순철이다. 순철이라는 이름보다 튀
기로 더 많이 불려서 이름이 잘 기억이 안 났어. 왜, 걔 가끔 우리
집 앞에서 기다리다 너만 나타나면 도망가고 그랬잖아. 기억 안
나? 하긴 허구한 날 운동장에서 뜀박질하느라 다른 데는 관심도
없었으니까.”

방으로 돌아온 선희는 침대 위에 드러누웠다.

파란 눈, 부지깽이, 튀기, 순철! 오빠의 말을 듣고서도 선명하게
떠오르는 그림은 없었다. 다만, 남자 아이들의 다리 사이로 마주
친 파란 눈빛과 집 마당 한쪽을 차지하고 있던 부지깽이의 이미지
가 아릿하게 스치고 지나갔다.

“순철이. 걔가, 순철이구나. 랜디 브라운.”

선희는 깊게 한숨을 내쉬곤 방으로 돌아와 이불 속에 얼굴을 묻
어버렸다.

“내일은 어떻게 하실 겁니까?”

오늘도 선희에게 가지 않았는데, 내일도 가지 않을 것이냐는 물
음이었다. 라이언은 박 비서의 질문에 대답없이 창밖으로 시선만
던졌다. 이미 어둠이 짙게 내리고 있는 하늘은 잔뜩 흐려 있었다.

“오닐 씨.”

“글쎄.”

바보같이, 멍청아! 무슨 생각으로 그 사실을 선희에게 내뱉어

버렸는지 알 수가 없었다. 아니, 더 알 수 없는 것은 그것이 진실임에도 불구하고 선희에게 말을 하고 난 뒤 괴로워하는 자신의 마음이었다.

"내가 써니에게 갈 수 있을까."

"김선희 씨와 무슨 일 있으셨습니까?"

순간 라이언은 박 비서에게 모든 것을 털어놓을 뻔했다. 그녀는 자신보다 똑똑하니까 이 알 수 없는 상황과 감정들을 그녀의 성격만큼이나 깔끔하게 정리해 줄 수 있을 것 같았다. 하지만 라이언은 이내 고개를 내저었다.

"필요하면 내가 연락할게. 가서 쉬어."

박 비서가 방에서 나가자, 라이언은 어제의 선희처럼 창가의 바닥에 주저앉았다. 야경에 감탄하던 그녀의 모습과 자신에게 가장 필요한 사람은 윤 선생이라고 말하던 목소리가 겹쳐 머릿속에 스쳐 지나가자 가슴에 전기에 오는 듯 찌릿했다.

"써니."

그 자리에 꼼짝없이 서 있던 모습도 떠올랐다. 가늘게 떨리는 어깨를 팔로 안아주고 싶은 충동도 다시금 가슴을 휩쓸고 지나갔다. 만약, 선희가 돌아서 방을 나가지만 않았더라면 그 충동을 이기지 못했을 것이다. 그래서 쫓아가지도 못했다. 쫓아가서 붙잡으면, 더 이상 돌이킬 수 없다는 것을 알기 때문에.

겁쟁이다. 어려운 문제에 부딪히면 머리가 아프다, 귀찮다 핑계만 대고 와인이나 홀짝이면서 어떻게 하면 그 문제를 비켜서 편안하게 걸어갈 수 있을까만 고민하는 어리석고 멍청한 인간. 그런 나약한 자신을 알면서도, 맞서는 것은 두려운 일이다.

전화벨이 울렸다. 조용한 호텔방 안 가득, 창에 기대어 바닥에 앉아 있던 라이언의 귓가로 전화벨은 끊김없이 울렸다. 할 수 없이 몸을 일으킨 라이언은 침실로 걸어가 수화기를 집어 들었다.

"여보세요."

상대방은 잠시 말이 없었다. 통화를 하려면 로비를 거쳐야 하는 호텔방으로 장난 전화가 걸려올 리는 없었다. 라이언은 직감적으로 수화기 건너편의 상대를 깨닫고 역시 말문을 닫아버렸다. 아직도 화가 났기 때문이 아니라, 자신의 입에서 결코 원하지 않는 말이 터져 나갈 것 같아 두려웠기 때문이다.

[나야, 라이언.]

결국 선희가 먼저 입을 열었다.

[듣고 있어?]

"응."

잔뜩 쉬어버린 목소리가 신경 쓰여 라이언은 입술을 잘근 씹었다.

[나, 순철이가 누군지 기억이 나.]

순간 라이언의 두 눈이 번쩍 커졌다.

[모두 다 기억이 나는 건 아니지만 어쨌든 어떤 사람인지, 무슨 일이 있었는지 기억이 나. 그래서 혼자 생각해 봤어. 그렇게 오랜 시간이 지났는데도 나를 기억하고 나 때문에 다른 여자의 프러포즈까지 뒤로 미루었다는 순철이와 내가 어쩌면 보이지 않는 인연이 닿아 있는지도 모른다는 생각. 아직도 나한테 맞는 사람은, 윤

선생님이라고 생각하지만 그래도 순철이가 오면 만나볼 거야. 순철이가 나와 다른 세계 사람이라는 생각도 안 하고, 괜히 주눅 들지도 않고, 당당하게 마음 열고 순철이 만나볼 거야.]

선희는 잠시 말을 멈추었다. 라이언은 수화기를 쥔 손에 너무 많은 힘을 주는 바람에 핏줄이 선명하게 드러났다.

[그게 처음부터 네가 원하던 거였지?]

"써니."

[순철이가 나와 잘되는 거, 그래서 순철이가 그 여자의 프러포즈를 받아들이지 않는 것. 그것 때문에 한국에 왔고, 나를 찾았고, 나를 만나고, 나와 같이…….]

차마 말을 끝까지 잇지 못한 선희 때문에 두 사람 사이에는 짧게 침묵이 흘렀다. 시간상으로는 단 일이 분이었지만 두 사람에게는 지독하게도 긴 시간이었다. 감정을 추스른 듯 선희의 말이 이어졌다.

[나도 네가 원하는 대로 이루어졌으면 좋겠어.]

마음에도 없는 독한 말, 라이언의 뺨 근육이 가늘게 떨렸다. 그리고 그제야, 자신이 선희의 마음을 알고 있다는 사실을 인지했다. 모른 척하고 싶어서, 그래야 자신도 덜 복잡할 것 같아서 자신도 정말로 모른다고 착각할 만큼 멀찌감치 밀어내고 있었다.

[우리 두 사람 사이가 어떤 건지 이젠 나도 잘 모르겠지만……그래도 난 여전히 네가 내 앞에 나타나 줘서, 다시 웃게 해줘서, 사는 게 이렇게도 즐겁다는 걸 다시 알게 해줘서 많이 고마우니까.]

해준 것이 없었다. 그녀가 자신에게 고마움을 느낀다는 사실에, 라이언은 더욱 큰 죄책감에 빠져들고 있었다. 아프다, 마음이 많이 아프다. 선희의 목소리는 그 어떤 말을 해도 라이언의 귀에는 그렇게 들려왔다.

[그만 끊을게.]

"써니!"

라이언이 무슨 말을 하기도 전에 건너편에서는 이미 뚜뚜거리는 전화 대기음만이 들려왔다. 수화기를 내려놓지도, 침대에서 몸을 일으키지도, 눈을 깜빡거리는 것조차 쉽지 않았다.

줄리아를 사랑한다. 신에 대한 믿음만큼이나 굳건했던, 한 번도 의심해 본 적 없는 팔 년간의 사랑. 가장 절친한 친구인 랜디에게조차 양보할 수 없는 사람이 줄리아였다. 그런데 자꾸만 다른 사람이 그 사랑을 의심하게 만든다. 그 어느 쪽도 확신할 수 없는 감정에, 혼란스러웠다.

[순철이가 나와 다른 세계 사람이라는 생각도 안 하고, 괜히 주눅 들지도 않고, 당당하게 마음 열고 순철이 만나볼 거야.]

꽈다—앙!

순간 라이언의 손에서 수화기가 나가떨어지며, 전화기가 통째로 바닥을 향해 곤두박질쳤다.

30

"몸도 별로 안 좋다면서 어디 가?"

선희는 아무렇게나 코트를 걸치고, 현관 앞에 주저앉아 주섬주섬 운동화를 찾아 신었다. 이른 점심을 준비하고 있던 모친이 등 뒤에서 주걱을 든 채, 걱정스럽게 바라보고 있었다.

"이틀 내내 집에만 있었더니 답답해서. 도서관이나 다녀올게."

"일찍 들어와."

한껏 기승을 부리던 추위가 물러가고, 제법 따듯한 기운이 느껴질 만큼 햇살이 좋은 일요일이었다. 대문을 나선 선희는 도서관으로 향해 걸음을 옮겼다. 주머니에 찔러 넣은 두 손, 축 처진 어깨와 힘없는 발걸음. 선희는 라이언이 와서 자신의 모습을 봐주었으면 했다. 이렇게나 무기력하고, 얼굴은 울상이다, 이런 나를 보면 순철이는 당장 뉴욕으로 돌아가 버릴 것이다, 그러니까 제발 순철이를 나한테 데리고 오지 마……. 그렇게라도, 그런 마음으로라도 라이언이 순철이를 데리고 오지 않기를 바랐다. 너무나 아무렇지도 않은 얼굴로, 순철이와 자신이 잘되기를 간절히 바라는 마음으로 순철이를 만나게 해줄 녀석은 정말 보고 싶지 않았다.

"결국."

석훈을 보면서 괜한 심통을 부리고, 화를 내던 것도 순철이와 자신이 잘되지 않으면 그 여자를 놓쳐 버릴까 하는 두려움 때문이었다. 어리석게도, 기대하고 있었다. 혹시나 다른 마음일까, 자신과 같은 마음일까 하고.

웬일로 도서관 사서는 졸고 있지 않았다. 빗자루로 도서관 앞 작은 공터를 쓸어내고 있던 그는 선희에게 웃음 가득 인사를 건넸다.

"오늘은 혼자시네요?"

"네."

도서관에서 라이언과 함께였던 것은 겨우 두 번인데, 사서는 이전에 늘 우울한 표정으로 주말마다 드나들던 선희의 모습을 깡그리 잊은 듯 자연스럽게 라이언의 안부를 물어왔다. 도서관으로 들어가기 위해 나무 계단을 오른 순간, 삐거덕 하는 소리가 귀에 밟혔다. 그리고 스치는 작은 기억 하나.

"하늘 좋다."

선희는 하늘을 올려다보았다. 날씨는 그때보다도 훨씬 화창하고 맑았다. 구름 한 점 없는 새파란 하늘, 하지만 그때처럼 마음 깊이 전해지는 느낌은 찾을 수 없었다. 코끝에 아른거리던 커피 향이 없기 때문일지도, 손가락 끝으로 전해지던 캔 커피의 따듯함이 없기 때문일지도 몰랐다. 선희는 라이언과 함께였기에 하늘도, 바람도 좋았던 것을 스스로가 인정하기 전에 얼른 도서관으로 들어섰다.

"뭐야……."

눈물을 참기 위해 선희는 일부러 더욱 퉁명스러운 목소리로 말을 내뱉었다. 아무도 없는 적막한 도서관, 창가 앞에서 웃고 있던 라이언이 마치 환영처럼 선명하게 눈앞에 그려졌다. 대걸레를 들고 바닥에서 구르던 모습도, 책장 옆에 서서 한자가 많은 소설을 해석하느라 골머리를 앓던 표정도, 책상에 앉아 책을 읽던 모습도 고스란히 남아 있었다.

"다른 건 잘도 잊어버리면서, 꼭 필요없는 건 이렇게……."

앞으로 한동안은 도서관에 오기 힘들 것 같은 예감이 들었다. 아니, 도서관뿐만 아니었다. 학원 근처의 작은 미용실도, 학원에서 집으로 오르던 그 오르막길도, 포장마차도, 심지어 골목부터 집 앞까지 녀석에게 업힌 채 등으로 전해지던 그 나직한 웃음소리는 아직도 귓가에서 맴돌았다.

"진짜 나쁘다, 너. 정말 나쁘다. 나쁘다, 너."

결국 참을 수 없어 고였던 눈물이 뚝 하고 바닥에 떨어져 내렸다. 손등으로 닦고 또 닦아내도 슬픔만큼, 그리움만큼, 서러움만큼 눈물은 넘쳐 났다. 결국 참고, 닦아내는 것을 포기한 선희는 큰 소리로 울음을 터뜨렸다.

울자. 울고 풀어질 수만 있다면, 이렇게 아픈 마음이 조금이라도 덜 쓰라릴 수만 있다면 그냥 울어버리자. 이렇게 쏟아 붓다 보면 넘치지도 않겠지. 그런데 흘려도, 흘려도 아프다. 아프다, 라이언.

"여기서부터 걸어 올라갈게."

라이언의 말에 박 비서가 학원 앞 오르막길에서 차를 세웠다. 오르막길을 오르면 포장마차, 포장마차를 지나면 골목, 그리고 그 골목 끝은 선희의 집이었다. 시동을 끈 박 비서가 걱정스러운 얼굴로 돌아보았다.

"김선희 씨께 전화도 하지 않고, 어떻게 만나시려고요?"

라이언은 박 비서의 물음에 대답없이 차에서 내렸다. 박 비서를 차에 남겨두고 라이언은 천천히 오르막길로 걸음을 옮겼다. 넓은 4차선의 도로가 무색할 만큼, 거리에는 차가 없었다. 인도가 따로 있는데도 불구하고 라이언은 도로 아래로 내려서 걸었다.

"달려라, 라이언."

순간 라이언은 고개를 이리저리 돌렸다. 마치 실제인 양 들리는 기억의 환청. 생전 처음 겪는 일에 라이언의 얼굴에는 당혹감이 스치고 지나갔다.

"미치겠다."

얼굴을 마주할 용기도 없으면서, 여기까지 찾아오게 된 것부터 제정신이 아니라는 걸 증명해 주고 있었다. 코트 주머니 속에 손을 찔러 넣은 채, 아직 오픈을 하지 않은 포장마차를 지나 골목길에 들어섰다. 덩치가 큰 라이언 때문에 유난히 더 좁고 길어 보이는 골목길, 옹기종이 모여 있는 집들의 담벼락에 옷깃을 스치며 이제는 눈에 익어 익숙해진 초록 창살 대문 앞에 멈추어 섰다.

당장이라도 선희가 한쪽 다리를 절뚝거리며 나설 것 같은 대문 앞에 서서, 자신의 눈높이에 맞는 대문 너머의 낮은 지붕을 응시했다.

"우리 두 사람 사이가 어떤 건지, 이제 나도 잘 모르겠지만……
그래도 난 여전히 네가 내 앞에 나타나 줘서, 다시 웃게 해줘서, 사는 게 이렇게도 즐겁다는 걸 다시 알게 해줘서 많이 고마우니까."

누군가에게 한 번도 그런 존재가 되어본 적이 있었던가. 나로 인해 웃고, 사는 것이 즐거워지는 사람. 이제껏 살아오면서 부모님을 제외한다면, 누군가에게 그런 절대적인 존재가 되어본 적이 없었다. 라이언은 주머니에서 손을 빼내어 왼쪽 가슴에 살짝 올려놓았다.

"아프다."

누군가 심장을 움켜쥐고 비트는 것처럼, 가슴이 뻐근하게 아파왔다.

“누구세요?”

그때 등 뒤에서 들려오는 나직한 남자 목소리에 순간 움찔한 라이언이 뒤로 물러났다. 간편한 트레이닝 복장에 검은 봉투를 손에 든 남자가 눈을 끔뻑이며 라이언을 의아하게 바라보았다.

“저희 집에 무슨 볼일이라도 있으세요?”

당황한 라이언은 대답없이 황급히 뒤돌아서 골목을 빠져나왔다. 정신없이 박 비서가 대기하고 있던 학원 앞까지 도착해서야 한숨을 돌리며 차에 올라탔다. 예상보다 훨씬 빨리 돌아온 라이언이 의아했지만 박 비서는 곧장 시동을 걸어 차를 출발시켰다.

“김선희 씨는 만나보셨습니까?”

라이언은 고개를 흔들곤 박 비서가 더 이상 질문을 하지 못하도록 눈을 감아버렸다. 어차피 온 것이라면, 선희를 만나보고 오는 쪽이 나을지도 몰랐다. 쉬어버린 목소리에, 걱정으로 밤잠을 설치는 것보다 아프지는 않은지 눈으로 확인하고 와야 했다. 도대체 뭐가 두려워서 감히 앞에 나서지도 못하고 바보처럼 구는 걸까.

호텔로 돌아온 라이언은 곧장 바로 걸어가 술병을 집어 들었다. 스카치 병 옆에 술이 반쯤 남아 있는 리본 묶인 와인 병이 눈에 들어왔다. 입술을 깨문 라이언은 병째로 입에 가져다대며 바에 기대어 섰다.

“식사도 안 하셨잖아요.”

걱정이 되어 차마 방을 떠나지 못하는 박 비서의 목소리에 라이언은 고개도 돌리지 않고 대답했다.

“생각없어.”

"김선희 씨와 무슨 일이 있으셨는지는 모르지만, 모든 인간관계에 있어 직접 만나서 대화하는 것보다 더 좋은 방법은 없다고 생각합니다."

꿀꺽, 술을 목구멍으로 넘기던 라이언은 탁 소리를 내며 술병을 테이블 위에 올려놓았다. 순간 자신이 주제넘게 나선 것은 아닌가 싶어 박 비서는 몸을 움찔거렸다. 하지만 라이언의 목소리는 의외로 부드러웠다. 비록 자조적인 느낌이 들긴 했지만 웃음기도 섞여 있었다.

"난 좋은 방법보다 쉽고 편한 방법이 필요해."

"오닐 씨."

"나약하고, 우유부단한 데다가 멍청하기까지 하거든. 인수팀에 있었으니까 박 비서도 나에 대한 이야기 몇 가지는 들었을 것 아니야. 회장 아들이라는 이유 하나만으로 임원 명패는 줘야 하겠는데 그만한 능력은 없고, 결국 호텔에서 잔일거리나 도맡아하면서 세상 편하게 사는 사람이라고."

라이언은 다시 술병을 집어 들어 바닥이 드러날 때까지 들이켰다. 그 모습에 박 비서의 얼굴이 저절로 찌푸려졌다.

"그런 게 있었으면 좋겠어."

내내 식사를 거른 라이언을 위해 룸서비스라도 시켜야겠다는 생각으로 걸음을 옮기던 박 비서는 힘없는 라이언의 목소리에 그 자리에 우뚝 섰다. 아무것도 모르는 자신이 듣기에도, 가슴이 저린 안타까운 음성이었다.

"가슴에 있는 감정들이 어떤 것인지 해석해 주는 기계. 동정인지 연민인지, 아니면 정말 좋아하는 건지. 좋아한다면 친구인지, 여자인지, 여자라면 예전의 감정과 비교해서 어느 쪽이 더 큰지, 내가 과연 누구를 바라봐야 하는지.”

“오닐 씨.”

“그런 확신 없이 내가 어떻게 써니를…… 봐. 그 애매모호한 감정이 써니를 더 괴롭힐 수도, 힘들게 할 수도 있는데 어떻게 내가 써니를 두고 저울질을 해.”

지금 걱정하고 있는 것이, 그 저울질 상대도 그렇다고 오닐 씨 본인도 아니지 않습니까. 이미 결론이 나 있는 것이 삼자의 입장에서는 보입니다. 박 비서는 목 끝까지 치미는 말을 애써 삼켰다. 당사자들 스스로가 깨닫지 않는 이상, 옆에서 누가 뭐라고 말을 해줘도 귀에 들어오지 않는 것이 바로 라이언이 혼란스러워하는 그 감정이라는 사실을 알고 있었다.

“미안해, 쓸데없는 소리나 하고. 혼자 있고 싶어.”

박 비서가 나가고 난 후에도 라이언은 그 자리에서 꿈쩍도 하지 않고 술을 마셨다.

시간이 조금만 더 주어졌더라면, 지금 라이언이 바라는 것은 단지 그것뿐이었다. 알게 된 지 불과 몇 주밖에 지나지 않은 선희가 이토록 자신의 심장 한가운데에 서서 그를 휘젓고 다닌다는 사실 자체가 믿기지 않고 두려웠던 것이다.

얼마나 시간이 지났을까. 요란한 전화벨 소리가 울리기 시작했다. 라이언은 술병을 손에 쥔 채로 침실로 걸어가 침대에 걸터앉았다. 선희일지도 모른다는 생각에 라이언의 심장이 떨려왔다. 그래, 써니는 나보다 조금 더 용감하니까.

"여보세요."

[라이언.]

힘없는 줄리아의 목소리, 순간 라이언은 허탈감에 몸을 떨었다. 그리고 그 허탈감은 이내 가벼운 충격으로 이어졌다. 비록 줄리아의 전화라 해도, 다른 누군가를 기대하고 있다가 좌절하는 기분.

[라이언?]

"아, 줄리아, 미안. 잠시 다른 생각을 하느라. 그런데 목소리가 왜 그래? 무슨 일 있었어?"

라이언은 애써 태연스러워지려고 노력했다.

[랜디가 비행기를 탔어, 라이언.]

순간 라이언은 숨을 들이 마시며 손에 든 술병을 꽉 움켜쥐었다.

[정말로 한국으로 갔어. 괜찮을 줄 알았는데…… 라이언, 나 지금 너무너무 불안하고 힘들어. 그 여자를 찾아서, 랜디가 그 여자를 사랑하게 되면 어떡하지? 아직도 그렇게 그리워하는데. 나 무서워, 라이언.]

라이언은 술병을 내려놓고 침대 위에 쓰러지듯 누웠다. 지난밤 한숨도 이루지 못해 졸음과 피로, 그리고 허기가 밀려왔다. 눈꺼풀은 무거웠지만, 잠드는 것이 불안했다. 결국 라이언은 수화기를 든 채 붉게 충혈된 두 눈을 감았다.

"나도 무서워, 줄리아. 나도 랜디가 오는 것이…… 무섭고 두려워."

31

"**라**이언, 라이언!"

누군가 자신의 몸을 세게 흔들어대고 있었다. 덩달아 흔들리는 머릿속에서 뇌 전체가 이리저리 부딪치며 극심한 통증을 일으키고 있었다. 짧은 신음을 내뱉으며 슬쩍 눈을 뜬 라이언은 코앞에서 빙긋 웃고 있는 랜디의 얼굴에 몸을 벌떡 일으켰다.

"랜디!"

라이언은 몇 번이나 눈을 깜빡거려 랜디의 모습을 다시금 확인했다. 분명, 랜디가 한국에 도착해서 눈앞에 앉아 있었다. 라이언은 침실 문가에 서 있는 박 비서에게로 시선을 던지자 랜디 역시 고개를 돌려 안절부절못하는 그녀를 바라보았다.

"아, 인수팀에 차량 지원을 부탁했더니 박 비서님이 픽업하러 오셨어. 그런데 휴가라고 너무 게을러진 거 아니야? 아직까지 시차 적응을 못했을 리는 없고.”

라이언은 쓴웃음을 지으며 랜디의 어깨를 가볍게 치는 것으로 인사를 대신했다. 랜디는 침대 밑에서 뒹굴고 있는 술병을 집어 들며 얼굴을 찌푸렸다. 마니아적으로 와인을 좋아하긴 하지만, 라이언이 다른 술은 즐겨 마시지 않는 편이라는 것을 누구보다도 잘 알고 있는 랜디였다.

“갑자기 방탕아가 되기로 한 거야?”

“그냥, 잠이 안 와서. 인수팀하고는 미팅한 거야?”

“아니. 이제 도착했잖아. 오늘은 푹 쉬기로 했어.”

랜디와 라이언은 함께 거실로 나갔다. 호화로운 스위트룸의 모습에 랜디가 감탄한 듯 휘파람을 길게 불었다.

“이게 곧 순자 룸이 될 그 방!”

속이 좋지 않은 라이언은 작은 캐비닛에서 물을 꺼내어 꿀꺽꿀꺽 목 안으로 넘겼다. 그리고 천천히 창가로 걸음을 옮기는 랜디의 뒷모습을 바라보며 바에 기대어 섰다. 랜디는 조금 전 오랜 시간 비행기를 타고 온 사람 같지 않았다. 옷차림도 말끔했고, 표정도 활기에 가득 차 있었다. 오랜만에 밟게 된 한국 땅에 대한 감회와 선희를 만나게 될 것이라는 설렘 때문이라는 것을 눈치챈 라이언의 표정은 어두웠다.

“와우, 이게 서울이란 말이지.”

미국으로 이민을 가기 전까지, 그 작은 동네를 떠나본 적이 없었던 랜디는 실제로 보는 서울은 처음이었다.

"생각했던 것보다 훨씬 좋은데?"

랜디가 뒤로 돌아 라이언을 바라보며 싱긋 미소를 지었다.

"라이언, 내가 부탁했던 건?"

언제 그 말이 터져 나올까 싶어 조마조마하던 심장이, 용케도 터지지 않고 잘 견뎌냈다. 라이언은 방 한쪽에 서 있던 박 비서에게로 고개를 돌렸다. 차라리 일그러진 얼굴을 박 비서에게 들키는 쪽이 낫다고 생각했던 것이다.

"박 비서, 써…… 김써니 씨 전화번호…… 적어줘."

"네?"

박 비서는 잠시 망설이다, 이내 항상 가지고 다니는 다이어리를 펴 들어 한 장을 쭉 찢어냈다. 삭삭삭, 테이블 위를 지나는 펜의 긁적임 소리에 라이언은 물병을 바 위에 올려놓고 랜디에게 천천히 다가갔다. 전화번호를 쓴 박 비서는 종이를 두 번 접은 뒤 테이블 위에 올려놓았다.

"그럼, 전 로비에서 대기하고 있겠습니다."

박 비서가 방을 나가자 랜디가 테이블을 향해 한 걸음 떼어놓았다. 하지만 자신의 앞을 살짝 막아선 라이언 때문에 다음 걸음을 옮기는 것은 쉽지 않았다. 랜디는 의아한 눈으로 라이언을 바라보았다.

"오늘 만나러 가려고?"

"응. 왜?"

라이언은 '그냥' 이라고 중얼거리며 비켜서려다 다시 랜디의 어깨를 잡아 그의 걸음을 붙잡았다.

“저기, 랜디.”

“왜?”

“그렇게 갑자기 전화하면 그쪽에서 놀랄지도 모르잖아. 차근히 다른 방법을……”

랜디는 가볍게 라이언을 제치고 걸어가 테이블 위의 쪽지를 집어 들었다.

“난 너처럼 휴가 온 게 아니라서 시간이 그다지 많지 않아.”

랜디가 쪽지를 펴보려고 접힌 부분에 손을 댄 순간, 쪽지를 어느새 다가온 라이언에게 빼앗기고 말았다. 도대체 라이언이 왜 그러는지 알 수가 없어 랜디는 한쪽 눈썹을 치켜올린 채 친구를 바라보았다.

“그녀의 입장에서 생각을 해봐. 첫사랑이라며 십육 년 만에 나타난 사람이 외국인이라면 얼마나 놀라겠어?”

“선희가 나를 기억하지 못할 거라는 소리야?”

“그럴 수도 있다는 이야기지.”

랜디는 코끝을 찡그리며 라이언의 손에서 쪽지를 뺏어 들었지만, 이내 라이언이 다시 날쌔게 빼 들었다.

“라이언, 왜 이러는 거야?”

“랜디.”

라이언은 입술을 살짝 깨물었다.

“어제 줄리아에게서 전화가 왔어. 그렇게 자존심이 센 줄리아가 자기 입으로 불안하고 걱정이 된다고…… 울기까지 했단 말이야.”

"정말?"

거짓말이지. 라이언은 바싹 마른 입술을 혀로 살짝 핥았다. 물론 100% 거짓말은 아니었다. 울지는 않았지만, 불안해하고 걱정한 것은 사실이니까. 라이언은 줄리아에 대한 걱정 반 의심 반으로 근심에 쌓인 랜디의 눈빛을 슬쩍 피했다.

"줄리아는 그렇게 가슴 아파하는데, 넌 첫사랑인 그녀를 만날 생각에 이렇게 들떠 있어. 프러포즈를 받아들이든 그렇지 않든 줄리아는 네 친구인데 그렇게 가슴 아프게 하면 안 되잖아."

죄책감을 느꼈는지 랜디의 표정이 일순간 어두워졌다. 하지만 이내 눈을 치켜뜨고 라이언을 바라보았다.

"그런데 넌 새삼스럽게 왜 그래? 뉴욕에 있을 때만 하더라도, 당연히 마음에 걸리는 사람이 있으면 프러포즈를 받아들이면 안 된다고 했었잖아. 첫사랑을 찾아가야 한다고 적극적으로 응원해주기도 하고."

"그건……. 내가 언제 적극적이었다고 그래? 그냥, 그랬지."

라이언이 대답을 하지 못하고 우물쭈물 거리는 틈을 타 쪽지는 다시 랜디의 손으로 넘어갔다. 그리고 더 이상 라이언이 방해하지 못하도록 재빨리 쪽지를 펴 들었다. 쪽지에 적힌 전화번호를 만족스러운 듯 바라보던 랜디가 입술을 실룩거리는 라이언에게 물었다.

"알아내는 데 힘들지는 않았지?"

"힘들었어."

"그래? 이사 갔나? 어쨌든 수고했어."

아, 이사 갔다고 할 걸. 그럼 좀 더 시간을 끌 수 있었을 텐데. 아쉬운 마음에 라이언은 쓴 입맛을 다셨다. 곧장 전화기가 있는 침실로 걸음을 옮기는 랜디의 모습에 라이언은 눈을 크게 뜨며 소파를 건너뛰어 급하게 뒤를 따랐다.

"랜디, 잠깐만!"

무슨 심보로 방해를 하는 것인지는 모르지만, 랜디는 라이언이 막아서기 전에 얼른 수화기를 들어 번호를 꾹꾹 눌렀다. 신호가 가는 것을 기다리며, 조금 긴장한 듯 입술을 움직이며 헛기침까지 해 보이는 랜디의 모습을 라이언은 팔짱을 끼고 지켜봐야만 했다.

"여보세요?"

상대방이 전화를 받았는지, 순간 환해지는 랜디의 얼굴에 라이언은 얼른 옆으로 다가가 귀를 기울였지만 선희의 목소리가 그에게까지 들릴 리가 없었다.

"김선희 씨 휴대전화가 맞습니까?"

정중한 말투였지만 떨림이 섞여 있었다.

"아, 안녕하세요, 김선희 씨. 제 이름은 랜디 브라운, 아니, 박순철이라고 합니다. 혹시, 기억하시는지……."

긴장하며 선희의 대답을 기다리는 것은 랜디뿐만이 아니었다. 라이언이 더욱 귀를 수화기 가까이로 가져가 대자 랜디는 귀찮은 듯 그를 살짝 밀쳐 냈다. 랜디의 손에 밀리면서도 라이언은 악착같이 달라붙었다.

"아! 기억…… 해요?"

랜디의 얼굴에는 환호가 떠올랐고, 라이언의 얼굴은 험상궂게 구겨졌다. 그리고 '거짓말' 이라고 랜디에게 들릴락말락한 목소리로 투덜거렸다. 어디 아프지나 않은지 절절하게 걱정되던 것은 기억도 나지 않고, 선희를 향한 분노만 치솟았다. 라이언은 좋아서 어쩔 줄 모르는 랜디에게서 떨어져 침실을 걸어나왔다.

꽈앙!

침실 문이 부서질 정도로 세게 닫는 것도 잊지 않았다.

"오늘 어땠어요?"

퇴근 준비를 하는 선희는 새로운 직장 상사에게 빙긋 미소를 지어 보였다. 면접 날보다 얼굴색이 좋지 않다고 걱정하던 그녀는 새로운 선생님에게 만족한 표정이었다.

"좋았어요. 애들도 말 잘 듣고, 수업 태도도 좋고요."

"얼마나 갈지 몰라요. 오 년이나 하셨으니, 요즘 애들 얼마나 영악한지 아시잖아요. 지금이야 선생님 분위기 몰라서 잠잠하지만 조금이라도 느슨해지시면 본색 드러내요. 초장에 잘 잡으세요."

농담 섞인 원장 선생님의 말씀에 선희는 웃음과 함께 고개를 끄덕였다. 그리고 벽에 걸린 커다란 시계를 올려다보았다. 순철이와 만나기로 한 시간이 거의 다 되어가고 있었다. 아니, 택시를 타고 가지 않는다면 조금 늦을지도 몰랐다.

"그럼 내일 뵙겠습니다."

"그래요. 오늘 수고 너무 많았어요."

첫 출근한 새로운 직장을 나선 선희는 조금 늦게 되더라도 걸어가기로 마음먹었다. 십육 년 만에 갑자기 찾아온 사람은 순철이

쪽이니 몇 분쯤 늦는다 해도 이해해 줄 것이다. 찬바람에 코트 옷깃을 여미며 선희는 한 걸음 한 걸음 신중하게 내디뎠다.

순철이의 한국어 발음과 억양은 외국에서 십육 년을 살았다는 것이 믿기지 않을 정도로 정확했다. 부드러웠고, 긴장이 섞이긴 했지만 연방 웃음을 터뜨리며 자연스럽게 만나길 원하는 자신의 마음을 전했다. 그때, 선희의 머릿속에는 온통 그의 옆에 라이언이 있을지도 모른다는 생각밖에 없었다.

"설마 같이 오지는 않았겠지?"

함께 와 있다면, 정말 달려가 주먹으로 뺨을 한 대 갈겨 버릴지도 몰랐다. 최대한 걸음의 속도를 늦추려 했지만 벌써 멀찌감치 예전에 일하던 학원 건물이 눈에 들어왔다. 학원 건물 앞으로 길게 난 오르막길, 그 길을 기억한다며 약속 장소로 정한 순철이. 하지만 비포장에 좁았던 그 길이 4차선으로 변한 모습에 놀라지는 않았을까.

"박 비서님?"

멀리서 보이는 차는 분명 박 비서가 운전을 하는 라이언의 세단이었다. 그리고 그 곁에 서 있는 남자. 지나가던 동네 아주머니가 넋을 잃고 바라볼 정도로 핸섬한 남자이긴 했지만, 라이언은 아니었다. 라이언보다 키가 크지도 않았고, 라이언처럼 멋지게 옷을 차려입지도 않았고, 라이언처럼 장난스럽게 웃고 있지도 않았다. 라이언처럼 눈을 찌푸리지도 않았고, 라이언처럼 볼을 실룩거리지도 않았다.

터벅터벅, 바닥에 긁히는 신발 소리가 들리기라도 했는지 남자가, 순철이가, 아니, 랜디 브라운이 고개를 돌려 선희를 응시했다. 선명한 초록빛 눈동자와 마주친 순간, 미처 떠올리지 못했던 기억 하나가 머릿속에 스치고 지나갔다. 바로 이 길, 진흙탕 속에서 마주했던 한 초록 눈을 가진 소년의 기억.

"아파?"

초록 눈의 소년이 고개를 내젓는다.

"큰일났다. 아까 부지깽이로 때린 오빠 이마에서 피 났는데. 으으. 나 이제 엄마한테 죽었어."

"너……."

"응?"

"네 이마에서도…… 피 나."

이마를 쓸어 본 손등에 피가 한가득 묻어 있는 것을 보고 자지러지듯 눈물이 터지던 기억. 그리고 또다시 암흑이다.

"선희?"

남자의 입에서 분명하게 발음되는 이름.

반가움, 그리고 가벼운 흥분으로 인해 붉게 상기된 얼굴로 남자는 손을 살짝 들어 십육 년 만의 인사를 건넸다.

"안녕."

순철이다. 나를 좋아했다는 소년. 그 첫 감정을 잊지 못하고 결국 십육 년 만에 찾아온 순정파 남자. 맨해튼의 잘나간다는 변호사. 핸섬한 뉴요커. 부드럽고 다정다감한 성격. 어느 것 하나 빠질 것 없는 최고의 신랑감. 그리고 라이언이 사랑하는 여자의 프러포즈를 받은 남자.

"오랜만이다."

선희는 가만히 고개를 끄덕였다.

"예전 모습이 그대로 남아 있어. 하나도, 변하지 않았어."

감격한 듯한 얼굴에, 그를 기억하지 못했던 것이 새삼 미안해지고 있었다. 기억이라는 놈, 참 제멋대로였다. 오래되기도 했지만, 기억하지 못한 더 큰 이유는 부지깽이에 있었다. 그날 이후 십육 년, 한 번이라도 누군가를 위해 그런 용기를 낼 수 있는 사람이 되지 못한 자신에게 있었다. 그제야 선희는 언젠가 꾸었던 꿈을 떠올려 냈다. 그 꿈에서도 부지깽이를 바라보던 자신의 모습까지, 거기까지였다. 자신은 부지깽이를 들고 달려 내려갈 수 있는 사람이 아니라는 무의식이 그녀 인생의 작은 기억 한 귀퉁이를 잘라내 버렸고, 잘려 나간지도 모르고서 살아왔다.

"그래요?"

순철, 아니, 랜디는 고개를 끄덕였다. 선희는 손을 들어 자신의 얼굴을 스윽 한 번 매만져 보았다. 그리고 어색함에 작게 미소를 지어 보였다.

"잘 웃는 것도, 웃는 모습이 예쁜 것도."

그게 당신 친구 덕분이에요.

"정말 만나고 싶었는데. 많이 보고 싶었어. 아참, 배고프겠다. 우리 밥, 먹을까?"

어색함을 털어버리고 싶은지 랜디는 얼른 식사 제안을 했다. 그리고 그녀를 차로 이끌었다. 차 앞에 서 있던 박 비서와 눈이 마주친 선희는 랜디가 눈치채지 못할 정도로 빠르고 가볍게 고개를 끄덕여 보였고 박 비서는 가만히 눈웃음을 지어 보이며 답인사를 했다.

"여기는 내 일을 도와주시는 박 비서님. 박 비서님, 여기는 제 오랜 친구 선희예요. 김선희."

"안녕하세요, 김선희 씨."

라이언은 지금 뭘 하고 있는지, 박 비서를 일부러 붙여 보낸 것인지 묻고 싶은 것이 많았다. 하지만 능청스럽게 초면인 양 인사를 건네는 박 비서의 모습에 선희는 긴장을 풀고 살짝 웃음을 터뜨렸다.

"네. 안녕하세요, 박 비서님."

32

문앞에서 서성거리길 몇 시간째. 과장을 조금 섞는다면, 문 앞에 깔린 멋스러운 양탄자의 귀퉁이가 닳아버릴 정도였다. 신경질적으로 팔짱을 낀 라이언은 굳게 닫힌 호텔방 문과 시계를 번갈아 바라보았다. 두 시간 전에 통화한 박 비서는 두 사람이 식사를 끝내고 차를 마시는 중이라고 전했다. 무슨 이야기를 하는지, 두 사람의 분위기는 어떤지 알고 싶어하는 라이언의 마음을 아는지 모르는지 그녀는 정말로 단 그 말뿐이었다.

"랜디처럼 신중한 녀석이…… 설마 오늘 무슨 일이 생기지는……."

"난 너처럼 휴가 온 게 아니라서 시간이 그다지 많지 않아."

랜디의 말이 떠올라, 등줄기에 식은땀이 한줄기 흘러내렸다. 그때 문밖에서 들려오는 발걸음 소리에 라이언은 얼른 거실로 달려가 소파로 몸을 날렸다. 문이 열리는 동시에 라이언은 테이블 위에 놓여 있던 타임즈를 집어 들어 쫙 펼쳤다. 그리고 콧노래를 흥얼거리며 들어서는 랜디를 돌아보며 애써 무심하게 입을 열었다.

"왔어?"

"안 잤네."

랜디는 드레스 룸으로 들어가, 라이언과는 비교도 할 수 없을 정도로 간소한 짐이 들어 있는 자신의 여행용 캐리어를 열었다. 그리고 뒤따라 들어온 라이언을 돌아보며 타이를 풀었다.

"만나보니 어때?"

라이언의 물음에 랜디는 빙그레 미소를 지었다. 웃지만 말고 이야기를 해! 라이언은 목 끝까지 치솟는 말을 씹어 도로 삼켰다.

"보니 예전 같지는 않지? 이제껏 상상하던 첫사랑 그녀의 모습은 아니지?"

"그대로던데."

젠장, 어릴 때도 눈이 낮았구나. 라이언의 한쪽 눈썹이 꿈틀거렸다.

"그래서, 예전 기분이 나?"

"물론. 그대로인 선희를 보고 있으니까, 마치 나도 열두 살 난 소년으로 돌아간 기분이 들었어."

"정말로…… 십육 년 만에 처음 만난 그 여자와 잘해볼 생각이 있는 건 아니지?"

속이 바싹바싹 탈 정도로 긴장하고 있는 라이언의 마음을 알 턱이 없는 랜디는 그저 어깨를 으쓱거리며 셔츠까지 벗어 던졌다.

"뭐, 물론 내가 그 여자를 못 봤지만…… 어느 면에서도 줄리아보다 나은 여자를 만나기는 힘들잖아. 현실적으로 생각해 봐. 줄리아보다 얼굴이 더 예쁜지, 몸매가 더 끝내주길 하는지, 직장은 어떤지……."

라이언의 말에 랜디는 고개를 흔들었다.

"비교할 수가 없어. 줄리아는 줄리아고, 선희는 선희야. 두 사람 다 각기 다른 매력이 있으니까. 뭐, 물론 객관적인 겉모습만 따지고 본다면 줄리아 쪽이 낫다고 할 수는 있지만."

순간 라이언의 얼굴이 일그러졌다. 써니가 뭐가, 어디가 어때서!

"비교할 수 없다면서 객관적으로 줄리아 쪽이 낫다는 건 또 뭐야?"

"그만 해. 트집 잡으려고 물어본 거야?"

드레스 룸에서 나와 욕실로 걸음을 옮기다 자신의 뒤를 졸졸 따라다니는 라이언을 귀찮은 듯 바라보았다.

"네가 줄리아를 걱정하는 마음은 알겠지만, 적어도 지금은 난! 적어도 오늘은 러브나 엔조이를 떠나 그저 순수하게 예전의 선희와 마주하고 싶어. 난 남자랑 같이 샤워하는 취미는 없으니까, 따라오고 싶어도 참아."

욕실로 들어서던 랜디가 무슨 생각이 들었는지 문턱에 서서 라이언에게 다시 입을 열었다.

"참, 내일 저녁 식사 초대를 했어."

"뭐?"

눈을 부릅뜨며 되묻는 라이언의 반응에도 랜디는 별다른 의심을 하지 않았다.

"네가 줄리아 때문에 선희를 탐탁지 않게 생각하는 것까지는 이해하지만, 그래도 난 선희에게 나와 가장 친한 친구를 소개해 주고 싶어. 그러니까 내일은 선희 앞에서 예의 바르게 행동해 줘."

탁. 눈앞에 욕실 문이 닫혔지만 라이언은 그 자리에서 꿈쩍도 하지 않았다. 예의 바르게 행동하라고! 지금 누구를 누구한테 소개하겠다는 거야. 라이언은 어이가 없어 빈 웃음을 터뜨렸지만 일그러진 얼굴은 여전했다.

새로운 직장 앞에 세워진 라이언의 차를 보는 느낌은 또 달랐다. 퇴근하고 학원을 나서는 선희를 발견한 박 비서가 운전석에서 내려 뒷좌석 문을 열어주었다. 차에 올라탄 선희는 시동을 걸어 차를 출발시키는 박 비서의 뒷모습을 바라보았다.

"박 비서님도 어색하세요?"

"네?"

무슨 뜻인지 박 비서가 룸미러를 통해 선희와 눈을 마주쳤다.

"똑같은 차에 늘 보던 박 비서님인데도, 라이언이 아니라 랜디가 보내서 온 차를 타고 그 호텔로 가는 게 전 왜 이렇게 어색할까요."

무슨 말을 해야 할지 몰라 박 비서는 그저 묵묵히 선희의 말을 듣고만 있었다. 아무것도 모르는 박 비서를 앞에 두고 넋두리를 한다는 생각이 들었는지 선희는 쓸쓸한 웃음으로 고개를 내저었다.

"아니, 어울리지도 않는 이런 옷에 화장…… 내 자신이 어색해서 그런가 봐요."

드디어 할 말을 찾은 박 비서가 얼른 입을 열었다.

"오늘 예쁘세요."

라이언이 손에 쥐어주었던 상자, 직접 옷을 골랐을 라이언을 상상하며 즐거워했던 바보 같던 자신의 모습이 떠올라 다시금 가슴이 쓰라렸다. 결국 이 원피스도, 메이크업도, 함께했던 시간들도 김선희가 아니라 그 여자를 위한 것이었다.

박 비서는 호텔에 도착할 때까지, 완전히 할 말을 잃고 창밖만을 응시하는 선희가 안타까웠지만 라이언에게 그랬던 것처럼 그녀에게도 자신이 해줄 수 있는 말은 없었다. 도어맨에게 차를 맡기고 레스토랑으로 향하는 엘리베이터에 올랐을 때에서야 박 비서는 떼어지지 않는 입을 간신히 열었다.

"함께, 기다리고 계십니다."

선희는 주먹을 살짝 쥐었다. 자신의 역할은 거기까지라는 듯 박 비서는 레스토랑 입구에서 홀 지배인에게 그녀의 에스코트를 맡겼다. 레스토랑으로 들어가기 전, 눈이 마주친 박 비서는 선희에게 가만히 고개를 끄덕여 보였다.

"이쪽으로."

반갑게 눈인사를 건넨 홀 지배인이 선희를 데리고 미리 예약된 테이블로 인도했다. 자존심도 없다고, 다른 여자를 사랑해서 그녀

를 차지하기 위해 자신의 앞에 나타났다는 것을 알면서도 주책스
럽게도, 녀석이 있다는 소리에 걸음을 뗄 때마다 심장이 쿵쾅거린
다. 설렘이 기쁘기보다 서러울 수도 있다는 사실을 처음으로 깨달
으면서.

"선희."

창가 앞, 얼룩 한 점 찾을 수 없는 새하얀 테이블보 위의 물 잔
을 들어 마시고 있던 랜디가 그녀를 발견하고 자리에서 일어났다.
그리고 랜디의 곁에 앉아 있던 라이언과 눈이 마주친 순간 선희는
이로 아랫입술을 살짝 깨물었다. 머리끝에서 발끝까지 자신의 모
습을 훑고 지나가는 라이언의 눈길. 녀석은 랜디가 선희에게서 시
선을 떼지 않은 채 어깨를 툭 친 후에야 마지못해 몸을 일으켰다.

"어서 와. 여기는 라이언. 휴가를 보내러 한국에 와 있던 친구
야. 내 가장 친한 친구이기도 하고. 라이언, 이쪽은 내가 말했던
선희."

그렇게 당부를 주었건만 얼굴이 퉁퉁 부은 채 선희를 노려보는
라이언을 보다 못한 랜디가 그의 옆구리를 쿡쿡 찔렀다.

네가 그런 표정으로 나를 볼 입장은 아닌데, 라이언. 선희 역시
얼굴을 잔뜩 찡그렸지만 먼저 손을 내밀었다. 라이언은 선희의 얼
굴과 손을 번갈아 응시하다 랜디가 눈을 부라리고 나서야 손을 맞
잡아 악수했다.

"앉자."

음식을 주문하고 애피타이저가 나올 때까지 라이언은 입을 꽉
다문 채 말이 없었고, 선희는 묵묵히 랜디의 말을 들으며 가끔 고

개를 끄덕이기만 했다. 자신의 친구들이 서로에게 썩 호감을 보이지 않은 것에 분위기를 풀어보려는 듯 랜디는 애써 즐거운 화제들만 꺼내들었다.

"대학 다닐 때 라이언을 알게 되었는데, 처음 알게 된 게 학교 앞 술집이었어. 이 녀석이 얼마나 취했는지, 가게 안을 온통 휘젓고 다니는데 정말 못 말리겠더라고."

매일 우아하게 와인만 마시는 줄 알았던 라이언이 술에 취해 주사까지 부렸다는 말에 선희의 눈이 동그랗게 커졌다.

"겨우 붙잡고 늘어졌는데도 키도 나보다 크지, 힘은 또 어찌나 센지."

"그래서요?"

그때 랜디의 말을 가로챈 라이언이 처음으로 입을 열었다.

"거기서 일하던 여학생 한 명이 대걸레를 가져다가 내 머리를 내려쳤어."

그 모습이 머릿속에 스치는 순간 아찔한 기분에 할 말을 잃은 선희의 표정을 오해한 랜디가 얼른 덧붙였다.

"이 녀석이 존댓말은 배우지 못했어. 이해해."

"아, 괜찮아요. 그래서 어떻게 됐어요?"

랜디는 빙그레 미소를 지으며 대답했다.

"그날 이후로 라이언과 줄리아, 아, 줄리아가 바로 그 여학생이야. 라이언과 줄리아, 그리고 나 이렇게 셋이 둘도 없는 친구로 지내게 되었어. 지금까지 쭉."

줄리아. 그 이름을 입 안으로 중얼거리던 선희는 고개를 돌리다 라이언과 눈이 마주쳤다. 그리고 그 순간 라이언이 사랑하는 여자, 그리고 랜디에게 프러포즈를 했다는 여자가 줄리아임을 눈치챘다.

"그쪽이 랜디의 첫사랑이라던데, 그쪽도 랜디가 첫사랑인가?"

돌발적인 라이언의 질문에 랜디와 선희 둘 다 놀라 그를 바라보았다. 뻔히 알고 있으면서 라이언이 왜 그런 질문을 하는지 알 수 없어 선희는 잠시 망설였지만 이내 솔직하게 털어놓았다.

"랜디에게는 미안한 일이지만, 솔직히 말하면 얼마 전까지는 기억하지 못했어요. 그런데 우연한 기회로 옛 기억이 떠올랐어요. 세세한 부분까지는 기억나지 않지만 곰곰이 생각해 보면 랜디와의 기억이 참 예쁘더라고요. 생각하지도 못했던 어린 시절의 나를 다시금 돌아볼 수도 있었고."

랜디의 얼굴에는 만족의 미소가 떠올랐지만, 라이언은 입을 일자로 꽉 다물어 버리고 더 이상 말을 걸지 않았다. 음식을 입으로 가져가며 하하호호, 연방 웃음을 터뜨리는 랜디와 선희의 모습에 결국 포크를 냅다 집어 던지듯 내려놓은 라이언이 테이블에서 벌떡 일어났다.

"어디 가?"

"화장실."

식사 중에 몸을 일으킨 라이언의 행동이 마음에 들지는 않았지만 랜디는 별다른 말은 하지 않았다.

화가 난 듯 성큼, 화장실로 들어선 라이언은 은은한 주황빛 조명을 받아 더욱 고급스러워 보이는 타일에 기대섰다.

"우연한 기회?"

코웃음을 친 라이언은 물을 콸콸 틀어놓은 채 거울 속 자신을 노려보았다. 그 우연한 기회가 바로 자신이 아니었던가. 그러면서도 화가 나고 있는 이 이율배반의 감정은 이미 스스로 제어할 수 없을 정도로 날뛰고 있었다.

대충 손을 씻고 홀로 돌아가기 위해 화장실을 나오던 라이언은 여자 화장실을 향해 걸어오던 선희와 맞닥뜨렸다.

나와 함께 가서 다듬은 헤어스타일로, 내 도움으로 배운 메이크업을 하고, 내가 사준 옷을 입고서 랜디와 웃고 떠드느라 정신이 없다 이거지. 젠장, 라이언 오닐. 그러라고 사준 거야! 잊었어? 이 바보 멍청아!

"비켜."

자신을 가로막고 선 라이언을 노려보며 선희가 팔로 그의 가슴팍을 탁 밀쳤지만 끄떡도 하지 않았다. 결국 옆으로 비켜나서 가려던 선희는 또다시 자신을 막아서는 라이언의 모습에 눈을 치켜떴다.

"왜 시비야? 네가 원하는 대로 잘하고 있잖아. 뭐가 불만이야?"

"좋은 기억?"

비꼬는 것이 분명한 음성에 선희는 팔짱을 끼고 응수했다.

"내가 거짓말을 했다고 생각해?"

"우습잖아. 며칠 전까지 기억도 못한다던 사람인데."

"마음대로 생각해. 거짓말이라고 해도 상관없잖아. 아니, 넌 오히려 좋아해야 하는 거 아니야? 나와 랜디가 잘 지내야, 줄리아의 프러포즈를 받아들이지 않을 테니까.”

순간 라이언의 얼굴이 확 달아올랐다. 랜디에게 프러포즈했다는 여자가 줄리아라는 사실을 너무 쉽게 들킨 것에 머쓱했지만 이내 태연하게 받아쳤다.

“물론. 내가 한국에 온 이유가 그거니까!”

입 밖으로 말이 터져 나오자마자 후회가 일었다. 혀끝을 살짝 깨물어봐도 이미 내뱉은 말은 주워 담을 수는 없는 노릇이었다. 주먹을 꽉 쥔 채 라이언을 한참이나 노려보던 선희는 두 손으로 그의 어깨를 밀쳐 내고 화장실로 들어가 버렸다. 작게 욕설을 중얼거리던 라이언은 랜디 혼자 앉아 있는 테이블로 돌아가 의자 등받이에 걸려 있던 자신의 외투를 집어 들었다. 라이언의 성난 표정에 랜디는 눈을 크게 뜨고 입을 열었다.

“무슨 일 있었어?”

“없어. 나 먼저 방에 올라갈게.”

라이언은 입술을 살짝 비튼 채 화장실을 한번 흘낏 바라보았다.

“식사 맛있게 하라고 전해줘.”

“라이언!”

자신을 부르는 랜디의 목소리를 뒤로한 채 라이언은 빠르게 레스토랑을 빠져나왔다. 지금 가슴속에 따갑게 치솟고 있는 분노가 누구를 향한 것인지 라이언 자신조차 가늠하기 어려웠다. 호텔방 안에 들어선 라이언은 자신의 목을 옭아매고 있는 타이를 풀어 테이블 위에 던져 놓았다.

“잘되고 있는 거야. 맞아, 이렇게 되길 원했었잖아. 그래, 이렇게 되길 나도 원하고 있었어.”

세뇌시키듯 라이언은 침착하게 반복했다. 하지만 반복하면 할수록 무엇인가 핀트가 어긋나고 있다는 불안감은 두 배, 세 배로 불어나고 있었다. 라이언은 두 손으로 머리칼을 꽉 움켜쥐었다. 하나도 원하고 있던 게 아니잖아……. 겁쟁이에 멍청이까지도 모자라서 이제는 거짓말쟁이까지 되려고?

“써니.”

좀 더 솔직해지자. 랜디가 줄리아의 프러포즈를 받아들이기가 겁이 나는지, 아니면 지금 저 아래 레스토랑에서 랜디와 써니가 단둘만 남아 있는 것이 더 두려운지 좀 더 솔직해지란 말이다.

“창수가 있는 하니가 부러웠어.”

“그까짓 냉장고 한번 터는 것쯤, 내가 창수가 되어줄게.”

순간 눈이 번쩍한 라이언은 자리에서 벌떡 일어났다. 그리고 성큼성큼 문을 향해 걸음을 옮기던 찰나, 침실에서 길게 전화벨 소리가 울렸다. 처음에는 무시하고 문고리를 잡았지만 끊김없이 울리는 벨소리에 결국 걸음을 돌려 침실로 들어가 수화기를 집어 들었다.

“여보세요.”

[이사님?]

라이언은 맨해튼 오닐호텔에서 근무하는 자신의 비서 목소리를 쉽게 알아채고 의아함에 눈을 크게 떴다. 자신이 자리에 있으나 없으나 인터넷 채팅에만 열중하던, 자신의 보스만큼이나 할 일없던 이 여자가 휴가 중인 라이언에게 전화까지 걸 이유가 없었던 것이다.

“사라, 무슨 일이야?”

[곧장 뉴욕으로 돌아오셔야 할 것 같아요.]

순간 라이언의 가슴속으로 깊은 불안감이 스며들었다.

[오늘 회장님께서 쓰러지셨어요!]

33

“**오**늘 라이언 때문에 불쾌했다면 너그럽게 이해해 줘. 원래 그런 녀석이 아닌데.”

집까지 데려다 주기 위해 차에서 내려 함께 골목길을 걸어가던 랜디가 미안한 표정으로 선희를 내려다보았다. 종일 입고 있어도 도통 편해지지 않는 원피스 차림에 지그시 땅에만 시선을 던지며 걷던 선희는 황급히 고개를 들고 흔들었다.

“괜찮아요.”

“정말로 착하고 밝은 녀석인데.”

알아요. 선희는 입 밖으로 그 말이 터지려는 것을 꾹꾹 참았다. 대신 궁금하던 다른 것을 물어보았다.

“많이 친한가 봐요. 그 줄리아라는 분하고…… 세 사람.”

떠올리기만 해도 랜디의 얼굴에는 부드러운 미소가 퍼져 나갔
다.

"형제 같은 친구들이지."

"줄리아는 어떤 사람이에요?"

그저 지나가다 물은 듯, 별다른 화젯거리가 없어 우연찮게 터져
나온 것처럼 선희는 어깨를 가볍게 으쓱거리며 태연하게 물었다.
잠시 망설이던 랜디는, 이내 한숨을 짧게 내쉬는 것으로 다시 입
을 열었다.

"멋진 여자. 아름답고 늘 활기에 가득 차 있어. 지적이고, 자신
감에 넘치고. 잡지사 에디터인데, 직장에서도 인정받고 있고."

누군가가 날카로운 유리 조각으로 가슴을 후벼 파는 기분, 그
누군가가 얼굴도 모르는 태평양 저 너머의 기가 막히게 멋진 여자
라는 사실에 너무나 작고 초라해지고 있었다. 아름답고, 활기에
가득 차 있으며 지적이며 넘치는 자신감까지 가지고 있었다. 그런
여자를 오랫동안 곁에서 지켜보며 어떻게 사랑하지 않을 수 있었
을까.

"듣기만 해도, 정말 멋진 여자일 것 같네요."

랜디는 선희의 목소리에 섞인 절망을 읽어내지 못했다.

"늘 감탄이 터지는 그런 여자지."

"그래요……. 아, 다 왔다. 여기에요."

선희는 목구멍으로 울음을 겨우 삼키며 대문 앞에 섰다. 랜디는
아쉬운 듯 선희와 마주하고 섰다.

"내일은 일이 많아서 언제 끝날지 모르겠는데. 그래도 중간에

전화할게. 만나줄 거지?"

"그럼요."

랜디는 자신에게 주어진 시간은 그다지 많지 않다며, 다시 만난 날부터 누누이 이야기를 했다. 그 시간 동안 되도록이면 그녀를 자주 보고 싶다고, 그래 줄 수 있냐고 진지하게 묻는 랜디에게 고개를 끄덕여 준 사람은 선희였다.

"좋은 꿈 꾸길."

랜디를 남겨두고 집으로 들어온 선희는 곧장 자신의 방으로 향해 걸어가 문을 닫고 바닥에 힘없이 주저앉았다. 머리끝에서부터 발끝까지, 레스토랑에 들어설 때부터 가득했던 긴장이 조금 풀려나가면서 근육이 통증으로 날뛰기 시작했다.

"바보 같은 라이언."

너까지도 사랑한 그런 멋진 여자의 프러포즈를 받고, 랜디가 나를 사랑할 리 없잖아. 아직까지는 눈치채지 못하고 있지만, 랜디는 그저 추억을 잊지 못하고 그리워했던 것뿐이야. 그 아릿한 추억 속에 하필이면 내가 있었던 것이지. 랜디는 이제껏 그를 지탱했던 추억을 사랑하는 거야. 내가 희미한 그 기억 속에서 랜디, 아니, 순철이 자체를 만나는 것보다 유년 시절의 나 스스로를 돌아볼 수 있어 마음 한구석이 따뜻해지는 것처럼.

"너도 나처럼 짝사랑이구나."

너도 나처럼 이렇게 아프니. 줄리아 때문에 가슴 아프고, 눈물도 흘리고 눈앞이 깜깜해지기도 하니. 너도 나처럼 이렇게 서럽고 슬픈 짝사랑이잖아.

"난 있잖아. 엄마가 세상에서 제일 좋아. 하늘 땅만큼. 엄마가 보고 싶음 달릴 거야. 두 손 꼭 쥐고…… 달려라, 달려라, 달려라……."

입 안으로 웅얼거리는 노랫소리가 방 안으로 퍼져 나갔다. 하니가 겪는 비극이 없어 슬펐던 어린 시절의 어리석음, 누군가를 그저 혼자서 좋아한다는 아주 단순한 현실만으로도 이토록 서러움에 젖어 괴로워할 줄 알았다면 절대로 그런 하니의 비극을 부러워하지 않았을 것이다.

여느 때처럼 출근 준비를 하고 현관을 나서던 선희는 아직 조금 뻐끈함이 남아 있긴 하지만 절뚝거리지 않아도 될 만큼 발목이 나아 있는 것을 깨달았다. 선희는 그것을 서글픔의 극에 달했던 어젯밤에 대한 위로로 받아들였다. 발을 내딛을 때마다 느껴야 했던 고통도, 그리고 상처도 이렇게 시간이 지나면 자연스럽게 치유가 된다.

"다녀오겠습니다!"

집에는 아무도 없었지만, 선희는 크게 소리치며 대문을 나섰다. 하지만 애써 낸 용기가 무색할 정도, 대문 앞에 서 있는 라이언의 모습에 선희는 심장이 덜컥 내려앉았다. 주머니에 손을 찔러 넣은 채로 조금 전에 '다녀오겠습니다' 라고 소리친 것을 들었는지 그녀가 나오는데도 조금의 놀라움도 없이 그 자리에 서 있었다.

"라이언."

선희는 자신의 눈을 비벼 헛것이 아닌 것을 확인하고 싶은 충동을 억지로 참아야 했다.

"여기까지, 웬일이야?"

마음과는 달리 목소리가 무뚝뚝하게 터져 나왔다. 어쩌면 어제 레스토랑에서 자신이 한국에 온 이유가 오로지 줄리아 때문이라고 말하던 녀석에 대한 마음의 앙금이 남아 있기 때문일지도 몰랐다.

"써니."

선희의 날카로운 목소리에는 아랑곳하지 않고 라이언이 묵묵히 입을 열었다.

"묻고 싶은 게 있어."

난데없이 찾아와 묻고 싶은 것이라니. 얼굴을 보지 않으면 그립고 보고 싶어 미칠 것 같아도 막상 얼굴을 마주하면 다른 여자를 사랑한다는 녀석이 미워서 견딜 수가 없었다. 순간 선희는 사랑과 미움은 동전의 양면이라는 말이 떠올랐다.

"묻고 싶은 것?"

"내가 네 앞에 나타나 줘서, 다시 웃게 해줘서, 사는 게 즐겁다는 걸 다시 알게 해줘서 나한테 고맙다고 했지. 그래서, 너 역시 내가 원하는 대로 되길 바라는 마음에서 랜디를 만나볼 거라고."

선희는 대답이 없었고, 라이언 역시 그녀의 대답을 원한 것은 아니었던 것인 듯 계속 말을 이어나갔다.

"만약 나한테 고마워하지 않아도 되고, 나 때문에 랜디에 대한 부담감을 버린다면…… 그래도 랜디와 잘해볼 마음이 있는 거야?"

예상치 못한 질문이었다.

"랜디는 뉴욕에 살고 있고 앞으로도 쭉 뉴욕에서 살 텐데, 곧 있으면 한국을 떠나는데…… 그래도 잘해볼 마음이 있는 거야?"

선희는 라이언의 눈빛 속에 숨어 있는 다른 의도를 감지해 내지 못했다. 여전히 그녀의 머릿속에 맴도는 것은, 라이언의 공간인 뉴욕에 살고 있는 능력있고 아름다운 여자 줄리아뿐이었다. 자신보다 라이언에게 훨씬 어울릴 만한 그녀에 대한 질투심과 분노, 그리고 자존심이 빳빳이 고개를 쳐들었다.

"아직도 네가 나를 처음에 끌어들였던 브로드웨이와 멋진 레스토랑, 맨해튼의 파티 따위에 내가 흔들린다고 생각하는 건 아니지? 지난번에도 말했었지만, 나한테 어울리는 사람은, 이 동네에서 살아왔고 앞으로도 쭉 이 동네에서 살아갈 나한테 어울리는 사람은 윤 선생님이야."

그것은 현실이긴 했지만, 그녀가 원하는 진심은 아니었다. 숨도 쉬지 못하고 단숨에 말을 끝낸 선희는 자신을 그저 멍하니 응시하고만 있는 라이언의 모습에 입을 꽉 다물었다.

"정말로 그렇게 생각해?"

이건 내 탓이 아니잖아. 왜 갑자기 그런 눈으로 쳐다보는 건데……. 너보다 못한 것도 나고, 너의 공간으로 갈 수 없는 것도 난데 왜 네가 그런 눈으로 나를 내려다보고 있는 건데. 죽도록 너와 어울리는 사람이 되고 싶은 사람도 난데, 네가 왜 나를 그렇게 보는 건데!

선희는 입술을 질끈 깨물었다.

"그래."

라이언은 무슨 말을 더하려는 듯 입을 열었지만, 결국 아무런 말도 못하고 묵묵히 뒤돌아섰다. 한 걸음, 두 걸음. 라이언이 걸음을 떼어 자신과 멀어질수록 선희의 가슴속엔 날카롭고 차가운 바람이 불어닥치고 있었다.

"라이언."

크게 소리쳐 부를 수도 없는 겁쟁이. 또다시 상처받는 것이 두려운 바보. 입 안으로만 가득히 불러보는 라이언의 이름에 녀석이 돌아봐 주리라는 기대는 너무 큰 것일까. 좁다란 골목길을 천천히 걸어나가는 라이언의 뒷모습을 바라보며 선희는 담벼락에 손을 짚어 기대었다. 결국 라이언의 모습이 골목 밖으로 완전히 사라진 후에야 선희는 심장을 움켜쥐고 바닥에 쪼그리고 앉았다.

"그렇게 물어보면, 난 이렇게밖에 대답을 못하잖아."

한참 후에야 겨우 마음을 진정시킨 선희는 서두르지 않으면 학원에 늦는다는 것을 깨닫고 서둘러 걸음을 옮겼다. 늘 라이언의 차가 서 있던 자리는 텅 비어 있었다. 예상하고 있었지만 그래도 내심 라이언이 아직도 그곳에 있을지도 모른다는 기대를 하고 있었던 모양이다.

"정신 차려, 김선희."

겨우 지각을 면한 선희는 일부러 더 적극적으로 수업에 임했다. 목소리는 더 컸고, 웃음도 크게 터뜨렸다. 아이들과 농담을 했고, 장난도 받아주며 활기차게 수업을 하는 선희의 모습에 기분이 좋았던지 잠시 쉬는 틈을 타 원장 선생님이 떡볶이와 순대를 간식으로 사 왔다.

"이렇게 중간중간 먹어주지 않으면, 정말 체력 딸려서 가르치지도 못해요. 그렇죠?"

선희는 그녀의 말에 동의하며 입 안 가득 음식을 밀어 넣었지만, 아무런 맛도 느끼지 못할 만큼 텁텁했다. 돌을 씹듯 힘을 주어 억지로 씹어 넘긴 선희는 주머니에 넣어둔 휴대전화가 진동하자 젓가락을 내려놓았다.

"여보세요."

[선희?]

랜디의 목소리에 선희는 원장 선생님에게 눈짓으로 동의를 구하고 자리에서 몸을 일으켰다.

[오후에 잠시 시간이 날 것 같은데, 내가 학원 근처로 갈까?]

"그냥 차만 보내주시면 제가 서울로 갈게요. 많이 바쁘신 것 같은데."

[그것도 좋은 방법이지만, 박 비서님이 라이언 때문에 공항에 가시는 바람에…….]

순간 선희는 심장이 멎는 기분이었다.

"고, 공항에는 왜요?"

[뉴욕에 급한 일이 생겨서 라이언이 예정보다 일찍 돌아가게 되었거든. 여보세요? 선희? 듣고 있어?]

선희는 다리가 후들거리다 결국 바닥에 그대로 주저앉고 말았다. 조금 떨어진 곳에서 떡볶이를 먹고 있던 원장 선생님이 깜짝 놀라 그녀에게 달려왔다.

"김 선생님! 괜찮으세요? 왜 이러세요?"

"워, 원장 선생님…… 저기…… 지금……."

커다란 나무못 하나가 목구멍을 타고 심장까지 관통할 정도로 깊숙하게 박힌 기분이었다. 말을 제대로 잇지 못하는 선희의 모습에 원장 선생님의 얼굴에 잔뜩 걱정이 어렸다.

"급한, 급한 일이 생겨서…… 급한 일이 생겨서…… 죄송해요, 원장 선생님, 저 지금 가봐야 할 것 같아요."

새하얗게 질린 선희의 얼굴에 누가 중요한 분이 돌아가시기라도 한 줄 알았는지 원장 선생님은 오히려 그녀에게 얼른 가보라고 코트와 가방을 챙겨주었다.

학원을 뛰쳐나온 선희는 택시에 올라탔다.

"인천이요, 아저씨. 인천 국제공항이요! 최대한 빨리 가주세요!"

그제야 선희는 랜디의 전화를 일방적으로 끊어버렸다는 사실을 깨달았지만 손끝이 떨려서 휴대 전화기를 제대로 잡을 수도 없었다. 박 비서에게 전화를 걸기 위해 몇 번이나 잡았다 바닥으로 떨어뜨리기를 반복했다. 결국 번호를 누르는 데까지는 성공했지만, 아무리 기다려도 신호만 갈 뿐 아무도 받지 않았다.

"랜디는 뉴욕에 살고 있고 앞으로도 쭉 뉴욕에서 살 텐데, 곧 있으면 한국을 떠나는데…… 그래도 잘해볼 마음이 있는 거야?"

"아직도 네가 나를 처음에 끌어들였던 브로드웨이와 멋진 레스토랑, 맨해튼의 파티 따위에 내가 흔들린다고 생각하는 건 아니

지? 지난번에도 말했었지만, 나한테 어울리는 사람은, 이 동네에
서 살아왔고 앞으로도 쭉 이 동네에서 살아갈 나한테 어울리는 사
람은 윤 선생님이야."

"정말로 그렇게 생각해?"

"그래."

아니야, 선희는 손바닥으로 입 부근을 틀어막았다. 택시는 정상
속도보다 훨씬 빠르게 달려 인천 공항에 도착했지만, 선희에게는
일 초가 한 시간보다도 더 애가 타는 시간이었다. 택시에서 내려
공항 안으로 달려들어 간 선희는 정신없이 사람들을 헤치며 라이
언을 찾기 시작했다.

다른 사람들보다 훨씬 키가 크고, 눈썹도 짙으며, 눈은 동그랗
고, 콧대는 굵고 높으며, 입술은 그린 듯 잘생긴 남자. 수십 수백
명의 사람들 틈에서도 어렵지 않게 찾을 수 있는 사람. 오로지 그
주위에서만 작은 광채가 뿜어져 나와 존재감을 알리는 사람, 좋아
하는 사람.

"라이언!"

아무리 사람들 사이를 뛰어다녀도, 아무리 고개를 돌려봐도 라
이언의 모습은 찾을 수 없었다.

미친 듯이 뛰어다니다 결국 지쳐 제자리에 멈추어 선 선희의 얼
굴 위로 눈물이 흘러내렸다. 지나던 사람들이 호기심 어린 눈빛으
로 바라보았지만 선희는 그런 시선 따위는 느낄 수도 없었다.

"김선희 씨."

등 뒤에서 들려오는 박 비서의 목소리에 선희는 너무 급하게 몸을 돌리는 바람에 순간 휘청거렸다. 안타까운 눈빛으로 자신을 바라보던 박 비서는 천천히 입을 열어, 지금 선희가 가장 두려운 바로 그 사실을 확인시켜 주었다.

"비행기가 조금 전에 이륙했습니다."

비록 그녀의 의도는 아니었지만, 박 비서의 목소리는 아주 작게 남아 있던 희망마저도 뿌리째 뽑아버리게 했다. 그리고 그 자리에 절망과 깊은 슬픔이 홍수가 되어 뼛속 깊숙이까지 스며들기 시작했다.

"무슨 걱정이야, 냉장고를 털어내는 것쯤은. 가끔 내가 창수가 되어줄게."

34

박 비서가 운전하는 차를 타고 가는 내내, 선희는 터지는 울음을 꾹꾹 숨을 삼키며 겨우 참고 있었다. 한 손으로는 주먹을 쥔 채 가슴을 누르고, 나머지 한 손으로는 앞좌석의 시트를 움켜쥐고 서러운 눈물을 뿜어냈다.

"진정하세요, 김선희 씨."

어쩌면 그렇게 멍청했을까. 왜! 좋아하면서, 좋아하는 사람 앞에서 마음에도 없는 그런 말들을 늘어놓았을까. 혼자 좋아하면 어때서, 뭐가 부끄러워서! 자존심이 뭐가 그리 대단하다고! 나를 좋아하지 않는다는 말을 들으면 죽는 것도 아닌데 입 밖으로 너를 많이 좋아하고 있다, 그 말 한마디 하지 못하고 이렇게 떠나보내니, 이 바보 멍청아! 선희는 손등으로 눈물을 훔치며 박 비서를 향해 고개를 들었다.

"떠나면서, 가면서 아무 말도 안 했어요? 아무 말도?"

자신에게 남긴 말은 없었는지, 건강히 잘 있으라는 그 흔한 인사말조차 남기지 않았는지 선희는 묻고 또 물었다. 아니면 언제 다시 온다는 말이라도, 예정보다 빨리 급하게 떠났으니 그 일만 마무리되면 다시 돌아올지도 모른다는 불확실한 계획이라도 좋았다. 하지만 애가 타는 선희와는 달리 박 비서는 조용히 고개를 내저을 뿐이었다.

"나쁜 놈."

아무리 그래도, 잘 있으라는 말 한마디 해줄 수도 있었잖아. 아마 신이 나서 비행기에 올랐겠지? 네가 좋아하는 줄리아가 있는 곳으로 돌아가게 되었으니까, 그녀에게로 갔을 테니까.

"나쁜 놈……."

그래도 조금은, 아주 조금은 나에게도 희망이 있을지 모른다는 기대를 하고 있었단 말이야. 아무리 안 그런 척해도, 아무리 태연한 척해도, 그럴 리 없다고 생각하고 또 해도, 아주 조금쯤은 나에게도 기회가 오지는 않을까 하는 생각이 들었단 말이야.

선희가 예전에 일하던 학원 앞에 차를 세우며 박 비서가 그녀를 뒤돌아보았다.

"학원으로 돌아가셔야 하는 거예요? 집으로 가셔서 쉬는 게 나을 것 같은데."

학원으로 간다면, 차를 돌려 옆 동네로 빠지는 길로 가야 했고 집으로 간다면 동네 앞 4차선 오르막길을 올라가야 했기 때문이다.

“그냥 여기서 내릴게요.”

“아니요. 가시는 데까지…….”

박 비서는 눈물로 가득 찬 선희의 눈동자를 가만히 들여다보다 이내 고개를 끄덕였다.

“데려다 줘서 고마워요, 박 비서님.”

“김선희 씨.”

차에서 내리려던 선희는 운전석에 앉아 있는 박 비서를 돌아보았다.

“제가 두 분 사이에 있었던 일을 자세히 알지는 못하지만 오닐 씨께서도, 김선희 씨만큼이나 혼란스러워하셨어요.”

다시 다른 말을 이을 듯 말 듯 입술을 움찔거리던 박 비서는 결국 마지막으로 단 한 마디만을 남겼다.

“제가 도울 일이 있으면 언제든 연락 주세요.”

차에서 내려 자신의 뒷모습을 지켜보고 있는 박 비서의 시선에 선희는 애써 꿋꿋이 걸음을 옮기려 노력했다. 하지만 자신을 업고 뛰던 라이언의 모습이 고스란히 남아 있는 그 오르막길을 오르면서 태연하기란 쉽지 않았다. 이제 다시는 녀석의 얼굴을 보지 못할 것이라는 생각이 머릿속에 스치자 견딜 수 없는 괴로움이 심장을 휩쓸었다.

“이렇게 후회하게 될 걸 미리 깨달았더라면, 진심으로 눈을 마주치며 좋아한다는 말이라도 한마디 할 수 있었을 텐데. 바보, 멍청아. 조금만 용기가 있었더라면, 자존심 따위 잠시만 접어두었더라면, 다시는 만나지도 못할 사람에게 아쉬움이라도 없었을 텐데.”

 오르막길을 모두 오른 선희는 잠시 고개를 돌려 자신이 올라온 그 길을 바라보았다. 여전히 저만치, 박 비서의 차가 그 자리에 세워져 있었다. 머릿속이 새하얗게 변하는 것 같았다. 저 차에서 금방이라도 라이언이 문을 열고 나와 자신에게 손짓할 것 같았다. 밝게 웃으며 ‘하이’ 하고 인사를 건넬 것 같았다. 하지만 녀석은 이미 한국 땅에 없었다.

 “이렇게 하늘이 무너질 것처럼 슬플지 알았더라면. 아니, 오늘 갑자기 떠나게 될 것을 미리 알기만 했더라면.”

 모든 것이 아쉬웠다. 모든 것이 애틋했고, 모든 것이 그리웠다. 선희는 고개를 들고 떨어지지 않는 발걸음을 돌리려는 순간, 눈앞에 들어오는 문이 닫힌 포장마차로 인해 흠칫 제자리에 멈추었다. 라이언의 얼굴이, 목소리가 눈과 귓가에 맴돌았다.

 “무슨 일이든 자신이 하고 있을 때는 그 일이 정말 즐거운지, 아니면 괴로운지 분명히 아는 사람은 극히 드물 것이라고 생각해. 만약 알고 있다면, 세상의 모든 사람이 행복할지도 모르지. 하지만 신은 인간에게 그런 현명한 능력을 주지는 않았어. 내 생각에, 일부러 그런 것 같아. 만약, 써니가 직장을 그만두지 않았다면 사실 그 일을 좋아하고 있었다는 걸 영영 몰랐을 테고, 그렇게 지낸 시간들이 그저 지루하고 짜증나는 일상으로 기억되었을 테니까. 하지만 그만두고서 이렇게 알게 되었으니까, 그 돌이킬 수 없는 시간이 더 소중하고 즐거운 추억으로 기억될 거야. 그리고 앞으로 다시는 그런 시간을 헛되이 보내지 않을 거야. 깨달았으니까.”

　선희의 모습이 완전히 사라질 때까지 지켜보고 있던 박 비서의 입에서 작은 한숨이 삐져 나왔다. 안타까웠지만, 인연이라는 것이 사람의 힘으로 만들어지는 것은 아니라는 것이 그녀의 지론이었다. 차에 올라타려던, 박 비서는 자신을 부르는 목소리에 그 자리에 얼어붙어 버렸다.
　“박비서 씨?”
　그것이 정말 자신을 부른 것인지 아니면 ‘씨’ 라는 호칭을 잘못 들은 것이 아닌가, 순간 멍해졌다. 하지만 학원 건물에서 걸어나오는 석훈은 정확히 그녀를 응시하며 부드러운 미소를 짓고 있었다.
　“김 선생님 때문에 오셨어요? 그런데 모르세요? 김 선생님 학원 옮기셨는데.”
　“아, 네. 저기. 그게…….”
　당황한 나머지 자신답지 않게 말을 더듬거리자, 박 비서의 얼굴이 확 달아올랐다. 그런 박 비서의 반응에 석훈은 가만히 고개를 갸웃거렸다.
　“저기 그런데, 지금 혹시 저한테 박비서 씨라고 하셨습니까?”
　“네.”
　뭐가 잘못되었냐는 듯 석훈이 오히려 어깨를 으쓱거려 보였다. 이제껏, 자신에게 박비서 씨라고 불러준 사람은 한 사람도 없었다. 스스로도 믿기가 힘들지만, 조금 전 석훈이 그녀를 부르기 전까지는 이전까지 그렇게 부른 사람이 없었다는 사실을 깨닫지도 못하고 있었다.

"성함이 비서 씨가 아니었어요?"

석훈이 안경을 스윽 밀어 올렸다. 순간, 그의 따듯한 눈빛이 가볍게 자신에게 쏟아지는 것을 느끼며 박 비서의 상기된 얼굴에도 미소가 떠올랐다. 그녀를 '목석'이라고 부르는 회사 동료들이 보았다면 경악을 했을지도 모를 일이었다. 그것을 떠올리자, 박 비서의 얼굴이 웃음으로 더욱 환해졌다.

"맞습니다."

혹시 자신이 실수라도 한 것이 아닌가, 걱정하던 석훈의 얼굴도 금세 부드러워졌다. 그때 학교 앞 작은 팬시점에서 우르르 몰려나오던 여학생들이 석훈을 발견하고 그에게 달려왔다.

"수학 샘! 이것 드세요."

"이것도요."

고학년 여학생들이 낱개로 포장된 자그마한 초콜릿들을 석훈의 손에 쏟기 시작했다. 석훈은 당황하면서도, 여학생들에게 여유있게 미소를 지으며 관심있게 질문을 던지는 것도 잊지 않았다.

"갑자기 초콜릿은 왜?"

"조금 있으면 밸런타인데이잖아요. 남친 주려고 샀는데, 수학 샘도 드세요."

"고마워. 잘 먹을게."

가볍게 여학생의 머리를 쓰다듬어 준 석훈은, 아이들이 몰려 가버리자 몸을 돌려 다시 박 비서를 향해 섰다. 그리고 그녀에게 권하듯 앞으로 내민 두 손에는 초콜릿이 가득 쌓여 있었다. '밸런타인데이'를 입 안으로 중얼거리던 박 비서는 석훈의 손에서 초콜릿하나를 집어 들었다.

"아이들에게 인기가 좋으신가 봐요."

"여자 친구 없는 선생님이 불쌍해 보였나 보죠. 더 가지고 가세요."

"괜찮아요. 단 것, 별로 좋아하지 않거든요."

석훈이 빙그레 미소를 지었다.

"저도 단 건 좋아하는 편은 아니지만, 그래도 밸런타인데이 초콜릿이라잖아요."

박 비서는 이제껏 살아오며, 2월 14일은 특별한 날이라고 생각해 본 적이 단 한 번도 없었다. 물론 누군가에게 초콜릿을 주는 일도 없었고, 대대적으로 밸런타인데이에 맞춰 마케팅을 하는 초콜릿 회사를 비난하고는 했다. 하지만 초콜릿을 집어 들어 포장지를 벗겨낸 후, 입 안에 넣고 뺨이 살짝 볼록해지는 석훈의 얼굴에 그녀의 머릿속에는 장삿속 따위의 단어는 떠오르지 않았다.

"불처럼 사랑하는 것도 좋지만, 천천히 맞추어가면서, 알아가면서, 비슷한 점도 찾아가면서 그렇게 한번 만나보고 싶어요."

언젠가, 석훈과 선희가 만나는 것을 지켜보라던 라이언의 지시 때문에 두 사람을 훔쳐본 적이 있었다. 그때 석훈이 했던 말을 기억하고 있었다는 사실도 놀라웠지만, 바로 지금 이 순간 떠올랐다는 것도 신기했다.

"그럼…… 하나 먹어 보겠습니다."

손에 들고 있던 초콜릿의 포장을 벗겨내어 입 안으로 가져가 넣은 후, 박 비서는 혀끝에서부터 퍼지는 달콤함에 잠시 눈을 깜빡거렸다. 이내 그 달콤함이 입 안 전체로 퍼져 나갔다.

조금 전까지 인연은 사람의 힘으로는 만들 수 없다고 생각하던 박 비서였지만, 석훈을 올려다보는 지금 이 순간은 달랐다. 이 사람과의 인연을 만들고 싶다, 생각만으로도 가슴이 설레는 것을 느끼며 지금이 그 인연의 시작인 것을 깨닫고 있었다.

35

로맨틱한 밸런타인데이를 보내려는 연인들이 일찌감치 호텔을 가득 메우고 있었다. 한 쌍의 연인과 인터뷰를 끝낸 줄리아는 함께 온 사진 기자에게 뒷마무리를 맡기고, 호텔 제과점에서 구입한 초콜릿 케이크를 들고 로비를 떠났다. 라이언의 사무실에 가기 위해 엘리베이터 앞에 선 줄리아는 룸으로 향하는 수많은 사람들을 돌아보며 얼굴을 찌푸렸다. 결국, 그녀는 라이언과 함께 종종 이용한 적이 있는 직원용 엘리베이터를 찾아갔다. 엘리베이터에 오른 줄리아는 라이언의 사무실이 있는 층의 버튼을 누르고 움직이길 기다렸다.

"요즘 오닐 이사님 정말 이상하지?"

라이언의 이름에 줄리아는 순간 움찔했지만, 돌아보지 않고 가만히 귀를 기울였다. 회색 매이드 복장에 새하얀 에이프런을 한 두 여자는 줄리아가 있든지 말든지 개의치 않고 떠들어댔다.

"이사 직책에 어울리지 않는 일들만 하긴 했지만, 그래도 나름 대로 열심히 일하는 사람이었는데. 사라 말로는 사무실에 나와서도 꿈쩍도 하지 않고 멍하니 앉아 있기만 한다던데? 중역 회의에서도 그러고 있다가 임원들 앞에서 망신당했대."

"그런데 그런 멍청한 눈빛도 나름대로 멋지지 않니? 오히려 실없이 미소만 남발하던 예전보다 훨씬 매력적인 것 같아."

엘리베이터에서 내린 줄리아는 곧장 라이언의 사무실로 향했다. 그녀의 등장에 라이언의 비서는 얼른 키보드에서 손을 뗐다.

"오셨다고 이사님께……."

줄리아는 얼굴을 잔뜩 찌푸리며 비서의 책상을 주먹으로 꽝 내려쳤다.

"그렇게 계속 라이언에 대한 소문을 퍼뜨리고 다니면, 나도 당신이 일은 안 하고 인터넷 채팅만 하는 걸 라이언에게 알릴 거예요."

줄리아는 변명을 하려고 입을 여는 비서를 남겨두고 노크도 없이 라이언의 사무실 안으로 들어섰다. 하지만 창가 앞에 버티고 있는 대형 책상 앞 중역용 의자는 텅 비어 있었다.

"왔어?"

힘없는 목소리를 따라 고개를 돌린 줄리아는 은색 소파에 드러누워 멍하니 천장을 바라보는 라이언에게 시선을 던졌다. 고개를 설레설레 흔든 줄리아는 라이언에게 다가가 소파 앞 긴 직사각형 모양의 테이블 위에 케이크를 올려놓았다.

"이러니까 직원들 사이에서 이상하다는 말이 나오지."

"무슨 소리야?"

묻기는 했지만 그들이 뭐라고 떠들어대는지에 대해서는 일말의 관심도 없다는 말투와 표정이었다. 줄리아는 등받이가 없는 맞은편의 작은 소파에 앉아 팔짱을 꼈다.

"도대체 왜 이러는 거야?"

이제는 아예 대답조차 하지 않는 라이언의 모습에 결국 오늘도 라이언의 이상한 행동들에 대한 이유를 알아내지 못하고 포기해야 했다. 대신 줄리아는 다른 것으로 화제를 돌렸다.

"오닐 회장님은 좀 어떠셔?"

그제야 라이언이 미세한 반응을 보이며 눈살을 찌푸렸다.

"꾀병으로 누워 있는 사람이 어떻긴."

오닐 회장의 속내를 뚫고 있는 라이언은 여전히 어이가 없다는 표정으로 말을 이어나갔다.

"엄마 때문에 아버지가 한국의 미니시리즈를 너무 많이 봤어."

한국까지 갔는데도 불구하고 새로 인수하게 된 오닐 인 서울 호텔에는 시큰둥한 반응을 보이는 아들에게 오닐 회장은 결국 고전적이고도 유치한 방법을 쓴 것이다. 하지만 한눈에 꾀병임을 파악한 라이언은 견딜 수 없는 허탈함을 느껴야 했다. 아버지의 작은 장난에 헐레벌떡 한국을 떠나왔지만, 이제 더 이상 한국에 다시 가야 할 이유를 찾을 수 없었기 때문이다.

"병원에서 푹 쉬다 나오면, 예전보다 더 건강해지실걸."

"그렇게 한국의 호텔을 맡기 싫은 거야?"

라이언 자신도 알 수 없는 대답을 원하는 질문이었다. 어떻게든 한국에 갈 이유가 있다면, 지푸라기 하나라도 잡고 싶은 심정이었다. 하지만 한국에서 돌아올 날이 지났음에도도 불구하고 모습을 보이지 않는 랜디, 그리고 랜디가 혼자 돌아왔다 하더라도 선희는 자신에게 어울리는 사람이 윤 선생이라고 라이언에게 못 박아 말하지 않았던가. 한국에 가서, 윤 선생과 만나고 있는 선희를 봐야 한다면 차라리 뉴욕에서 폐인처럼 생활하는 편이 훨씬 나았다.

"밸런타인데이라 사람들은 모두 들떠 있는데, 우린 이게 뭐야. 그래도 랜디가 런던에 가기 전 밸런타인까지는 늘 셋이서 파티를 하고는 했었는데."

줄리아는 자리에서 일어나서 사무실 한쪽의 작은 바로 걸어갔다. 칵테일을 만들 때 사용하는 바 스푼 두 개를 집어 들고 돌아온 줄리아는 케이크를 포장 상자에서 꺼내어 올려놓고 스푼 하나를 라이언에게 건네었다.

"아, 처량해."

자신과 라이언의 모습이 한심한 듯 한숨을 푹 내쉰 줄리아는 스푼으로 부드러운 케이크의 크림을 듬뿍 떠서 입으로 가져갔다. 그녀는 랜디를 기다리는 시간이 애가 타면서도 못내 자존심이 상했던지 이제껏 랜디의 이름을 입 밖을 내지 않았다. 하지만 밸런타인데이가 그녀의 자존심마저도 집어삼킨 모양이었다.

"넌 그 여자 봤다고 했잖아. 어때?"

한참 동안 꿈쩍도 하지 않고 천장을 향해 누워 있던 라이언이 갑자기 몸을 휙 일으키는 바람에 줄리아가 화들짝 놀라 케이크 조각을 테이블 위에 떨어뜨렸다. 그리고 커다란 손 때문에 더 작아 보이는 스푼을 꽉 쥐고 케이크를 무자비하게 입에 밀어 넣기 시작했다.

"키는 커? 얼굴은 예뻐? 직업은? 똑똑해?"

우걱우걱 빵을 씹다 꿀꺽 삼킨 후, 라이언은 자신의 대답을 기다리는 줄리아를 바라보았다. 긴장한 듯한 그녀의 표정에 결국 어깨를 으쓱거리며 스푼을 테이블 위에 내려놓았다.

"키는 너보다 약 15㎝ 작고, 얼굴은…… 전형적인 동양인. 직업은 학원 선생님, 선생님이니까 똑똑하겠지."

라이언의 무뚝뚝한 말에 줄리아의 눈썹이 위로 치켜올라 갔다.

"그래서 매력이 있다는 말이야, 없다는 말이야?"

"묻지 마."

"라이언, 제발! 그럼 그녀도 랜디에게 호감을 보였었는지 만이라도 가르쳐 줘."

순간 라이언의 귓가에는, 자신에게 고마워서라도 랜디를 긍정적으로 만나보겠다고 이야기하던 선희의 목소리가 울려 퍼졌다. 가슴 한구석이 싸하게 쓰리는 통증, 라이언은 다시 소파 위에 벌렁 누워 버렸다.

"줄리아, 왜 랜디에게 프러포즈했어?"

라이언이 자신의 질문에는 대답도 하지 않고, 난데없이 뜬금없는 질문을 내던지자 줄리아는 스트레스 때문에 필요로 하던 단맛마저도 입에서 뚝 떨어지는지 스푼을 집어 던지듯 내려놓았다.

"여자가 남자한테 프러포즈하는 이유가 따로 있어?"

라이언이 흘낏 줄리아를 바라보았다.

"언제부터 랜디를 사랑했어?"

"글쎄."

잠시 고민에 빠지는 듯했지만 줄리아는 그리 어렵지 않게 다시 입을 열었다.

"아마도, 처음 만났을 때가 아니었을까."

"내 머리를 내려치던 그날?"

동시에 그날의 추억을 되새기자 쿡쿡, 두 사람은 함께 웃음을 터뜨렸다.

"그런데 왜 이제야 프러포즈를 한 거야?"

"지금이야 내가 그때부터 랜디를 좋아했구나 하고 생각하지만 그 이전까지는 잘 몰랐거든. 랜디와 함께 있으면 어렴풋이 설레는 감정을 느끼기는 했지만 그것으로 내 마음을 확신할 수는 없었어."

줄리아의 얼굴에 이미 되찾을 수 없는 시간들에 대한 후회가 떠올랐다.

"그래서 팔 년이라는 시간이나 허비해 버렸어. 만약 조금 더 일찍 깨달았다면 이런 상황까지는 오지 않았을 텐데. 난 그저 신중하고 싶다고 스스로에게 주입시켰는데, 사실은 확신할 수 없는 내 마음 때문에 두려웠던 것뿐이었어. 겁쟁이처럼."

라이언은 두 눈을 질끈 감았다. 줄리아의 말 한마디 한마디가 가슴에 생채기를 내고 있었다. 어느새 조근히 작아졌던 줄리아의 목소리가 갑자기 커지자 라이언은 길게 한숨을 내쉬고 눈을 떴다.

"그래도 그렇지. 랜디, 너무해. 내가 기다리고 있다는 걸 뻔히 알면서도 이렇게 늦어질 수 있어? 전화 한 통 하지 않을 수 있냐고! 자기가 잘났으면 얼마나 잘났다고, 어떻게 나를 이렇게까지 무시할 수가 있어? 그래, 나도 이제 안 기다려. 지금 당장 눈앞에 나타난다고 해도 이제 아무 소용 없다고! 프러포즈? 취소야! 랜디 브라운! 이 나쁜 놈!"

쾅, 테이블을 주먹으로 내리치며 줄리아가 울분을 토했다. 하지만 그 목소리에도 그리움이 깃들어 있는 것을 라이언이 눈치채지 못할 리 없었다.

"나 없다고 둘이서 작당하고 내 욕 하고 있는 거야?"

웃음기 섞인 랜디의 목소리에 라이언이 소파에서 벌떡 몸을 일으켰다. 줄리아 역시 사무실 안으로 발을 들여놓는 랜디의 모습에 천천히 의자에서 일어났다. 랜디는 놀라서 아무 말도 하지 못하고 자신을 바라보는 두 친구의 모습에 빙긋 웃어 보였다.

"랜디!"

랜디는 마치 폭탄을 맞은 것처럼 움푹움푹 패인 케이크를 보며 얼굴을 찌푸렸다. 그리고 자신이 사 온 와인과 케이크를 흔들어 보였다.

"너무하잖아. 나없이 먼저 시작한 거야?"

"언제 돌아온 거야?"

완전히 굳어버린 줄리아를 대신해 라이언이 물었다. 라이언이 길게 누워 있던 소파에 덜렁 앉으며 랜디는 어깨를 으쓱거렸다.

"새경호텔 주주 중 한 명이 갑자기 사인을 하지 않겠다고 하는 바람에 일이 늦어졌어. 어제 비행기를 타서 오늘 도착했고, 회사부터 달려가 그동안의 일들을 보고하고 곧장 와인을 사서 달려오는 길이야. 이 대답에 만족해?"

라이언이 묻고 싶은 것은 그런 것들이 아니었다. 하지만 되돌아올 대답에 대한 두려움에 감히 입술이 떨어지지 않았다. 그런데 이제야 겨우 정신을 수습한 줄리아가 라이언의 질문을 대신해 주었다.

"그 여자는? 네 첫사랑이라는 그 여자 말이야."

랜디의 대답을 기다리며 어찌나 긴장을 하고 있었던지 라이언의 어깨가 바위처럼 딱딱해졌다. 기다림에 심장이 녹아들어 가고, 얼굴까지 새파래지는 라이언의 마음을 아는지 모르는지 랜디는 한참 후에나 입을 열었다.

"나보다 더 좋은 사람이 있는 것 같았어."

순간 라이언과 줄리아의 입에서 안도의 한숨이 터져 나왔다. 하지만 라이언의 얼굴은 여전히 질려 있었다.

"자신에게 어울리고 맞는 사람이 있다고, 우리의 어린 시절의 기억은 추억일 뿐 상대방을 애타게 그리워하는 감정은 아니라고 친절하게 가르쳐 주던걸."

어울리고 맞는 사람, 윤 선생이다. 예상은 했었지만 숨이 탁 막힐 만큼, 코끝이 시큰거릴 만큼 가슴이 아팠다.

"그래서 그녀와는 아무런 일도 없이 그냥 돌아온 거야?"

줄리아의 목소리는 조심스러웠다.

"난 어차피 그녀 곁에 다른 사람이 있다면, 내가 나타나서 조금이라도 혼란을 준다면 차라리 멀리서 얼굴만 보고 돌아와도 만족했을 거라고 생각하니까. 만나서 너무 반갑고, 좋았어. 짧은 시간이었지만 누군가와 좋은 기억을 공유한다는 건 어떤 감정이냐를 떠나서 설레는 일이야. 난 그것으로 만족해."

랜디는 바로 걸어가 와인 잔을 가져왔다. 아직도 어안이 벙벙한 줄리아와 라이언 앞으로 잔을 내밀어 와인을 따르고는 케이크를 꺼내 들었다.

"행복해 보였어?"

"응?"

와인 잔을 가만히 집어 들며 묵묵히 묻는 라이언에게 랜디가 고개를 돌렸다.

"그녀한테 어울리는 사람을 만나서, 행복해하는 것 같았어?"

"그게……."

랜디는 잠시 곤란한 표정으로 손가락을 들어 뺨을 살짝 긁었다.

"그 사람을 직접 보지는 못했어. 하지만 그 사람을 이야기하는 표정만으로도, 충분히 선희의 마음이 느껴졌어. 이름은 들었는데, 뭐더라."

더 이상 듣고 싶지 않아졌다. 라이언은 잔을 입으로 가져가 와인을 입 안으로 털어 넣었다. 그리고 와인 병을 통째로 집어 들었다. 그 모습에 얼굴을 찌푸리면서도 랜디는 이름을 떠올리기에 여념이 없었다.

"그 남자 이름이 중요하진 않잖아."

줄리아가 이제 자신과의 이야기로 화제를 돌리기 위해 새침하
게 입을 열었다. 그때 랜디가 가볍게 손뼉을 치며 눈을 크게 떴다.

"아! 생각났다."

라이언은 '윤석훈'이라는 이름이 랜디의 입에서 터져 나오는
것을 듣고 싶지 않아 소파에서 몸을 일으켰다. 다른 술을 가져오
겠다며 빠르게 바로 향하던 라이언은 랜디의 목소리에 그 자리에
얼어붙어 버렸다.

"창수! 김창수였어."

"랜디! 지금 중요한 건 그게 아니잖아!"

줄리아가 짜증스럽다는 듯 소리쳤다. 하지만 비틀거리며 몇 걸
음 떼던 라이언이 이내 겉옷을 집어 들고 허겁지겁 사무실을 달려
나가자 의아한 듯 눈을 깜빡거렸다. 라이언의 이름을 크게 불렀지
만 이미 녀석의 모습은 문 사이로 빠져나가 보이지 않았다.

"왜 저래?"

"글쎄."

랜디는 케이크와 와인, 그리고 줄리아를 번갈아 바라보며 어깨
를 으쓱거렸다.

"밸런타인데이는 우리끼리 축하해야겠는데?"

그제야 사무실 문을 바라보던 줄리아가 입을 앙다물고 랜디를
노려보았다.

"랜디, 분명히 말해줘. 돌아오면 내 프러포즈에 대한 대답을 하
겠다고 했잖아."

"조금 전에 프러포즈는 취소라고 하지 않았어?"

　줄리아의 얼굴이 험상궂게 일그러지자, 그제야 랜디가 빙그레 미소를 지으며 부드럽게 입을 열었다.

　"농담이야. 그런데 줄리아."

　줄리아는 너무 긴장한 나머지 바싹 마른 입술을 와인으로 축이며 랜디의 나머지 말을 기다렸다. 테이블 위로 와인 잔을 내려놓는 줄리아의 손길이 가늘게 떨렸다. 그 손길을 가만히 응시하던 랜디가 천천히 말했다.

　"프러포즈를 하기 전에, 우리 연애부터 해야 하는 게 아닐까?"

36

"**아**침 먹어!"

현관문이 열리며 모친이 얼굴을 빼꼼이 내밀었다. 아침 운동을 하고 돌아와 좁은 마당 한편에서 마무리 스트레칭을 하고 있던 선희는 숨을 한껏 들이마신 후 집 안으로 들어섰다. 출근 준비를 끝낸 부친과 오빠까지 식탁에 앉아 수저를 집어 들고 있었다.

"작심삼일일 줄 알았는데 꽤 오래 간다?"

모친이 선희 앞으로 밥그릇과 국그릇을 놓아주며 밉지 않은 말투로 입을 열자 선희는 빙그레 미소를 지었다.

"엄마 딸이 또 한번 한다면 하는 성격이잖아."

"매일 저녁마다 서울까지 왔다 갔다 하는 건 할 만해?"

기특하다는 눈빛으로 말하는 오빠의 목소리도 이어졌다.

“할 수 없잖아. 여기는 회화 학원이 없으니까.”

“그래도 하루에 한 시간 수업 들으려고, 아무리 생각해도 차비
며 시간이며 아깝다.”

“영어는 매일 해야 늘어.”

선희는 아무 말도 하지 않는데 가족들이 한 마디씩 거들어 금세
시끌벅적해지는 아침 식사 풍경에 흐뭇해졌다. 늘 마지막으로 느
지막이 일어나 혼자 아침 겸 점심을 챙겨 먹고 집을 나서던 예전
과는 사뭇 다른 기분이었다.

“참, 너 월급도 더 받는다면서 이젠 생활비 좀 보태지 그래?”

“와, 벼룩의 간을 빼먹어라. 어떻게 거기서 뺏어갈 생각을 해?”

그러면서도, 선희가 일을 하고 보름 만에 아이들 수가 네 명이
나 늘어 싱글벙글한 원장 선생님께서 다음 달까지 세, 네 명만 더
입원을 하면 월급을 올려줄 생각이라는 말을 한 터라 생활비를 내
놓지 않는다는 말은 하지 않았다.

“많이는 안 돼. 돈 모아야 한단 말이야.”

“아니, 아끼고 아껴서 시집갈 자금 만들라고 할 때는 생전 듣지
도 않더니만 갑자기 돈 귀신이 씌웠나.”

식사를 끝내고, 샤워를 하고 출근 준비를 끝낸 선희는 다른 날
보다 일찍 집을 나섰다. 제법 포근한 바람이 귓가를 스치고 지나
갔다. 바람 따라 은은하게 퍼지는 샴푸 향기, 규칙적인 운동으로
더욱 가벼워진 발걸음, 저절로 콧노래를 흥얼거리게 된다.

“라이언, 너 정말 나 같은 여자 어디 가도 못 만난다.”

자신의 입으로 말하면서도 눈썹 하나 까딱하지 않는 뻔뻔스러

움에 선희는 웃음을 터뜨렸다. 저만치 도서관이 눈에 들어오자 발걸음은 더 빨라졌다. 그러면서도 혼잣말은 멈출 줄 몰랐다.

"뉴욕 한번 가볼 거라고 영어 배우지, 돈 모으지. 조금이라도 예쁘게 보일까 싶어 운동하지……. 아암, 어디 가서 이런 여자를 찾아! 못 찾지. 근데 고 사이에 줄리아랑 잘되는 거 아니야?"

회심의 미소를 지으며 선희는 고개를 설레설레 흔들었다.

"에이! 순철이도 곱게 보내줬는데 그럴 리가 없지. 조금만 참아라, 라이언. 까짓, 내가 가준다."

여전히 졸고 있는 도서관 사서를 지나쳐 도서관 안에 들어선 선희는 햇빛이 잘 드는 자리를 잡고 앉아 영어 회화 책을 꺼내 들었다.

"미국에서 통하는 생생 생활 영어라……. 그럼 영어가 당연히 미국에서 통하지, 한국에서 통하니."

책장을 몇 장 건성으로 넘겨 본 선희는 다시 맨 앞장으로 돌아와 꾹꾹 눌러 폈다. 그리고 도서관에 아무도 없다고 생각하며 큰 소리로 읽어나가기 시작했다.

"왓츠 업, 왓츠으으 업! 에이, 이거 나를 너무 무시하는데."

선희는 몇 장을 더 넘겼다.

"스픽 포 유얼 셀프. 너나 잘하세요."

아직도 자신의 수준에서 한참 떨어진다고 생각한 선희는 또다시 몇 장을 넘겼다.

"해브트 위 맷 섬웨어 비포? 이거이거, 작업멘트네. 그 다음은…… 아월 비 인 터치! 연락할게. 연락……."

순간 몸에서 힘이 쭉 빠져나가는 기분이었다. 마지막으로 헤어질 때 좀 비틀게 말했다고는 하지만! 아무리 그래도 그렇지, 어떻게 전화 한 번 안 할 수 있는지 라이언이 원망스러워졌다. 툴툴대는 목소리라도 한 번 듣는다면 조금 더 용기를 낼 수 있을 텐데. 도서관 안을 둘러보며 라이언에 대한 기억을 하나둘씩 꺼내드는 마음속에는 금세 그리움이 가득 찼다. 다시는 오지 못할 것 같아서 주저앉아 울음을 터뜨렸던 이 도서관에 다시 출입할 수 있었던 것은 곧 다시 만날 수 있을 것이라는 희망 때문이었다. 함께했던 추억이라도 있어야, 라이언을 찾아갈 용기를 더 낼 수 있을 것 같아서였다.

그때 입구 쪽에서 뚜벅뚜벅 걸어오는 발걸음 소리가 귓가에 울렸다. 순간 숨을 흡, 들이마신 선희는 떨리는 시선으로 입구를 바라보았다. 한 발자국, 두 발자국 다가오는 소리가 가슴속에 쿵쾅 울리고 있었다.

"역시, 여기 있을 줄 알았어요."

밝게 웃으며 그녀의 눈앞에 캔 커피를 흔들어 보이는 석훈의 얼굴에 선희는 긴장이 풀려 어깨가 축 늘어졌다. 그리고 전혀 다른 기대를 품고 엉뚱한 상상을 하고 있었던 자신이 우습게 느껴져 피식 웃음을 터뜨렸다.

"깜짝 놀랐잖아요. 그런데 어떻게 여기까지 왔어요?"

석훈이 그녀의 옆 자리에 앉아 캔 커피를 내밀었다.

"퇴근하고는 영어 학원 간다고 늘 시간 없다니까, 아침에라도 잠깐 얼굴이나 보려고 왔죠."

"제 얼굴 봐서 뭐 하려고요? 박 비서님 만나셔야죠. 초콜릿까지 받아놓고 모른 척하는 건 매너가 아니죠.”

아무리 생각해도 우스운지 선희는 또다시 크게 웃음을 터뜨렸다. 밸런타인데이, 줄 사람도 없고 주고 싶은 사람도 태평양 너머에 있는 선희로서는 마음 한구석에 큰 구멍이 뚫린 것처럼 쓸쓸한 날이었다. 하지만 퇴근하고 나가는 길에 학원 앞에서 만난 석훈은 당황한 얼굴로 자신에게 수제 초콜릿이 가득 담긴 바구니를 내밀어 보였다.

“오늘은 여자가 남자에게 주는 날 아니에요?”
“그게 아니라……그게……저기, 박 비서님이 주고 가셨어요.”

박 비서님이 윤 선생님을 마음에 두고 있었다는 것이 놀랍고 조금 우습기까지 했지만, 그 덕분에 밸런타인데이를 웃으면서 보낼 수 있었다. 선희는 걱정스러운 표정으로 자신에게 조언을 구하는 석훈을 친근하게 바라보았다.

“그건 그런데, 너무 급작스러워서. 전 박 비서님에 대해 잘 알지도 못하고…… 그래도 감사의 인사는 해야겠죠?”

“그거 물어보려고 저 찾아오신 거죠? 난 또, 내가 보고 싶어 온 줄 알았네.”

장난스러운 선희의 말에 석훈의 얼굴이 붉게 달아올랐다.

“농담이에요. 박 비서님 좋은 분이세요. 윤 선생님께서 저한테 그런 말씀하신 적 있죠? 불처럼 사랑하는 것도 좋지만, 천천히 맞추어 가면서, 알아가면서, 비슷한 점도 찾아가면서 그렇게 사람을 만나보고 싶다고. 제가 보기에 윤 선생님의 그 짝은 박 비서님 같아요. 처음부터 좋아하고 사랑하라는 법만 있나요? 알아가면서, 맞춰가면서 찾아가면 되죠."

어느새 출근 시간이 가까워져 오고 있었다. 선희는 시계를 흘낏 올려다보며 회화 책을 가방 속에 집어넣었다. 그리고 아직도 고민에 빠진 석훈의 어깨를 한번 두드려 주고는 먼저 도서관을 나섰다.

사람의 감정은, 어디서 어디로 튈지 모르는 탁구공 같았다. 의도하지 않고, 계획하지 않고, 계산하지 못하는 것. 박 비서님이 한순간 석훈에게 반한 것처럼, 내가 라이언을 좋아하게 된 것처럼. 하지만 어디로 튀어도, 비록 그것이 진흙창이라 해도 기분 좋은 감정. 괴로워도, 슬퍼도, 서글퍼도, 쓸쓸해도, 상대방의 존재 하나만으로도 행복해진다.

"안녕하세요!"

학원에 도착하자마자 선희는 큰 목소리로 인사하며 원장 선생님을 향해 방긋 웃어 보였다. 하지만 당혹스러운 표정을 짓고 있는 그녀의 표정에 선희의 얼굴에서 금세 미소가 사라졌다. 직장 상사라기보다 이제는 친구처럼 느껴지는 그녀에게 무슨 일이 있는가 싶어 선희는 눈을 동그랗게 뜨고 다가갔다.

"무슨 일 있어요?"

"아, 지금 너무 당황스러운 일이 벌어져서⋯⋯."

"앉으세요. 앉아서 차근히 이야기해 보세요."

선희는 원장 선생님을 손님용 소파에 앉혔다.

"학부모가 무슨 불평이라도 해요? 혹시 어제 애들이 학원에서 티격거린 것 때문에?"

원장 선생님은 이마를 감싸 쥐고 고개를 흔들었다.

"그럼 무슨 일이에요?"

"조금 전에 어떤 사람이 찾아왔는데, 선생님으로 채용해 달라고 하더라고요."

선희의 눈에 의아함이 스치고 지나갔다. 아이들이 겨우 네 명 늘었다고 해서 선생님을 한 명 더 채용할 리는 없었고, 자신이 마음에 들지 않아서 해고하려고 그녀가 채용 공고를 냈을 리는 없었던 것이다.

"광고 내셨어요?"

"아니요. 그냥 막무가내로 들어와서는…… 월급이 적어도 상관없대요."

"채용하지 않는다고 하면 되지, 뭐가 걱정이에요?"

원장 선생님이 조심스럽게 입을 열었다.

"그게…… 놓치기는 아깝더라고요. 우리도 속셈학원이기는 하지만 요즘은 워낙 영어가 대세니까, 영어 수업 원하는 학부모들도 많고. 이런 동네에 원어민 강사가 있으면 아이들이 몰리지 않겠어요?"

"영어…… 원어민이요?"

쿵, 또 다른 예감이 가슴에 싸한 바람을 일으키고 지나갔다. 도서관에서 발자국 소리를 들었을 때 느꼈던 것과 비슷한 느낌이었다. 기대하면, 실망한다. 선희는 세차게 뛰는 심장을 진정시키려고 크게 숨을 들이마셨다.

"일단은 이력서 써서 가져오라고 보내기는 했는데 어떻게 해야 할지 걱정…… 어머, 벌써 왔네.”

자신의 등 뒤로 시선을 던지며, 너머의 사람에게 살짝 눈인사를
건네는 원장 선생님의 모습에 선희는 손바닥에 땀이 고이는 것을
느꼈다. 무릎에 살짝 비벼 땀을 닦아낸 선희는 인기척이 조금씩
가까워지는 것을 느끼며 입술을 잘근 씹었다.

기대하면, 실망한다. 기대하면, 실망한다. 기대하면, 실망한다.

“이력서는 써왔어요?”

기대하면 실망한다!

“음.”

귀에 익숙한 중저음의 목소리, 고개를 들어 눈이 마주친 라이언
의 얼굴에 선희는 머릿속이 새하얗게 비어버려 아무런 말도 할 수
없었다. 라이언 역시 선희에게서 시선을 떼지 않은 채 입을 열었
다.

“쓰는 건 익숙하지가 않아서.”

라이언은 삐뚤삐뚤 눈뜨고는 못 봐줄 글씨체로 겨우 몇 군데를
채운 이력서 한 장을 원장 선생님 앞에 내밀었다. 그리고 다시 선
희에게로 눈을 돌려 눈가에 살짝 주름이 잡힐 정도로 부드럽게 미
소를 지어 보였다.

“하이.”

선희의 턱 끝이 가볍게 떨리기 시작했다. 라이언이 내민 엉망진
창의 이력서에 얼굴을 찌푸리며 집중하느라 선희의 울상을 보지
못한 원장 선생님의 말이 이어졌다.

“보시다시피 우리 학원은 규모가 작아요. 월급을 많이 주지도

못하는데, 혹시 얼마 정도 생각하고 있어요?”

원어민 강사에 대한 욕심을 쉽게 버리지 못하는 듯 원장 선생님의 목소리는 조심스러웠다. 하지만 라이언은 그런 목소리 따위 전혀 신경을 쓰지 않는 듯했다. 모든 몸속의 신경 세포들이 오로지 눈앞의 이 작게 떨고 있는 여자에게로만 향하며, 예민하게 반응하고 있었다.

“음, 팔십만 원?”

한국의 학원 강사 월급이 얼마인지 알 턱이 없는 라이언은 예전에 선희에 대해 조사한 박 비서에게 들었던 그녀의 월급을 대충 둘러댔다. 라이언의 말에 원장 선생님의 머릿속이 바쁘게 움직이는 듯했다. 이내, 그녀는 라이언에게 힘찬 악수를 청했다.

“아, 할 일이 많네. 원어민 강사가 있다고 학원 광고도 다시 내야 하고 학부모들한테 전화도 돌려야지. 김 선생님, 김 선생님이 새로 오신…….”

원장 선생님은 잠시 말을 멈추고 이력서 속의 라이언 이름을 흘낏 바라보았다.

“오닐 선생님과 인사도 하고 이야기도 나누고 계세요.”

팔십만 원에 동네 최초의 영어 원어민 강사를 두게 되었다는 것에 신이 나는지 원장 선생님이 얼굴에 흥분의 홍조를 띄고 부산스럽게 나가 버리자, 작은 교무실 겸 휴게실 안에는 라이언과 선희 두 사람만 남았다.

“어떻게…….”

순간 목이 메어 선희는 잠시 침을 삼킨 후에야 다시 입을 열 수 있었다.

"어떻게 된 거야?"

라이언은 빙긋 웃으며 어깨를 으쓱거렸다.

"무작정 한국에 머물 수 없으니까 직장을 구한 거야."

능청스러운 라이언의 말에 선희도 덩달아 웃음을 터뜨리고 말았다.

"팔십만 원은, 네가 머무는 그 스위트룸 하루 숙박비밖에 안 돼."

라이언은 가볍게 팔을 선희의 머리 위에 올려놓았다. 묵직한 느낌, 하지만 그 장난스러운 몸짓 하나도 설레게 하는 힘을 가지고 있었다.

"윤 선생이 써니에게 어울리고 맞는 사람이라면, 내가 윤 선생 같이 되어야 하니까. 그런데 난 수학은 싫거든."

아이들이 학원에 들어서며 장난을 치는지, 작은 학원 안의 소음이 점점 시끌벅적 커지고 있었다. 하지만 서로를 바라보는 라이언과 선희에게는 오로지 서로의 눈빛과 목소리 이외에는 들리지도 느끼지도 못하고 있었다.

"네가 왜 나한테 맞고 어울리는 사람이 되어야 하는데?"

라이언은 선희의 머리 위에 올려놓은 팔을 내리고, 무릎을 구부려 선희와 눈높이를 맞추었다. 깊고, 따듯한 라이언의 눈빛은 가슴에서부터 시작한 뭉클한 떨림을 전신으로 퍼지게 했다. 부드러운 손길이 뺨에 닿자, 애써 그렁그렁 매달려 있던 눈물이 뚝 하고 라이언의 손 등 위로 떨어졌다.

"와와아아아아."

아이들이 몰려다니며 내는 비명에 선희는 얼른 눈물을 닦아내며 라이언과 너무 가까이에 서 있는 몸을 빼내려고 했다. 아이들이 보기라도 하면 안 된다는 생각이 퍼뜩 들었던 것이다. 하지만 습격하듯 가볍게 선희의 입술을 훔치는 라이언의 행동에 그 자리에서 꿈쩍도 할 수 없을 정도 얼어붙어 버렸다. 가벼운 입맞춤 뒤, 라이언은 가볍게 선희의 턱을 움켜쥐고 엄지로 그녀의 입술을 부드럽게 문질렀다.

"내가 허니에게 필요한 창수니까."

늘 반복되는 일상은 무료와 허탈감, 심지어는 인생의 패배감까지 맛보게 한다. 어릴 적의 꿈 따위나 지금은 상상조차 할 수 없는 용기는 잃어가는 기억 속에 묻혀가 버리고 과연 내가 어떤 사람이었는지, 나의 진짜 모습은 어떤 것인지 점점 잊어간다. 하지만 인생은 전혀 예상하지 못했던 멋진 날을 던져 주기도 한다. 가령, 갑자기 눈앞에 배달된 커다란 꽃바구니를 받는 날처럼. 언젠가는 인생의 보너스라 여겼던 그 멋진 날 역시 일상이 되어버리겠지만, 또다시 허탈감을 느낄 필요는 없다. 일상이 있기에 멋진 날이 더욱 특별해질 수 있는 것을 깨달았을 테니까.

내 인생의 보너스, 라이언.
그리고 내 인생의 멋진 날, 우리가 앞으로 사랑해 나갈 모든 일상.

달려라, SUNNY

에필로그

호텔 연회 룸에서 결혼식을 치렀는지, 수많은 사람들과 함께 호텔 밖으로 걸어나온 남자와 여자는 평생의 것을 모아도 모자랄 듯한 깊고 행복한 미소를 짓고 있었다. 남자와 여자는 꽃으로 장식된 웨딩 카에 올라타며 그들을 둘러싼 지인들에게 손을 흔들어 보인다. 그리고 차를 출발시키고, 뒤 범퍼에 매달아놓은 깡통들이 바닥을 쓸며 요란한 소리가 귀를 따갑게 한다.

"저렇게나 행복할까."

그 모습을 하나도 놓치지 않고 바라보고 있던 선희는 혼잣말을 중얼거렸다. 조롱기없이 담백한 목소리였다. 그들이 진실로 행복한지, 진심으로 궁금했던 것뿐이었다. 결혼식은 그들이 마냥 행복해야 할 연인 생활을 끝내야 하는 것을 의미했다. 더 많은 책임감,

더 깊은 관심, 사랑 이상의 것을 요구하는 약속들. 그런 것들이 기다리고 있다는 걸 알면서도 저렇게 행복해한다면, 결혼도 한번 해볼 만한 일이란 생각이 들었다. 사실, 요즘 집에서 받는 결혼에 대한 압박과 구박은 도를 넘어서고 있었다. 선 시장에서 스물여섯과 스물일곱의 차이는 하늘과 땅 차이라나.

"후우."

"땅 꺼지겠어."

라이언의 목소리에 선희는 얼른 뒤돌아서 그를 바라보았다. 학원에서는 가벼운 진과 티셔츠 차림만 고수하던 녀석이 오랜만에 세련된 블랙 슈트 차림으로 호텔 회전 문 앞에 버티고 서 있었다. 부쩍 늘어난 한국어로 한국인보다 더 익숙하게 말을 받아치는 것은 좋았지만, 한 번은 선희가 라이언에게 '너 수업할 때 너무 시끄러워, 좀 조용히 해줄 수 없어?' 라고 타박을 주자 녀석이 '즐' 이라고 받아치는 바람에 크게 싸운 적도 있었다. 선희가 너무 노발대발하는 바람에 라이언이 사과를 하기는 했지만, 아이들이 하는 말을 좋다고 따라 하다 입에 붙어버려 골치가 아플 지경이었다.

"로비에서 기다리고 있지, 왜 나와 있어?"

"그냥."

긴장이 되어 찬바람을 쐬기 위해 나왔다는 말까지는 하고 싶지 않았지만, 라이언은 이미 눈치채고 있는 모양이었다.

"긴장할 것 없어. 그냥 친구 한 명 소개받는다고 생각해."

"넌 우리 엄마를 친구로 생각할 수 있을 것 같아?"

라이언이 어깨를 으쓱거렸다.

“어려울 것도 없지 뭐. 들어가자.”

“아버지는 지금 뭐 하고 계셔?”

라이언과 함께 호텔에 들어서 엘리베이터로 향하며 선희가 조심스럽게 물었다.

“순자 룸의 감격에 젖어 계시지.”

엘리베이터에 올라탄 선희는 금빛 스테인리스 벽에 비친 자신의 모습을 바라보며 옷매무새를 가다듬었다. 그리고 그런 자신을 즐거운 눈빛으로 내려다보고 있는 라이언에게 물었다.

“어때? 괜찮아?”

라이언은 빙긋 웃으며 그녀를 뒤로 돌려, 긴장으로 잔뜩 굳어진 선희의 어깨를 가볍게 붙잡아 주물러 주었다. 그리고 걱정할 것이 전혀없다는 듯 웃음 섞인 부드러운 목소리로 입을 열었다.

“최고야.”

“거짓말.”

“정말이야.”

라이언의 말이 기분 나쁘지는 않았지만, 그렇다고 모든 걱정이 사라지는 것은 아니었다. 오닐 회장! 이런 으리으리한 호텔을 몇 개나 가지고 있다는 그분의 눈에 막내아들의 여자 친구로 자신을 마음에 들어할 리가 없다고 생각했던 것이다. 하지만 곧 선희는 완강하게 고개를 내저었다. 만나보기 전부터 약해지면 안 돼. 미국은 한국과 다르잖아. 의외로 오픈 마인드일지도 몰라. 선희는 애써 불안한 생각을 접기 위해 대화의 화제를 돌렸다.

“그나저나, 벌써 일 년째인데 넌 계속 학원에서만 일할 거야?”

"난 즐거운데. 우리가 같이 일할 수도 있고, 아이들하고 노는 것도 즐겁고."

선희는 무엇이 불만스러운지 입술을 불쑥 내밀었다. 사실, 원어민 강사가 있다는 장점 때문에 학원의 원생 수가 세 배가 넘게 늘어나 버려 일은 일대로 힘들어진 데다 달이 지날수록 늘어나는 건 라이언의 월급뿐이었기 때문이다.

"나도 호텔 사장 남자 친구 좀 둬보자. 응?"

"욕심도 커. 학원 선생 남자 친구로 월급 두 배나 많은 학원 선생이면 됐지, 안 그래?"

"안 그래! 사람은 꿈을 크게 가지랬어."

라이언이 코웃음을 쳤다.

"그럼 나도 꿈을 좀 크게 가져도 될까?"

"방금 전에는 내가 최고라며?"

"긴장 좀 풀어주려고 한 말 가지고 좋아하기는!"

"너 죽을래?"

"나보다 두 살이나 어리면서 매일 너너 거리기는."

"넌 열 살 많은 아줌마한테도 반말하잖아."

"그거야 몰라서 그런 거고."

투덕거리는 사이, 어느새 엘리베이터는 호텔의 맨 꼭대기 층에 도착했다. 폭신한 카펫 위로 발을 디디는 순간 선희는 라이언과 입씨름을 하는 바람에 긴장이 풀려 몸이 부드러워진 것을 깨달았다. 하지만 녀석에게 고마움을 표현하기도 전에, 스위트룸의 문이 활짝 열리며 라이언이 안으로 거침없이 들어섰다.

"후!"

선희는 짧게 숨을 들이마시고 내뱉은 후, 라이언을 따라 안으로 들어섰다. 호텔 밖은 새경에서 오닐이라는 이름으로 바꾸어 달렸지만 스위트룸은 예전과 달라진 것이 없었다. 고급스럽고, 우아하며 아늑하다는 것을 제외하고서라도 가슴이 설레는 까닭은 그곳이 라이언과 첫키스를 했던 장소이기 때문일 거다. 물론, 그날의 마지막에는 서로에게 고래고래 소리를 지르고 헤어졌었지만.

"써니, 이리로 와."

라이언은 소파 앞에 서서 그녀를 향해 가만히 팔을 뻗었다. 선희는 손바닥으로 떨리는 심장을 지그시 누른 후 천천히 걸음을 옮겨 걸어가 라이언의 손을 맞잡았다. 그리고 소파에 앉아서 자신을 바라보는 오닐 회장과 눈을 마주쳤다.

"처음 뵙겠습니다. 김선희라고 합니다, 오닐 씨."

라이언에게서 오닐 회장이 한국어를 수준급으로 구사한다는 사실을 미리 전해 들었던 선희는 한국어로 말문을 열었지만, 그가 잠시 입을 꽉 다문 채 아무런 대답이 없자 당황하기 시작했다. 그는 나이를 짐작하게 해주는 흰색이 섞인 은빛 머리칼과 주름이 졌음에도 시원시원하게 뚜렷한 이목구비와 개인 스타일리스트를 두고 있는 사람마냥 맵시있는 슈트 차림이었다. 라이언은 자신이 모친 쪽을 더 닮았다고 이야기했었지만, 선희가 보기에 오닐 회장 쪽과도 놀랍도록 닮아 있었다. 라이언이 나이를 먹는다면 꼭 이런 모습일 것 같았다.

"흠!"

오닐 회장이 헛기침을 하며 매서운 눈빛으로 바라보자 선희는 그를 훔쳐보는 것을 중단하고 얼른 고개를 가볍게 숙여 보였다.

"라이언과 만나고 있다고?"

"네, 오닐 씨."

목소리에 가득 찬 노기에 선희는 마음속으로 또 자신에게 행운이 찾아들기를 기대했던 스스로에게 화가 치밀어 오르고 있었다. 오픈 마인드라고? 쳇!

"현재 학원 선생님을 하고 있고?"

"네, 그렇습니다. 사회 과목을 맡고 있습니다."

오닐 회장의 시선이 선희의 머리끝에서 발끝까지 훑고 지나갔다. 어떻게 이런 여자 때문에 멋지게 살고 있던 뉴요커 아들이 한국으로 훌쩍 가버렸는지 도저히 믿을 수 없다는 표정이라고밖에 해석할 수 없었다.

"내 아들은!"

드디어 오닐 회장에게서 큰 소리가 터지기 시작했다. 선희는 거실 한쪽에 길게 이어진 바에 기대선 채, 이 광경을 재미있다는 듯 보고 있는 라이언을 힐끗 노려보았다.

"이 호텔을 경영해야 할 사람이야!"

드라마에서는 이럴 때 남자 주인공이 멋지게 달려와 여자 주인공의 손을 움켜잡은 채 자신의 아버지를 향해 '재산 따위는 관심 없어요. 전 이 여자가 가장 소중해요. 이 여자와 결혼할 겁니다, 반드시'라고 소리친 후 함께 방을 뛰쳐나가곤 하던데. 우, 웃고 있다, 저 녀석!

"오닐 씨."

처음부터 라이언의 도움을 받을 기대조차 하지 않았다. 선희는 마음을 다잡고 천천히 입을 열었다.

"제가 환경에 있어서 라이언의 조건보다 떨어지는 조건을 가지고 있다는 건, 알고 있습니다. 하지만……."

흥분하지 않고 차분히 말을 이어나가고 싶었던 선희는 오닐 회장이 테이블 위로 그녀에게 내미는 흰색 봉투에 치밀어 오르는 울분을 참을 수가 없었다.

"아니, 오닐 씨. 이러시면 안 되죠. 아무리 제가 마음에 들지 않는다고 하셔도 보, 봉투라뇨! 저를 잘못 봐도 한참 잘못 보셨습니다."

돈 봉투까지 내미는 것을 보고서도 라이언이 가만히 있는 것이 믿기지가 않았다. 선희가 입술을 질끈 깨문 채 노려보자, 그제야 라이언이 몸을 일으켜 어슬렁어슬렁 두 사람에게 다가와 섰다. 그리고 테이블 위의 봉투를 집어 들었다.

"보자, 얼마나 들었지?"

"라이언!"

태연하게 봉투 안에서 돈을 꺼내는 라이언의 태도에 선희는 기가 막혀 다음 말이 나오지도 않았다. 라이언은 어깨를 한 번 으쓱거린 후, 조금 전 봉투에서 빼어 든 지폐 한 장을 손가락 사이에 끼고 흔들어 보였다.

"아무리 능력없는 아들이라고 해도, 일 달러는 너무하시는 거 아닌가요?"

"이, 일 달러?"

라이언의 말에 선희는 눈이 동그랗게 커졌다. 그때 내내 노기를 띤 채 굳어 있던 오닐 회장이 '푸훗' 하고 웃음을 터뜨렸다. 선희는 더욱 상황을 알 수가 없어 입만 벌리고 서 있었지만, 오닐 회장의 장난기 어린 표정이 라이언의 것과 너무나 흡사한 것을 놓치지 않았다.

"네놈은 일 달러도 과분하지. 하하하하. 써니, 처음 보는 자리에서 이런 장난을 쳐서 미안해."

"네?"

"아, 요즘에 새로 보기 시작한 한국의 미니시리즈 때문에 이 역할을 꼭 해보고 싶었거든."

그때 라이언이 물었다.

"이번에는 또 무슨 제목이에요?"

"재벌 2세의 연인이라고, 혹시 써니는 아는지 모르겠군. 한국에서도 인기가 많았다던대."

지난 가을, 인기리에 방영되었던 드라마 제목에 선희는 얼떨결에 고개를 끄덕였다. 라이언이 선희를 끌어당겨 자신의 팔로 그녀를 가볍게 감싸 안았다.

"아버지는 한국의 미니시리즈를 좋아하셔. 그리고 새로운 걸 하나 보실 때마다 거기에 나오는 역할을 해보고 싶어하거든. 특히, 아버지 역할."

"뭐?"

"난 남자 주인공 역할을 하기에는 나이가 너무 들었거든. 어때,

내 연기력이 점점 느는 것 같지 않니? 아무래도 브로드웨이로 가야겠어.”

라이언이 함께 마실 음료수를 가지러 간 사이, 오닐 회장은 선희에게 악수를 청하며 다시 정식으로 인사를 주고받았다. 그제야 긴장이 풀린 선희는 결국 웃음을 터뜨릴 수밖에 없었다. 오닐 회장이 그녀를 가볍게 끌어안아 인사를 하며 귓속말로 중얼거렸다.

“사실 아까 했던 말, 라이언이 이 호텔을 경영해야 한다는 말은 진심이야. 써니가 도와줘야 해.”

“사실은 저도.”

선희는 라이언이 돌아오고 있다는 걸 깨닫고 재빨리 중얼거렸다.

“가끔 호텔 사장인 남자 친구가 있었으면 좋겠다는 생각을 해요.”

오닐 회장이 쿡 웃음을 터뜨렸다.

“잘됐군. 앞으로 우리가 잘 통할 거란 기분 좋은 예감이 들어.”

“무슨 이야기를 그렇게 작은 목소리로 말하는 거야?”

라이언이 테이블 위에 음료가 든 유리잔을 내려놓으며 의심스러운 듯 묻자 선희는 능청스러운 표정으로 대답했다.

“오닐 씨께 내 이름을 정확하게 알려 드리고 있었어. 전 써니가 아니라 선희예요, 오닐 씨.”

“아! 그래, 써니.”

“써니가 아니라 써니라고요, 아버지!”

자신도 똑같이 발음하면서 누굴 가르치려 하고 있는지, 라이언을 바라보며 선희는 크게 웃음을 터뜨렸다.

오닐 회장이 오닐 인 서울의 중역진들과 함께 식사를 하러 나가자, 방 안에는 선희와 라이언 두 사람만 남았다. 해가 강물 빛 속으로 저물어가는 모습을 바라보며 창가 앞에 앉아 있던 선희는 문득 든 생각에 고개를 돌려 라이언을 바라보았다.

"다음 달에 순철이, 아니, 랜디가 한국에 온다며?"

선희과 같은 포즈로 창가를 향해 앉아 손가락 사이로 와인 잔을 돌리고 있던 라이언이 고개를 끄덕였다. 그리고 살짝 양미간을 찌푸린 채 불만 어린 시선을 그녀에게 던졌다.

"두 사람 연락을 너무 자주 하는 것 아니야?"

"뭐야, 지금 랜디를 질투하는 거야?"

굳이 변명을 하지 않는 라이언의 모습에 선희는 빙긋 미소를 지어 보였지만, 이내 장난스럽게 터져 나오는 그의 목소리에 금세 웃음기가 사라졌다.

"랜디만 오는 게 아니란 것도 알고 있지? 줄리아도 함께 휴가를 냈어."

줄리아! 라이언의 첫사랑 그녀. 선희는 코끝을 찡그리며 즐거운 듯 콧노래를 흥얼거리는 라이언을 한껏 노려보았다. 하지만 이내, 약혼까지 한 랜디와 줄리아를 두고 서로가 질투를 하는 꼴이 우습게 느껴져 피식 웃음을 터뜨렸다.

"아, 출출하다. 창수! 가서 냉장고나 털어와."

"네가 가."

“냉장고 털어주는 것쯤은 해준다고 했잖아. 여기서 했던 말 기억 안 나?”

“내가 언제?”

정말로 기억이 나지 않는지 라이언이 고개를 갸웃거렸다. 고작 일 년밖에 지나지 않았는데 벌써 잊은 듯한 그가 얄밉기도 하고, 기가 막히기도 해서 선희는 눈을 가늘게 뜨고 ‘벌써 마음이 변했어!’를 중얼거리며 몸을 일으켰다. 바 안으로 걸어간 선희는 주전부리들로 꽉꽉 차 있을 것을 기대하며 작은 냉장고 문을 열었다. 하지만 이내 텅텅 비어 있는 것을 발견하고 실망의 신음 소리를 내뱉었다.

“아니, 이 호텔 왜 이래? 장사 안 해?”

“아무것도 없어?”

라이언이 창에서 눈을 떼지 않은 채 무심히 물었다.

“응. 아무것도 없…… 아, 하나 있다.”

선희의 손길을 기다리듯, 구석 자리를 차지하고 잠잠히 앉아 있는 작은 케이스였다. 금빛 테두리의 고급스러운 겉모습에, 선희는 역시 비싼 호텔 스위트룸에서 먹을 수 있는 군것질 거리는 포장부터 다르다며 중얼거렸다.

“뭐지? 초콜릿인가? 라이언, 초콜릿 먹을래?”

신이 나서 케이스를 열던 선희는 순간 말문이 막혔다. 얼마나 냉장고에 있었는지, 손끝이 시릴 만큼 차가운 케이스 속에 가만히 앉아 빛을 내고 있는 반지가 그녀를 기다리고 있었던 것이다. 작은 다이아몬드를 감싸고 있는 봉우리 모양의 심플한 반지, 선희는 눈만 끔벅거리며 그것을 내려다보았다.

"설마…… 그걸 먹고 있는 건 아니지?"

웃음기 섞인 라이언의 목소리가 들려오자, 그제야 정신을 차린 선희가 반지를 손에 움켜쥐고 창가로 돌아왔다. 동그랗게 뜬 놀란 두 눈을 마주하고 있던 라이언은 그녀의 손에서 반지를 빼내어 들었다.

"마음에 들지 않는 거야? 반지 대신 초콜릿을 살 걸 그랬나?"

선희는 기분이 좋으면서도 쑥스러운 생각이 들어 그에게 쉽게 손을 내밀지 못했다. 대신 라이언이 그녀의 손을 잡아끌어 손가락 사이에 끼워 넣었다. 선희는 처음으로 받아보는 반지를 내려다보며, 사람들이 흔히 생각하는 반지라는 선물의 의미를 되새겨 보았다. 좋아합니다, 만나고 싶습니다, 결혼해 주세요, 사랑합니다. 그 어떤 것이든 심장을 크게 움직이게 하는 힘이 있었다.

"마음에 들어?"

라이언의 물음에 선희는 고개를 끄덕였다.

"다행이다."

태연한 척해도 못내 긴장을 하고 있었던 모양인지 라이언이 손바닥으로 가슴을 쓸어내렸다. 만약 작년 줄리아의 생일에 줄리아가 랜디에게 프러포즈를 했다는 사실을 알지 못했다면, 자신이 태어나서 처음으로 주는 반지를 받는 사람이 선희가 아니었을지도 모른다. 라이언은 자신의 인생을 이렇게 바꾸어놓은 선희에게 고마움을 느끼고 있었다.

"이건 무슨 의미로 받아들이면 돼?"

선희가 반지 낀 손을 라이언의 눈앞에 흔들어 보였다. 라이언은 그 손을 붙잡아 자신의 큼지막한 손 안에 가두었다. 그리고 선희의 무릎에 기대고 벌렁 누워 하나둘 불이 켜지기 시작한 창밖의 세상에 시선을 던졌다. 세상은 바쁘게 지나고 있었지만, 고요한 방 안의 두 사람은 그 세상과 아무런 상관도 없는 사람들처럼 느긋하고 여유로웠으며, 행복감에 취해 있었다. 그곳이 최고급 호텔의 스위트룸이라서가 아니라, 오로지 함께 있는 사람이 주는 향기와 따듯함 때문이었다. 라이언은 가만히 눈을 감고 그 향기를 가슴 가득 안에 품었다.

"굳이 의미를 말하자면."

눈을 감은 채 라이언은 졸린 듯한 나른한 목소리로 입을 열었다.

"조금 더 많이 좋아하고, 조금 더 서로에게 책임감을 가지고, 조금 더 서로에게 즐거운 사람이 되어주자는 약속이자 이제껏 나에게 그렇게 해준 써니에게 감사하는 마음. 앞으로도 잘 부탁해."

그때 라이언의 뺨 위로 선희의 촉촉하고 따스한 입술이 스치고 지나갔다. 그리고 미소 띤 그의 얼굴을 가만히 매만지며 선희가 중얼거렸다.

"나도, 잘 부탁해."

'딱 너다, 너.'

『얼굴이 못생겨서 미안해』를 썼을 때, 여자 주인공 소은이를 두고 주위 사람들이 했던 말이다. 이제 주위 사람들은 또 내게 말할 것이다, 선희가 딱 너라고. 글 초반에 흐르는 선희의 지독한 무료, 그건 내 이야기였다.

나뿐만 아니라 늘 반복된 생활을 보내는 무료한 사람들은 누군가가, 혹은 무엇인가 이 지루한 일상에 뛰어들어 주기를 바랄 것이다. 그리고 지금은 기억할 수 없는 과거의 어느 날을 헤집어보면 전혀 생각하지도 못하는 인연이 있을지도 모른다는 기분 좋은 상상을 하게 되었다. 이 글은 거기서부터 시작했다. 그리고 그 어떤 특별한 삶도 결국은 일상이라는 생각과 함께 끝을 맺었다.

심심함으로 똘똘 뭉친 선희, 그리고 우유부단하게만 살아온 라이언. 불만족과 만족의 차이가 있기는 했지만 두 사람이 느끼는 일상의 무료는 비슷한 것이라 생각했다. 선희는 라이언이 살아가고 있는 뉴욕 맨해튼의 삶을 꿈꾸고, 라이언은 선희의 일상에 스며들어 와 자신도 모르게 즐거워하고 있는 것이 그 증거일지도 모르겠다. 두 사람이 앞으로 헤쳐 나갈 생활들 역시 반복되는 일상이 되겠지만, 적어도 함께이기에 좌절하거나 심심하지는 않겠지 하는 흐뭇한 생각이 든다. 아무리 쿨하게 헤어지려고 해도, 역시 글 속 주인공들과의 이별은 아쉬운가 보다.

선희의 일상을 바꾸어준 사람은 라이언이었지만, 내 일상을 바꾸고 지루함을 없애준 것은 '글쓰기'였다. 내가 상상하고 꿈꾸던 것을 글로 풀어놓는다는 것, 그 매력을 알게 되자 더 이상 시간이라는 것이 무료하게 느껴지지 않았다. 시간은 내게 글을 쓸 수 있게 해주었고, 글을 쓰는 시간은 꿈을 꾸는 것만큼이나 즐거웠다. 그리고 그렇게 꿈꾸었던 시간은 여섯 번째 완결 글이자, 다섯 번째 출간작이 된 『달려라, 써니!』를 내게 선물해 주었다.

고마운 사람들에게 인사를 전하며 아쉬운 마무리를 해야 할 것 같다. 늘 내가 세상에서 가장 운이 좋은 사람이라고 느낄 수 있게 해주는 사랑하는 우리 가족. 기꺼이 이름을 빌려준 선희. 아침마다 잊지 않고 밥을 챙겨주는데도 고맙다는 인사 한번 제대로 못한 소진이. 서울에서 새롭게 시작할 나미와 혜정이. 언제나 든든한 거모 패밀리 친구들, 만나서 소주 한잔하자(미란, 민애, 하영, 미나, 부국, 태민, 제우, 성래, 민욱, 두원이. 특히, 난데없이 전화해 '달려라, 하니' 주제가를 불러달라는 친구의 요구에 사람들 앞에서 큰 목소리로 기꺼이 불러준 로미, 고마워). 나의 막강 여자 친구 ^^ 성현이. 결혼해라, 환희야, 준성아. 힘들어도 조금만 참고 화이팅하자, 민희, 주연. 제가 북경으로 날아갑니다, 희 언니. 나의 정신적 지주, 정미 언니. 열정을 다해 글을 쓰시는 진님, 예진 언니, 연화 언니. 친절하고 늘 기분 좋은 목소리로 대해주시는 청어람 편집부 분들(규진님, 종민님, 지윤님). 언제나 쪽지와 댓글로 응원해 주셨는데 끝까지 연재하지 못해 죄송한 마음뿐인 허니비 아지트 분들과 2030카페 분들. 감사하다는 말 한마디로는 갚지 못할, 언제나 든든하게 전사다를 지켜주시는 우리 전사다 가족 분들. 마지막으로 이제 아기에서 아이가 되어가는 첫 조카 효제와 뱃속에서 자라고 있는 두 번째 조카. 늘 건강하길.

모두 감사합니다.

—2006년 봄, 진양.